L. D. Smithson

DIE FESTUNG

Thriller

Aus dem Englischen von
Silke Jellinghaus

Hoffmann und Campe

Die Originalausgabe erschien 2024 unter dem Titel
The Escape Room bei Bantam, einem Imprint von Transworld.
Transworld ist Teil der Unternehmensgruppe Penguin Random House.

1. Auflage 2025
Copyright © 2024 L. D. Smithson
Für die deutschsprachige Ausgabe:
Copyright © 2025 Hoffmann und Campe Verlag
Harvestehuder Weg 42, 20149 Hamburg, produktsicherheit@hoca.de
www.hoffmann-und-campe.de
Umschlaggestaltung: © wilhelm typo grafisch, Zollikon
Umschlagabbildung: © Shutterstock.com
Satz: Dörlemann Satz, Lemförde
Gesetzt aus der Minion Pro und der Alegreya Sans
Druck und Bindung: GGP Media GmbH, Pößneck
Printed in Germany
978-3-455-01932-2

Die automatisierte Analyse des Werkes, um daraus Informationen
insbesondere über Muster, Trends und Korrelationen gemäß § 44b UrhG
(»Text und Data Mining«) zu gewinnen, ist untersagt.

Ein Unternehmen der
GANSKE VERLAGSGRUPPE

Für Joanne und Tom.
Ihr seid eine Inspiration.

1

Strahlend weißer Schnee bedeckte die Straßen in alle Richtungen, als Kevin Yates nach links in die New Lane einbog. Die Sonne war gerade aufgegangen, er hatte seine Schicht erst vor kurzem begonnen und seine Tasche war schwer, aber er staunte darüber, wie etwas so Einfaches wie Schnee selbst die gewöhnlichsten Orte schön aussehen lassen konnte. Nicht dass er diese Straße nach diesem Tag jemals als gewöhnlich oder schön bezeichnen würde.

Seine Stiefel knirschten auf dem Schnee, als er den ersten paar Häusern die Post zustellte.

Er glaubte in seinen zweiundzwanzig Jahren als Postbote alles gesehen zu haben. Da er in einem der wenigen Berufe arbeitete, die es einem gestatten, ungebeten den Grund und Boden anderer Menschen zu betreten, hatte er Liebhaber aus Fenstern klettern und nackte Menschen ihren Morgenkaffee zubereiten sehen, er war Zeuge von Familienstreitigkeiten und fliehenden Einbrechern geworden und hatte mehr Leute bewusstlos auf ihrem Rasen liegen sehen, als er zählen konnte. »Wir bekommen Einblick in die düstere Realität hinter der Fassade«, hatte sein erster Chef vor all den Jahren zu ihm gesagt, »und es gehört zu unseren Pflichten, wegzusehen und zu vergessen, was wir gesehen haben.« Kevin war immer stolz darauf gewesen, sich an diese Regeln zu halten, doch das würde sich in Kürze ändern.

Haus Nummer fünfzehn stand auf halbem Weg die Straße hinunter. Er wusste, dass dort jemand Berühmtes wohnte. Na ja, berühmt sagt man so. Es war niemand, der jemals irgendetwas Tolles geschaffen hatte, soweit er das einschätzen konnte. Für Kevin musste man, um berühmt zu sein, ein begabter Sportler sein wie Gary Lineker oder Musik-Talent haben wie die Gallagher-Brüder. Die Frau in Nummer fünfzehn gehörte zu diesen Leuten, die berühmt dafür sind, berühmt zu sein. Seines Wissens hatte sie ein hübsches Gesicht und einen guten Körper und war irgendwann mal mit einem Filmstar zusammen gewesen, von dem Kevin noch nie gehört hatte.

Zum ersten Mal war er ihr leibhaftig begegnet, als er mit einem Päckchen an ihre Tür geklopft hatte. Sie hatte ihm mit einem Baby im Arm geöffnet, was ihn überrascht hatte, weil die Zeitungen nie von einem Kind berichtet hatten. Danach winkte sie ihm, wenn sie ihn sah, und rief ihm einen fröhlichen Gruß zu – er musste zugeben, dass er damit im Pub schon geprahlt hatte.

Als Kevin sich dem Haus näherte, wackelte das Kind den Gartenweg herunter, beide pummeligen Arme ausgestreckt, um das Gleichgewicht zu halten. Das Lächeln, zu dem sich seine Lippen verzogen, verblasste ziemlich schnell, als ihm bewusst wurde, dass das Kind lediglich eine Windel trug. Als Vater von vier Kinder überrollte ihn eine Welle von Abscheu, und er beschleunigte seine Schritte. Hier draußen herrschten Minusgrade. Was dachte die Frau sich bloß?

In Haus Nummer dreizehn zuckten die Vorhänge, als er daran vorüberging.

Als Kevin am Gartentor stehen blieb und die Szene in sich aufnahm, stockte ihm der Atem. Später fragte er sich, wie lange er wohl ohne den Schnee gebraucht hätte, um die Wahrheit zu erkennen. Dieser bildete eine makellose Leinwand, einen leuchtend weißen Hintergrund für die kleinen roten Fußabdrücke. Eine Fußspur, die bis zu der halb geöffneten Haustür zurückreichte.

Mit wachsendem Grauen folgte Kevins Blick den Spuren des Kindes. Je näher er der Haustür kam, desto dunkler und röter waren die

Fußabdrücke. Von dort, wo er stand, konnte er nicht ins Haus sehen, im Inneren war es zu dunkel. Er richtete seine Aufmerksamkeit wieder auf das Kind, das in seine Richtung tapste.

Kevin legte seine Posttasche auf den Boden und zog sich den Mantel aus.

»Komm her, Kleines«, sagte er, nahm das Kind hoch und wickelte es fest in seinen Mantel, »machen wir dich schön warm.«

»Mummy schlafen«, sagte das Kind und schmiegte sich an Kevins Brust.

»Okay, Schätzchen. Okay.« Er strich dem Kleinkind über den Rücken und ging auf die Haustür zu, wobei er auf unberührten Schnee trat und die gruseligen Fußspuren mied. Beim Haus angekommen, legte er beschützend eine Hand um den Hinterkopf des Kindes, damit es nicht hineinsah, und schob die Tür mit seiner Stiefelspitze weit auf.

Alles war ein Hinweis

2

**Podcast *Das Unerwartete erwarten*
Staffel 2, Folge 1: »Die Festung«**

»*Willkommen zu unserer Show. Ich bin Shane Fletcher, ehemaliger Kriminalbeamter und fanatischer Krimi-Fan, und das hier ist* Das Unerwartete erwarten, *der Podcast, der euch mit Verbrechen umhauen wird, die unsere Vorstellungskraft übersteigen.*

Heute erwartet uns eine Exklusivausgabe. An diejenigen von euch, die noch nicht von der Festung gehört haben: Unter welchem Stein habt ihr gehaust, Leute? Es ist die Meldung des Jahres. Trotz der vielen Presseberichte und Spekulationen in den sozialen Medien hat die Polizei immer noch keine Ahnung, warum diese Sache passiert ist und wer dafür verantwortlich war. Ich hoffe, meine heutige Gästin kann dazu beitragen, all das zu ändern, denn sie war dabei.

Sie war eine vierundzwanzigjährige Doktorandin an der Leeds University, als sie sich dazu entschloss, an dem nächsten Riesen-Event im Reality-Fernsehen teilzunehmen, als das es beworben wurde. Was dann passierte, ist der Stoff, aus dem Albträume gemacht sind.

Es ist die Geschichte von Rätseln in einem Rätsel, und ich bin mir sicher, sie wird euch faszinieren. Aber wir brauchen auch eure Hilfe, denn, wie wir bei Das Unerwartete erwarten *immer sagen, irgendwo gibt es irgendjemanden, der etwas wissen muss.*

Ihr solltet im Hinterkopf behalten, dass alles noch unglaublich frisch ist und es unserer Gästin deshalb gelegentlich schwerfallen wird, uns ihre Geschichte zu erzählen. Also, legen wir ohne weiteres Vorgeplänkel los. Bonnie Drake, willkommen in unserer Sendung.«

»Danke. Ich würde jetzt ja gerne sagen, dass es toll ist, hier zu sein, aber ...«

»Wer möchte schon zu Gast in einem Podcast sein, der Das Unerwartete erwarten *heißt? Machen sich die wenigsten Leute zum Lebensziel, stimmt's? Aber hier bist du, und ich zumindest bin begeistert darüber. Bislang hast du dich geweigert, mit irgendjemandem zu sprechen, vielleicht fängst du also zunächst damit an, uns zu erklären, warum du dich dafür entschieden hast, deine Geschichte heute mit uns zu teilen.«*

»Um ehrlich zu sein, quäle ich mich damit schon lange herum. Ich will ... nichts verherrlichen. Ich habe noch mit niemandem wirklich über Einzelheiten gesprochen, also, abgesehen von der Polizei. Aber die Mühlen mahlen echt langsam. Es kommen keine Antworten, und die brauche ich. Als du dich also bei mir gemeldet hast und ich gehört habe, dass dein Podcast zur Aufklärung all dieser anderen Fälle beigetragen hat, erschien mir das als Gelegenheit, etwas Produktives zu machen.«

»Also, wir alle hier bei Das Unerwartete erwarten *möchten dir helfen, Antworten und hoffentlich auch eine Möglichkeit zu finden, mit alledem einigermaßen abzuschließen. Ich bin zuversichtlich, dass wir mit deiner Hilfe etwas Licht in die Sache bringen können. Die Welt hat das Recht, die Wahrheit zu erfahren. Wir haben Nachforschungen angestellt, zu denen ich gern deine Meinung hören würde, aber zuerst möchte ich dich fragen, was ich alle meine Gäste frage: Wie hat das alles für dich angefangen? Wann hast du zum ersten Mal von der* Festung *gehört?«*

»Okay, gut. Ich glaube, ich hatte gar nichts davon mitbekommen, bis meine Schwester darüber gesprochen hat. Anfang des Jahres war bei mir eine Menge los – wir hatten gerade unsere Mum verloren –, und ich war nicht in den sozialen Medien unterwegs, deswegen ist der ganze Hype an mir vorbeigegangen. Ich habe erst davon erfahren, als meine Schwester anfing, von dieser neuen Channel-Five-Show zu reden, für die Teilnehmer rekrutiert werden sollten.«

»*Du und deine Schwester, seid ihr Fans von Reality-Fernsehen?*«

»Clara schon, aber ich eigentlich nicht. Ich schaue mir schon mal ab und zu so etwas an, aber eigentlich bin ich eher für Dokus und Spielfilmdramen zu haben.«

»*Wie zum Teufel bist du dann in der Sendung gelandet?*«

»Das war Claras Schuld. Sie hat das Herz am rechten Fleck, aber ohne sie wäre ich niemals auch nur in die Nähe einer Reality-Show geraten.«

»*Sie hat bestimmt ein schrecklich schlechtes Gewissen.*«

»Sie konnte unmöglich wissen, was passieren würde.«

»*Für alle Zuhörer, die nicht im Bilde darüber sind, was passiert ist: Wir werden in der nächsten Stunde alle Einzelheiten durchgehen. Und wenn das, was Bonnie uns erzählt, stimmt, handelt es sich um eine unfassbar raffinierte Inszenierung.*«

»Es stimmt. Alles, was ich gesagt habe, stimmt.«

»*Ich wollte nicht andeuten ...*«

»Hör zu, die ganze Sache war furchtbar, grauenvoll. Niemand hätte geglaubt, dass möglich ist, was uns passiert ist. Aber es ist uns passiert. Ist *mir* passiert. Ich hätte nicht mal dort sein sollen, und jetzt werde ich diesem Ort niemals entkommen.«

3

Drei Monate zuvor

Clara Drake versuchte ihre Konkurrenz abzuchecken, ohne den Blick zu sehr von ihrem Telefon zu heben. Sie verdrehte die Augen, um den Mann mittleren Alters im Anorak zu mustern, an dessen Bein ein schmutziger Stoffbeutel lehnte, dem er eine Zeitschrift entnommen hatte. Ein paar Sitze weiter hockte ein Anzugträger, vermutlich Anfang zwanzig wie sie selbst, der stur geradeaus starrte und lautlos die Lippen bewegte, als würde er eine geheime Taktik vor sich hin sprechen. Die einzige andere Frau hier war ein chinesisches Mädchen. Sie wirkte jung genug, um ein Teenager zu sein, doch ihr adretter knielanger Rock und die polierten Slipper verleiteten Clara zu der Annahme, dass sie älter war. Clara blickte auf ihre eigenen abgewetzten Converse-Sneaker. Vielleicht hätte sie etwas Schickeres anziehen sollen – schließlich war dies eine Art Vorstellungsgespräch. Würde es eine Rolle spielen? Würden sie auf so etwas achten?

Der Fernseher an der Wand gegenüber zeigte das Logo der nagelneuen Reality Show, die seit Monaten auf allen Kanälen in den sozialen Medien beworben wurde.

DIE FESTUNG
Bist du schlau genug, ihre Geheimnisse zu entschlüsseln?
SCHAFFST DU ES HINAUS

Clara hatte im Laufe der Jahre ein paar Escape Rooms absolviert und immer großen Spaß dabei gehabt. Sie war im Rätsellösen nicht so gut wie ihre ältere Schwester Bonnie – aber wo war sie das schon? Als Kind war ihr Spitzname Wölkchen gewesen, und sie hatte ihn mit Stolz getragen, er hatte aus Mums und Grandpas Mund so liebevoll geklungen. Allerdings nur, bis Bonnie sie darauf hingewiesen hatte, dass sie deswegen so genannt wurde, weil alle fanden, sie stecke mit dem Kopf in den Wolken. Ein verträumtes Schusselchen. Danach war es weniger ein Kosename gewesen als ein Ärgernis.

»Guten Morgen, Leute!« Der Mann mit dem Clipboard tauchte hinter Claras Rücken auf und setzte sich auf den Platz unter dem Fernsehbildschirm. »Hochschauen, reinschauen. So ist es besser. Wie geht es euch heute? Seid ihr bereit, Rätsel zu lösen?« Bevor irgendeine der vor ihm sitzenden Personen Gelegenheit hatte, etwas zu antworten, begann er aus seinen Papieren vorzulesen. »Ihr werdet alle gleichzeitig euren eigenen Raum auf diesem Flur betreten. Sämtliche Türen werden sich hinter euch schließen und können erst mit einem vierstelligen Zahlencode wieder geöffnet werden. Die erste Person, die es schafft, wird bei uns in der *Festung* mitmachen.« Er unterbrach sich und sah die Gruppe an, als erwartete er ein Aufkeuchen oder Wow. »Bitte gebt eure unterschriebenen Formulare bei mir ab, bevor ihr euch vor einer Tür aufstellt. Dahinter sieht es überall gleich aus, Leute, also kein Grund, sich zu zanken.«

Sie hatte vor dieser hier bereits einige Hürden überwinden müssen. Zuerst sollte sie auf einem Anmeldebogen fünf Talente und fünf Schwächen auflisten, dann ein Rätsel lösen, wie sie aus einem Keller mit verschlossener Tür entkommen könnte, der nur ein Fenster hatte, das außer Reichweite lag. Sie hatte ihre Antwort, das Waschbecken und die Waschmaschine dazu zu verwenden, den Raum zu fluten, damit sie zum Fenster hochschwimmen konnte, selbst ein wenig lächerlich gefunden, zumal sie nicht schwimmen konnte, aber irgendwie hatte ihre verrückte Lösung sie in die nächste Runde gebracht. In diesem Moment war ihr klar geworden, dass sie es wirklich schaffen könnte. Vielleicht war sie doch nicht die dumme, nutzlose Schwester. Vielleicht konnte sie diejenige sein, die sie beide rettete.

Ohne es zu merken, spielte Clara am Ring ihrer Mutter an ihrem Mittelfinger herum.

Danach hatte sie ein Zwei-Minuten-Video mit dem Titel *Warum ich glaube, dass ich schlau genug bin, um die Festung zu entschlüsseln* einsenden müssen. Im Anschluss war sie schließlich hierher eingeladen worden, vermutlich um selbiges zu beweisen.

Clara reichte dem schmierigen Typen vom Fernsehen die unterschriebene Verzichtserklärung. Irgendwo in ihrem Bauch spürte sie ein aufgeregtes Kribbeln – oder war es ein ängstliches? Sie *musste* die Erste sein, die wieder rauskam. Sie musste sich konzentrieren und schnell denken. Sie sah den Bewerber im Anzug gähnen und gewann an Selbstvertrauen.

Es war kein vornehmes Hotel. Der Teppich unter ihren Füßen war von einem merkwürdigen orangestichigen Braun, und die Türgriffe waren eckig und altmodisch. Die Produktionsfirma war jung, und diese Show für Channel 5 war ihr erster Auftrag. Sie nahm an, dass das Budget ziemlich klein sein musste, aber das Preisgeld von 100 000 Pfund war hoch genug.

»Meine Damen und Herren, seid ihr bereit?« Der schmierige Typ hielt sein iPhone vor sich, sein Daumen schwebte über dem Bildschirm. Zwischen Clara und ihm standen die anderen Kandidaten, die alle genauso angespannt aussahen, wie sie sich fühlte. »Drei, zwei, eins ... REIN DA!«

Clara öffnete ihre Tür und trat ein. Der Raum war vollkommen leer. Es gab weder Tisch noch Stühle, keine Vorhänge oder Jalousien, an den Wänden keine Bilder mit dämlichen Motivationssprüchen, weder Wassergläser noch Wasser, keine Stifte oder Papier. Nichts. Clara drehte sich halb um, weil sie überprüfen wollte, ob das seine Richtigkeit haben konnte, da fiel hinter ihr die Tür ins Schloss. Auf dieser Seite gab es keinen Griff, nur ein Zahlenschloss mit den Ziffern 0 bis 9.

Denk schnell und finde die Hinweise, dachte sie bei sich und drehte eine kurze Runde durch den kleinen Raum. Der Teppich hier drin war grau meliert, und sie entdeckte Reste von Blu-Tack an den Wänden, aber das war alles. Sie ging zum Fenster und hauchte ein paarmal gegen die Scheibe, in der Hoffnung, dass die Zahlen dadurch sichtbar würden, doch das war nicht der Fall. Sie strich mit den Händen über jede Wand und stellte sich dann in jede Ecke, um an den Wänden entlangzublicken und ihre Oberflächenbeschaffenheit zu überprüfen, bevor sie sich auf die Knie niederließ und den Teppichboden untersuchte. Sie spürte, wie Panik in ihr aufstieg. Sie brauchte vier Zahlen. Schnell. Aber hier war nichts. Keine Hinweise, keine Anweisungen und nichts, was man zählen konnte.

Sie hielt inne und nahm sich einen Moment Zeit. Oder vielleicht doch. Es gab vier Wände, ein Fenster, eine Decke, einen Boden. Sie versuchte es mit 4-1-1-1, dann 1-4-1-1, 1-1-4-1 und schließlich 1-1-1-4. Die Tür blieb verschlossen.

Schaffst du es hinaus, dröhnte es in ihrem Kopf. Es war der Slogan für *Die Festung*, den sie wieder und wieder gelesen hatte. »Offensichtlich nicht«, sagte sie in den leeren Raum hinein, während sie sich auf der Stelle im Kreis drehte und ihr Hirn zwang, genau hinzusehen.

Sie versuchte, die Blu-Tack-Reste zu zählen, die willkürlich auf zwei der Wände verteilt waren, aber sie ergaben kein Muster und keinen erkennbaren Code. Sie sahen so aus, als wären sie wirklich von Menschen zurückgelassen worden, die sich zuvor in diesem Raum aufgehalten hatten. Das Fenster bestand aus vier Glasscheiben, über ihr befanden sich sechs Punktstrahler. Wie zum Teufel sollte sie auf den Code kommen? Sie würde versagen. Einer der anderen war vielleicht schon wieder draußen. Und was sollten sie dann machen? Die Bank würde ihnen das Haus wegnehmen, und dann wären Bonnie und sie obdachlos.

Keine Panik, denk nach!
Bonnie hätte die Lösung sicher bereits gefunden. Wäre sie jetzt hier, würde sie Clara den Lösungsweg erklären – so, als wäre es die einfachste Sache der Welt. Bonnie wollte nicht herablassend sein, so garstig war sie nicht, aber sie konnte ihre Frustration nicht immer verbergen, wenn ihre kleine Schwester nicht mitkam.
Wieso bin ich hier? Wieso versuche ich, etwas zu tun, was eigentlich Bonnie tun sollte? Ich war bescheuert. Ich bin bescheuert. Schusselig, ein Wölkchen.
Clara hörte auf herumzugehen, schloss die Augen und atmete ein paarmal tief durch. Was würde Mum sagen?
Du bist genauso schlau wie sie. Lass dir Zeit. Denk gründlich nach. Du kannst das schaffen.
Als sie die Augen wieder öffnete, war sie ruhiger. Sie nahm alles zu wörtlich, da war sie sich sicher. Das Geheimnis, mit dem man hier rauskam, lag nicht in diesem Zimmer versteckt, sondern in der Sendung. Dies war die letzte Auswahlstufe. Wenn man das hier knackte, war man dabei. Sie dachte an all die Instagram-Posts, die sie studiert hatte, seit sie sich obsessiv damit beschäftigt hatte, einen Platz zu ergattern. In ihnen kamen Rätsel, Chiffren und Codes vor. Lag die Antwort vielleicht darin?
Sie dachte über den Pitch der Sendung nach. *Die Festung: Bist du schlau genug, ihre Geheimnisse zu entschlüsseln? Schaffst du es hinaus.* Es war ihr immer seltsam vorgekommen, dass der letzte Satz nicht mit einem Fragezeichen endete. Es deutete entweder darauf hin, dass man bei der Sendung unprofessionell und schlampig arbeitete, oder, dass die Menschen, die sie sich ausdachten, nicht besonders clever waren. Aber was, wenn dort absichtlich kein Fragezeichen stand?
Vier Wörter mit acht, zwei, zwei und sechs Buchstaben. Es war einen Versuch wert.
Clara machte zwei Schritte zur Tür und tippte vier Zahlen ein.
8-2-2-6.

4

Bonnie kam in die Küche und traf dort auf Clara, die bereits wach war und am Tisch saß. Ihre Schwester schlief am Wochenende leidenschaftlich gerne aus, das hier war also untypisch für sie.

»Morgen, Wölkchen.«

»Nenn mich nicht so.«

Bonnie schaltete den Wasserkocher an und griff nach zwei Bechern. Wieso hatte sie das gesagt? Es war *Mums* Kosename für Clara, nicht ihrer. Sie hätte wissen können, dass ihre Schwester nicht so genannt werden wollte. Bonnie gähnte und schob es auf ihre Müdigkeit. Ganz ehrlich, mittlerweile war es eine knifflige Angelegenheit, herauszufinden, was sie überhaupt noch sagen durfte. In den Monaten, seitdem sie Mum verloren hatten, schien ihnen auch die Fähigkeit abhandengekommen zu sein, miteinander zu kommunizieren, ohne sich zu streiten.

Als Bonnie Clara einen der Becher mit Tee reichte, bemerkte sie den Umschlag auf dem Tisch, auf den in fetten roten Lettern gedruckt stand, sie sollten ihn NICHT IGNORIEREN.

»Noch einer?«, fragte sie. Als Clara nicht antwortete, setzte sich Bonnie und umschloss ihren Becher mit den Händen. »Wie geht's deinem Bein heute?«

»Ist immer noch eingegipst.«

Clara war am Vortag auf dem Weg zur Arbeit vom Fahrrad gestürzt und hatte sich an zwei Stellen das Schienbein gebrochen.

»Konntest du schlafen?«
»Ein bisschen.«
»Tut es weh?«
Clara verzog das Gesicht zu einer Grimasse, die besagte, ja logisch.
»Willst du heute Morgen bei der Produktionsfirma anrufen?«
Clara starrte auf den Umschlag.
»Du kannst so nicht mitmachen. Sie werden dich nicht lassen.«
»Ich habe mich so angestrengt, um diesen Platz zu kriegen.«
»Ich weiß, aber du hättest doch wahrscheinlich sowieso nicht gewonnen.«
»Wieso? Weil ich nicht schlau genug bin?«
»Es wird nur darum gehen, wer am beliebtesten ist oder die besten Quoten generiert.«
»Und du glaubst nicht, dass ich das sein könnte.«
Diese Seite von Clara kannte Bonnie gut. Wenn es nicht nach Plan lief, machte sie sich selbst runter und ging davon aus, dass die ganze Welt gegen sie war. Mum war immer gut darin gewesen, sie wieder in die Realität zurückzuholen, aber Bonnie hatte keine Ahnung, wie sie das angestellt hatte. Sie hätte mehr darauf achten sollen.

Sie schlürfte ihren Tee und versuchte, all die Erinnerungsstücke um sie herum nicht anzusehen: Mums Lieblingstasse, die noch immer im Becherbaum hing, ihre Schürze hinter der Tür, der an den Kühlschrank geheftete Zettel, auf dem stand, dass Mum sie beide bis zum Mond und wieder zurück liebte. Alles wirkte gedämpfter und weniger wichtig, als hätte jemand den Lautstärkeregler des Lebens heruntergedreht. Bonnie aß und trank einfach nur, um am Leben zu bleiben. Sie interagierte mit anderen nur, um höflich zu sein. Aber sie wollte nichts von alledem. Es war einfach zu schwer.

Bonnie drehte den Umschlag um, damit sie die schreiend roten Buchstaben nicht mehr sehen musste.
»Du könntest an meiner Stelle mitmachen.«
Bonnie blinzelte Clara ein paarmal an, ihr Hirn träumte gerade

davon, in eine einfachere, glücklichere Version des Lebens davonzufliegen.

»Ich habe die ganze Nacht darüber nachgedacht, und ich glaube, du könntest es schaffen.«

»Ach, du lieber Gott, nein.«

»Komm schon, Bonnie. Das könnte unsere Rettung sein. Und du wärst genial darin, das weißt du auch. Du warst schon immer besser im Rätsellösen. Die letzten beiden Escape Rooms, bei denen wir mitgemacht haben, hast du mehr oder weniger im Alleingang gelöst.«

Streng genommen stimmte das nicht ganz, aber Bonnie konnte sich des Stolzes nicht ganz erwehren, den sie immer empfand, wenn ihre kleine Schwester eingestand, sie zu bewundern.

Clara nahm den Umschlag in die Hand. »Was, wenn wir das Haus verlieren? Wo sollen wir dann wohnen? Mum hätte das nicht gewollt. Sie hätte gewollt, dass wir kämpfen.«

Bonnie spürte Wut in sich aufsteigen. Clara konnte nicht für Mum sprechen. Wenn überhaupt, dann hatte Bonnie ihr nähergestanden. Als Älteste hatte sie immer eine besondere Beziehung zu ihrer Mutter gehabt. Sie konnten sich mit einem Blick verständigen, besonders wenn Clara mal wieder ein Drama veranstaltete, was oft der Fall war.

»Bonnie, bitteeee?« Clara zog das letzte Wort flüsternd in die Länge.

»Nein. Es wäre furchtbar.« Was sie eigentlich meinte, war: *Ich wäre furchtbar. Die Leute würden mich hassen, und ich würde mich entweder zum Deppen machen oder in der ersten Woche rausgewählt werden.*

»Na und? Wenn du die hunderttausend Pfund gewinnst, lösen sich all unsere Sorgen in Luft auf.«

»Sie werden rausfinden, dass ich nicht du bin. Sie haben dich kennengelernt, und sie haben auch diese Bewerbungsvideos, die du gedreht hast.« Offensichtlich mochten sie Clara, was keine Überraschung war. Sie konnte unglaublich quirlig und lustig wirken, wenn sie sich Mühe gab.

»Man verwechselt uns ständig. Das ist erst letzte Woche wieder passiert. Terry vom Kiosk hat mich gefragt, ob ich schon seine Gedanken lesen könnte.«

»Das ist was anderes. Terry ist alt und sieht schlecht. Diese Leute sind auf Bilder spezialisiert. Sie würden so einen Betrug aus einer Meile Entfernung entdecken.«

»Dann würden sie ihn eben entdecken und dich rausschmeißen. Damit wäre nichts verloren. Immerhin hätten wir es versucht.«

»Ich mache das nicht.«

»Wieso? Weil du Angst hast oder weil es dir egal ist, was aus uns wird?«

Die Bitterkeit in Claras Tonfall verblüffte Bonnie eine Sekunde lang. Sie war vielleicht eine Dramaqueen, aber das war neu.

»Clara, natürlich ist es mir ...«

»Dann beweis es! Beweis es.« Clara versuchte aufzustehen, kam aber ins Straucheln. Als Bonnie Anstalten machte, ihr zu helfen, wedelte Clara sie fort. »Wenn du nicht helfen willst, lass mich in Ruhe.«

Bonnie biss die Zähne zusammen. »Sei nicht blöd.«

»Es ist nur eine Fernsehsendung.«

»Ist es nicht. Es ist mein guter Ruf. Ich will eine ernsthafte Karriere ...«

»Du würdest als ich antreten. *Als ich!* Es wäre *mein* guter Ruf, du arrogantes, selbstgerechtes Aas. Vergiss es, okay, vergiss es einfach! Ist ja nicht so, als hätte ich die letzten beiden Monate dafür geschuftet. Ist ja nicht so, als hätte ich das alles für uns getan oder so. Ich hab es nur getan, damit ...« Clara warf die Arme in die Luft. »Ach, keine Ahnung, weil ich ein ruhmsüchtiges, stumpfsinniges was auch immer bin. Du kannst die Lücken bestimmt selber füllen.«

»Beruhig dich mal wieder.« Bonnie war klar, dass Claras Wut nichts mit ihr zu tun hatte oder auch nur mit dieser Unterhaltung, trotzdem spürte sie, wie ihr das Blut ins Gesicht stieg.

»Du bist immer so egoistisch. Wieso bin ich überhaupt überrascht? Wenn ich dich am meisten brauche, bist du nie, *nie* da.«

»Warum machst du dir dann überhaupt die Mühe, mich zu fragen?« Bonnie wusste, sie durfte den Köder nicht schlucken, aber es war schon zu spät. Die Wut brannte nun heiß in ihrem Nacken.
»Weil ich verzweifelt bin, okay? Weil sonst niemand so aussieht wie ich und deswegen niemand anderes meinen Platz einnehmen kann, und weil ich die ganze verdammte Sache für uns gemacht habe, für dich!«
»Bring mich nicht zum Lachen. Du wolltest einfach nur im Fernsehen sein.«
»Oh, du bist so eine blöde Schlampe!«
»Ich bin eine blöde Schlampe? Hörst du dir eigentlich selber zu? Und im Übrigen bin ich nicht egoistisch, ich lebe nur in der echten Welt und habe wichtige Dinge zu erledigen.«
»Ach bitte, komm mir doch nicht mit deiner ›Meine Doktorarbeit ist so wichtig‹-Nummer. Ich habe die Nase voll davon, dass du dich damit vor mir aufspielst. Mum hat sich davon jedenfalls nie beeindrucken lassen.«

Bonnie öffnete den Mund, um zu antworten, doch dann wurde ihr klar, dass sie anfangen würde zu heulen, wenn sie es täte. Also stürmte sie aus dem Zimmer und schlug die Tür hinter sich zu, so fest es ging. Und es ging nicht sehr gut, da sie sich so verzogen hatte, dass sie nicht mehr in den Türrahmen passte. Mum hatte Jahr für Jahr angekündigt, sie reparieren lassen zu wollen, und nun würde sie das nie mehr tun.

Die Streitereien zermürbten Bonnie. Trotz aller Bemühungen ihrer Mutter hatten sie und Clara sich, seit sie klein gewesen waren, ständig in den Haaren gelegen. »Eines Tages werdet ihr die besten Freundinnen sein«, sagte Mum dann, aber Bonnie war sich nie sicher, ob sie das wirklich glaubte oder ob es sich dabei nur um Wunschdenken handelte. In letzter Zeit hatte es den Anschein, als könnten sie nicht einmal mehr miteinander reden, ohne dass es zum Streit kam.

Während Bonnie versuchte, sich zu beruhigen, stand sie am Fenster ihres Zimmers und schaute auf die Straße hinaus. Sie wollte weg von Clara, der Atmosphäre, dem Haus. Es würde Mum das Herz brechen, das alles mitzubekommen, zumal die Ursache all ihrer Sorgen darin bestand, dass sie keine ausreichend hohe Lebensversicherung abgeschlossen hatte und stattdessen all ihre Ersparnisse für die vielen verschiedenen alternativen Krebsbehandlungen ausgegeben hatte, die sie ergattern konnte. Monatelang hatten sie alle ihr eigenes Körpergewicht an Bio-Grünkohl und Roter Bete gegessen und jedes Gericht in Kurkuma ersäuft. Mum aß so viel von dem Zeug, dass ihre Fingerspitzen eine tiefgoldene Farbe annahmen. Jetzt, da sie nicht mehr da war, waren sie beide allein zurückgeblieben und nicht in der Lage, die Raten der Hypothek zu bezahlen. Die Bank hatte ihnen drei Monate Zeit gegeben, um zu zahlen oder zu verkaufen. Anfangs war Bonnie wegen der Lebensversicherung wütend gewesen, doch ihre Mum hatte es mit Einzelheiten nie so genau genommen und einfach nicht daran gedacht, nachzusehen. Und wer wollte ihr das verübeln, wo es doch viel wichtigere Dinge gegeben hatte, um die sie sich hatte kümmern müssen? Was die Ersparnisse anging, war Bonnie der Ansicht, es war Mums Geld und Mums Leben gewesen. Um ehrlich zu sein, hatten sie alle drei die Realität verdrängt. Sie hatten nie wirklich geglaubt, dass Mum sterben würde. Noch in den letzten Monaten hatte sie gekämpft, und es war ihr besser gegangen. Ihr Tod war so plötzlich gekommen, dass keine Zeit blieb, sich darauf vorzubereiten.

Das Problem war, Mum hatte dieses Haus so sehr geliebt. Der Großvater der Mädchen hatte es ihr gekauft, als sie sich als alleinerziehende Mutter durchschlagen musste und sich nichts anderes leisten konnte als eine Wohnung in der Innenstadt ohne Garten. »Das ist kein Ort, an dem ich meine Enkelinnen aufwachsen sehen will«, hatte er gesagt. Mum, das hatte sie Bonnie einmal anvertraut, hatte keine Ahnung, wie er das bezahlt hatte – er war kein reicher

Mann gewesen, und sie vermutete, dass er seine gesamten Ersparnisse für die Anzahlung und einen großen Teil seiner Rente für die Finanzierung der Hypothek aufgewendet hatte. Er hatte sich geweigert, von Mum auch nur einen Cent anzunehmen, bevor sie einen anständigen Job gefunden hatte.

»Hier ist unser sicheres Plätzchen«, hatte Mum immer gesagt, wenn sie als Kinder mit ihr auf dem Sofa kuschelten.

Als Bonnie vor einigen Wochen angedeutet hatte, dass es vielleicht das Beste wäre, zu verkaufen, war Clara am Boden zerstört gewesen. Es ist doch Mums Haus, hatte sie beharrlich widerholt. Unsere sämtlichen Erinnerungen hängen daran, sie ist hier gestorben. Wie kann man das verkaufen?

Bonnie hatte sich ja bemüht. Sie hatte sich auf einen ganzen Stapel von Stellen beworben, um genügend Geld zu verdienen, dass sie bleiben könnten. Doch offenbar war sie für den Bürojob bei der Wirtschaftsprüfungsgesellschaft vor Ort überqualifiziert, für die Stelle als Dozentin an ihrer Universität jedoch unterqualifiziert. Dann gab es noch das halbe Dutzend E-Mails, in denen man ihr für ihr Interesse gedankt, aber auch mitgeteilt hatte, das Niveau aller Bewerber wäre besonders hoch gewesen. Sie konnte einen Job in einer Bar annehmen oder an der Kasse des örtlichen Tesco jobben, aber das Gehalt würde gerade einmal für die Hypothek reichen, sodass ihnen nichts zum Leben bliebe. Und jetzt war die Zeit fast abgelaufen.

Sie würden das Haus ohne plötzlichen Geldregen nicht halten können, und da es keine weitere Familie gab, lagen die Chancen, dass dieser sich materialisieren würde, bei null. Man musste ihrer Schwester zugutehalten, dass sie mit voller Energie darauf hingearbeitet hatte, einen Platz in dieser Show zu ergattern, und damit ihrem Ziel, sie zu retten, zumindest näher gekommen war als Bonnie.

Aber das konnte doch wohl nicht ihre einzige Option sein, oder? Reality-Fernsehen. Bei dem Gedanken daran wurde ihr ein wenig übel.

»Bonnie?«

Clara stand vor Bonnies Zimmertür, ihre Stimme ganz hell und lieblich. Bonnie wusste, was jetzt kam. Ihre Schwester war eine Meisterin der Manipulation, schon immer gewesen. Bonnie hatte über die Jahre immer wieder erlebt, wie Clara ihre Mum um den kleinen Finger gewickelt hatte, ganz zu schweigen von den vielen Babysitterinnen und dem einen oder anderen »Onkel«, den Mum mit nach Hause gebracht hatte. Clara wusste, wie man auf Menschen einwirken musste, was ironisch war, wo doch Bonnie diejenige war, die Psychologie studierte. *Weil ich alle Hilfe brauche, die ich bekommen kann*, dachte sie nicht zum ersten Mal.

Bonnie stellte sich vor, wie ihre Schwester oben an der Treppe saß und eine Hand flach an die Tür presste. Obwohl niemand sie sehen konnte, würde sich Clara dennoch mit vollem Einsatz in die gefühlsbetonte Pose werfen. Sie wäre der Traum jedes Fernsehproduzenten.

Bonnie blickte in den blauen Himmel auf. Es war Hochsommer und ein sonniger Tag. Jetzt war es an ihr, für Clara zu sorgen.

Clara hatte Mum immer mehr gebraucht als Bonnie. Bonnie war häufig am zufriedensten, wenn sie alleine war, Clara jedoch brauchte ständige Unterstützung und Bestätigung, denn sie machte sich immerzu Sorgen. Deswegen hatte Mum stets eine Hand frei gehabt, mit der sie Claras halten konnte, eine Umarmung für sie oder eine Tasse Tee und einen Schwatz, um sie zu beruhigen.

Stimmte es, dass Bonnie nie für Clara da gewesen war, wenn sie sie gebraucht hatte? Sie hoffte nicht. Sie hoffte, dass da nur die Wut aus Clara sprach, denn sie wollte nicht zurückblicken und die Sachlage ernsthaft analysieren. Das würde mit dem Risiko einhergehen, wirklich schlecht abzuschneiden.

Eine Wahrheit, der sich Bonnie bislang nicht gestellt hatte, gewann in ihrem Kopf an Klarheit: Dieses Haus zu verlieren, wäre für Clara ein weitaus schlimmerer Schlag als für sie selbst.

Und vielleicht wäre eine Pause voneinander gar keine so schlechte

Idee. Für Bonnie wäre es auf jeden Fall eine Erleichterung, eine Zeit lang Distanz zu all den Erinnerungen zu schaffen.

Bonnie öffnete die Tür, und Clara purzelte von ihrer Position auf dem Boden ins Zimmer. Ihr frisch eingegipstes gebrochenes Bein war flach vor ihr auf dem Treppenabsatz ausgestreckt. Sie versuchte sich aufzurichten, was ihr offensichtlich Schmerzen bereitete. Bonnie half ihr wieder nach unten aufs Sofa, verabreichte ihr Schmerzmittel und setzte sich neben sie.

»Okay, erzähl mir mehr darüber.«

»Machst du es?« Claras feuchte Augen waren voller Hoffnung.

»Vielleicht, wenn es geht, ja.«

Clara griff nach Bonnies Hand und drückte sie so fest, dass es beinahe wehtat.

»Ich liebe dich, Schwesterherz.«

Bonnie schluckte ihre eigenen Tränen hinunter und nickte. »Ich liebe dich auch.«

5

Der Direktor

Obwohl sich an diesem Ort außer ihm selbst keine lebende Seele befand, war es hier nie ganz still. Das Gebäude knarrte und ächzte, als wollte es seine Geheimnisse jedem mitteilen, der in der Lage wäre, sie zu entschlüsseln. Der salzige Geruch stieg ihm in die Nase und vermittelte ihm ein Gefühl der Ruhe und des Zuhauseseins. Es war sinnvoll, dass er ein letztes Mal allein hierhergekommen war, um zu überprüfen, ob alles in Ordnung war, bevor das ganze Spektakel begann.

Er dimmte die Beleuchtung im gesamten Gebäude auf die niedrigste Stufe und kostete die Herausforderung aus, all seine Sinne einzusetzen, um sich zurechtzufinden. Er streifte mit der Hand die Ziegelwand entlang, spürte die allgegenwärtige leichte Feuchtigkeit und vergewisserte sich, dass jede Kamera an der richtigen Stelle positioniert war. Es war eine Mammutaufgabe gewesen, alles rechtzeitig fertig zu bekommen, aber die wochenlangen Überstunden hatten sich gelohnt. Das Ergebnis war grandios. Eine physische Manifestation seiner Vorstellung. Er hatte etwas visuell Einnehmendes und Außergewöhnliches angestrebt, um das zu beherbergen, von dem er wusste, dass es das größte Rätsel sein könnte, das je erdacht worden war. Nicht nur waren die verschiedenen Codes und Tests so ausgeklügelt, es war die gesamte Illusion. Ein Ort, der wie ein Hotel aussieht, aber in Wirklichkeit ein abgeschlossenes System ist.

Während er jeden Raum überprüfte, malte er sich den Ruhm aus, der danach kommen würde. Es wäre sein letztes »F.U.« an alle, die ihn jemals abgeschrieben hatten, an all die Agenten, die seine Bitte, ihn zu vertreten, ignoriert hatten, an alle Produzenten, die gesagt hatten, seine Ideen wären nicht gut genug. Die Aufregung war spürbar, er konnte sie beinahe schmecken. Er hatte für das Gefühl, wenn Adrenalin durch den Körper strömt, einmal den Ausdruck »Draht im Blut« gehört. Sein Ziel war es, dieses Gefühl in den Menschen zu erzeugen, die hier bald eintreffen würden; dass sie sich, wenn sie in der Achterbahn aus Angst und Hochgefühl fuhren, lebendiger fühlen würden als je zuvor.

Er öffnete die App auf seinem Handy und prüfte der Reihe nach jedes Schloss.

Als er ein Kind gewesen war, hatte seine Mutter *Rätsele für mich* gewonnen, ein Konkurrenzformat auf Channel 5 zu *Labyrinth aus Kristall*. Das war zweifellos der Grund, warum er einen Job beim Fernsehen angestrebt hatte. Doch jetzt, in Zeiten von *Survivor* und *The Hunted*, reichte es nicht mehr, Menschen dabei zuzusehen, wie sie in Teams lustige Spiele spielten. Es brauchte mehr Risiko. Mehr Drama. Mehr Gefahr.

Was die Gefahr anging, würde er zweifellos abliefern.

6

Bonnie saß im Boot, ihr Koffer lehnte an ihren Beinen. Die Seeluft erfüllte ihren Kopf mit Erinnerungen an Strandspaziergänge und Eis. Ihre Mum hatte das Meer geliebt und sie in ihrer Kindheit oft auf Ausflüge nach Filey und Scarborough mitgenommen. Mum war ein solches Energiebündel gewesen, dass Bonnie sich nur schwer vorstellen konnte, wie sie ohne sie existieren sollten. Alles war stumpf geworden. Das Essen war geschmacklos, jedes Vergnügen redundant, und selbst die Sonne über ihr erschien ihr nun weniger strahlend.

Sie beobachtete, wie die anderen sich ihre Sitzplätze aussuchten und aufgeregt darüber plauderten, was auf sie zukommen würde. Bonnie lächelte ein paar von ihnen an und grüßte sie, vermied es aber, Blickkontakt zu halten. Sie war noch nicht bereit dazu, Freundschaften zu schließen. Sie stand immer noch unter Schock, weil sie zugestimmt hatte, an Claras Stelle mitzumachen.

»Grant Withenshaw, Sieger von *University Challenge* und Klugscheißer. Freut mich, dich kennenzulernen.«

Bonnie blickte auf die ausgestreckte Hand. Der Mann, dem sie gehörte, war von der Sorte blauäugiger Rugbyspieler, die ihrer Vorstellung nach die Flure vieler Privatschulen bevölkerte. Sein Grinsen war breit, und seine Wangen waren von der Seeluft gerötet, aber in seinen Augen, die sie anstarrten, stand mehr als eine Begrüßung. Er versuchte bereits, sie zu durchschauen.

»Hi, Bon... äh, Clara«, sagte sie und spürte, wie ihr die Verlegenheit den Nacken heraufkroch, als sie seine Hand schüttelte.

»Dann erzähl mal was über dich, Bon-Clara.«

»Bloß Clara, ich wollte ... Bonjour sagen.« Sie schüttelte den Kopf.

»Keine Ahnung, wieso.«

»Ist ja auch egal.« Grant zuckte mit den Schultern und rückte näher, drang in ihren Raum ein. »Erzähl was über dich, habe ich gesagt. Was ist deine Geschichte?«

»Ich habe eigentlich keine.«

»Jeder hat eine. Siehst du diesen Cowboy da drüben?« Grant zeigte auf einen schlanken Typen mit mausgrauem Haar, der ein Holzfällerhemd und Timberland-Stiefel trug. »Nennt sich Jacko. Ich meine, was soll das? Wenn du Jack heißt, nenn dich einfach Jack, Mann.« Er lachte laut und zeigte unverhohlen auf die Frau gegenüber. »Und Maria da drüben meint, sie wäre als Kind Schachmeisterin gewesen, aber ich halte es für wahrscheinlicher, dass sie Meisterin im Kuchenessen war. Oder, Maz?«

Bonnie wand sich innerlich und wollte gerade anmerken, wie unangemessen diese Bemerkung war, als Maria das Wort ergriff.

»Nur weil man gut klugscheißern kann, ist man noch lange nicht der klügste Kopf, weißt du?« Maria lächelte Grant an, doch Bonnie entging das leichte Zucken nicht, das darauf hindeutete, dass sie nicht zum ersten Mal solch einen verletzenden Kommentar abgewehrt hatte.

»Hi, ich bin Clara«, sagte Bonnie zu Maria, wobei ihr klar wurde, dass es deutlich seltsamer werden würde, den Namen ihrer Schwester zu verwenden, als sie gedacht hatte.

»Ich habe dich im Zug gesehen und mich gefragt, ob du eine von uns bist.«

Es war Bonnie peinlich, dass Maria das Buch gesehen haben musste, das sie gerade las. Es war ein Leitfaden des Government Communications Headquarters über Codes und deren Entschlüsselung, was nicht so schlimm wäre, wenn er nicht für Kinder gedacht wäre. Clara hatte ihn ihr zum Spaß bei Amazon gekauft. Aber jetzt fand sie das nicht mehr so lustig. Wie zum Teufel sollte sie sich gegen Schachmeisterinnen und Sieger von *University Challenge* behaupten, geschweige denn sie im Rennen um den Preis schlagen?

Grant hatte sich entfernt, um die letzte Person zu befragen, die an Bord geklettert war – ein Mädchen, das eher in die Sendung *Love Island* zu passen schien als in ein Escape-Room-Spiel. Sie trug unter ihrem zitronengelben Regenmantel Jeansshorts und ein Crop Top und hatte ihr langes schwarzes Haar zu einem Zopf gebunden.

»Das ist alles ziemlich seltsam, findest du nicht?«, sagte Bonnie zu Maria. »Ich hatte erwartet, dass uns jemand von der Produktionsfirma abholt.« In den Anweisungen, die Clara ihr weitergegeben hatte, stand lediglich, dass sie am 5. September um 12:00 Uhr mittags an der Gunwharf Marina im Hafen von Portsmouth sein und nach dem Logo der *Festung* Ausschau halten sollte. Bonnie hatte es am Ende einer Fahnenstange vor diesem Boot entdeckt. Ein Crew-Mitglied hatte daraufhin ihren unverwechselbaren QR-Code gescannt und ihr gesagt, sie solle sich einen Platz suchen, da sie in zwanzig Minuten ablegen würden.

»Ich gehe davon aus, dass sie dort auf uns warten werden.«

»Und wo ist *dort*, weißt du das? Ich konnte keine Details finden.«

»Weil es keine gab. Es ist das erste Geheimnis, schätze ich. Alles sehr aufregend.« Maria hatte das Kichern einer lebenslangen Streberin. Der Sorte Mädchen, um das sich in der Schule alle scharten, wenn es um Hilfe bei Hausaufgaben ging, das aber ignoriert wurde, sobald gesellige Aktivitäten geplant wurden. Sie war wahrscheinlich Ende dreißig, aber ihre weichen Slipper und die beigefarbenen Slacks, die sie trug, hätten eher zu einer älteren Dame gepasst. Ihr Pullover war schlabberig, was zweifellos ihre rundliche Figur noch betonte, und ihr lockiges Haar stand ihr als ungezähmter, splissig krauser Heiligenschein um den Kopf. Maria hatte zarte Gesichtszüge und freundliche Augen. Wenn sie sich ein wenig Mühe gäbe ... Bonnie pfiff sich selbst zurück. Wie oberflächlich und voreingenommen war das denn? Gut für Maria, dass sie nicht das Bedürfnis verspürte, sich irgendeinem gesellschaftlichen Schönheitsideal anzupassen. Wenn sie eine Intelligenzbestie war, reichte das doch wohl auch.

Grants lautes, dröhnendes Lachen ließ Bonnie hinüberschauen. Er flirtete mit der jungen Frau, die wie eine Kandidatin bei *Love Island* gestylt war. Es lag eindeutig nicht daran, dass sie unglaublich lustig gewesen wäre, denn Jacko der Cowboy und der ältere Mann, die in der Nähe saßen, sahen beide ein wenig verwirrt aus.

Bonnie sah zu, wie die letzten Teilnehmer den Steg zum Boot heraufkamen und ihre QR-Codes scannen ließen, bevor sie an Bord gingen. Der Erste war ein rothaariger Mann in einem Superdry-Hoody, dicht gefolgt von einer einschüchternd aussehenden Frau mit diversen Piercings in Nase, Ohren und Zunge. Sie setzte sich neben Maria und begegnete kurz Bonnies Blick mit einem Ausdruck, als wollte sie »Was?« fragen, dann holte sie ihr Handy heraus und studierte es. Die Frau trug schwarze Doc-Martens-Stiefel, über denen sie ihre Jeans aufgekrempelt hatte. Ihr dunkles Haar war in zwei ordentliche Zöpfe geteilt, die rechts und links von ihrem Kopf herunterhingen, und mehrere Halsketten baumelten auf einen beeindruckenden Ausschnitt herab. Bonnie fragte sich, was für einen BH man tragen musste, damit die Brüste in einem T-Shirt so gut zur Geltung kamen. Ihre eigenen sahen immer irgendwie wabbelig und rund aus wie halb leere Luftballons. Sie fühlte sich unsicher wegen des schwarzen Eyeliners, den sie aufgetragen hatte, um Clara ähnlicher zu sehen. Es hatte drei Anläufe gebraucht, um ihn richtig hinzubekommen. Außerdem hatte sie ihr Haar offen gelassen, wie ihre Schwester es trug. Bonnie war eine Pferdeschwanz-Person, aber sie musste ihre glamourösere Seite zeigen, wenn sie eine überzeugende Nachahmung hinlegen wollte.

Als sie in See stachen, waren sie zu acht und reckten allesamt die Hälse, um zu erkennen, wohin die Reise gehen könnte. Bonnie fragte sich, ob die Bootsfahrt nur ein Trick war, um den Drehort unter Verschluss zu halten. Sie würden ein kurzes Stück die Küste entlangschippern und dann irgendwo abgesetzt werden, wo sie auf das Produktionsteam treffen würden. Sie stellte sich ein großes Lagerhaus vor oder einen abgelegenen Fernsehdrehort mit mehreren Gebäuden, unter denen sich ein deprimierend aussehender Schlafsaal befand, den sie sich alle würden teilen müssen.

Ihre Theorie wurde jedoch schnell widerlegt, als sie nicht nach links oder rechts an der Küste entlangfuhren, sondern direkt aufs offene Meer hinaus. Bonnie holte tief Luft. Das war schlimmer als befürchtet.

Um sie herum waren einige wenige Schiffe zu sehen, einschließlich einer großen Autofähre, die sich vermutlich auf dem Weg nach Frankreich befand. Ihr war nicht gesagt worden, dass sie ihren Reisepass einpacken sollte, also konnten sie nicht allzu weit reisen. Außerdem war es ein ziemlich kleines Boot ohne Innenraum, abgesehen von der Kabine, in der der Steuermann saß. Das Ding hüpfte und schwankte beim Fahren, und Bonnie konzentrierte sich darauf, regelmäßige, tiefe Atemzüge zu machen, um nicht seekrank zu werden. Das wäre vor all diesen neuen Menschen viel zu peinlich.

Die meisten aus der Gruppe unterhielten sich und zeigten einander Sehenswürdigkeiten entlang der Küste, doch Bonnie, Maria und Doc Martens saßen schweigend da. Doc Martens starrte noch immer auf ihr Telefon.

Ihre Nervosität steigerte sich noch, als sie die Ausflugsboote hinter sich ließen und tiefer in dunkleres Gewässer vordrangen. Portsmouth hinter ihnen wurde kleiner und kleiner, und selbst der Spinnaker Tower begann in der Ferne zu schrumpfen.

Maria zeigte über Bonnies Schulter und rief: »Die Isle of Wight.«

Bonnie drehte sich auf ihrem Sitz, um hinzusehen, und hoffte, dass sie auf die Insel zuhalten würden, doch sie näherten sich ihr nicht, sondern fuhren geradeaus aufs offene Meer hinaus.

Maria saß seitlich auf der Sitzbank und lehnte sich auf der gegenüberliegenden Bootsseite hinaus. Ihr Haar wehte im Wind, und Bonnie konnte sich nur ausmalen, wie schwer es werden würde, all diese Locken später durchzubürsten. Doc Martens blickte mit einem grimmigen Stirnrunzeln auf und widmete sich dann wieder ihrem Telefon. Bonnie war bewusst, dass sie sie wahrscheinlich begrüßen und sich vorstellen sollte, aber sie war zu besorgt darüber, wohin sie fuhren, um das zu tun.

Maria begann auf und ab zu hüpfen und kleine Quietschlaute auszustoßen.

Bonnie lehnte sich auf ihrem Sitz zurück, um an der Bootskabine vorbeiblicken zu können und zu sehen, worauf sie reagierte.

Was zum Teufel?

Der riesige Zylinder, der sich aus den Wellen erhob, war mit nichts zu vergleichen, was sie jemals gesehen hatte, ein Ungetüm aus von Algen überwuchertem Beton, auf der oberen Kante ein steinerner Ring, der hoch über ihnen aufragte. Schmale Fenster verteilten sich in gleichmäßigen Abständen um die obere Kreislinie und ließen sie aussehen wie ein Teil einer uralten Burg – einer *Festung*.

»Was ist das?«, fragte sie.

»Eine Seefestung, eines der Forts in der Meerenge von Solent. Es gibt davon vier«, rief Maria über den Lärm des Bordmotors hinweg. »Sie wurden im Krieg gebaut, um Angriffe vom Meer aus abzuwehren. Das ist perfekt. Es wird buchstäblich kein Entkommen geben!«

Bonnie blickte zu dem Ding auf und täuschte ein Lächeln vor. Sie hatte auf einen Ort gehofft, an dem sie einfach eine Tasche packen und sich davonmachen konnte, wenn ihr die Angelegenheit zu albern oder demütigend wurde.

Mist, Mist, verdammter Mist, dachte sie und begriff, dass sie nun keine andere Möglichkeit mehr hatte, als bei der blöden Sache mitzuspielen.

7

Das Boot legte auf der anderen Seite des Forts neben einem ausladenden Gerüst an, das bis zum Eingang im steinernen oberen Teil hinaufführte. Auf der Dachebene über dem Eingang thronte ein geschwungenes gläsernes Gebäude in Form eines Schiffshecks, das von einem rot-weißen Leuchtturm gekrönt wurde. Auf das Gerüst war ein großes Schild mit roten Buchstaben auf schwarzem Grund gespannt worden, das DIE FESTUNG ankündigte. Das Bauwerk erinnerte Bonnie an den großen zylinderförmigen Gasspeicher, an dem sie auf der Schnellstraße immer vorbeigefahren waren, wenn Mum früher mit Clara und ihr ihren Großvater besucht hatte.

Man wies sie an, einer nach dem anderen eine dünne Metallleiter hochzusteigen und dann im Zickzack den metallenen Treppenaufgang zu erklimmen, um zum Eingang zu gelangen. Nachdem sie die Leiter hochgeklettert waren, sollten sie wieder nach unten greifen und ihren Koffer von der Person unter ihnen entgegennehmen. Jetzt probte das *Love Island*-Mädchen den Aufstand.

»Gibt es keinen anderen Weg da rein?«, fragte sie die Bootsbesatzung. »Ich kann da nicht hochklettern.«

Bonnie konnte ihre Sorge nachvollziehen. Das Wasser war kabbelig, und die Leiter sah nass und teils verrostet aus. Die Frau, die als Mitglied der Crew am Hafen ihre QR-Codes gescannt hatte, lächelte und teilte ihnen mit, dass die Herausforderung an dieser Stelle begann. Und so taten sie, wie ihnen gesagt wurde.

Bonnie war die Letzte, die hinaufstieg.

»Geh, ich reiche dir den Koffer hoch«, sagte die Frau von der Besatzung.

Bonnie schloss die Hände um die kalte Metallsprosse über sich und begann zu klettern. Ein Windstoß blies ihr das Haar ins Gesicht, und sie ließ mit einer Hand los, um es wegzustreichen. Da wehte der nächste Windstoß ihren ganzen Körper zur Seite. Sie klammere sich mit der linken Hand fester an die Leiter, das Metall fühlte sich unter ihrer Haut glitschig und rutschig an. *Großer Gott, das ist ja furchtbar.* Schnell schob sie sich das Haar hinters Ohr, hielt sich auch mit der rechten Hand wieder fest und kletterte hinauf, dorthin, wo ihre Mitstreiter wie eine Schar aufgeregter Gänse schnatterten. Sie dankte der Frau aus der Crew für das Hinaufreichen ihres Koffers und erwartete, dass diese ihr folgen würde, doch das tat sie nicht. Sie lächelte kurz und winkte halbherzig, bevor sie das Boot losmachte und es mit einem Bein von der Wand abstieß.

Dann also tschüs, dachte Bonnie und sah ihr einziges Fluchtmittel davonschippern.

»Man hat die Dinger im ersten Jahrzehnt des neunzehnten Jahrhunderts zur Verteidigung gegen Napoleon gebaut, wisst ihr?« Maria wirkte deutlich zu begeistert. »Sie mussten sie aus Eisen und Beton bauen, weil Granit nicht stark genug war, um den Wellen standzuhalten, aber der Bau hat so lange gedauert, dass die Bedrohung aus Frankreich dann schon vorbei war. Haben auch ein Vermögen gekostet.«

»Das wette ich«, sagte Bonnie und bemühte sich darum, interessiert zu wirken. Sie spürte, dass Maria eine Freundin gebrauchen konnte.

»Wollen wir dann also reingehen?«, fragte Grant.

»Müssen wir nicht auf jemanden warten?« Das *Love Island*-Mädchen sah windzerzaust aus, und ihre dick aufgetragene Wimperntusche war um ihr linkes Auge herum verschmiert.

Mit großen Schritten ging Grant auf die ausladende weiße Doppeltür zu und drückte dagegen. »Sie ist abgeschlossen.«

»Natürlich. Es ist ja auch eine Festung«, sagte der ältere Typ, der auf dem Boot das Gespräch zwischen dem *Love Island*-Mädchen und Grant so verwirrt verfolgt hatte.

Die ganze Gruppe kicherte, was Grant sichtlich ärgerte. Er murmelte etwas kaum Hörbares und sah dann den älteren Mann an. »Okay, Dennis, Herr Jurist, warum erstreitest du dir dann nicht den Weg da rein?«

»Oh, wir haben einen Klugscheißer unter uns. Das wird uns bestimmt in die Hände spielen.« Der Sarkasmus in Dennis' Worten hatte eine gewisse Schärfe. Bonnie vermutete, dass der Mann wohl keine Geduld für Idioten übrighatte, was dieses gesamte Unternehmen für ihn zu einer Prüfung machen würde.

»Nicht streiten, die filmen schon, darauf wette ich.«

Darauf hoffst du, dachte Bonnie und beobachtete, wie das *Love Island*-Mädchen die Wände nach Kameras absuchte und sich das Haar richtete.

»Das ist so aufregend. Ich liebes es.«

Diese Leute würden unerträglich werden, und möglicherweise würde Bonnie wochenlang mit ihnen festsitzen. Es kam ihr immer reizvoller vor, das Ganze zu einem frühen Zeitpunkt zu vermasseln und nach Hause zu fahren. Scheiß auf das Preisgeld.

Während die Gruppe darüber diskutierte, ob sie einen anderen Weg hinein suchen oder auf jemanden warten sollten, der sie in Empfang nahm, beobachtete Bonnie, wie die Frau in den Doc Martens die Umgebung der Eingangstür in Augenschein nahm. Sie befühlte die Kanten des Türrahmens und beugte sich dann hinunter, um sich den großen Türknauf aus Metall anzusehen, drehte ihn in die eine, dann in die andere Richtung. Nach einer Weile trat sie einen Schritt zurück und blickte die Wand hinauf, dann sah sie einen längeren Moment auf ihre Füße.

»Hey, alle«, sagte die Frau. »HEY!«
Die anderen unterbrachen ihr Gespräch und wandten sich ihr zu.
»Hier unter meinem Fuß ist ein Tretschalter. Damit müssen wir wohl die Tür öffnen.«
»Lass mal sehen.« Grant kam mit großen Schritten herüber und ging neben ihren Füßen in die Hocke. »Da drüben ist noch einer«, sagte er, bewegte sich ein paar Schritte weiter und stellte sich darauf.
»Und hier auch«, sagte Maria und stellte sich zur Linken von Doc Martens auf.
Bonnie blickte sich von ihrem Standort aus nach weiteren runden schwarzen Platten um.
»Ich wette, es gibt acht davon«, sagte Doc Martens. »Einen für jeden.«
Das *Love Island*-Mädchen und der Anwalt namens Dennis fanden ebenfalls eine Platte in ihrer Nähe, womit Bonnie, der Rothaarige und der Cowboy namens Jacko die Einzigen waren, die noch suchten. Als Bonnie in ihrer unmittelbaren Umgebung nichts finden konnte, begann sie dem schmalen Gang zu folgen, der von ihrem Sammelpunkt aus um das Fort herumführte. Sie bemühte sich, nicht seitlich hinunterzuschauen. Alles, was sie von dem Meer unter ihr trennte, waren ein dünnes weißes Geländer und die große Höhe. Stattdessen konzentrierte sie sich auf den Boden vor sich.
»Hast du deinen gefunden?«, rief jemand.
Wieso muss meiner einer der letzten sein?, dachte sie. *Wie kann es sein, dass ihr alle das Glück hattet, einen in eurer Nähe zu finden, und meiner der ist, der fehlt? Als würde ich die Gruppe im Stich lassen.* Sie kannte die Antwort natürlich: Der Wettbewerb hatte bereits begonnen, und sie war schon im Rückstand.
Nachdem sie so weit gegangen war, dass sie die Gruppe nicht mehr sehen konnte, wenn sie sich umdrehte, machte sie kehrt und begegnete Jacko, der aus der entgegengesetzten Richtung kam und

den Kopf schüttelte. Der Rothaarige stand immer noch dort, wo sie ihn zurückgelassen hatten, und starrte auf sein Handy.

»Kommt schon, Leute!«, rief Grant. »Die müssen doch irgendwo sein. Muss euch jemand helfen?«

Bonnie ignorierte ihn und ging auf Jacko zu.

»Hier in diese Richtung kommt keiner mehr«, sagte sie. Ich bin richtig weit gegangen, und da ist nichts.«

»In meiner Richtung auch nicht«, sagte Jacko.

»Wartet«, mischte sich Doc Martens ein. »Unsere sind alle hier vor der Tür. Es ergibt keinen Sinn, dass die anderen getrennt davon und weiter weg sein sollen. Außerdem stehen wir alle in einer hübschen Formation, schaut mal.«

Bonnie drehte sich um und besah sich die Anordnung der Gruppe.

»Das ist ein Fünfeck«, sagte Jacko. »Ihr steht in einem Fünfeck.«

»Okay«, sagte Maria, »und das ganze Ding hier ist ein Zylinder. Der Schlüssel, mit dem man die Tür aufbekommt, hat also mit Formen zu tun? Die Tür ist noch nicht offen, oder, Jaide?«

Doc Martens versuchte den Türknauf zu erreichen, doch es gelang ihr nicht. Sie sah Bonnie und Jacko an. »Los, ihr beiden, ihr könnt euch bewegen.«

Bonnie warf einen Blick auf den Rothaarigen, der immer noch auf sein Telefon starrte, dann ging sie zu dem großen Metallknauf und versuchte ihn zu drehen, doch er gab nicht nach. Sie und Jacko drückten gegen die Tür, aber sie bewegte sich nicht.

»Es muss hier doch irgendwo ein Tastenfeld oder einen Bildschirm oder etwas Geschriebenes geben mit einem Hinweis darauf, was wir tun müssen«, sagte Dennis.

Jaide antwortete: »Gibt es nicht. Ich habe nachgesehen.«

»Also, das ist albern«, sagte Dennis. »Wie können sie von uns erwarten, dass wir ohne einen Hinweis reinkommen?«

»Wir haben einen Hinweis gefunden«, sagte Maria. »Das Fünfeck.«

»Ja, aber wir haben keine Ahnung, was wir damit anfangen sollen«, entgegnete Jacko leise. Er sah in Bonnies Richtung und lächelte.
»Jacko, hi.«
»Clara, freut mich dich kennenzulernen. Glaubst du, wir sind schon ausgeschieden, weil wir keinen Schalter gefunden haben, auf dem wir stehen müssen?«
»Nee, das bedeutet nur, das wir im Augenblick die Kontrolle haben. Keiner von denen kann sich bewegen. Sorgen wir dafür, dass es eine Weile so bleibt.« Er zwinkerte, und Bonnie lächelte.
»Hier ist absolut null Empfang«, sagte der Rothaarige mit einem leichten Geordie-Zungenschlag. Er blickte sich in der Gruppe um, als sähe er sie alle zum ersten Mal. »Was ist hier los?«
Alle fingen gleichzeitig an zu reden, und der Lärmpegel wurde langsam unerträglich. Es würde eine schreckliche Sendung werden, wenn sie sich alle weiterhin so benahmen. Bonnie entfernte sich von der Tür und ging außen um die stehende Gruppe herum, wobei sie versuchte, sich von allen die Namen zu merken. Dennis war der ältere Typ, von dem Grant gesagt hatte, er wäre Anwalt. Maria hatte die Frau in den Doc Martens Jaide genannt. Jacko war der Typ im karierten Hemd, und sie war sich sicher, dass jemand den Rothaarigen entweder mit Ross oder Russ angesprochen hatte. Damit blieb noch das *Love Island*-Mädchen. Die Einzige, die noch keinen Namen hatte. Bonnie wollte sie gerade ansprechen und danach fragen, als Jacko nach ihr rief.
»Clara, schau mal hier.«
Jack stand da und starrte zu dem Bogen über der Tür hinauf.
»Was soll ich da sehen?«, fragte sie und trat zu ihm.
»Es gibt noch eine Form, die man aus fünf Punkten im selben Abstand voneinander bilden kann, stimmt's?« Er deutete auf ein kleines Objekt aus Holz, das im Türrahmen befestigt war.
»Ein Stern. Ein fünfzackiger Stern.«
»Was ist los?«, fragte Grant. »Hört auf zu flüstern.«

»Tun wir gar nicht, wir beratschlagen nur. Jacko hat es gelöst, glaube ich. Falls er recht hat, steht ihr auf den Spitzen der Zacken eines Sterns, und da oben ist eine Art Knopf mit einem Stern darauf.«

»Wir brauchen eine Stange oder so was«, sagte Jacko.

»Heb sie einfach hoch«, entgegnete Grant.

»Könnte ich machen?« Jacko blickte Bonnie an und dann hinauf zu dem Knopf.

»Oder du könntest den hier nehmen«, sagte Maria und zeigte auf einen langen Besen, der auf dem Boden lag.

»Es ist ein Stern, weil wir Stars werden«, sagte das *Love Island*-Mädchen.

Bonnie wechselte einen Blick mit Jacko, der lächelte, bevor er den Besen aufhob.

»Mach du«, sagte er und reichte ihn ihr.

»Nein, es ist *dein* Erfolg.«

»Ich bestehe darauf, bitte. Und wenn ich falschliege, kannst du die Schuld auf dich nehmen.«

Bonnie schüttelte leicht den Kopf, nahm aber den Besen und hob ihn über ihren Kopf, um mit dem Ende des Stiels auf den kleinen hölzernen Stern zu drücken. Er ließ sich mit einem leisen Klicken ein wenig eindrücken, und endlich schwang in einer gleichmäßigen Bewegung die Doppeltür weit auf.

»Wir werden das hier rocken«, sagte Grant und stürzte an ihnen vorbei.

»Was hast *du* denn beigetragen?«, sagte Jaide zu ihm, die ebenfalls reinging.

Das *Love Island*-Mädchen hatte sich an der Eingangstür neben Bonnie gestellt.

»Hi, ich bin Clara.«

»Charlie. Wow! Schau dir diesen Ort an!«

Das Innere stand in völligem Gegensatz zu dem industriellen Äußeren. In der großzügigen Eingangshalle, die sie betraten, zierte eine riesige Unionsflagge eine Wand, und zwei Türen führten nach links und rechts in gewölbte Räume mit glänzend polierten Holzböden. Vor ihnen öffnete sich eine weitere Tür in einen Innenhof. Durch die Glastür konnte Bonnie ein zentrales Oval erkennen, das von einem Eisengeländer umgeben war, von dem aus Stufen auf eine tiefer liegende Ebene hinunterführten, aber auch eine Eisentreppe hinauf auf das Dach und vermutlich zum Eingang des gläsernen Gebäudes, das sie vom Boot aus gesehen hatte.

Bonnie und Charlie folgten dem Rest der Gruppe, die nach links abbog und unter einem roten Backsteinbogen mit der Aufschrift OFFIZIERSKASINO hindurchging. Die gewölbte Decke aus rotem Backstein reichte bis hinunter zu den bodentiefen halbkreisförmigen Fenstern und den mit Stein ummauerten offenen Kaminen. In den beiden Fensterbögen stand je ein runder Tisch mit acht weich gepolsterten Lederstühlen. Über einem der Kamine hing der polierte Propeller eines altmodischen Flugzeugs, und an der gegenüberliegenden Wand standen auf hohen Ständern sechs silberne Eiskübel aufgereiht.

Charlie blieb unter einer der vielen Kameras stehen, die an die Wand montiert waren. Ein kleines grünes Licht leuchtete daran, und oben war ein langes, schaumstoffüberzogenes Mikrofon befestigt. »Wie cool ist das denn?« Sie sah direkt hinein. »Hi, ich bin Charlie, zwanzig Jahre alt, und ich werde dieses Ding hier gewinnen. Wisst ihr, wieso? Weil ich es mehr will als jeder andere hier.«

Weil es bestimmt ausreicht, es mehr zu wollen, dachte Bonnie, doch sie lächelte, als Charlie sich Zustimmung heischend nach ihr umdrehte.

»Du bist dran.«

»Nein danke«, sagte Bonnie und ging steif weiter.

Charlie schloss lachend zu ihr auf. »Du weißt schon, dass du längst gefilmt wirst? Alles, was du sagst oder tust, kann in der Sendung auftauchen.« Charlie griff nach Bonnies Hand, drückte sie und zog Bonnie zu einem Erkundungsgang mit sich. Etwas an ihrer Begeisterung erinnerte Bonnie an Clara, und sie fragte sich, wie es ihrer Schwester allein zu Hause wohl erging. Clara war so aufgeregt gewesen, als sie Bonnie erzählt hatte, dass sie einen Platz ergattert hatte. »Schau nicht so überrascht«, hatte Clara gesagt, dann hatte sie gelacht und war von dannen gehüpft, um ihre engsten Freundinnen anzurufen und ihnen die Neuigkeit mitzuteilen. Es war das erste Mal seit Mums Tod gewesen, dass Bonnie Clara lachen gehört hatte.

Schließlich kehrten sie um und durchquerten die Eingangshalle zur anderen Seite. Auf dem Schild über diesem Raum stand TRI-UMPH BAR, und seine Nischen waren mit plüschigen Ledersesseln, Samtsofas und polierten Holztischen ausgestattet. Die Kandelaber und dicken schwarzen Ketten und Reifen, die kreuz und quer über die Decke liefen, vermittelten ihnen das Gefühl, in einem alten Schloss zu sein.

Sie betraten die WACHE, in der ein Klavier, ein altmodischer Schreibtisch und ein großer Globus standen. Als Charlie eine der Schreibtischschubladen aufzog, fand sich darin eine goldene Gasmaske. »Erstaunlich.«

Bonnie fragte sich, ob sie darauf hinweisen sollte, dass Dinge, die »erstaunlich« waren, einen mit Staunen erfüllen sollten. Sie bezweifelte, dass diese Reaktion auf ein staubiges Relikt aus dem Krieg angemessen wäre, aber sie wusste, Clara würde so etwas niemals sagen. Genau genommen hatte sie das sichere Gefühl, dass Clara Charlie großartig finden würde. Bonnie fuhr sich mit den Fingern durchs Haar. Von der Überfahrt und der Kletterei war es windzerzaust und verknotet. Sie hätte es am liebsten zurückgebunden, aber Clara würde das nicht machen.

Als sie die Gruppe wieder einholten, standen alle vor einer großen hölzernen Tafel neben der Bar, die mit einem dicken Seil eingefasst war. Daran war ein Grundriss des Geschosses befestigt, auf dem die bogenförmig angeordneten Zimmer von eins bis acht durchnummeriert waren. Seitlich unten hingen acht nummerierte Schlüssel daran.

»Suchen wir uns einfach einen aus?«, fragte Maria gerade, als der an der Wand befestigte Fernsehbildschirm statisch zu summen begann und dann ein einzelner roter Punkt in der Mitte aufblinkte. Nach ein paar Sekunden ertönte die Stimme eines Mannes, und aus dem roten Punkt wurden Untertitel.

»Willkommen in der Festung. Wir fangen so an, wie wir beabsichtigen weiterzumachen. Ihr seid allein, hier gestrandet, um das ultimative Rätsel zu lösen. Die Öffentlichkeit wird euch dabei zusehen. Einige werden euch helfen. Alle werden euch bewerten.«

Die Stimme des Mannes war verzerrt und hatte etwas Blechernes, vermutlich sollte sie geheimnisvoll oder unheimlich klingen.

»Oh, das ist jetzt aber ein bisschen billig, oder?«, sagte Dennis an niemanden im Besonderen gerichtet.

Der Fernsehbildschirm teilte sich in drei Spalten. Die rechte spielte Bildmaterial der Gruppe ab, wie sie das Gebäude betrat und sich überrascht umsah. In der linken Spalte war der Twitter-Feed der Sendung zu sehen, in dem verkündet wurde, dass *Die Festung* nun live gegangen sei, und die mittlere Spalte zeigte den Insta-Account der Sendung, auf dem die Bewerbungsvideos aller acht Teilnehmer online gestellt waren.

Eine Welle von Geplapper und nervösem Gelächter brandete auf.

»Es geht also los«, sagte der Rothaarige namens Russ oder Ross. »Wie schlimm war euer Bewerbungsvideo?«

»Grauenvoll«, sagte Bonnie und meinte es auch so. Clara hatte darin zweifellos quirlig und lustig gewirkt. Bonnie musste diesen Erwartungen nun gerecht werden ... irgendwie. Sie musterte das stumme Bildmaterial von Clara, die in die Kamera sprach. Ihr Haar war eine oder zwei Schattierungen heller als Bonnies natürlicher Farbton, weswegen Bonnie vor zwei Wochen beim Friseur gewesen war, um sich blonde Strähnen hineinfärben zu lassen. Außerdem war Claras Gesicht ein bisschen länger, aber in dieser Hinsicht konnte Bonnie nichts tun.

Die blecherne Stimme rief ihnen in Erinnerung, dass sie eine Verzichtserklärung unterschrieben hatten, die es den Machern der Sendung gestattete, sämtliches Videomaterial zu senden, das sie für angebracht hielten. »Wenn ihr nicht wollt, dass eure Familienangehörigen euch fluchen hören, dann flucht nicht«, sagte der Mann im Fernsehen. »Wenn ihr wollt, dass die Leute euch mögen, dann seid nett. Wenn ihr hingegen gewinnen wollt, tut, was ihr tun müsst.«

Die Gruppe lachte.

»Das Format dieser Sendung ist einfach. Ihr seid hier, um eine Reihe von Aufgaben zu bewältigen, von denen jede einen Hinweis enthält, mit dem ihr die Geheimnisse der Festung enträtseln könnt. In regelmäßigen Abständen werden die Zuschauer darum gebeten werden, abzustimmen, wer einen individuellen Escape Room absolvieren soll oder gar ein Duell mit einer anderen Person. Falls es euch dabei nicht gelingt, zu entkommen, werdet ihr eingeschlossen bleiben, und eure Zeit in der Show ist abgelaufen. Die Übrigen werden weiterspielen.«

»Und wer am Ende übrig bleibt, ist der Sieger.« Grant grinste die anderen an.

»Oder derjenige, der das Rätsel als Erster löst. Es geht ja schließlich darum, die Geheimnisse der Festung zu enträtseln, oder nicht?«, sagte Maria.

Alle aus der Gruppe blickten auf den Bildschirm. Der rote Punkt blinkte ihnen entgegen. Einige Sekunden später sagte die Stimme: »Unterdessen werdet ihr Hinweise finden. Hinweise, die für euer Überleben entscheidend sind. Sie sind überall.«

Bonnie sah sich in dem Raum um und betrachtete die Fotos und Karten an den Wänden, die Relikte aus der Vergangenheit des Forts, die auf den verschiedenen Regalen und Schränken Staub ansetzten, sah die unterschiedlichen Zimmer und Abstellkammern, die vom Flur abgingen. Dieses Gebäude war riesig. Sie hatte das Gefühl, dass sie noch kein Viertel davon erkundet hatten.

»Eure erste Aufgabe ist einfach. Sucht euch ein Zimmer aus, packt aus und kommt dann zum Sonnendeck im obersten Stock, um euch kennenzulernen. Man weiß nie, wann man einen Freund gebrauchen kann.«

Der rote Punkt verabschiedete sich mit dem Text: VIEL GLÜCK, DER DIREKTOR.

Sobald der Fernseher schwarz wurde, ergriff Charlie die Initiative und schnappte sich einen der Schlüssel. Die anderen taten es ihr nach, womit Bonnie der letzte Schlüssel blieb. *Nummer sieben, Glückszahl,* dachte sie und nahm ihn vom Haken.

Sie warf einen Blick auf den Grundrissplan und setzte sich in Bewegung, um den Flur hinunter ihr Zimmer zu suchen. Sie ging an Dennis und Jaide vorbei – die beide nicht in ihre Richtung sahen. Das ganze Gebäude roch ein wenig muffig, aber jedes Zimmer, an dem sie vorbeikam, war mit einem prächtigen Doppelbett und luxuriösem Bettzeug ausgestattet. Endlich erreichte sie ihr eigenes Zimmer. Es war in Lila und Grau gehalten und mit einem antiken Schminktisch ausgestattet. Ihr Bett im französischen Stil stand unter einem gemauerten Bogen, und an seinem Fußende befand sich eine silberfarbene, mit Samt bezogene Truhe. Ihre Nachttische waren silberfarbene Ovale aus Holz mit zierlichen Schubladen und geschwungenen Beinen. Dem Bett gegenüber befanden sich ein weißes Ledersofa und ein gläserner Couchtisch, und unter der tiefen Fensterbank standen zwei graue Sessel mit lila Kissen.

Wow, dachte Bonnie. Doch nicht die Schlafsaalunterbringung, die sie befürchtet hatte.

Sie stellte ihren Rollkoffer auf die Truhe für das Bettzeug, entnahm ihm ihren Kulturbeutel und trug ihn in das angrenzende Bad. Dieses war mit seinem großen Spiegel über den zwei Waschbecken, der ovalen Badewanne und der Regendusche in der Ecke ebenso beeindruckend wie das Schlafzimmer. Sie stellte den Beutel zwischen den beiden Waschbecken ab und ließ Wasser laufen, bis es warm wurde. Sie wusch sich das Gesicht, und sofort ging es ihr besser. Es fühlte sich jetzt schon so an, als hätte sie einen langen Tag hinter sich, und sie hatte dieses fürs Reisen typische Gefühl, schmutzig zu sein.

Während sie sich das verfilzte Haar bürstete, ging sie zu dem Fenster im Schlafzimmer hinüber, um hinauszusehen. Der Ausblick reichte weit übers Meer bis nach Portsmouth hinüber. Bonnie musste zugeben, dass die Aussicht ganz schön cool war und dies eines der schönsten Zimmer, in denen sie jemals übernachtet hatte. Außerdem war die erste Prüfung nicht ganz schlecht gelaufen. Sie hatte darin eine Schlüsselrolle gespielt, und das gab ihr endlich ein wenig Zuversicht.

Entspann dich und genieß es. Vielleicht wird es gar nicht so schlimm, dachte sie, nur wenige Augenblicke bevor ein markerschütternder Schrei die Luft durchschnitt.

8

Als Bonnie es in die Helligkeit des mittig gelegenen Hofes hinaus geschafft hatte, war aus dem Geschrei Gejohle geworden und, falls sie sich nicht täuschte, Gelächter. Sie fand sich von hohen Backsteinmauern umgeben, auf denen sich schwarze Eisengeländer befanden. Unmittelbar vor ihr führten Stufen zu dem gläsernen Gebäude mit dem rot-weißen Leuchtturm auf dem Dach hinauf, das sie vom Boot aus gesehen hatte. Sie drehte sich auf der Stelle im Kreis und erblickte zwei weitere Eisentreppen, die zu verschiedenen erhöhten Ebenen hinaufführten. Auf einer von ihnen hatte sich bereits ein Großteil der Gruppe versammelt. Bonnie beeilte sich, zu ihnen zu gelangen. Das Erste, was sie sah, war Charlie, die auf dem Boden saß und den Kopf zwischen die Knie hängen ließ, sowie Jacko, der neben ihr hockte und ihr den Rücken rieb. Die Rufe kamen von Jaide und das Gelächter von Grant und Russ. Diese Leute konnten ihr nur wenige Augenblicke zuvorgekommen sein. Was um alles in der Welt war passiert?

Und dann sah sie es.

Der Körper der Frau war halb nackt und völlig in sich zusammengesackt, sodass ihr Kopf ganz unter Wasser war. Ihr Haar fächerte sich um sie herum auf, und ihre Arme trieben auf und ab. Bonnies erster Schreck wurde von den Reaktionen um sie herum zerstreut, von dem Gelächter und der fehlenden Panik. Was sie da sah, konnte nicht stimmen.

»Du hast uns einen Scheißschrecken eingejagt!«, rief Jaide.

Charlie hob den Kopf, um zu antworten. »Ich habe euch doch schon gesagt, ich dachte, es wäre echt.«

»Das ist eine Escape-Room-Aufgabe, weißt du, eine Mordgeschichte.«

»Ich hatte nicht mit einer Leiche gerechnet.«

Grant und Russ bekamen noch einen Lachanfall, und Charlies Kopf senkte sich wieder zwischen ihre Knie.

»Was ist los?« Maria kam als Letzte an und war etwas außer Atem.

»Leiche«, sage Dennis und wedelte mit der A5-Karteikarte, die er gerade gelesen hatte. Er hatte eine kleine braune Lesebrille auf der Nasenspitze sitzen. »Und ein Hinweis. Anscheinend gibt es an diesem Ort keine Zeit für Ruhepausen.«

Bonnie hätte ihn beinahe gefragt, was er denn erwartet hatte, als er sich beworben hatte, aber dann fielen ihr die Kameras wieder ein. Es war besser, wenn sie keine Aufmerksamkeit auf sich lenkte.

»Was hast du da?« Grant trat näher und unternahm den Versuch, Dennis die Karte zu entreißen, doch Dennis hielt sie geschickt außerhalb seiner Reichweite.

»Ich bin voll und ganz in der Lage, das hier laut vorzulesen, danke.«

»Worauf wartest du dann?«, fragte Grant.

Hatten diese Typen vergessen, dass sie gefilmt wurden? Sie wollten sich doch sicher im bestmöglichen Licht zeigen. Vielleicht war es eine Taktik, um aufzufallen, oder aber ihnen war gar nicht bewusst, wie sie rüberkamen – in dem Fall brauchten sie vielleicht einen freundlichen Hinweis.

»Vielleicht sollten wir uns darum bemühen, zusammenzuarbeiten und das hier zu genießen«, sagte Bonnie.

Ihre Worte wurden einige Sekunden lang mit absolutem Schweigen aufgenommen, dann sagte Maria: »Hört, hört«, und tätschelte ihr den Arm.

»Okay, Mum, tut mir leid, Mum«, sagte Grant, und Russ hinter ihm kicherte.

»Was ist der Hinweis, Dennis?« Charlie blies sich das Haar aus dem Gesicht und versuchte so zu tun, als hätte sie nicht gerade geheult.

Dennis drehte die Karte um, sodass alle sehen konnten, wie die Wörter angeordnet waren, und las laut vor.

An einem Tag im mai
zog Ann einen Strich.
Sie sagte: Vorbei!,
und entwich.
Sie eilte sich sehr,
nahm ein Kanu,
war ein Punkt auf dem Meer,
der winkte mir zu.

»Oh, das ist leicht«, sagte Maria. »Morsecode. Ann machte einen *Strich*, ein *Punkt* auf dem Meer.«

»Oh, stimmt«, sagte Charlie.

»Und was ist mit dem Rest? Wieso im Mai, wieso Ann, und warum hat sie gewunken?«, fragte Jaide, die von Maria eine Spur genervt zu sein schien.

Bonnie dachte einen Augenblick nach. Irgendwas an dem Winken vom Meer aus löste eine Erinnerung aus. »Bezieht sich das nicht auf ein Gedicht?«, fragte sie. »Dieses eine, in dem es nicht ums Winken, sondern ums Ertrinken geht.« Sie hatte in der Schule Englische Literatur belegt, und das Gedicht war ihr immer tragisch erschienen.

Grant zuckte mit den Schultern und grinste Russ an. Die rotteten sich schnell zusammen.

»Und der Mai ist nicht großgeschrieben. Also geht es nicht um den Monat und auch nicht um eine Person.«

»Ein Tag im Mai, Tag im Mai, Tag im Mai … Mayday. Das bedeutet Mayday!«, steuerte Jaide bei.

»Haha. Okay«, erwiderte Dennis. »Wir haben einen Notruf, den Morsecode und eine ertrunkene Dame namens Ann. Was machen wir daraus?«

Die Gruppe verstummte, während alle versuchten auszuknobeln, was der Reim ihnen sagen sollte.

»Na ja, also, die berühmteste Nachricht im Morsecode ist S. O. S., und die bedeutet im Grunde genommen Mayday, was aus dem Französischen kommt, von *m'aidez* im Sinne von ›Helft mir‹«, sagte Maria.

»Du bist wirklich gut darin«, sagte Charlie, und Maria sah so aus, als wollte sie vor Glück gleich platzen.

»Ach was. Ich mag einfach so militärischen Kram, Geschichte und so weiter.«

»Dann ist das hier für dich ja ein wahr gewordener Traum«, sagte Russ in einem Ton, in dem nur eine winzige Spur Gehässigkeit lag.

»Wir brillieren wieder«, sagte Grant.

Jaide schüttelte den Kopf. »Wir sind noch weit von einer Lösung entfernt. Was jetzt?«

Sie begannen sich alle nach weiteren Hinweisen oder Anweisungen umzusehen.

»Wo habt ihr die Karte gefunden?«, fragte Maria Dennis.

»Die klebte seitlich am Whirlpool.«

Er zeigte ihr die Stelle. Währenddessen folgte Jacko Jaide die Stufen vom Whirlpool wieder hinunter zur Hauptebene des Daches. Grant und Russ flüsterten miteinander und begannen erneut zu lachen.

Bonnie betrachtete die verschiedenen Kameras um sich herum. Sie hatte zehn Stück gezählt, als Jaide wieder das Wort ergriff. An allen waren Mikrofone befestigt. Sie war davon ausgegangen, dass sie alle ein Knopflochmikrofon würden tragen müssen. Hoffentlich bedeutete die Tatsache, dass es nicht so war, dass man ihnen ein gewisses Maß an Privatsphäre gewährte.

»Der Leuchtturm. Von dort aus würde man Hilfe anfordern oder Menschen vor Gefahren bewahren. Könnte da drin etwas sein?«

»Da drin ist ein alter Kommandoraum«, sagte Jacko. »Ich wette, da gibt es einen Morseapparat.«

»Super«, sagte Jaide. »Lasst uns teilen und erobern! Ladys, ihr kommt mit mir. Jungs, ihr geht und seht im Kommandoraum nach, ob ihr etwas Nützliches findet.«

Maria und Dennis legten die Puppe neben dem Pool auf den Boden. Sie hatten sie von außen nach Hinweisen abgesucht.

»Wer hat dich denn zur Chefin ernannt?«, fragte Grant.

»Ich«, antwortete Jaide.

»Na gut, dann bin ich der Anführer der Männer.«

»Ich habe das Gefühl, er ist eine Spur kompetitiv«, sagte Maria zu Jaide, als sie die Treppe zum Dach des großen Gebäudes aus Glas hinaufstiegen.

»Es kommt mir vor, als wäre ich ihm schon sehr oft begegnet.«

Die Frauen tauschten ein Lächeln, dann erreichten sie das Dach, das mit Kunstrasen ausgelegt war. Der kleine rot-weiße Leuchtturm erhob sich exakt in der Mitte. Für vier Frauen war es hier eng, und Bonnie drückte sich dicht an die Wand.

»Ich glaube, so läuft das Spiel. Wie draußen vor dem Fort. Wir bekommen einen Hinweis, der führt zum nächsten und so weiter, bis wir begreifen, was wir damit anfangen sollen«, sagte Maria. »Das ist genau mein Ding. Ich freue mich so.«

»Und wer braucht Google, wenn er Maria hat?«, fragte Jaide. »Da haben wir's. Schaut euch das an.« Sie zeigte auf die schwarze Karte an dem gerahmten Zeitungsartikel, der auf dem kleinen Kontrolltisch stand.

Mitten auf der Karte befand sich eine Reihe von Punkten und Strichen.

..../../.-../..-./.

»Kann jemand Morsezeichen?«, fragte Jaide. »Maria?«

Diese schüttelte den Kopf. »Ich kenne nur S. O. S., das war's.«

»Und wie geht das?«

»Punkt, Punkt, Punkt, Strich, Strich, Strich, Punkt, Punkt, Punkt. Punkt steht für kurz, Strich für lang.«

Bonnie blickte auf die Symbole auf der Karte. »Das hilft uns nicht weiter.«

»Irgendwo ist doch bestimmt ein Schlüssel, oder? Den gibt es in den meisten Escape Rooms. Das Morsealphabet in einem Buch oder auf einem Plakat zum Beispiel«, sagte Charlie.

Alles ist ein Hinweis, dachte Bonnie.

»Oder buchstabenweise im Raum verteilt«, sagte Jaide und zeigte auf den kleinen Aufkleber an einem der Fenster, die aufs Meer hinausgingen.

.-

A

»Dann gehen wir besser auf die Jagd und sagen den Jungs Bescheid. Das könnte eine Weile dauern«, sagte Maria.

»Warte«, wandte Bonnie ein. »Was ist mit dem Artikel? Ist der ein Hinweis?«

Sie versammelten sich alle um den gerahmten Zeitungsartikel, an dem der Code gehangen hatte, und lasen ihn schweigend.

»Whoa«, sagte Jaide.

»Das ist verrückt«, meinte Charlie.

»Glaubt ihr, das ist wahr?«, fragte Bonnie, wobei sie sich des kleinen grünen Lichts an der Kamera vor sich bewusst war.

»Ich meine, wir hätten davon gehört, wenn es so wäre«, sagte Maria. »Glaubt ihr nicht?«

Die Frauen sahen sich gegenseitig an.

9

Sie trafen auf Jacko und Dennis, als sie durch das Hauptgeschoss zurückgingen. Die beiden sprachen mit gesenkten Stimmen, möglicherweise um von den Mikrofonen nicht gehört zu werden.

»Habt ihr was gefunden?«, fragte Jaide. Sie hielt die kleine schwarze Karte an ihre Taille gedrückt, sodass die Männer sie nicht sehen konnten. Bonnie wunderte sich über diese taktische Herangehensweise. Gewinnen würde nicht nur bedeuten, selbst gut abzuschneiden, sondern auch, dafür zu sorgen, dass die Konkurrenz es nicht tat.

Dennis hielt seinerseits eine schwarze Karte in die Höhe. »Und ob wir das haben. Es ist Morsecode, so wie wir dachten.«

»Wir haben auch eine gefunden. Könnt ihr sie entziffern?«

Dennis schüttelte den Kopf. »Grant und Russ sind noch im Kommandoraum. Da sind jede Menge Bücher, die durchsuchen sie gerade nach einem Morsealphabet.«

»Sie verschwenden ihre Zeit. Schaut mal.« Jaide zeigte auf den weißen Aufkleber an der Wand hinter den beiden Männern.

..-.

F

»Im Leuchtturm haben wir das A gefunden, dann G und T auf dem Sonnendeck.«

»G und T? Da hat jemand Sinn für Humor«, sagte Dennis.

»Ich zeige euch meine, wenn ihr mir eure zeigt.« Jaide klapperte mit ihren lila lackierten Fingernägeln ein rhythmisches *Klack, klack, klack* auf die Karte. Bonnie bemerkte, dass sie den S. O. S.-Rhythmus klopfte.

Dennis und Jaide tauschten Karten, und Bonnie beugte sich vor, um sich die der Männer anzusehen.

-. / .. / . / -- / . - / -. / -..

Maria biss sich auf die Lippe. »Dieser einzelne Punkt muss ein häufiger Buchstabe sein, glaubt ihr nicht? Einer, der oft vorkommt, da es eben nur ein kurzes Klopfen ist.«

»Also ein Vokal?«, fragte Bonnie. »S. O. S. können wir, ein O ist nicht. Den Morsecode von A haben wir auch. Also könnte es ein E sein? Das ist bestimmt einer der häufigsten Buchstaben.«

»Wäre es nicht einfacher, bloß nach den Post-its zu suchen?«, warf Charlie ein.

»Außerdem stehen auf der Rückseite unserer Karten Nummern. Da steht eins von acht.« Dennis blickte auf die Karte, die Jaide ihm gegeben hatte. »Auf der hier steht ebenfalls eins von acht, wir müssen also noch sechs weitere finden.«

»Wo habt ihr eure gefunden?«, fragte Bonnie. »Unsere klebte an einem Zeitungsartikel über eine schwangere Frau, die hier allein gestrandet ist, nachdem ihre Familie an einer Kohlenmonoxidvergiftung gestorben ist. Da stand, der einzige Grund, warum sie überlebt hat, sei der gewesen, dass der Fötus zusätzlichen Sauerstoff eingelagert hatte.«

»Ist das wahr?«, fragte Jacko.

»Sei nicht albern, es ist ein Spiel«, antwortete Jaide. »Alles ist ausgedacht.«

»Da bin ich mir nicht so sicher«, widersprach Dennis. »Unsere Karte steckte im Rahmen eines Info-Blattes über die Soldaten, die hier im Ersten Weltkrieg stationiert waren. Anscheinend hat man sie extra deswegen ausgewählt, weil sie nicht schwimmen konnten. So konnten sie sich nicht aus dem Staub machen. Das ist bestimmt wahr. Genau so etwas würden die Mistkerle, die die Macht haben, beschließen.«

»Das ist übel«, sagte Charlie. »Was, wenn sie angegriffen würden und schwimmen müssten, um zu überleben?«

Dennis zuckte mit den Schultern.

»In diesen Geschichten sind bestimmt Hinweise versteckt«, sagte Maria, »aber teilen wir uns erst mal auf und schauen, ob wir die anderen Karten und Buchstaben finden.«

»Ich gehe Grant und Russ Bescheid sagen«, verkündete Jacko.

Die Gruppe zerstreute sich. Sie mussten ein großes Areal absuchen. Bonnie holte sich den Block und den Bleistift, die sie auf der Anrichte entdeckt hatte. Sie schlug die erste Seite auf und schrieb sich die Buchstaben mit den entsprechenden Morsecodes auf, die sie auf den Aufklebern gefunden hatten. Dann suchte sie nach weiteren. Eine der schwarzen Karten entdeckte sie im Flur gegenüber von ihrem Schlafzimmer. Sie war an einer gerahmten Zusammenstellung von Schwarz-Weiß-Zeichnungen des Forts in unterschiedlichen Bauphasen befestigt. In der kurzen Beschreibung unter dem Rahmen blieb Bonnie an einem Absatz hängen. Da stand, den Bauarbeitern hätten damals Geschichten über den Geist des Solent Angst eingejagt, der angeblich einsame Arbeiter ins Meer hinauszerrte, um Gesellschaft zu haben.

Dies war kein heiterer Escape Room. Welche Geheimnisse sie hier auch entschlüsseln sollten, es würden, dachte Bonnie, düstere sein.

Sie musste zugeben, dass das ganze Ding besser aufgezogen war, als sie erwartet hatte, insbesondere die Tatsache, dass sie hier allein waren. Sie hatte sich gefragt, wie die Produktionsfirma dem Ganzen das Gefühl eines echten Escape Rooms verleihen wollte, wenn die ganze Zeit Filmcrews am Set waren und filmten, das hier war also schlau gelöst. Und die Tatsache, dass das Thema ein wenig düster war, verstärkte nur die allgemeine Stimmung. Wer hatte schon etwas gegen eine gute Gruselgeschichte einzuwenden? Zum ersten Mal war sie Clara dankbar, und gleichzeitig tat sie ihr leid. Ihre Schwester wäre hier in ihrem Element gewesen. Bonnie konnte sich gut vorstellen, wie ihre Aufregung die ganze Gruppe angesteckt und das Gefühl erzeugt hätte, dass dies alles ein großer Spaß war. Sie war so viel bunter und herzlicher als Bonnie. Alle hätten sie geliebt. Bonnie hatte geplant, sich bei alledem mehr wie Clara zu geben, aber das war schwieriger als erwartet. Vielleicht lag es an all den Kameras, vielleicht aber auch daran, dass diese Leute alle so clever waren. Es kam ihr einfach unmöglich vor, etwas vorzutäuschen. Die einzige Taktik, die ihr sinnvoll erschien, war, sich unauffällig zu verhalten und nicht zu viel Aufmerksamkeit zu erregen.

Zwanzig Minuten später versammelte sich die Gruppe wieder auf dem Sonnendeck. Zusammen hatten sie alle acht schwarzen Karten gefunden, und alle hatten sich die verschiedenen Aufkleber abgeschrieben, die sie gefunden hatten, oder sie mit ihren Handys abfotografiert.

Fangen wir mit der hier an«, sagte Maria und suchte die Karte heraus, die Dennis gefunden hatte.

-. / .. / . / -- / . - / -. / -..

»Der einzelne Punkt ist ein E, so wie du vermutet hast, Clara, und was bedeutet ›lang kurz‹?« Nachdem Maria ein paar Sekunden in ihre Notizen geblickt hatte, antwortete sie sich selbst: »›Lang kurz‹ ist ein N, das kommt zweimal vor. Zwei Punkte sind ein I. Das A hing im Leuchtturm an der Wand, ›kurz lang‹.« Das Wort bedeutet NIEMAND.«

Bonnie verglich die Zeichen mit ihrer eigenen Liste und nickte.

»Machen wir mit der weiter, die wir gefunden haben«, sagte Maria und legte die Karte aus dem Leuchtturm vor sich. Sie standen abgeschottet von der Brise auf dem unteren Deck der Dachterrasse und benutzten den Boden der höheren Ebene als Tisch.

..../ ../ .-../ ..-./ .

»Die vier Punkte sind ein H, die zwei Punkte sind ein I«, sagte Maria. »Es endet mit einem E.«

»Das heißt HILFE«, mischte Bonnie sich ein, die ihr aufgeschriebenes Alphabet nach den Codes der anderen beiden Buchstaben gescannt hatte.

»HILFE NIEMAND«, sagte Jacko. »Soll das eine Anweisung sein?«

»Oder ein Tipp«, überlegte Bonnie und blickte zu Jaide und Dennis hinüber, die in eine Diskussion über die Richtigkeit der Informationen vertieft waren.

»Ich sag's euch, was auf diesen Zetteln steht, ist nicht alles wahr«, sagte Jaide gerade. »Solche Spiele sind komplett ausgedacht.«

»Nein, nicht alle. Manche Online Escape Rooms wie Red Eye oder Cipher-Ville bauen ihre Rätsel aus echten historischen Fakten.«

»Okay, das mag sein, aber Russ hat eine der Karten an einem Zeitungsartikel gefunden, der handelte von irgendeinem Achtzigerjahre-Promi, der für eine Fernsehsendung hier im Keller eingesperrt wurde. Ihr glaubt doch wohl nicht, dass das stimmt?«

»Und was, denkst du, ist der Grund, warum *wir* hier sind?«

»Meint ihr Jeremy Beadle?«, fragte Maria, während sie fortfuhr, die Buchstaben für ihr nächstes Wort aufzuschreiben. »Das weiß ich noch, das war *Saturday Night Takeaway* mit Ant and Dec, wurde erstmals 2002 ausgestrahlt.«

»Seht ihr?«, sagte Dennis. »Und ich wette, das mit den Soldaten, die nicht schwimmen konnten, stimmt auch, genauso wie die Geschichte von dem Finanzhai, der das Teil hier in ein Hotel verwandelt und sich hier monatelang verkrochen hat, um seinen Gläubigern zu entgehen.«

»RUFEN und WIRD sind die beiden nächsten Wörter«, verkündete Maria, »und dann haben wir noch eins mit einem Doppelbuchstaben. Einem M. Zweimal lang, zweimal nacheinander.«

»Das heißt KOMMEN«, sagte Bonnie.

»HILFE WIRD KOMMEN«, sagte Jaide.

»ZWECKLOS ist das nächste«, fuhr Maria fort.

»Die beiden kurzen sind UM und IST«, ergänzte Bonnie.

»HILFE WIRD KOMMEN«, wiederholte Charlie. »NIEMAND IST ZWECKLOS UM RUFEN. Bisschen holprig, aber es passt zu dem S. O. S. und Mayday in dem Gedicht.«

»Nett, aber ich glaube nicht, dass es das ist«, sagte Dennis, kniff die Augen zusammen und kaute auf seiner Unterlippe.

»Ich auch nicht«, sagte Bonnie. »Ich glaube, all die Geschichten über Menschen, die hier festgesessen haben, sind ein Hinweis auf den richtigen Satz.« Sie schob die Worte, die Maria auf einzelne Zettel geschrieben hatte, in eine andere Reihenfolge und trat dann zurück, damit die anderen sie lesen konnten.

UM HILFE RUFEN IST ZWECKLOS, NIEMAND WIRD KOMMEN.

10

Chardonnay @Chardonnay84
Findet das sonst noch jemand total lahm? Wer sind diese Leute? Volltrottel. Wie lange haben die bitte gebraucht, um die Tür aufzukriegen, verdammte Axt?

Lala Boyes @Laboy
Als könntest du es selbst besser, Schätzchen. Ich schaue mir das auf alle Fälle wieder an, wenn auch nur, um Grants heißen Body abzuchecken.
#DIEFESTUNG #Geheimnisse

Katy Sky @Katysky
Was ist denn bitte mit Marias Haaren los. Ernsthaft, Mädchen, kämm dich. Du bist im Fernsehen!

P Foulds @PFoulds345
Sie zieht diese Krisselhaube hart durch. Ich lieb's. Außerdem ist sie ein Superhirn. #menschlichesgoogle #entschlüsseltdiefestung

Heather @Heather_Trent2
Liebe die Girlpower von Maria und Jaide. Lache mich tot über die kleinen Bemerkungen und Blicke zwischen den beiden. #DieFestung #Girlpower

---

Paul Brunson @PaulBrunson4
Finde es großartig. Endlich Reality-Fernsehen für Erwachsene. Den nächsten Hinweis finde ich als Erster. #diefestung #channel5

Gabe @Griel
UM HILFE RUFEN IST ZWECKLOS, NIEMAND WIRD KOMMEN. Gänsehaut pur! #Diefestung

11

»A propos um Hilfe rufen, habt ihr gemerkt, dass wir hier weder WLAN noch Empfang haben?«, fragte Grant und hielt sein riesiges Telefon hoch.

»Sie müssen ja verhindern, dass wir jemanden kontaktieren, um Hinweise zu bekommen«, sagte Jaide.

»Hey, die Puppe ist weg.«

Bonnie blickte zu Russ auf, der über ihnen neben dem Whirlpool stand.

»Bist du dir sicher?« Dennis ging nachsehen. Er und Maria hatten die Puppe auf den Boden gelegt, bevor sie alle auf die Jagd nach den Morsecode-Karten gegangen waren. »Wer hat sie weggenommen?« Dennis stemmte die Hände in die Hüften und funkelte die Gruppe unter ihm an wie ein Schuldirektor.

Bonnie schaute sich um und nahm auf allen Gesichtern denselben verwirrten Gesichtsausdruck wahr. Auf allen außer Grants, dessen Lippen sich zu einem schiefen Grinsen verzogen hatten. *Was hast du vor?*, dachte sie. Er schien der Typ zu sein, der gern Streiche spielte, und sie konnte sich gut vorstellen, dass es ihm Spaß machte, andere zu erschrecken. Es war keine Überraschung, dass sein Komplize Russ derjenige war, der das Fehlen der Puppe bemerkt hatte.

»Außer uns muss noch jemand hier sein«, schlussfolgerte Charlie. »Ergibt ja auch Sinn, dass sie uns nicht vollkommen allein lassen. Hat bestimmt mit Gesundheitsschutz und Sicherheit zu tun?«

»Oder mit Versicherungsgründen«, ergänzte Grant.

»Also, mir gefällt das nicht, verdammt noch mal«, sagte Dennis. »Zeigt euch. Schleicht hier nicht rum. Wir sind alle erwachsen. Wir brauchen diesen Blödsinn nicht.«

Es herrschte einen Augenblick Stille, während sie warteten, ob eine Antwort käme.

»Was noch wichtiger ist«, sagte Maria, »was sollen wir mit diesem Morsecode-Hinweis anfangen?«

»Protokollieren. Im Kopf behalten. Was hat der Direktor noch gesagt? ›Ihr seid auf euch gestellt und sitzt hier zusammen fest, um das ultimative Rätsel zu lösen.‹ Ihr könnt nicht schummeln, ihr könnt euch keine Hilfe holen, ihr müsst einfach die Arbeit machen.« Jaide sah Maria nicht in die Augen.

»Vielleicht ist auf dem Bildschirm hier drin eine neue Nachricht vom Direktor. Das Teil scheint an zu sein«, sagte Grant, der zum Oberdeck hinaufgestiegen war und nun vor dem Eingang zu dem gläsernen Gebäude mit dem Leuchtturm auf dem Dach stand.

Während Bonnie den anderen folgte, fiel ihr auf, dass auf dem Schild über dem Eingang PARADISO stand.

Der in die Wand eingelassene Fernseher im Haus war deutlich größer als der im Stockwerk darunter, und ein Strom von Twitter-Kommentaren ergoss sich über den Bildschirm.

»Macht euch auf was gefasst«, sagte Grant, als sie nacheinander ins Haus kamen. »Das ist nicht alles nett.«

Die Kommentare liefen als Bewusstseinsstrom von anscheinend Hunderten von Menschen über den Bildschirm. Bonnie war sich nicht sicher, was sie davon halten sollte. In keinem der Tweets, die sie las, tauchte Claras Name auf, worüber sie mehr als froh war. Sie beobachtete, wie Maria so tat, als würde sie über die verschiedenen Angriffe wegen ihres Aussehens lachen, und Grants süffisanter Gesichtsausdruck angesichts der Kommentare über ihn war nicht zu übersehen. Selbst Dennis und Jaide waren wie gebannt. Die anderen wollten bei dieser Sache hier nicht nur ihr Können unter Beweis stellen, sie wollten wirklich im Fernsehen sein. Das hatte auch auf Clara zugetroffen, das wusste Bonnie. In der Schule hatte Clara immer eine große Show abgezogen, für alle Aufführungen vorgesprochen und bei Partys auf den Tischen getanzt oder gesungen. Sie liebte es, wenn alle Augen auf sie gerichtet waren, das hier wäre also geradezu berauschend für sie gewesen. Bonnie ließ sich neben Russ gegen die Wand sinken, der genauso desinteressiert wirkte wie sie.

»Wie findest du es so weit?«, fragte sie.

Er hob die Augenbrauen und wiegte den Kopf. »Man hat ordentlich was zu tun.«

»Du und Grant wirkt schon wie Kumpel.«

»Er ist ein netter Kerl.«

»Interessiert es dich nicht, was die Leute über uns sagen?«

»Du stellst aber viele Fragen.«

»Ich versuche nur, freundlich zu sein.«

»Ihr seid alle zu bemüht. Alle strengen sich zu sehr an, um sich einzubringen.« Russ klang abwertend, als fände er sich selbst irgendwie besser als alle anderen.

»Wir sollten also besser einfach danebenstehen und andere die Arbeit machen lassen, so wie du?«

»Ich sag ja nur. Sei nicht so … enthusiastisch. Bleib cool. Lass es auf dich wirken. Lass die anderen zuerst scheitern.«

»Findest du dich cool, Russ?« Bonnie merkte, dass ihr Herz schnell schlug. Sie mochte keine Konflikte, aber sie konnte nicht anders, als ihm seinen Blödsinn um die Ohren zu hauen. Es war offensichtlich, dass er sich zurückhielt, weil er nichts beizutragen hatte, und nicht, weil er ein cooler Taktiker war, der geduldig darauf wartete, den Ruhm zu ernten. Der Typ war überfordert.

Sein Lächeln hatte etwas Bitteres, als er sich von der Wand abstieß und sich entfernte.

Bonnie ging nach draußen. Die Dämmerung war hereingebrochen, und als sie auf das Oberdeck mit seinen unvertrauten Formen und dunklen Winkeln hinabblickte, fand sie, das Gebäude hatte etwas Unheimliches. Ein Schauer überlief sie. *War* noch jemand mit ihnen hier, oder spielten Grant und Russ ihnen Streiche?

Sie konnte das Meer riechen, auch wenn es jetzt, wo das Licht schwächer wurde, nur noch schwer zu erkennen war. Als sie auf das Wasser hinaussah, dachte sie an den Geist des Solent. Sie glaubte nicht an Geister, überhaupt war sie nicht spirituell. Wenn man sich einmal mit dem menschlichen Gehirn beschäftigt hatte und wusste, wie erfolgreich es einem vorgaukeln konnte, Dinge zu sehen, die nicht da waren, oder wie es Beweise für etwas erfand, das man glauben wollte, dann musste jede außergewöhnliche Behauptung infrage gestellt werden. Wahrscheinlicher war, dass die Bauarbeiter denselben kühlen Luftzug gespürt und gedacht hatten, dass irgendeine geisterhafte Kreatur aus dem Meer sie beobachtete. Dasselbe Gefühl hatte sie in Bezug auf die Massen von Twitter-Nutzern.

»*Howdy*, Kollegin.« Jacko war ihr an die frische Luft gefolgt.

»Du gehst ganz in dieser Cowboy-Sache auf, wie ich sehe.«

»Was bleibt mir denn anderes übrig?«

»Du hättest dich umziehen können.«

»Au. Das hat wehgetan.« Sein schiefes Lächeln deutete darauf hin, dass er das nicht im Scherz sagte.

»Tut mir leid. Du siehst super aus.«

Jacko streckte seinen Kopf über das Geländer hinaus und lachte kurz auf. »Willst du ein Geheimnis wissen? Ich habe dieses Outfit letzte Woche in einem Schaufenster entdeckt und dachte mir: ›Der Typ sieht darin selbstbewusst aus, wie jemand, dem man auf den Rücken klopft und den man zu einem Drink einlädt.‹«

Er knibbelte an einem abgeplatzten Stück Farbe am Geländer. Bonnie musterte sein Profil. Seine Haut war von hellen Sommersprossen bedeckt, und ihre Mutter hätte seinen guten Knochenbau gelobt.

»Du bist also im Tarnanzug gekommen?«

»Tragisch, oder?«

»Nein.« Als er sie ansah, lächelte sie, denn sie befand sich ebenfalls in Tarnung, nur konnte sie es nicht zugeben, ohne aus der Show geworfen zu werden und ihre Chance auf das Geld zu verspielen.

»Du warst heute gut. Du hast beide Aufgaben gelöst.« Er stupste ihren Arm an, und ein Kribbeln überlief ihre Haut.

»Ich habe dir und Maria dabei geholfen, sie zu lösen. Ich bin ein guter Sidekick. Ich kann zu deinem Butch Cassidy jederzeit Sundance Kid spielen.«

Jacko lachte aus vollem Hals, was sie ebenfalls zum Lachen brachte. Es fühlte sich gut an, mal wieder richtig zu lachen. In Gesellschaft dieser Leute an diesen Ort verfrachtet zu werden, hatte für intensive Anspannung und Unbehagen gesorgt. Es war schön, einen Teil davon abzuschütteln.

»Wo ist wohl hier das Essen, was meinst du?«, fragte sie schließlich.

»Ach so, hast du es nicht gesehen? Der Direktor hat auf dem Fernseher eine Nachricht hinterlassen. Es gibt nicht nur Essen in der Küche, wir haben mit der Entschlüsselung der Nachricht auch den Code zum Aufschließen des Weinlagers gewonnen.«

»Was machen wir dann noch hier draußen?«

12

Bonnie wachte vom leisen Summen einer Sirene auf. Einen Moment lang hatte sie keine Ahnung, wo sie war. Ihr Kopf schmerzte, und sie zog ein Kissen darüber, um den Lärm auszublenden. Dann fiel es ihr wieder ein. Sie war in einer Reality-Show, gefangen in einem Betonklotz im Meer, und zu allem Überfluss hatte sie gestern Abend mindestens eine Flasche Wein getrunken. *Was habe ich gesagt? Was habe ich gemacht?* Die üblichen verkaterten Fragen schwirrten ihr durch den Kopf, gleichzeitig breitete sich ein mulmiges Gefühl der Vorahnung in ihrem Magen aus. Sie war keine große Trinkerin. Es brauchte nicht viel, dass sie beschwipst wurde, ins Schwanken geriet und Unzusammenhängendes von sich gab. Hatte sie sich blamiert? War sie irgendjemandem auf den Schlips getreten?

Sie setzte sich im Bett aufrecht auf. *Habe ich verraten, dass ich nicht Clara bin?*

Die Sirene verstummte.

Sie stieg aus dem Bett, machte sich auf den Weg ins Bad und drehte die Dusche auf. Das Wasser war lauwarm, egal wie weit sie den Heißwasserhahn aufdrehte, es wurde nicht wärmer. *Doch nicht so luxuriös*, dachte sie und wusch sich so schnell wie möglich die Haare, bevor das Wasser noch mehr abkühlte.

Jetzt hatte sie einen klareren Kopf. Sie erinnerte sich daran, viel über Jackos Geschichten gelacht zu haben und dass sie ein Stück abseits der Gruppe gesessen hatten. Sie hatten sich jeweils eines der im Kühlschrank gestapelten Mikrowellengerichte ausgesucht. Zur Auswahl standen Reisgerichte, Pasta oder asiatische Nudeln. Bonnie hatte sich für Pasta mit Tomatensoße entschieden, was überraschend gut geschmeckt hatte – jedenfalls, wenn man es mit Rotwein hinunterspülte. Es war ein netter Abend gewesen. Die Anspannung des Tages hatte sich in Heiterkeit aufgelöst, in der sich alle vielleicht zum ersten Mal seit ihrer Ankunft entspannt hatten, die Kameralichter waren alle erloschen. Charlie entpuppte sich als ziemliches Partygirl, machte Cocktails und initiierte sogar ein Trinkspiel. Wieder einmal fühlte sich Bonnie an Clara erinnert, die dasselbe getan hätte. Clara und Charlie hätten einen Höllenspaß zusammen.

Nachdem sie ihre Haare mit dem Handtuch trocken gerubbelt und sich die Zähne geputzt hatte, zog sich Bonnie zügig an. Die Sirene tönte erneut auf, und so nahm sie an, dass sie davon irgendwo zu einem Einsatz gerufen werden sollte.

»Wir haben nicht mehr damit gerechnet, dass du noch kommst«, sagte Maria, als Bonnie den Essbereich betrat.

Jacko fing kurz ihren Blick auf und lächelte, bevor er hastig wegsah.

»Entschuldigung. Was ist los?«

»Nominierungen«, antwortete Grant, der in Shorts, Flipflops und einem Muscleshirt aufgekreuzt war. »Die beiden Auserwählten müssen sich ein Duell liefern ... im Keller.« Die letzten beiden Worte sprach er wie einen Off-Kommentar in einem Spielfilm.

»Jemand fliegt heute raus?«

Bonnie bemerkte, dass Charlie hinter ihrem Rücken beide Finger verschränkt hatte.

Der Fernsehbildschirm zeigte ein Balkendiagramm mit den Namen aller Teilnehmer in der unteren Hälfte und darüber eine Uhr, die rückwärtszählte. Nur noch wenige Minuten.

Maria hatte die meisten Stimmen, was Bonnie total unfair fand. Sie war mit Sicherheit die stärkste Kandidatin. Mochten die Zuschauer sie nicht? Dennis, Grant und Russ hatten ebenfalls ordentliche Stimmenanteile, doch sie, Charlie, Jaide und Jacko hatten zum Glück sehr wenige.

Als der Timer die letzten Sekunden herunterzählte, rückte Russ' Balken ein paar Punkte in Richtung von Marias Marke vor. Bonnie sah ihn an. Das Publikum hatte gesprochen. Sie mochten ihn genauso wenig wie sie.

»Das ist ätzend«, sagte Charlie. »Maria war gestern unglaublich.«

Zu Bonnies großer Erleichterung verstummte endlich die Sirene, und alle begannen, sich Frühstück aus der Küche zu holen.

»Wie geht's deinem Kopf?«, fragte Jacko und reichte ihr einen Becher Kaffee.

»War ich schlimm peinlich?« Sie strich sich das Haar glatt und versuchte, Clara in sich auferstehen zu lassen.

»Überhaupt nicht – du warst reizend. Tolle Gesprächspartnerin, wollte ich sagen«, fügte er hinzu, als sie die Augenbrauen hob.

Der Kaffee schmeckte fantastisch, und sie nahm sich ein Croissant aus einer Tüte, die jemand an die Seite gestellt hatte. »Ich vertrage Alkohol nicht so gut. Wenigstens wurden wir dabei nicht gefilmt.«

»Wie kannst du dir da so sicher sein?«

»Die Lichter an den Kameras waren aus.«

»Würdest du das nicht auch machen, um die Leute bei etwas zu ertappen, das du filmen möchtest?«

»Ein Cowboy und ein Verschwörungstheoretiker dazu. Du bist der typische Amerikaner, was?«

»Aber ich habe dich ins Grübeln gebracht, stimmt's?« Jacko nahm sich ebenfalls ein Croissant aus der Tüte und schlenderte davon.

Er hatte recht. Jetzt war sie paranoid, dass der gesamte Abend ebenfalls aufgezeichnet worden war. Hoffentlich war sie nicht als kichernder Hohlkopf rübergekommen. Der Gedanke, dass ihre Kollegen das gesehen haben könnten, widerstrebte ihr. Natürlich was sie als Clara hier, aber Clara und ihre Freunde kannten die Wahrheit, und wie lange würde das ein Geheimnis bleiben, wenn diese Sache erst gelaufen war? Erst in diesem Moment wurde Bonnie klar, dass die Produktionsfirma ihr, wenn sie durch irgendeinen unwahrscheinlichen Zufall hier gewann, den Preis auf Grundlage ihres Betrugs verweigern könnte. Dann wäre die ganze Sache umsonst gewesen. Bonnie warf den Rest ihres Frühstücks in den Mülleimer. Ihr war der Appetit vergangen.

In jedem gemeinschaftlich zugänglichen Raum des Gebäudes gab es einen Fernsehbildschirm, und an diesem Morgen zeigten sie alle dieselbe Nachricht an: Die Kandidaten wurden aufgefordert, sich um zehn Uhr vor der Kellertür eins zu versammeln. Sie warf einen Blick auf ihre Uhr: Es war Viertel vor. Gerade genügend Zeit, um noch einmal kurz in ihr Zimmer zu gehen. Auf dem Weg kam sie an der Kellertür eins vorbei und drückte mit der Handfläche dagegen – es konnte ja nicht schaden, einen kurzen Blick dahinterzuwerfen –, doch sie war verschlossen.

Als sie zehn Minuten später zurückkam, hatte sie sich das Haar mit einer von Claras Glitzerspangen auf einer Seite hochgesteckt und erfolgreich Eyeliner und Lipgloss aufgetragen. Maria, Jaide, Dennis und Charlie hatten sich bereits eingefunden.

»Das ist richtig unfair«, sagte Bonnie zu Maria.

»Mir war immer klar, dass ich keinen Beliebtheitswettbewerb gewinne.«

Bonnie wollte etwas Beruhigendes sagen, aber ihr fiel nichts ein.

»Der Keller wartet auf uns«, sagte Grant erneut mit seiner Filmstimme. »Nur die Stärksten werden überleben.« Er klopfte seinem Kumpel Russ auf den Rücken. »Wir fühlst du dich, Maz?«

»Sie heißt Maria«, sagte Dennis.

»Ist schon gut«, sagte Maria. »Mir ist das egal.«

In diesem Augenblick schwang die Kellertür auf.

»Cool«, sagte Russ, der ein wenig nervös aussah.

Wirklich?, dachte Bonnie. Hatte es nicht etwas Unheimliches, dass der gesamte Ort ferngesteuert wurde? Es erinnerte sie an Filme, in denen Computer die Kontrolle übernommen hatten. Sie schüttelte das Gefühl ab. Ihr Kater machte sie trübsinnig.

Kühle, feuchte Luft drang aus der Türöffnung. Sie roch nach Staub und Salz und etwas Metallischem.

»Ladies first«, sagte Grant.

Jaide schob sich an ihm vorbei und ging die Steintreppe hinunter. Bonnie wünschte, sie hätte nur halb so viel Wagemut, wie ihn diese Frau besaß.

Bonnie war nach Maria die Dritte, die hinunterstieg. An der Wand hinter der Tür stand auf einem Schild: KEINE RÜCKSCHLÜSSE. Was hatte das zu bedeuten? Ging es hier nicht darum, Rückschlüsse zu ziehen?

Der Weg vor ihnen wurde von schwachen LED-Leuchten erhellt, und die Stufen, die sie hinunter in den Beton führten, waren in der Mitte von vielen Stiefeln ausgetreten. Bonnie versuchte sich vorzustellen, wie es sein musste, hier mitten im Krieg während eines Angriffs zu sein. Würde man sich beim Hinabsteigen dieser Treppe sicherer fühlen, oder hätte man Angst, dass die feindlichen Bomben das Gebäude über einem zum Einsturz bringen und einen in einem Gefängnis aus Beton einschließen würden?

Sie verdrängte den Gedanken. Unten an der Treppe blieben sie stehen und warteten auf die anderen. Der Gang, der nach rechts und links von ihnen fortführte, lag im Dunkeln. Seine gebogenen Wände waren aus weiß getünchtem Backstein, der Boden aus kaltem Stein und die Decke darüber so niedrig, dass Bonnie die Hand ausstrecken und sie berühren konnte. Sie wünschte, sie hätte sich wärmer angezogen.

»Das gefällt mir nicht. Es ist kalt und riecht komisch«, sagte Charlie.

»Keine Angst, ich beschütze dich.« Grant legte eine Arm um Charlies Schultern. Sie schüttelte ihn ab, kicherte aber dabei.

Der Feminismus lebt, dachte Bonnie.

»Welche Richtung?«, fragte Jaide. »Ich schaue hier nach, jemand anderes geht in die andere Richtung.« Sie entfernte sich nach links, Dennis wandte sich entsprechend nach rechts. Nach ein paar Schritten gingen über Jaide flackernd Lampen an. Dennis tat noch ein paar Schritte weiter in die Dunkelheit.

»Ich schätze, wir gehen in deine Richtung«, sagte er zu Jaide, und die Gruppe folgte ihr, entfernte sich von der Wärme und dem Licht des Obergeschosses und ging ins dunkle Unbekannte hinein.

13

»Das muss es sein«, sagte Jaide.

Die beiden Räume vor ihnen waren hell erleuchtet und standen offen, anders als die anderen, an denen sie vorübergekommen waren. Bonnie warf einen Blick in den ersten. Er war schmal und lang. Links der Tür befand sich eine kleine Klaviertastatur, und an der Wand gegenüber waren Ausschnitte einer Partitur zu sehen. In der Mitte des Raumes stand ein kleiner Tisch, auf dem Papier und ein Bleistift lagen. An der Rückwand befand sich eine Kommode, auf der eine altmodische Waage und ein paar Packungen Kaffee standen. Darüber hing eine Kuckucksuhr. Abgesehen von ramponierten Postern an den Wänden war der Raum ansonsten leer.

»Hier sind eure Anweisungen, Leute«, sagte Jaide und sah auf den Bildschirm von der Größe eines iPads, der zwischen den beiden Türen angebracht war. »Da steht, ihr dürft euch jeweils eine Person als Helfer aussuchen, aber sie muss draußen bleiben. Ihr bekommt eine Minute Zeit, um die Anweisungen zu lesen, dann betretet ihr die Räume und schließt die Türen. Derjenige von euch, der als Erster den richtigen Code eingibt und entkommt, hat gewonnen. Der Verlierer bleibt eingeschlossen, seine Zeit in der *Festung* ist zu Ende. Okay. Soll ich Enter drücken?«

»Warte, wer soll dir helfen?«, fragte Grant Russ.

»No-Brainer!«, sagte Russ, und die Jungs klatschten sich ab.

Maria drehte sich zu Bonnie um. »Hilfst du mir bitte?«

»Natürlich.«

Als Bonnie Jaide ansah, schnappte sie ein Stirnrunzeln auf, dann wandte die andere schnell den Blick ab und fragte: »Bereit?«

Russ und Maria stellten sich nebeneinander vor den Bildschirm. Als Jaide das Wort ENTER berührte, erschien eine neue Nachricht und darüber eine Uhr, die rückwärtslief. Bonnie und Grant traten näher, um mitzulesen.

Englische Good Boys Dösen Friedlich auf der Linie
Ein GESICHT zeigt sich im Zwischenraum
Die Noten, die du brauchst
Um dich zu befreien
Können lustig oder göttlich sein

»Ich hoffe, du bist musikalisch, Mann«, sagte Grant.

Russ gab keine Antwort.

Der Countdown war bei null angekommen, und der Bildschirm wurde schwarz. Maria und Russ betraten ihre Zimmer. Als sich die Türen automatisch hinter ihnen schlossen, klang dröhnend Musik auf. Bonnie konnte nur durch einen kleinen Briefschlitz auf halber Höhe der Tür hineinsehen. Sie kniete sich auf den Boden und hob die Klappe mit dem Daumen nach innen.

»Alles okay bei dir?«, fragte sie laut, um sich über die Musik hinweg Gehör zu verschaffen.

Maria kam näher. »Was?«

»Alles okay? Weißt du, was du tun musst?«

Maria ging zum Tisch und begann hastig zu schreiben. Dann blickte sie sich im Raum um, bevor sie sich auf die Notenblätter an der Wand konzentrierte. Es gab drei separate Seiten, auf denen auf fünf horizontalen Linien jeweils Noten abgebildet waren.

Darunter war ein unvollständiger Satz mit Kreide an die Wand geschrieben.

___ dem Vogel als ___ frischen ___

Maria kam zu Bonnie herüber.

»Ich glaube, ich muss diese Noten zu drei Wörtern decodieren, um den Satz zu vervollständigen.« Sie zeigte auf die Partituren.

»Kannst du Noten lesen?«

»Nein, aber ich glaube, die Anweisung hat uns verraten, wie es geht.« Sie las von dem Blatt Papier ab, auf das sie gekritzelt hatte. »*Englische Good Boys Dösen Friedlich auf der Linie. Ein GESICHT zeigt sich im Zwischenraum.* Im ersten Satz sind die Worte ›Englische Good Boys Dösen Friedlich‹ großgeschrieben, und GESICHT steht in Kapitälchen, deswegen denke ich, E, G, B, D, F sind die Noten auf den Linien. ›Gesicht‹ passt nicht, aber wir haben ›englische Boys‹, und auf Englisch würde es FACE heißen. Damit wären die Noten in den Zwischenräumen F, A, C, E.«

»Oh mein Gott, ja, ich glaube, das stimmt. So ähnlich war das meiner Erinnerung nach beim Blockflötespielen in der Schule. Versuch's«, sagte Bonnie, wieder einmal beeindruckt von Marias Intellekt.

»Glaubst du, die Buchstaben werden von oben nach unten gelesen oder umgekehrt?«

Bonnie hatte keine Ahnung.

Maria schüttelte den Kopf. »Ich versuche beides.«

Sie lief zurück zur Wand und begann mit ihrem Bleistift Buchstaben unter die Noten auf den Notenblättern zu schreiben. Nach einer Weile kehrte sie an den Anfang zurück, strich durch, was sie geschrieben hatte, und fing noch einmal von vorne an. Bonnie erkannte ein G, ein E und ein B unter dem ersten Notenblatt.

Sie blickte wieder zu dem Satz. GEB oder GEBE dem Vogel als *blabla* frischen *blabla*. Sie hatte keine Eingebung, was die beiden anderen Wörter anging. Sie fühlte sich vollkommen hilflos. Sie warf einen Blick zu Grant hinüber, der nach vorne gebeugt durch Russ' Tür spähte. Immer wieder sagte er etwas durch den Schlitz, aber über die Musik hinweg konnte Bonnie es nicht hören. Das war klug, auf diese Weise konnten sie nicht betrügen oder wissen, wer gerade die Nase vorne hatte.

Komm schon, Maria. Sie wollte aus vielerlei Gründen, dass die Frau gewann, aber vor allem deswegen, weil sie es mehr als alle anderen verdient hatte, weiter dabei zu sein.

»Wie läuft's bei ihr?«, flüsterte Dennis, der neben Grant stand. Die Männer und Frauen hatten sich wie selbstverständlich in zwei Gruppen geteilt, um ihresgleichen zu unterstützen. Menschen waren seltsam.

Bonnie hob den Daumen und flüsterte zurück: »Russ?«

Dennis wedelte mit der Hand auf und ab.

Sollte das okay *heißen oder* nicht okay? Bonnie war sich nicht sicher.

Sie richtete ihre Aufmerksamkeit wieder auf Maria, die gerade am letzten Wort arbeitete. Als sie fertig war, sah sie sich im Raum um, ging zu der Kommode mit der Waage und der Kuckucksuhr. Einen Moment darauf kam sie zu Bonnie.

»Die Noten haben GEBE, GABE und CAFE ergeben. Der Satz muss also lauten: ›*Gebe* dem Vogel als *Gabe* frischen *Café*.‹ Es muss irgendwas mit der Kuckucksuhr zu tun haben, aber ich kann keine Knöpfe oder Eingabefelder finden.«

Bonnie betrachtete die Kommode und die Gegenstände, die sich darauf befanden. »Was ist mit der Waage und dem Kaffee? Vielleicht ist die Waage irgendwie mit der Uhr verbunden?«

Wieso Kaffee? Fressen Vögel gemahlenen Kaffee?«, rief Maria.

Bonnie zuckte mit den Schultern. *Möglicherweise? Vielleicht?* Sie wusste es nicht. »Es ist das einzig Essbare da drin.«

Unter den Männern brach Jubel aus.

»Schnell!«, rief Bonnie, und Maria rannte.

Sie schüttete Pulver aus einer Packung Kaffee in eine der Waagschalen, dann noch etwas in die andere. Nichts geschah. Sie schüttete noch mehr in die zweite Schale, wieder nichts.

»Versuch, ein Gleichgewicht herzustellen!«, rief Bonnie durch das Loch.

»Was?« Maria kam herüber.

»Versuche, beide Seiten ins Gleichgewicht zu bringen.«

Maria wandte sich wieder zu der Waage um und begann sorgsam Kaffee in die leichtere Waagschale zu schütten. Die Seite sank tiefer, bewegte sich dann wieder nach oben und pendelte sich, als Maria das exakt richtige Gewicht gefunden hatte, schließlich auf mittlerer Höhe ein. Die Kuckucksuhr erwachte zum Leben, und der Vogel schnellte heraus, irgendetwas war an seinem Schnabel befestigt.

Maria nahm es ihm ab und entrollte ein langes Stück Pappkarton in Form eines Schlüssels.

»Hast du ihn?« Bonnie sah zu Grant hinüber, der noch immer Russ beobachtete.

Zum ersten Mal sah Maria beunruhigt aus.

»Bring ihn her und zeig ihn mir.«

»YES!, rief Grant.

»Ich kapiere das nicht«, sagte Maria und hielt die schlüsselförmige Pappkarte hoch.

Bonnie las, was darauf geschrieben stand.

_IVIN__OM__Y

Marias Augen suchten hektisch den Raum ab. Bonnie konnte erkennen, dass sie langsam in Panik geriet. Bonnie sah sich ebenfalls erneut im Raum um, und zum ersten Mal blieb ihr Blick an den Postern hängen.

Auf dem einen war ein großes Lagerfeuer abgebildet, auf dem anderen eine einsame Insel. Sie studierte erneut die Buchstaben auf der Karte. *Lagerfeuer, Flammen, Feuer, Insel, Urlaub, Paradies.* Nichts passte. Die Konsonanten V und Y deuteten auf englische Wörter hin. Das erste Wort könnte vielleicht *living* heißen, aber das zweite? *Homely* für »gemütlich« war das Einzige, was ihr dazu einfiel, und sie war nicht mal sicher, ob das überhaupt ein richtiges Wort war. Erneut suchte sie das Zimmer ab, insbesondere die Kommode. Ob vielleicht etwas darin war?

Der Refrain des Songs klang auf, und Bonnie hatte einen Moment des Wiedererkennens. Es war einer von Mums Lieblingssongs.

Lass dich nicht ablenken, Maria braucht dich.

»Maria?«, rief sie und konzentrierte sich wieder auf die anstehende Aufgabe. »Was ist in der Kommode drin?«

Maria ging nachsehen.

»Ich kann sie nicht öffnen. Da ist kein Griff. Ich glaube, sie ist abgeschlossen.« Sie kam wieder zu Bonnie zurück. »Ich schaffe das nicht. Keine Ahnung, was ich mir gedacht habe. Ich werde euch alle enttäuschen. Es tut mir so leid.«

»Okay, wie genau lautete noch mal die Anweisung? Steckt darin vielleicht ein Hinweis?«

Maria ging zurück zum Tisch und las in ihren Kritzeleien nach.

Bei den Männern brandete weiterer Jubel auf. Maria kam wieder zur Tür.

»In den Anweisungen steht: ›Die Noten, die du brauchst, um dich zu befreien, können lustig oder göttlich sein.‹«

Als Maria Bonnie die schlüsselförmige Karte wieder vor die Nase hielt, zitterte ihre Hand.

IVIN _OM_ _ Y

»Atme durch, wir schaffen das«, sagte Bonnie und sah Maria in die Augen. *Lustig, lustig, lustig ... welche anderen Worte gab es für ›lustig‹?* »Oh! Ist das zweite Wort vielleicht ›Komödie‹? Oder englisch, *comedy*? Living Comedy?«

»Ja! Comedy. Danke.«

Bonnies Aufmerksamkeit wurde wieder von dem Song abgelenkt, der laut ertönte. Das war ein lustiger Song, oder etwa nicht? Mum hatte diese Band gemocht, weil ihre Songs ihr gute Laune machten. Da war einer über eine Busfahrt und ein anderer über eine Holzhütte. Sie erinnerte sich, dass ihre Mum sie immer aus voller Kehle mitgesungen hatte.

»*Hör auf, Mum, du bist peinlich*«, hatte sie ihrer Erinnerung nach eines Tages zu ihr gesagt, als sie eine Schulfreundin zu Besuch hatte.

»Aber Liebling, der Song ist einfach göttlich«, hatte ihre Mutter über die Musik hinweg gerufen und die Arme ausgebreitet. »Divine Comedy.«

»Maria, es heißt Divine Comedy«, sagte Bonnie. »Lustig und göttlich.«

»Divine Comedy. Das passt!« Maria schrieb die fehlenden Buchstaben auf die Striche der schlüsselförmigen Karte. »Das heißt, die fehlenden Buchstaben waren D, E, C, E, D.«

»Gib sie in das Schloss ein.«

Maria sah sie ausdruckslos an. »Da ist kein Schloss.«

»Was meinst du damit?« Bonnie sah sich ihre Seite der Tür an. Es gab keinen Türgriff, kein Schlüsselloch, kein elektronisches Schloss – nur glattes Metall. »Was ist denn da?«

»Nichts. Da ist nichts.« Maria sah wieder panisch aus. »Was soll ich machen? Was soll ich bloß machen?«

»LOS JETZT!«, schrie Grant über die Musik hinweg.

Bonnies Blick landete auf dem einzigen noch nicht benutzten Gegenstand in dem Raum. »Das Keyboard«, sagte sie zu Maria. »Vielleicht musst du die Noten darauf spielen?«

Marias Augen weiteten sich. »Aber ich kann nicht spielen.«

Bonnie sah zu Grant hinüber, der gerade lachte. Das sah nicht gut aus. Russ kam eindeutig gut voran.

Maria ging zum Keyboard und sah es sich genau an. Nach einer gefühlten Ewigkeit legte sie den Daumen auf eine der Tasten in der Mitte, dann den Zeige- und den Mittelfinger auf die nächsten beiden. Sie holte ein paarmal tief Luft und drückte dann nacheinander Zeigefinger, Mittelfinger und Daumen, danach Mittelfinger und Zeigefinger in umgekehrter Reihenfolge.

In dem Moment, in dem Maria den Finger von der letzten Taste hob, verstummte die laute Musik abrupt. Ihre musikalische Grundbildung aus der Schule verriet Bonnie, dass Maria irgendwie das mittlere C gefunden und gefolgert hatte, dass D und E die darauffolgenden beiden Noten waren.

Bonnie stemmte sich mit ihrem Gewicht gegen die Tür, und sobald diese sich entriegelte, stolperte sie vorwärts. Es erinnerte sie daran, wie Clara in ihr Zimmer gefallen war. War das wirklich erst letzte Woche gewesen? Es kam ihr so vor, als wäre es eine Ewigkeit her.

»Yes! Yes! Yes! Du bist ein absoluter Star!«, schrie Jaide, und Charlie neben ihr quietschte vor Begeisterung.

Maria zog Bonnie in eine heftige Umarmung.

Ein Stück den Flur hinunter sahen die Männer vor Russ' verschlossener Tür stumm zu.

14

Der Direktor

Warum ein Escape Room? Er ging davon aus, dass die Leute das gern wissen wollen würden. Der Grund war nicht nur, dass Escape Rooms gerade in Mode waren. Ganz im Gegenteil, wenn man es genau nahm. Es lag an ihrer Historie, der Tatsache, dass es sie schon seit Anbeginn der Menschheit gegeben hatte. Man sehe sich nur den Garten Eden an – war der nicht der erste Escape Room, der jemals erstellt wurde? Zwei Menschen, die daran gehindert wurden, ihren paradiesischen Garten zu verlassen, weil gewisse Wahrheiten vor ihnen verborgen waren.

Geheimnisse waren schon immer ein Mittel der Macht gewesen, das die Starken stärker und die Schwachen schwächer machte. Der erste Geheimcode wurde von keinem Geringeren als Julius Cäsar im Jahr 100 vor Christus erfunden. Sein einfaches System, bei dem er das Alphabet zweimal in einer Reihe aufschrieb, übereinanderlegte und dann eines davon um drei Stellen nach rechts verschob, sodass aus dem A ein D wurde und so weiter, ermöglichte es Cäsar, seinen Generälen auf dem Schlachtfeld verschlüsselte Nachrichten zukommen zu lassen. So wurde er zu einem der erfolgreichsten Generäle Roms und schließlich zu dessen Diktator.

Von den Tempelrittern bis zu den Illuminaten, von den Nazis bis Bletchley Park hatte im Anschluss alles an diesen Punkt geführt, in eine Welt der Spionagetechnik, der Computer und der Escape Rooms.

Er sah zu, wie die Frauen ihren Sieg feierten und die Männer ihren eingesperrten Team-Kollegen bemitleideten. Es war in der Tat eine göttliche Komödie. Wie blind sie gegenüber der Wahrheit waren und gegenüber der Realität, der sie entgegensahen.

Für den Moment würde er ihnen die Freude gönnen. Er musste zugeben, dass sie ihre Sache gut machten.

15

P Foulds @PFoulds345
Ich liebe diese Maria, verdammt noch mal. Sie ist wie eine durchgeknallte Professorin.
#werbrauchtgoogle #krisselhaubefantastico #DieFestungrockt

Amy @Amypeters2
Fragt sich noch irgendwer, wie Charlie es in die Festung geschafft hat? Apropos dämlich. Hat sie schon mal irgendwas Nützliches gesagt?
#Charliemussgehen

LaLa Boyes @Laboy
Ich würde gerade so gerne mit Grants Unterhose tauschen.
#Grantsheißesterfan

Freddie @FRBrown5
Russ ist betrogen worden. Er war eindeutig besser gerüstet für die Aufgabe. #diefestungisteinabgekartetesspiel

---

P Foulds @PFoulds345
Auf keinen Fall. Er hat das Wesentliche nicht begriffen. Es sah so aus, als hätte er noch nie zuvor einen Escape Room geknackt.

Chardonnay @Chardonnay84
Habt ihr gesehen, wie Jaide Clara angestarrt hat, als Maria sie ausgesucht hat? Reiner Hass und Neid. Nimm dich in Acht, Clara. Sie will dein Blut. #Jaidegewinnt #diefestung

16

»Er sah so enttäuscht aus«, sagte Maria und nahm einen Schluck aus ihrer Sektflöte.

»Er hatte es verdient rauszufliegen. Er war das schwächste Glied«, sagte Jaide.

»Ich glaube, du redest von einem anderen Spiel«, entgegnete Bonnie, und die Mädchen lachten alle los.

Sie saßen in dem gläsernen Gebäude unter dem Leuchtturm. Von innen betrachtet passte das Etikett PARADISO perfekt. Alles war in Grau und Weiß gehalten und mit weichen, bequemen Sesseln, Glastischen und bodentiefen Fenstern ausgestattet, die beeindruckende Blicke auf das Meer und den Hafen von Portsmouth freigaben.

Zusammen mit den Glückwünschen war Maria auf dem Fernseher ein vierstelliger Code übermittelt worden, mit dem sie eines der Vorhängeschlösser unter der Bar mit der Glasplatte in der Ecke öffnen konnte. Dort hatten sie einen Kühlschrank voller Schampus, Käse und Wurst vorgefunden, außerdem eine Schublade mit Crackern, Chips und Kuchen. Dort fand sich auch die Anweisung, wie man den Whirlpool anstellte, was Charlie und Grant augenblicklich getan hatten, um sich dann ihre Badesachen anzuziehen.

»Es hat Spaß gemacht, obwohl es schwierig war. Schwieriger, als aus einem normalen Escape Room zu entkommen, einfach weil man weiß, dass *alle* zuschauen.«

»Man muss versuchen, das auszublenden«, sagte Jaide, als wäre es das Einfachste auf der Welt, die Kameras zu ignorieren.
»Wie hast du herausgefunden, wo die Noten auf dem Keyboard sind?«, fragte Bonnie. »Das hätte ich unter Druck nie geschafft.«
»Keine Ahnung!« Maria nahm einen großen Schluck Champagner.
»Na, darauf müssen wir anstoßen!«, sagte Jacko. »Wenn man zum Gewinnen nur keine Ahnung haben muss, bin ich auf der sicheren Seite.«
Gelächter breitete sich aus, alle stießen mit ihren Gläsern an und suchten sich Knabbereien aus.
»Nein, wirklich, wie hast du es dir erschlossen?«, fragte Bonnie, als Maria ihr nachschenkte.
»Auf dem Keyboard klebte eine Mitteilung. Da stand: ›Der Zeh in der Mitte.‹ Auf ein paar Tasten klebten Aufkleber, und in der Mitte habe ich einen mit einem Zeh darauf gefunden. Da dachte ich mir, das muss wohl das C sein.«
Bonnie war erleichtert zu hören, dass man auch ohne musikalische Vorbildung in der Lage gewesen wäre, den Hinweisen zu folgen und zu entkommen. Es machte ihr Hoffnung für den Moment, in dem sie an der Reihe sein würde.
Bonnie blickte auf den Instagram Feed auf dem Fernseher. Er zeigte ein Standbild von Russ allein in seinem Zimmer. Er stand am Tisch, hatte beide Hände flach auf die Tischplatte gelegt und den Kopf gesenkt. Eine Pose der Niederlage. Sie war sich nicht sicher, ob er ihr leidtat oder ob sie ihn beneidete, weil er das Gefängnis aus Beton nun verlassen und nach Hause fahren konnte.
»Das war ein abgekartetes Spiel«, behauptete Grant zum x-ten Mal. »Jeder, der Noten lesen kann, hätte natürlich sofort die Partituren auf dem Keyboard gespielt, weil es eben da war. Russ hat bei seiner Anmeldung angegeben, dass er Klavier spielen kann. Es war also so konzipiert, dass es ihn in die Irre geführt hat. Die ganze

verdammte Sache ist verzerrt und begünstigt Frauen. Es ist eine Me-too-Verschwörung.«

»Warum muss es eigentlich immer eine Verschwörung sein, wenn ihr Männer euch bedroht fühlt?«, fragte Jaide. »Wieso ist es so schwer zu glauben, dass Frauen manchmal besser sind? Maria hat ihn klar und eindeutig geschlagen.«

Bonnie entfloh dem sich zusammenbrauenden Streit und machte sich auf dem Weg zum Bad in ihrem Zimmer. Auf dem Oberdeck gab es zwar Toiletten, aber sie mochte die Zugluft nicht. Auf dem Weg in ihr Zimmer kam sie an der Kellertür vorbei. Sie stand offen, aber im Treppenhaus war das Licht aus. Sie blieb stehen und sah auf die Uhr. Seit dem Ende des Duells waren fast drei Stunden vergangen – Russ saß höchstwahrscheinlich schon im Zug zurück in den Nordosten. Es war schlau, ihnen Zugang zum Champagner und zum Whirlpool gewährt zu haben. So waren sie zu abgelenkt gewesen, um zu bemerken, wie Russ hinausgeführt worden war. Damit blieb ihr Gefühl, isoliert und auf sich gestellt zu sein, erhalten.

Sie trat durch die Tür ans obere Ende der Treppe. Die kalte, feuchte Luft stieg ihr wieder in die Nase, und sie spürte, wie etwas über ihre Haut kroch – eine physiologische Warnung. Sie starrte hinunter in die Dunkelheit. Sie wusste, der Kampf-oder-Flucht-Instinkt des Körpers war so verkabelt, dass er einen auf Gefahren aufmerksam machte, aber das hier war bloß ein Keller, erst vor wenigen Stunden war sie dort unten gewesen, und sie brauchte keine Angst davor zu haben.

Wieso also konnte sie nicht die Treppe hinuntergehen?

Ein oder zwei Augenblicke lang versuchte sie sich dazu zu zwingen. Sie wusste, sobald sie unten ankäme, würden die Lampen angehen, und doch vermochte sie nicht hinunterzusteigen. Nicht einmal eine einzige Stufe.

Komisch, dachte sie, als sie zu ihrem Zimmer weiterging.

Nachdem sie auf dem Klo gewesen war, warf sie einen Blick auf ihr

Handy auf dem Nachttisch. Sie tat es einfach aus Gewohnheit, auch wenn sie wusste, dass sie hier keinen Empfang hatte und deswegen auch keine Nachrichten empfangen würde. Natürlich leuchtete ihr das Display hell, aber ohne neue Benachrichtigungen entgegen. Sie wünschte, sie könnte Clara anrufen und in Erfahrung bringen, wie es ihr ging. Hatte sie ihren Termin im Krankenhaus wahrgenommen? Heilte ihr Bein gut? Bonnie hatte arrangiert, dass ihre Nachbarin Shelley Clara fahren würde. Sie wusste, dass Clara sich darüber ärgern und lautstark protestieren würde, sie sei durchaus in der Lage, sich ein Taxi zu bestellen, aber Clara brauchte jemanden zur Unterstützung. Seit Mums Tod war sie noch bedürftiger geworden. Und sie war schon immer bedürftig gewesen: hatte bei Schularbeiten Mums Hilfe eingefordert, sich an ihrer Schulter ausgeweint, wenn Freundinnen gemein zu ihr gewesen waren oder es im Leben nicht so lief, wie sie es gern gehabt hätte, hatte verlangt, von einem Ort zum anderen chauffiert zu werden, weil sie nicht gern allein unterwegs war. In ihrer Kindheit hatte es viele Morgen gegeben, an denen Bonnie aufgewacht war und Clara zusammengerollt in Mums Bett entdeckt hatte. Manchmal hatte sie dann im Türrahmen gestanden, sich angesehen, wie die beiden aneinandergekuschelt schliefen, und sich schrecklich ausgeschlossen und allein gefühlt, aber meistens hatte sie einfach nach vorn geschaut und weiter ihr Leben gelebt, denn Mum konnte sich nicht um zwei Babys gleichzeitig kümmern.

Bonnie kehrte zu den anderen auf das Sonnendeck zurück und stellte beim Vorübergehen fest, dass die Kellertür wieder geschlossen war.

»Ist jemand nach unten gegangen, während ich weg war?«, fragte sie Maria, die den Kopf schüttelte.

»Das ist komisch.«

»Was ist?« Jaide gesellte sich mit einer halbvollen Flasche Champagner in der Hand zu ihnen.

»Als ich auf dem Weg in mein Zimmer war, ist mir aufgefallen, dass die Kellertür offen stand, aber auf dem Rückweg war sie wieder geschlossen.«

»Na und?«, fragte Jaide und nahm einen tiefen Schluck aus der Flasche, so als handelte es sich um Bier.

»Also, wer hat sie zugemacht?«

Jaide sah zu Grant hinüber. »Ich schwöre bei Gott, wenn der nicht bald aufhört rumzujaulen ...« sagte sie als Antwort auf etwas, was er gesagt hatte. Ihre Worte klangen leicht verwaschen.

»Er kommt nicht damit klar, dass eine fette Frau seinen Freund geschlagen hat.« Maria schwankte ein wenig in ihrem Sessel.

»Sprich nicht so über dich«, sagte Bonnie, holte sich ihr Glas zurück und ließ es sich von Jaide auffüllen. Diese anderen waren nicht mehr in der Verfassung, eine ernsthafte Unterhaltung zu führen.

Der Feed aus den sozialen Medien wurde auf dem Bildschirm ständig aktualisiert. Bonnie überflog ihn, während sie mit einem Ohr Jaides und Marias betrunkenem Geplapper lauschte.

»Keine Sorge«, sagte Maria und drückte Jaides Hand. »Da steht nichts, was wir nicht schon gesehen oder gehört hätten. Lass dich davon nicht aus der Ruhe bringen.«

»Ich lasse mich nicht aus der Ruhe bringen, ich bin genervt. Es ist immer derselbe alte Schwachsinn, abgesondert von denselben misogynen alten Neandertalern.«

»Sie sind gar nicht so übel. Sie wollen nur gewinnen, und heute haben sie ein Team-Mitglied verloren. Lass sie doch Luft ablassen.«

Bonnie beobachtete, wie Jaide den restlichen Champagner hinunterstürzte.

»Und was ist mit dir?«, fragte Jaide und schwenkte die nun leere Flasche in Bonnies Richtung.

»Nichts?«

»Na, das kannst du mal deinem Gesicht sagen.« Jaide taumelte davon, um sich mehr Alkohol zu besorgen.

»Hey, du Schöne!« Charlie fiel Bonnie um den Hals. »Wo hast du gesteckt? Wir müssen uns betrinken.« Sie reichte Bonnie ein volles Glas Rotwein.

Bonnie ahnte, dass Charlie kein Nein akzeptieren würde, sie hatte denselben schelmischen, herausfordernden Blick, wie Clara ihn oft hatte, wenn sie nachts unterwegs waren. Bonnie stellte ihren halb ausgetrunkenen Champagner ab und nahm den Wein, doch bevor sie sich von Charlie mitziehen ließ, beugte sie sich noch zu Maria hinunter, die einen Fleck auf dem Boden anstarrte.

»Du hast das heute super gemacht. Du solltest stolz auf dich sein.«

Maria sah sie blinzelnd an, als hätte sie Mühe, sich zu konzentrieren. »Ich kann hier nicht gewinnen.«

»Wieso sagst du das?«

Maria sah sich langsam im Raum um. Grant und Jacko lachten über irgendetwas, Dennis las mit gerunzelter Stirn die Twitter-Kommentare, und Jaide versuchte, die anderen verschlossenen Schränke zu öffnen. »Weil bereits alles entschieden ist.«

Bonnie setzte an zu fragen, was sie damit meinte, doch Maria stand plötzlich auf, presste sich die Hand auf den Mund und stürzte aus dem Zimmer.

17

**Podcast *Das Unerwartete erwarten*
Staffel 2, Folge 1: »Die Festung«**

»*Kann ich dich an dieser Stelle kurz unterbrechen, Bonnie? Das ist faszinierend. Entschuldige, falls das nicht das richtige Wort ist angesichts dessen, was du durchgemacht hast, aber mir war überhaupt nicht klar, dass das alles am Anfang so … na ja. Ich meine, abgesehen von ein bisschen Konkurrenzgeplänkel klingt es so, als hättet ihr Spaß gehabt.*«

»Ja, auf jeden Fall. Wir dachten, es liefe gut. Wir wurden belohnt und lernten uns gegenseitig kennen. Es war schön.«

»*Du sagtest, du fandest das Spiel unheimlich, aber abgesehen von dem komischen Gefühl, das dich oben an der Kellertreppe übermannt hat, hast du nicht daran gedacht, dass irgendetwas nicht stimmen könnte?*«

»Da bin ich mir nicht ganz sicher. Ich glaube, auf irgendeiner Ebene habe ich es immer gewusst. Ich wünschte nur, ich hätte besser darauf gehört. Wenn wir das getan hätten, wäre es vielleicht anders gelaufen.«

»*Aber das hätte vorausgesetzt, dass ihr gegen das Spiel arbeitet und nicht mit ihm, und es war so ausgelegt, dass ihr immer beschäftigt sein solltet.*«

»Meine Güte, stimmt. So habe ich das noch gar nicht gesehen.«

»*Ich glaube nicht, dass das ein Zufall war. Ich glaube, es gehörte zur Strategie, was uns einen Hinweis darauf gibt, wie gut diese Sache konstruiert war. Wie sieht es mit deiner Beziehung zu den anderen aus?*

Es hört sich so an, als hätten sich schon Freundschaften gebildet und Gräben aufgetan, obwohl ihr erst ein paar Tage dort wart?«

»Das eben war Tag zwei.«

»*Russ war schon am zweiten Tag raus? Das war bestimmt nicht leicht zu verkraften.«*

»Ja, ich weiß noch, wie ich dachte, das ist aber ein anderer Schlag von Fernsehshow. Brutaler. Aber was wusste ich da schon, oder? Was die anderen angeht, hatte ich schon im Vorfeld Bedenken, dass sie entweder wahnsinnig intelligent oder einschüchternd oder total nervig sein könnten.«

»*Möchtegerns und die typischen Egos aus dem Reality-Fernsehen?«*

»Genau, aber im Großen und Ganzen war es ein sehr netter Haufen. Maria und Charlie mochte ich auf Anhieb. In mancher Hinsicht waren die beiden vollkommen gegensätzlich, aber jede auf ihre Art gleichzeitig so warmherzig und bescheiden. Sie hatten beschlossen, das Erlebnis zu genießen, und haben sich von Anfang an voll hineingestürzt. Das habe ich bewundert.«

»*Es klingt so, als wärst du selbst auch ziemlich involviert gewesen.«*

»Nicht so wie sie, ich war eher … unsicherer, glaube ich, und gehemmter vor den Kameras. Charlie hingegen hat die Kameras geliebt, und Maria waren sie völlig egal.«

»*Und die anderen? Du meintest, Russ hätte dich durch seine Passivität verärgert, und auch Grant und Dennis scheinen dich bis hierhin nicht gerade beeindruckt zu haben.«*

»Über Dennis werde ich kein böses Wort sagen. Ich habe riesigen Respekt vor dem Mann. Wenn ich den Eindruck erweckt habe, er hätte mich genervt, stimmt das nicht ganz. Ich glaube, er war einfach überfordert. Für einen so klugen Menschen war er unglaublich naiv, was diese Fernsehshows angeht. Er kam mir so vor, als hätte er noch nie Reality-Fernsehen geschaut. Er hat jeden Tweet gelesen und sich jedes Mal aufgeregt, wenn er das Gefühl hatte, falsch verstanden zu werden.«

»*Ein stolzer Mann.*«

»Das ist sehr scharfsichtig. Ich hatte das Gefühl, er wollte in einem bestimmten Licht gesehen werden, aber damit hat er sich selbst keinen Gefallen getan. Er fand, die Zuschauer würden sein Augenverdrehen und Kopfschütteln aus dem Zusammenhang reißen, aber er hatte ja trotzdem die Augen verdreht und den Kopf geschüttelt.«

»*Dass diese nervigen kleinen Angewohnheiten, die uns allen nicht bewusst sind, aufgeblasen und lächerlich gemacht werden, würde mich davon abhalten, bei so einer Sendung mitzumachen. Und Grant?*«

»Grant hat ständig Witze gerissen, aber sie waren manchmal ziemlich verletzend, und ich glaube nicht, dass er das gemerkt hat. Außerdem hat er anscheinend einen Sidekick gebraucht, der ihn bewundert hat. Es gab ein paar Momente, in denen er aus der Deckung gekommen ist und wir den echten Grant gesehen haben, glaube ich, aber es waren nicht viele.«

»*Er war das Gegenteil von Dennis.*«

»Er war schon mal im Fernsehen gewesen, er kannte sich mit Reality Shows aus und wusste, wie er sich darstellen muss.«

»*Hat es irgendjemand geschafft, zu hundert Prozent unverstellt zu sein?*«

»Es ist nicht wie im normalen Leben. Die Kameras verunsichern einen sehr. Aber es gibt da ein Spektrum, auf dem sich alle bewegen, oder? Maria schien weniger Gedanken daran zu verschwenden, wie sie aussah, sich dafür mehr Druck wegen ihrer Leistung zu machen, wohingegen Dennis von den Zuschauern gut bewertet werden wollte, aber nicht wusste, wie er das anstellen sollte. Dann gab es Charlie und Grant, die sich meiner Meinung nach selbst ein bisschen karikiert haben, und was Jaide angeht, habe ich keine Ahnung. Sie war schwer zu lesen. Ihr ganzes Auftreten schrie einem praktisch entgegen: *Halt Abstand.* Die Piercings, die Tattoos, die Einstellung.«

»*Okay, jetzt kommen wir einen Schritt weiter. Das hört sich so an, als hättet ihr beide euch nicht besonders gut verstanden. Woran lag das?*«

»Sie hat mich einfach nicht gemocht. Gleich von Anfang an, schon dieser erste Blick auf dem Boot hat das deutlich gemacht. Ich weiß nicht wieso und ich wollte sie auch nicht fragen, weil sie es mir wahrscheinlich gesagt hätte. Also bin ich ihr einfach nach Möglichkeit aus dem Weg gegangen. Eine Zeit lang hat es mich genervt, wenn sie Dinge herausgefunden hat. Als wir zum Beispiel angekommen sind und keine Ahnung hatten, wie wir reinkommen sollten, war es Jaide, die die Druckschalter und das Muster gefunden hat, sodass wir schließlich auf die Sternform gekommen sind.«

»Warst du ihr gegenüber misstrauisch?«

»Es gab einen Punkt, da dachte ich, dass sie vielleicht von der Produktionsfirma gebrieft worden sein könnte. Es wäre keine gute Sendung geworden, wenn wir keinen Schimmer gehabt hätten, wie wir ins Fort kommen. Als dann alles eine düstere Wendung nahm, habe ich mich gefragt, ob an der Sache mehr dran sein könnte, aber da war ich schon erschöpft und verängstigt und wahrscheinlich im Delirium. Ich glaube, Jaide war ein komplizierter Mensch. Jeder Einzelne von uns hat da drin gelitten. Wir waren alle auf irgendeine Weise Opfer.«

»Das hier ist Das Unerwartete Erwarten, *der Podcast, der euch mit Verbrechen umhauen wird, die unsere Vorstellungskraft übersteigen. Wir sind gleich wieder zurück bei Bonnie, aber ich möchte euch kurz auf unseren Sponsor in diesem Monat hinweisen. Wie regelmäßige Hörerinnen und Hörer wissen, bin ich ein großer Verfechter effektiver Sicherheitsanlagen für euer Zuhause und finde es wichtig, dass ihr euch und eure Familien schützt. SecureIT ist ein digitales Sicherheitssystem für zu Hause, das euch durch ein einfaches Tippen mit der Fingerspitze Seelenfrieden verschafft. Über die App könnt ihr euer Zuhause von überallher sichern und sogar sehen, wer euch anruft. Ich habe es selbst bei mir zu Hause und muss sagen, es ist sehr einfach zu installieren und zu bedienen. Probiert SecureIT heute noch aus, damit ihr euch zu Hause jeden Tag sicher fühlen könnt.*

Und nun zurück zu unserem Gespräch mit Bonnie Drake.«

18

In dieser Festung für den Krieg
Der gesuchte Hinweis verborgen liegt
So ihr euch weiter müht
Separat, solid.

»Was soll das bedeuten?« Jaide sah Maria an und dann den Rest der versammelten Truppe.

»Dass wir irgendwo in der Festung verborgene Hinweise finden müssen«, sagte Dennis.

Grant lachte laut, aber niemand stimmte mit ein.

Nach ihrer durchzechten Nacht sahen sowohl Maria als auch Charlie heute etwas mitgenommen aus. Zum Glück fühlte sich Bonnie ganz gut, denn sie hatte es geschafft, Charlies ständigen Versuchen auszuweichen, sie abzufüllen, indem sie diverse halbvolle Gläser im Raum verteilt hatte. Jaide sah ebenfalls erstaunlich frisch aus, auch wenn das unter all dem schwarzen Eyeliner nur schwer zu erkennen war. Als Verlierer des gestrigen Tages hatten die Jungs weit weniger über die Stränge geschlagen. Grant hatte sogar damit geprahlt, im Morgengrauen aufgestanden zu sein und auf dem Oberdeck Liegestütze gemacht zu haben – natürlich.

Es war ein sonniger Septembertag, und trotz der allgegenwärtigen Brise war es warm auf dem Oberdeck. Zuerst hatte Bonnie hier mit ihrem Morgenkaffee gesessen und dem Kreischen der Möwen über ihrem Kopf gelauscht. Bis Jacko und Maria sie dazu überredet hatten, ihnen dabei zu helfen, überall in der Festung so viele Hinweise wie möglich zu finden. Die beiden hielten den Tipp des Direktors, dass die Hinweise überall zu finden seien, für wahrscheinlich spielentscheidend. Und so hatten sie, Maria und Jacko nacheinander jeden Raum inspiziert, während Grant, Dennis, Jaide und Charlie den Twitter Feed besprachen und alles analysierten, was über sie geschrieben wurde.

»Was hast du gefunden?«, fragte Jacko, als er im Raum der Wachen auf sie traf, wo sie sich verschiedene Schiffsbilder an der Wand ansah.

Der kleine Freudenfunke, den Bonnie jedes Mal verspürte, wenn Jacko mit ihr sprach, überraschte sie. Er war eigentlich nicht ihr Typ. Nicht, dass es in ihrer Vergangenheit übermäßig viel Romantik geben hätte. In der Highschool hatte sie ein paar Freunde gehabt, aber nichts Bedeutsames. Dann folgte ihre einzige richtige Beziehung mit einem Medizinstudenten an der Uni. Er war klug und selbstbewusst gewesen, aber letztlich ein bisschen langweilig.

Sie ging auf Jacko zu, der im Türrahmen stand. Er trug heute ein schlichtes grünes T-Shirt mit Jeans und Turnschuhen. Der Cowboy war verschwunden, und er schien sich in seinen normalen Klamotten viel wohler zu fühlen.

»Wie ja zu erwarten war, sind hier jede Menge Utensilien aus der Schifffahrt verstreut. Ich habe mir ein paar Dinge notiert, wie ein Steuerrad und den Telegrafenring aus Messing. Außerdem gibt es einen großen Schweinwerfer auf einem Messingständer und ein paar Weltkugeln.« Sie hatte sich bereit erklärt, die wichtigsten ausgestellten Stücke aufzuschreiben, während Jacko sich die Bücher ansah und Maria die Quartiere der Belegschaft durchsuchte.

»Gut.« Er hielt ihren Blick einen Moment fest, dann lächelte er und blickte auf seine Notizen. »Ich habe eine Wagenladung Seekarten gefunden, dazu eine alte *Encyclopedia Britannica*, die Bibel und einen Stapel Romane.«

»Es wird irgendwas mit dem Zweiten Weltkrieg zu tun haben, glaubst du nicht auch?«

»Ich weiß nicht. Würden sich die Leute heutzutage wirklich für etwas aus dem Zweiten Weltkrieg interessieren? Die meisten Zuschauer sind bestimmt zu jung, um das spannend zu finden.«

»Was ist los?«, fragte Maria vom Flur aus.

»Würden die Leute sich eine Escape-Room-Show anschauen, die auf dem Zweiten Weltkrieg basiert?«

»Da fragst du die Falsche.«

»Natürlich sind wir die Falschen.« Jacko grinste. »Was hast du gefunden?«

Maria listete ihnen die Lebensmittel in der Vorratskammer auf – darunter Dosenfleisch, Konserven mit Bohnen und Tomaten, Päckchen mit Reis und Mehl – und hatte gerade damit begonnen, ihnen die Küche zu beschreiben, da stieß jemand einen langen, hohen Pfiff aus.

Bonnie und die anderen fanden Grant, Jaide, Dennis und Charlie vor dem Bildschirm in der Offiziersmesse.

In dieser Festung für den Krieg ..., las Bonnie.

»Hier sind jede Menge militärische Erinnerungsstücke verteilt«, sagte sie. »Es gibt einen Soldatenhelm, einen Flugzeugpropeller, Teleskope, Tauchausrüstungen, Bilder von Gewehren und so was.«

»Außerdem ist alles in dem Gebäude mit militärischen Bezeichnungen beschildert«, sagte Maria. »Ich habe den Raum der Wachen gesehen, den Kommandoraum, und sogar über den Türen zu unseren Schlafzimmern stehen Namen wie Churchill, Captain Cook und Admiral Nelson.«

»Ja?«, fragte Grant nach. »Ist mir noch gar nicht aufgefallen. Wie heißt meins?«

»Crew«, sagte Dennis, was zu großem Gelächter führte.

»›In dieser Festung für den Krieg / Der gesuchte Hinweis verborgen liegt. / So ihr euch weiter müht, / Separat Solid‹«, las Jacko.

»*Separat Solid* ist das Einzige, was hier keinen Sinn ergibt. Ist das vielleicht ein Anagramm, was meint ihr?« Er sprach leise, als ginge er davon aus, dass alle seinen Vorschlag abtun würden, aber es kam nur zustimmendes Gemurmel.

»Wenige Augenblicke später sagte Jaide: »Ich finde DATA, PREIS, aber dann bleibt nur noch … LOS?«

»Ich habe PALAST und DREI, also … nein, da bleiben ein S und ein O übrig«, sagte Dennis.

»Ich brauche ein Blatt Papier.« Grant eilte davon.

»Ich finde, wir brauchen jetzt Countdown-Musik«, steuerte Maria bei. »Dum di dum di dum. Dum di dum du dum.« Sie sah von einem zum anderen. »Sorry.«

Bonnie lächelte und berührte kurz Marias Arm. Wieso konnte sie sich nicht auf die anstehende Aufgabe konzentrieren? Sie hatte noch nicht einmal angefangen, über eine Lösung nachzudenken. Sie blickte zu dem kleinen grünen Lämpchen über sich auf und stellte sich vor, wie all diese Menschen jede ihrer Bewegungen verfolgten. Wie konnten die anderen reden und herumlaufen, als wären die Kameras nicht da? Stimmte mit ihr etwas nicht oder mit denen?

»PARADE steckt da drin, und LIST?«, überlegte Dennis. »Vielleicht hat das eine militärische Bedeutung. Aber dann bleiben noch L und O. PARADE IST LOS? Wartet! Natürlich.« Dennis sah sich lächelnd unter ihnen um. »Ach, kommt schon«, sagte er einen Augenblick später. »Es heißt PARADISE LOST.«

»Natürlich«, sagte Maria. »Das Gedicht von John Milton.«

»Ist das ein Gedicht über den Zweiten Weltkrieg?«, fragte Bonnie und dachte an das Wort PARADISO über dem Eingang zu dem gläsernen Gebäude auf dem Sonnendeck.

»Es ist 1667 erschienen.« Dennis wirkte eine Spur verzweifelt.

»›In dieser Festung für den Krieg / Der gesuchte Hinweis verborgen liegt, / So ihr euch weiter müht, / Paradise Lost‹?«, wiederholte Charlie. »Das ergibt keinen Sinn.«

»Kommt mit, Leute«, sagte Jacko aufgeregt.

Grant rannte herbei, um mit den anderen Schritt zu halten, und hatte ein Blatt Papier, aber keinen Stift in den Händen.

Jacko führte sie hinaus auf den Hof und geradeaus auf die gegenüberliegende Tür zu.

»Die Bibliothek«, sagte er und warf einen Blick über die Schulter, bevor er hineinging.

Als Bonnie eintrat, sah sie, dass beide Seitenwände von Büchern bedeckt waren, von denen viele abgegriffen und oft gelesen aussahen. Dort stand ein ganzes Regal voll ledergebundener Enzyklopädien, und unten lagen in Körben aufgerollte Landkarten. Jacko musterte die Bücher an der linken Wand.

»Ich bin mir sicher, ich habe es vorhin irgendwo gesehen ... hier vielleicht? Da ist es.« Jacko zog ein Taschenbuch von Penguin aus dem Regal und präsentierte es ihnen auf seiner flachen Hand. »*Paradise Lost.*«

Auf dem Cover des Buches war das Bild einer nackten Frau abgebildet, die einen Apfel vom Baum pflückt, wobei ihr eine große Schlange zusieht. *Eva im Garten Eden*, dachte Bonnie. Was hatte das mit einer Festung für den Krieg zu tun?

»Gute Arbeit«, sagte Dennis.

»Nicht übel«, meinte Grant.

Jacko öffnete das Buch und stellte fest, dass es innen ausgehöhlt worden war. In dem Hohlraum lag ein aufgerolltes Blatt Papier, das mit einem roten Band verschnürt war. Jacko zog den Zettel heraus und entrollte ihn, bevor er laut vorlas.

Die Wahrheit ist eine bitt're Pille
Wenngleich nicht nach Darwins Wille
Der Ursprung, den sollt ihr benennen
Um die Starken von den Schwachen zu trennen.

»Alles klar«, sagte Dennis. »Hat jemand zufällig Darwins *Ursprung der Arten* gesehen?«

»Leider nein«, sagte Jacko. »Dann machen wir uns wohl besser auf die Suche.«

Jeder nahm sich einen Abschnitt der Bibliothek vor. Bonnie und Charlie suchten auf der rechten Seite hinter der Tür, Bonnie übernahm die oberen drei Regalbretter und Charlie die unteren. Nach ungefähr fünf Minuten hatte niemand etwas gefunden.

»Was ist mit den anderen Zimmern?«, schlug Maria vor. »Aufteilen und erobern!«

»Achtet auch auf die Wände«, sagte Bonnie. »Vielleicht ist es kein Buch. Es gibt auch jede Menge Kunst.« Sie hatte sich vorhin zwar das meiste angesehen, und nichts davon schien ihr mit Darwin zu tun zu haben, aber es lohnte sich, noch einmal nachzusehen.

In einem kleinen Raum mit großen, bequemen Sesseln und einem offenen Kamin trat Jacko plötzlich neben Bonnie und ließ sie zusammenfahren. Folgte er ihr etwa?

»Manche Leute sind eigenartig intelligent, oder?«

»Danke, ich möchte nicht damit angeben.«

Jacko gluckste.

»Du meinst Dennis und Maria.«

»Es ist 1667 erschienen«, machte er Dennis ziemlich gekonnt nach. »Das sind wandelnde Computer. Die müssen mal anfangen zu leben!«

»Das tun sie. Sie führen ihre Superkräfte im Fernsehen vor. Und was ist deine Entschuldigung?«

Jacko kicherte erneut. Das Geräusch gefiel Bonnie. Es war fast jungenhaft.

»Langeweile.«

»Tja nun, ich bin nur wegen des Geldes hier.«

»Klar. Und bei mir existiert der bescheidene Wunsch, ein B-Promi zu werden.«

»B-Promi? Du bist ja optimistisch. Ich schätze, es läuft mehr auf Z-Promi hinaus.«

»Wir können uns alle bei billigen Eröffnungsfeiern für Escape Rooms in der Stadt wiedertreffen.«

»O Gott, so wird es kommen, stimmt's?«

Sie lachten beide und setzten dann ihre Suche nach Büchern fort.

»Ich hab's! Ich hab's!«, rief Grant von draußen.

»Es klingt so, als hätte Grant seinen ersten Durchbruch erzielt – von jetzt an wird er unausstehlich sein«, sagte Jacko.

»Meinst du, noch unausstehlicher? Ich habe ihn vorhin dabei ertappt, wie er vor dem Spiegel seine Muskeln geflext hat. Ich schätze, als Nächstes macht er in seiner knappsten Unterhose Ausfallschritte.«

Die beiden wechselten einen amüsierten Blick und gesellten sich zu den anderen in die Eingangshalle. Dort war es kühler als im restlichen Gebäude, da es keine Fenster gab, durch die Sonnenwärme hereinströmen konnte. Bonnie fröstelte und verschränkte die Arme.

»Ich dachte mir, vielleicht ist es gar kein Buch, was wir suchen, deswegen habe ich mir die Kunst an den Wänden angesehen, und voilà!«

»Hattest du das nicht angeregt?«, fragte Jacko Bonnie leise.

Bonnie stieß ihn mit dem Ellenbogen an, damit er nichts sagte. Das würde nur im geschnittenen Material landen, das gesendet wurde. Sollte Grant doch sein eigenes Spiel spielen, und sie würde dasselbe tun.

Auf dem farbenfrohen A3-Poster an der Wand gegenüber der riesigen Unionsflagge waren Tiere und Pflanzen, zu Gruppen sortiert, abgebildet. Die Beschriftungen lauteten »einkeimblättrige Pflanzen«, »Krustentiere«, »Primaten« und dergleichen. Links war die Bleistiftskizze eines bärtigen Mannes zu sehen, darunter der Titel »*Die Entstehung der Arten* von Charles Darwin, 1809–1882«. Abermals darunter wurde sein Werk in ein paar Absätzen zusammengefasst. Bonnie wunderte sich, dass sie das Plakat zuvor nie bemerkt hatte. Sie musste einfach daran vorbeigegangen sein.

»Und schaut mal hier.« Mit stolzgeschwellter Brust trat Grant gegen die große Truhe unter dem Poster. »Sie ist mit einem Vorhängeschloss gesichert, das man mit einem vierstelligen Code öffnen kann.«

»Versuch es mal mit Geburts- und Sterbejahr«, sagte Charlie und zeigte auf das Bild.

Grant probierte 1809 und 1882, aber das Schloss ließ sich nicht öffnen.

»Wie lautete der Hinweis genau?«, fragte Dennis.

»*Den Ursprung, den sollt ihr benennen*«, antwortete Jaide.

Jacko las von dem Blatt Papier vor, das er noch immer in der Hand hielt. »*Die Wahrheit ist eine bitt're Pille, / Wenngleich nicht nach Darwins Wille, / Der Ursprung, den sollt ihr benennen, / Um die Starken von den Schwachen zu trennen.*«

»Die Wahrheit«, sagte Dennis leise. »Steht da, wann er den *Ursprung der Arten* veröffentlicht hat? Das wäre dann wohl der Zeitpunkt, an dem die Wahrheit über die Evolution ans Licht kam.«

»1859«, las Charlie aus einem der Absätze vor.

»Versuch es damit«, sagte Dennis, aber Grant war schon einen Schritt weiter und hatte das Vorhängeschloss bereits geöffnet.

Er klappte den Deckel auf, und alle traten näher, um hineinzusehen.

19

»Sind das Holztiere?«, fragte Dennis.

Die Truhe war voll mit quietschbuntem geschnitzten Spielzeug. Bonnie konnte eine lange grüne Schlange, ein dickes rosa Schwein und einen gelben Frosch ausmachen. Innen im Deckel klebte ein Din-A4-Blatt mit den Einzelheiten ihrer Aufgabe.

DER STÄRKERE ÜBERLEBT
Im Kampf ums Überleben werden die Stärkeren
zu Ungunsten der Schwächeren bevorzugt.
Sucht euch ein Tier aus.
Euer Tier wird bestimmen, welchen Kampf ihr kämpft.
Wählt sorgfältig.

Bevor irgendjemand Gelegenheit hatte, sich anzusehen, was zur Auswahl stand, schnappte sich Grant die lange grüne Schlange aus dem Haufen. Dennis und Jaide äußerten Protest, blieben jedoch weitgehend ungehört, da Charlie sich den Pfau und Maria eine schwarzweiße Kuh nahm.

»Interessant«, kommentierte Bonnie, als Jacko sich das rosa Schwein aussuchte.

»In den Anweisungen steht, dass das Tier bestimmt, welchen Kampf man kämpft. Ich hoffe also auf einen Fresswettbewerb.«

»Oder darauf, zu Speck verarbeitet zu werden.«

Jacko lächelte. »Suchst du dir auch eins aus?«

Bonnie besah sich die verbliebenen Gegenstände. Da waren noch der Frosch, eine orange-blaue Schnecke und ein weißer Eisbär.

»Habt ihr beide irgendwelche Vorlieben?«, fragte sie Dennis und Jaide.

»Ladies first«, sagte Dennis.

»Öh, Alter vor Schönheit«, antwortete Jaide.

Als keiner der beiden Anstalten machte, sich etwas auszusuchen, griff Bonnie hinein und nahm sich den Eisbären. In der Anweisung stand, dass die Stärksten überleben würden, und der Bär war zweifellos stärker als alle anderen Tiere.

»Und jetzt?« Grant hielt seine Schlange hoch, als wollte er ihr Gesicht küssen.

»Würfeln wir?«, riet Maria und holte einen siebenseitigen Würfel vom Boden der Truhe. Auf den Seiten war je ein Bild ihrer jeweiligen Tiere abgebildet.

»Versuch's«, sagte Jacko.

Maria ließ den Würfel über den Boden rollen. Er kam mit dem Bild des Frosches auf der Oberseite zum Liegen.

Alle Mitglieder der Gruppe sahen Dennis an, der den gelben Frosch am Kopf hielt. Er stieß einen tiefen Seufzer aus. »Na gut, was muss ich machen?«

»Ist da noch etwas in der Truhe?«, fragte Jaide.

Maria beugte sich hinein und schüttelte dann den Kopf.

»Es reicht nicht aus, nur an Land zu leben.« Die blecherne Stimme des Direktors aus einem der Lautsprecher ließ Bonnie zusammenzucken. »Der gierige Frosch lebt auch im Wasser. Deine Aufgabe ist es, das Rätsel am Grund des Whirlpools zu lösen. Jedes Mal, wenn du auftauchst, um Luft zu holen, werden dir von der Uhr dreißig Strafsekunden abgezogen.«

Die Gruppe ging durch die innere Tür in den Hof und stieg dann die geschwungene Treppe zum Sonnendeck hinauf. Die Sonne fühlte sich auf Bonnies Gesicht noch wärmer an als am Morgen. Der Wind hatte ein wenig nachgelassen, und die frische Luft in ihrer Lunge war leicht und sauber. Als sie sich um den Whirlpool versammelt hatten und das Wasser betrachteten, sah Bonnie in einer der Ecken auf dem Boden ein quadratisches Objekt kleben, auf dessen Oberfläche sich kleine Fliesen befanden.

»Das ist ein Schiebepuzzle, wie kleine Kinder sie benutzen. Das ist zu einfach«, sagte Grant.

»Die Bilder sind ziemlich klein. Ich glaube nicht, dass man das von der Wasseroberfläche aus lösen kann«, entgegnete Maria.

»Weswegen der Direktor auch gesagt hat, dass Dennis für jedes Mal Luftholen eine Zeitstrafe bekommt«, sagte Jaide. »Du bist kein Raucher, Dennis, oder? Für das hier brauchst du gute Lungen.«

»Ich steige nicht in dieses Ding.« Dennis trat einen Schritt zurück.

»Du musst«, sagte Grant.

»Was ist das Problem? Komm schon, Dennis. Du bist hergekommen, um mitzumachen, du hast gesagt, du würdest dich jeder Aufgabe stellen«, sagte Jaide.

»Ich. Geh. Da. Nicht. Rein. Habt ihr mich verstanden? Auf keinen Fall.«

Bonnie konnte seinen Widerwillen nachvollziehen. Er war nicht gerade super in Form, und die Kameras würden auf seinen Hintern gerichtet sein, wenn er abtauchte. Dass er sich damit lächerlich machen würde, war vorprogrammiert.

»Echt?«, fragte Maria.

»Echt. Ohne meine Brille kann ich sowieso nicht lesen, es wäre also ohnehin umsonst.«

»Lasst ihn doch«, sagte Grant. »Lasst ihn ausscheiden, das macht unser Leben leichter. Er wird uns nur aufhalten.«

»Sagt Mr Ich-heimse-den-Ruhm-der-anderen-ein«, gab Jaide zurück.

»Ich habe bei jeder Aufgabe meinen Teil beigetragen.«

»Hast du? Da habe ich wohl nicht aufgepasst«, sagte Jaide.

»Ich habe gestern gar nicht gesehen, dass *du* Russ oder Maria geholfen hättest. Irgendjemand anderes vielleicht? Ich meine, was zum ...«

»Grant!« Maria legte ihm die Hand auf die Brust. »Nicht fluchen. Vielleicht schauen Kinder zu.«

»Darauf scheiß ich«, sagte er, drängte sich an Marias Hand vorbei und baute sich vor Jaide auf. »Hast du ein Problem?«

»Ja. Dich.«

»Du musst dich nicht für mich einsetzen«, sagte Dennis zu Jaide. Dann wandte er sich an Grant: »Du solltest wissen, dass ich in meinem Leben mehr erreicht habe, was Respekt verdient, als du jemals erreichen wirst, wenn du bei jeder sich bietenden Gelegenheit den Mund aufreißt. In meinem Job bin ich Typen wie dir schon öfter begegnet, und das nimmt selten einen guten Ausgang.«

»Ach ja? Also, mein alter Herr ist Anwalt und sagt, ihr Typen seid überflüssig wie ein Kropf. Verdammte Staatsdiener.«

Dennis hielt Grant einen zitternden Finger vor die Nase. »Und was hast du getan, um deinen Vater stolz zu machen? Das hier? Es klingt, als hätte er hart gearbeitet, aber kannst du das auch von dir behaupten? Hast du irgendetwas getan, um jemanden stolz auf deine erbärmliche Existenz zu machen?« Dennis hatte beinahe Schaum vor dem Mund, und die Gehässigkeit in seiner Miene war nur schwer zu ertragen.

»Meinetwegen solltest du keinen Herzinfarkt kriegen.« Grants Kiefer zuckte, und er klang wie ein bockiges Kind.

»Na gut, wie auch immer«, sagte Jacko. »Wollen wir uns konzentrieren? Es gibt eine Aufgabe zu lösen, und Dennis, du musst das entweder tun oder aussteigen.«

Dennis' Gesicht und Hals waren rot gefleckt, er stand mit dem Rücken zur Wand und hielt den gelben Frosch umklammert, als wollte er das Leben aus ihm herauspressen.

»Wir können tauschen«, sagte Charlie, die auf den Stufen zum Podest mit dem Whirlpool saß. »Mir würde das nichts ausmachen.«

Dir würde es nichts ausmachen, deinen Bikini-Body im Fernsehen zu präsentieren, dachte Bonnie. Dieses Mädchen war wirklich in der falschen Sendung.

»Schon okay«, sagte Dennis.

»Dennis. Hier, nimm meinen Pfau.« Charlie hielt ihm das geschnitzte Tier hin, bis Maria es ihr abnahm und an Dennis weiterreichte.

Ein paar Herzschläge später gab Dennis Charlie im Gegenzug den Frosch.

»Mach dir bloß keine Mühe und bedank dich oder so«, sagte Grant zu Dennis, der weiterhin mit dem Rücken zur Wand stand. Sein Gesicht war rot angelaufen. Die Gruppe umringte das Podest mit dem Whirlpool und Charlie.

Wie Bonnie es vorhergesehen hatte, zog sich Charlie aus und enthüllte unter ihren Klamotten einen weißen Bikini, bevor sie in den Whirlpool stieg.

»Uuh, der ist aber kalt heute.«

»Ist sicherer«, kommentierte Jacko.

Charlie sah ihn einen langen Moment an und nickte dann.

»Soll ich einfach anfangen?«

Auf dem Boden des Sonnendecks war eine rote Stoppuhr aufgetaucht. Bonnie suchte die Wand des Leuchtturmgebäudes ab, bis sie dort den kleinen Projektor entdeckte.

Charlie holte tief Luft und tauchte unter.

Die Uhr auf dem Boden begann zu zählen.

Nach vierunddreißig Sekunden tauchte Charlie wieder auf und schnappte nach Luft. »Es sind zu viele Teile.«

Bonnie sah, wie die Uhr auf 1.04 sprang.

»Atme ein paarmal durch«, sagte Grant. »Du hast den Anfang gemacht, diesmal versuchst du es zu beenden.«

Charlie tauchte ein weiteres Mal auf, und ihr letzter Versuch brachte ihr eine Gesamtzeit von zwei Minuten und zwölf Sekunden ein.

Alle außer Dennis gratulierten ihr, der abseits der Gruppe auf dem unteren Teil des Sonnendecks blieb.

Maria würfelte erneut. Diesmal zeigte der Würfel die Schlange. Grant war als Nächster an der Reihe.

»Die Schlange ist neidisch auf alle, die mehr haben, denn sie wurde dazu verdammt, am Boden zu kriechen«, ertönte die Stimme des Direktors. »Deine Aufgabe ist es, die Flagge vom höchsten Punkt zu holen. Jeder missglückte Versuch führt zu einer Zeitstrafe von dreißig Sekunden.«

»Ist das eine Anspielung auf die Unionsflagge?«, fragte Charlie.

»Oh nein«, antwortet Maria.

Bonnies Blick folgte Marias Zeigefinger. An dem Geländer auf der Höhe des Leuchtturms war eine horizontale Stange befestigt, die auf das Meer hinausragte. An ihrem Ende flatterte eine rote Flagge.

»Das kann nicht gemeint sein«, sagte Dennis. »Das ist gefährlich.«

Alle stiegen auf das höher gelegene Deck, um sich das Ganze genauer anzuschauen. Als sie näher kamen, konnten sie sehen, dass die Stange als Teil eines A-Rahmens mit zwei diagonalen Stangen weiter unten am Gebäude verankert war. Sie war aus glattem schwarzen Metall, und die Flagge an der Spitze war mit einer dünnen Schnur festgebunden. Bonnie blickte auf das Meer hinunter und spürte, wie ihre Knie weich wurden. Das trübe grüne Wasser krachte in einer Explosion aus weißem Schaum gegen die Betonwände.

»Das ist lächerlich«, sagte Maria.

»Es muss hier irgendetwas geben, womit er sie erreichen kann«, sagte Bonnie.

»Wetten, du bist froh, dass du dir nicht die Schlange ausgesucht hast, Alter«, sagte Grant.

»Wie wäre es mit einem langen Greifwerkzeug? Ihr wisst schon – so ein Teil, mit dem man Müll aufsammelt. Könnte das funktionieren?«, fragte Maria. »Er könnte damit die Schnur packen und die Fahne zu sich herziehen.«

»Hast du so etwas gesehen?«, fragte Bonnie, aber bevor Maria ihr antworten konnte, riefen die anderen Grants Namen.

»Startet die Uhr«, sagte Grant.

Bonnie blickte sich um und sah ihn rittlings auf dem Geländer sitzen, die Arme ausgestreckt, um nach der Stange zu greifen.

»Mach keine Dummheiten«, sagte Dennis.

Grant beugte sich vor, umschloss die Stange mit beiden Händen und zog seinen Körper daran entlang, sodass er sie auch mit den Beinen umklammern konnte.

»Komm runter«, sagte Jaide.

Grant schob sich weiter vor in Richtung Spitze. Der Typ war skrupellos. Das Meer unter ihnen brandete weiter gegen die Festung, und Bonnie glaubte deutlich zu spüren, dass der Wind wieder auffrischte.

Die Gruppe schnappte nach Luft, und Charlie schrie auf, als Grant plötzlich eine Drehung vollführte, sodass er nicht mehr auf der Stange lag, sondern daran hing. Dennis rief Grant erneut zu, er solle zurückkommen.

»O Gott«, sagte Charlie und hielt sich die Augen zu.

Grant lachte laut auf und begann sich mit den Händen Stück für Stück immer weiter nach vorn über das Meer hinauszuziehen. Es lagen vielleicht noch dreieinhalb Meter Stange vor ihm. Darunter ging es neun Meter hinunter ins Wasser. Sollte er wirklich hinunterstürzen, würden sie nicht zu ihm gelangen.

Um Hilfe rufen ist zwecklos, niemand wird kommen.

»Komm zurück, Grant!«, sagte Bonnie, aber ihre Stimme klang rau und leise. »Komm runter!«, rief sie ein wenig lauter, während Grant mit den Händen rückwärts die Stange entlanghangelte und die Füße nachzog. »KOMM ZURÜCK!«, rief sie.

»Du bist ein Idiot!«, rief Jaide.

»Alles okay. Ich bin okay«, sagte Grant, einen Sekundenbruchteil bevor seine Beine den Halt an der Stange verloren.

20

Charlies Schrei wurde vom Wind davongetragen.

»Es ist alles in Ordnung, Baby!«, rief Grant. Er hielt sich nun nur noch mit den Händen an der Stange fest.

»Das ist nicht cool, du wirst dich verletzen. Bitte komm zurück«, sagte Charlie.

Grant begann, an der Stange Klimmzüge zu machen.

»Ich weiß nicht, wer erbärmlicher ist, der Muskelprotz da draußen oder seine heulende Tussi«, sagte Jaide.

»Eindeutig der Muskelprotz. Wenn er runterfällt, wird er seine sorgfältig gestylte Frisur ruinieren«, sagte Jacko, was Jaide ein seltenes Lächeln entlockte.

»Wie könnt ihr nur so kaltherzig sein? Er könnte sich ernsthaft verletzen.« Charlie sah so aus, als wollte sie jeden Moment in Tränen ausbrechen.

»Und das wäre seine eigene verdammte Schuld. Ich bin nicht kaltherzig, ich bin intelligent. Damit solltest du es auch mal versuchen«, sagte Jaide.

»Ich kann mir das nicht anschauen«, sagte Charlie, wandte sich ab und verschwand die Treppe hinunter.

Maria trat ans Geländer. »Grant, wenn du bei der Fahne ankommst, willst du sie dann abnehmen oder schieben?«

»Was machst du da?«, fragte Jaide.

»Ihm helfen. Wenn er sagt, er kann das schaffen, glaube ich ihm.«

Maria richtete ihre Aufmerksamkeit wieder auf Grant. »Ich glaube, man muss sie schieben, das würde ich also zuerst versuchen. Falls sie sich nicht bewegen lässt, ist die Schnur dünn genug, dass du versuchen könntest, sie durchzubeißen. Sonst musst du mit einer Hand loslassen und die Knoten lösen.«

»Na klar, Mazza.« Grant kam weiterhin langsam voran. Er hatte nun die halbe Strecke zur Fahne zurückgelegt, die im Wind flatterte.

Jaide sah verächtlich zu.

»Glaubt ihr, er schafft das?«, fragte Bonnie Jacko und Dennis, die nebeneinanderstanden und zusahen.

Jedes Mal, wenn Grant mit einer Hand losließ, um sie ein Stück weiter nach vorn zu setzen, erwartete Bonnie, dass er fallen würde. Die Stoppuhr auf dem Boden des Decks unter ihnen lief weiter.

1,27, 1,28, 1,29.

»Ich könnte mein Körpergewicht da draußen nicht lange halten, aber ich bin ja auch kein Bodybuilder«, antwortete Jacko.

»Ich hätte es gekonnt«, sagte Dennis. »Als ich jünger war. Ich habe ein bisschen geboxt.«

1,36, 1,37, 1,38.

Grant war beinahe bei der Flagge angekommen und nach Bonnies Ansicht erschreckend hoch oben. Sie hätte sich am liebsten nach unten zu Charlie verzogen, konnte sich von der drohenden Katastrophe aber nicht losreißen. Unmöglich, dass dies der vorgesehene Lösungsweg für Grants Aufgabe gewesen war. Das war viel zu gefährlich. Irgendwo hatte sie mal gehört, dass ein Aufprall auf Wasser aus großer Höhe einem Aufprall auf Beton gleichkam.

Genau in diesem Moment glitt eine von Grants Händen von der Stange ab, und sein Körper schwang heftig nach rechts. Jacko fluchte, und Bonnie verbarg ihr Gesicht hinter seinem Rücken.

»Oh, du bist ein noch größerer Schwachkopf, als wir dachten«, sagte Jaide, woraufhin Bonnie hinter Jackos Rücken hervorlugte und Grant lachend einhändige Klimmzüge an der Stange machen sah.

»Hol einfach die Flagge!«, rief Maria.

Grant schwang seinen freien Arm wieder hoch an die Stange und betrachtete die Flagge. Er steckte einen Finger durch die Schnur und begann sie mit sich zurückzuziehen. Als sie sich am Metall verhakte, hob er den Kopf, nahm den Stoff in den Mund und riss ihn los. Dann drehte er sich an der Stange so, dass er der Gruppe auf dem Deck das Gesicht zuwandte, und kam auf sie zu, indem er eine Hand vor die andere setzte und die Flagge zwischen den Zähnen hielt. Er kletterte über die Reling und sprang mit einer theatralischen Verbeugung herunter.

»Zwei Minuten siebenundvierzig Sekunden«, sagte Maria. »Sehr beeindruckend, aber ich glaube, du musst dich bei Charlie entschuldigen.«

Ein solcher Stunt mochte ihnen gefährlich und idiotisch vorgekommen sein, aber Bonnie konnte sich gut vorstellen, wie aufregend er im Fernsehen gewirkt hatte. Grant wäre ab jetzt für Macho-Männer und schwärmende Frauen überall gleichermaßen der Held.

»Starke Leistung, Charlie und Grant«, sagte die blecherne Stimme des Direktors. Ihr seid eurem Team mit gutem Beispiel vorangegangen. Von jetzt an spielen die Männer gegen die Frauen. Eure Zeiten werden addiert und durch die Anzahl der Gruppenmitglieder geteilt. Das Team mit der niedrigsten Zeit erhält eine Amnestie für das nächste Duell.«

»Das hätte er auch früher erwähnen können«, sagte Dennis.

»Danke, Grant«, sagte Jaide. »Wenn du nicht eine solche Show abgezogen hättest, hättet ihr vielleicht gewonnen.«

»Ihr seid zu viert und wir nur zu dritt, ihr habt also bereits einen Vorteil«, sagte Grant.

»Unsere Ergebnisse werden gemittelt«, sagte Jacko und klopfte Grant im Vorbeigehen auf die Schulter.

»Keine Sorge, Junge«, sagte Dennis, »wir tun unser Bestes, um das zu kompensieren.«

Maria reichte Charlie den Würfel. »Ich sollte nicht die Einzige sein, die hier würfelt.«

Charlie würfelte zuerst wieder den Frosch, dann die Schnecke. Jaide war an der Reihe.

»Die träge Schnecke verpasst vieles, weil sie es so langsam angehen lässt«, sagte der Direktor. »Geh ins Wohnzimmer. Deine Aufgabe ist es, das Spiel so schnell du kannst zu Ende zu spielen. Für jeden Fehler gibt es dreißig Sekunden Zeitstrafe und du musst von vorne anfangen.«

Jaide fand ihr Spiel auf einem Ecktisch im Nebenzimmer des Aufenthaltsraums. Es bestand aus einem langen gewellten Draht voller Schleifen und Kurven, an dem Jaide einen Metallkreis an einem Stab entlangführen musste, ohne Metall mit Metall zu berühren. Bonnies Großvater hatte für sie und Clara ein ähnliches Spiel gekauft, als sie Kinder waren. Bei Clara hatte es zu vielen Tränen geführt, denn sie hatte nicht Bonnies Geduld gehabt. Jedes Mal, wenn sie wieder von vorne anfangen musste, schrie und brüllte sie.

Jaide absolvierte es in drei Minuten und zweiundfünfzig Sekunden, nachdem sie viermal den Draht berührt und eine Zeitstrafe von zwei Minuten erhalten hatte.

»Tut mir ja leid, Mädels«, sagte Grant, nachdem Jaide fertig war. »Ich habe Jaide um mehr als eine Minute geschlagen.«

»Und ich habe dich um mehr als dreißig Sekunden geschlagen«, entgegnete Charlie und reichte ihm den Würfel, damit er ihn warf. »Ich würde mich nicht zu früh freuen.«

Grant würfelte zweimal die Schlange und wieder die Schnecke, bevor schließlich das Schwein oben lag. Die Stimme des Direktors dröhnte laut.

»Das gefräßige Schwein weiß nicht, wann es genug ist. Deine Aufgabe ist es, alles zu essen, was sich im Küchenschrank mit der Nummer zwei befindet. Jeder Schluck Wasser hat eine Zeitstrafe von dreißig Sekunden zur Folge.«

»Yes!«, sagte Jacko. »Ich hatte auf eine Essens-Challenge gehofft. Seht zu und lernt, Ladys.«

»Wo ist die Küche?«, fragte Dennis.

»Ich weiß es«, sagte Maria. »Ich habe sie vorhin gefunden.«

»Du bist ein Schatz. Lasst uns gehen«, sagte Jacko.

Maria führte sie um die Bartheke herum in eine Industrieküche mit Arbeitsflächen aus Edelstahl und großen Öfen.

»Wann hast du sie gefunden?«, fragte Charlie.

»Diejenigen von uns, die darauf verzichtet haben, die Posts unserer Fans auf Twitter anzustarren, konnten vorhin ein bisschen was erledigen«, antwortete Jacko mit einem Augenzwinkern.

Über den Spülbecken an der Wand hingen eine Reihe von Schränken, die mit den Zahlen Eins, Zwei und Drei durchnummeriert waren. Jacko öffnete die Nummer zwei, ließ den Kopf hängen und stieß ein Lachen aus. Dann griff er hinein und holte eine volle Packung Cream Crackers heraus.

»Ich werde Wasser brauchen«, sagte er.

»Kapiere ich nicht«, sagte Charlie.

»Die sind ohne Wasser nicht runterzukriegen«, sagte Grant. »Bestehen nur aus Fett und Mehl. Ehrlich, die saugen einem den gesamten Speichel aus dem Mund.«

Ein weiterer Projektor an der Decke der Küche zeigte auf dem Boden die Zeit an.

Jacko fing mit zwei Crackern gleichzeitig an, hatte aber bald Mühe, die staubige Masse in seinem Mund zu kauen. Sein Kopf wippte auf und ab und drehte sich von einer Seite zur anderen, während er mit aller Kraft kaute und zu schlucken versuchte. Es dauerte nicht lange, da griff er zum Wasserglas, und die Stoppuhr sprang dreißig Sekunden vor. Er begann einen Cracker nach dem anderen in kleinen Bissen zu mümmeln, so schnell er konnte. Doch schon bald verlangsamten sich seine Bemühungen wieder, sein Gesicht verzog sich, und er griff nach dem Wasser.

»Das ist ja furchtbar«, sagte er, als er die Hälfte gegessen hatte, aber es ließ sich nicht leugnen, dass alle anderen das Ganze ziemlich amüsant fanden, abgesehen von Grant, der sich jedes Mal aufregte, wenn Jacko einen Schluck trank.

Bonnie war sich nicht sicher, ob Dennis über Jackos Anstrengungen lächelte oder über Grants Wut.

Vier Minuten, fünfundfünfzig Sekunden und fünf Schlucke Wasser später war Jacko fertig. Krümel übersäten die Vorderseite seines T-Shirts und klebten ihm um den Mund.

»Teamwork lässt den Traum Wirklichkeit werden«, sagte Jacko und wischte sich den Mund ab.

Danach meisterte Dennis die Pfauen-Aufgabe in der bislang kürzesten Zeit.

»Spieglein, Spieglein an der Wand, der Pfau glaubt, er wäre der Schönste von allen«, sagte der Direktor. »Deine Aufgabe ist es, die Schrift auf dem Bildschirm zu entziffern. Sie wird jeweils für zehn Sekunden sichtbar sein. Jedes Mal, wenn du eine Wiederholung anforderst, bekommst du eine Zeitstrafe von dreißig Sekunden.«

Dennis begab sich zum nächstgelegenen Bildschirm vor der Offiziersmesse und berührte, nachdem er seine Brille aus der Hemdtasche gezogen und aufgesetzt hatte, das Bild des Pfaus mit dem Finger. Er hatte eine spiegelschriftliche Seite vor sich: Jeder Buchstabe war umgekehrt, jedes Wort rückwärtsgeschrieben, jeder Satz lief von rechts nach links anstatt von links nach rechts. Für Bonnie sah das nach Quatsch aus, aber Dennis entzifferte alles in weniger als einer Minute.

»Das ist der Liedtext von ›You're So Vain‹ von Carly Simon«, sagte er.

»Yes, Dennis, alter Mann.« Grant klopfte Dennis auf den Rücken.

»Ich dachte, du hättest gesagt, er würde euch ausbremsen?«, warf Bonnie ein.

»Das war, bevor wir in einem Team waren. Kommt schon, Jungs!«

Nun mussten nur noch Bonnie und Maria an die Reihe kommen. Es dauerte eine Weile, bis ihre Tiere gewürfelt waren. Bonnies Eisbär erschien, und sie wurde zurück in die Küche geschickt, genau genommen vor den Gefrierschrank.

»Die Bärenmutter kennt Wut wie kein anderes Wesen. Deine Aufgabe ist es, das Eis zu zerschmettern und dein Junges zu befreien. Jedes Mal, wenn du den Meißel zu Hilfe nimmst, bekommst du eine Zeitstrafe von dreißig Sekunden.«

Der Eisblock war von nicht unbeträchtlicher Größe, beinahe so groß wie das gesamte Gefrierfach. Jaide half ihr, ihn herauszuholen und auf dem Boden abzustellen. Unter seinem Boden im Gefrierschrank lagen ein kleiner Hammer und ein dünner Meißel.

»Die Jungs waren in zwei Minuten siebenundvierzig, siebenundfünfzig Sekunden beziehungsweise vier Minuten fünfundfünfzig fertig«, sagte Jaide zu den versammelten Frauen. »Damit liegen sie im Schnitt bei knapp unter drei Minuten. Wir müssen besser sein.«

»Was ist unser Schnitt?«, fragte Bonnie.

»Knapp drüber«, sagte Jaide.

Bonnie nahm den Hammer und kniete sich neben den Eisblock. Sie sah nicht zu den Männern hinüber, spürte aber das Gewicht ihrer Blicke. Als sie das erste Mal zuschlug, traf sie das Eis überhaupt nicht, sondern tat sich nur am Arm weh, als der Hammer auf den Steinboden knallte. Grant schnaubte. Sie spreizte die Knie, um breiteren Halt zu haben, hob den Hammer mit beiden Händen hoch über ihren Kopf und ließ ihn mit aller Kraft auf das Eis niedersausen. Vielleicht lag es am Druck von Jaides Blick oder dem zusätzlichen Adrenalin, weil sie Jacko beeindrucken und Grant ärgern wollte, aber zu ihrem Erstaunen erschien ein großer Riss mitten durch den Eisblock. Angespornt durch ihren Erfolg, schlug Bonnie unter Charlies Anfeuerungsrufen wieder und wieder zu, bis das gesamte Teil zu Splittern zersprang, die über den Boden schlitterten.

»Wettbewerbsfreudig«, kommentierte Jacko.

Charlie sprang auf der Stelle auf und ab, stieß Laute der Entzückung aus und rief in einem Singsang: »Eins zweiundzwanzig, eins zweiundzwanzig.«

»Zweitschnellstes Ergebnis. Gut gemacht«, sagte Jacko und ignorierte Grants und Dennis' verdrossene Mienen.

Bonnie nahm ein kleines geschnitztes Eisbärenjunges aus den Resten des Eisblocks. »Bitte schön, Mama Bär. Dein Baby ist in Sicherheit«, sagte sie und zeigte das Spielzeug dem Eisbären, den Maria für sie in der Hand hielt.

»Damit bleibe nur noch ich übrig«, sagte Maria.

»Um dich mache ich mir keine Sorgen. Du gewinnst doch alles«, sagte Bonnie mit einem Augenzwinkern.

Doch da lag sie falsch.

Marias bizarre Aufgabe bestand darin, sich vor einen Elektroventilator zu stellen, den sie unter einer Abdeckplane auf dem Sonnendeck fanden, und dabei eine angezündete Kerze in der Hand zu halten. Sie sollte die Flamme eine Minute am Stück schützen. Jedes Mal, wenn sie ausgeblasen wurde und sie sie neu entzünden musste, erhielt sie die Zeitstrafe von dreißig Sekunden. Es gelang ihr nie eine volle Minute lang, und nach dem fünften Mal gab sie auf.

In dem Augenblick, als sie ausschied, stießen die Männer lautes Jubelgeschrei aus und klatschten einander ab – sehr zu Bonnies Überraschung.

»Seit wann sind sie alle solch gute Kumpel?«, fragte sie.

»Es tut mir so leid«, sagte Maria.

»Hey, es ist nur ein albernes Spiel«, sagte Jaide und umarmte Maria kurz, bevor sie Bonnie ansah und fragte: »Was?«

Wieso bist du so nett? Was hast du vor?, dachte Bonnie, aber sie sagte: »Ich frage mich bloß, wen von uns die Zuschauer als Nächstes rauswählen.«

Die vier Frauen sahen einander schweigend an, während die Männer fortfuhren, sich gegenseitig zu beglückwünschen.

21

Bonnie erwachte von einem Geräusch. Sie blieb einen Moment reglos liegen, um zu hören, ob es sich wiederholen würde. Ihr dritter Abend war deutlich ruhiger abgelaufen. Charlie und Maria hatten sich früh zurückgezogen, vermutlich litten sie noch immer unter dem Kater von der Nacht zuvor. Bonnie hatte sich mit den anderen zum Essen gesetzt und sich dann ein stilles Eckchen gesucht und gelesen, nachdem sie sich aus einem Regal in der Bibliothek eine eselsohrige Ausgabe von *Harry Potter und der Stein der Weisen* ausgesucht hatte.

Ein paar Stunden später war sie ins Bett gegangen, ohne noch einen der anderen zu sehen, und war schnell und tief eingeschlafen.

Als sich das schabende Geräusch wiederholte, wusste sie, sie würde nicht mehr einschlafen können, und so schnappte sie sich ihr Sweatshirt und ging nachsehen. Der Flur vor ihrem Zimmer war stockdunkel, und sie fuhr mit der Hand die gegenüberliegende gebogene Wand entlang, um den Weg zu finden.

Die Temperatur war in der Nacht deutlich gesunken, und sie spürte die Kälte auf ihrem Gesicht. Als sie um die Ecke bog und den Gemeinschaftsbereich betrat, hörte sie einen Mann husten und blieb stehen. Sie horchte angestrengt auf jede Bewegung, um herauszufinden, wer die Person war und wie weit entfernt sie sich befand. Da war nichts als Stille. Nach ein paar Augenblicken setzte sie sich langsam wieder in Bewegung.

Als sie Dennis mit einem heißen Getränk in der Küche sitzen sah, stieß sie die angehaltene Luft aus.

»Konntest du nicht schlafen?«, fragte sie.

»Das kann ich zurzeit leider kaum, wenn ich ehrlich bin.« Er hielt seine Brille in beiden Händen und drehte sie auf der Tischplatte hin und her.

»Darf ich mich zu dir setzen?« Er nickte, und sie nahm ihm gegenüber Platz. »Das ist eine eigenartige Erfahrung, oder?« Als er nicht antwortete, fuhr sie fort: »Wie findest du es? Du wirkst nicht übermäßig glücklich, hier zu sein.«

»Du auch nicht.«

Damit hatte er einen wunden Punkt getroffen. Sie warf einen Blick auf die Kameras an den Wänden. Sie waren alle ausgeschaltet.

»Na ja, ich bin mehr für meine Schwester hier als für mich selbst. Unsere Mum ist dieses Jahr gestorben. Sie hat ihr ganzes Geld für verschiedene Behandlungen ausgegeben, und ihre Lebensversicherung war nicht hoch, deswegen können wir es uns nicht leisten, in unserem Haus zu bleiben, aber meine Schwester will das unbedingt.«

»Also könntet ihr das Preisgeld gut gebrauchen?«

»Dämlich, oder?«

Dennis kratzte sich die Stirn und rieb sich die Augen. »Nicht, wenn du gewinnst.«

»Das halte ich für unwahrscheinlich. Ich stecke nicht gerade die Rätselwelt in Flammen mit meiner Brillanz.«

Dennis lächelte warmherzig, was ihn mehr wie ein freundlicher Opa aussehen ließ als wie ein alter Griesgram.

»Darf ich fragen, warum du hier bist? Du scheinst das Ganze nicht gerade zu genießen.«

Dennis zuckte mit den Schultern und nahm einen Schluck von seinem Getränk.

Als klar war, dass er nicht vorhatte zu antworten, wechselte Bonnie das Thema. Sie wollte ihm kein Unbehagen bereiten.

»Wünschst du dir nicht gerade, Russ zu sein? Zu Hause in deinem eigenen Bett zu liegen und all diesen Schwachsinn hinter dir zu haben?«

Über Davids Miene huschte ein eigenartiger Ausdruck.

»Du warst also Jurist, bevor du dich zur Ruhe gesetzt hast. Auf welchem Gebiet?«

»Strafrecht. Ich war zweiunddreißig Jahre lang Staatsanwalt.«

»Wow. Ich wette, da hast du einiges gesehen.«

Dennis spitzte die Lippen und starrte an die Wand. Es war nicht leicht, mit dem Mann zu plaudern.

»Wie auch immer, vielleicht versuche ich mal, noch eine Mütze Schlaf zu bekommen.« Bonnie erhob sich.

»Zweiunddreißig Jahre, in denen ich Vergewaltiger, Mörder und Kinderschänder ins Kittchen gebracht habe, und ich war verdammt gut darin. Ehe ich mich's versah, war ich seit fünfundzwanzig Jahren dabei, und sie haben all diese jungen Managertypen eingestellt, die keinen Schimmer hatten. Sie haben erst dies geändert und dann das, ohne einen Gedanken an die Folgen zu verschwenden, und haben mehr Zeit damit verbracht, über ihre Karrieren nachzudenken, als damit, dem Gesetz zu dienen, und ich habe mich nicht gescheut, ihnen das deutlich zu machen. Ich wurde zum Dinosaurier, zum Problemkind, mit dem man Leistungsvereinbarungen geschlossen und das man zur Mediation mit einem Psychologen geschickt hat. Aber weißt du, was das Schlimmste war? Nach und nach glaubten es meine Kollegen auch. Als sie anfingen, meine Ideen abzutun, habe ich gekündigt.« Er blickte zur Decke. »Meine Ehe ist schon vor Jahren in die Brüche gegangen, weil ich immer gearbeitet habe, und Kinder hatten wir keine, also saß ich zu Hause herum und hatte nichts zu tun und musste nirgendwohin.«

Dennis' Wut am ersten Tag, als er von Grant geschurigelt worden war, ergab nun Sinn.

»Deswegen hast du dich beworben?«

»Ich dachte, ich zeige allen, dass ich es immer noch draufhabe.« Er tippte sich an die Stirn. »Aber vielleicht hatten sie ja doch recht.«

Bonnie mutmaßte, dass die Kommentare auf Twitter Dennis schmerzhaft getroffen hatten.

»Das ist nicht echt, weißt du? Es spielt keine Rolle.«

»Nur ein Spiel«, sagte er, und dieser eigenartige Ausdruck erschien erneut.

Bonnie blickte auf den Fernseher mit seinem Splitscreen, auf dem die Kommentare in den sozialen Medien zu lesen waren. Jetzt um drei Uhr nachts scrollten nicht mehr herunter. Auf Instagram waren Fotos von den Ereignissen des Tages zu sehen, einschließlich einem von Grant mit der roten Flagge zwischen den Zähnen und einem unvorteilhaften von Maria vor dem Ventilator, auf dem ihr Haar wie ein lockiger Turban um ihren Kopf stand und ihre Bluse gegen ihren Körper geweht wurde, was ihre Speckröllchen um Taille und Hals betonte. Sie tat Bonnie leid. Sie war die Beeindruckendste von ihnen allen, und doch war sie so eine einfache Zielscheibe. Bonnie richtete ihre Aufmerksamkeit auf die Tweets.

P Foulds @Pfoulds345
Was ist bitte Dennis' Problem? Wenn du nicht mitspielen willst, melde dich nicht an. #Dennismussraus

---

LalaBoyes @Laboy
Wie Grant schon sagte, Dennis ist eine Verschwendung von Frischluft. #diefestung #Dennismussraus

---

Katy Sky @Katysky
OMG was hat Grant für Muskeln. #Grantgewinnt #muscleman

Chardonnay @Chardonnay84
Ich würde ja gerne wissen, wann Grant und Charlie es endlich miteinander treiben.

Lala Boyes @Laboy
Oh, ich würde ihr die Augen auskratzen. #Spatzenhirn

Farook @Frookboy99
Ich kann nicht entscheiden, ob ich die Festung traurig oder krank finde. #wiesochannel5?

ShellBrolin @Brolinblog1
Habt ihr Maria vor dem Ventilator stehen sehen? Zum Piepen. Schaut, wie die Krisselhaube fliegt. #diefestung

Lee @LeePotts14562
Kein Wind könnte Maria umblasen, oder?

Danni @DBiswas23
Wieso spielen die alberne Spiele, während Russ leidet?

Bonnie sah Dennis an und stellte fest, dass er sie ansah.

»Komisch, oder?«, fragte er.

»Während Russ leidet? Wieso leidet er – weil er nach Hause gefahren ist?«

Dennis nickte langsam und sagte dann: »Oder weil er *nicht* nach Hause gefahren ist.«

22

»Mach dich nicht lächerlich. Natürlich ist er nach Hause gefahren«, sagte Jaide.

»Das ist undenkbar«, sagte Maria.

»Er ist die ganze Zeit da unten gewesen?« Charlie sah von ihnen allen am verschlafensten aus.

»Nein. Natürlich nicht, sonst hätten wir ihn doch gehört. Er hätte doch geschrien und gegen die Tür gehämmert und weiß Gott was«, sagte Grant. »Ich meine, wie lange ist es jetzt her?«

»Fast zwei Tage«, sagte Dennis.

Es folgte ein langes Schweigen. »Wir hätten ihn nicht gehört. Dieses Gebäude besteht aus Walzbeton. Die Türen sind aus Metall. Es ist gebaut worden, um einem Mörserangriff standzuhalten«, sagte Maria. »Damit ist es mehr oder weniger schalldicht.«

»Ich fasse nicht, dass du uns aus den Betten gejagt hast, um uns mit dieser Hysterie zu konfrontieren«, sagte Jaide.

»Aber was, wenn er da unten ist?«, fragte Bonnie.

»Er ist zu Hause.« Grant wirkte gereizt. »Du hast doch selbst gesagt, du hättest die Tür an dem Tag offen stehen sehen. Das muss bedeuten, dass er gegangen ist.«

»Oder dass jemand anderes sie geöffnet hat«, sagte Dennis.

»Natürlich hat jemand anderes sie geöffnet, verdammt noch mal«, sagte Jaide. »Wer auch immer Russ nach draußen eskortiert hat.«

»Da kannst du dir nicht sicher sein«, antwortete Bonnie mit geballten Fäusten. »Wie erklärst du dir die Tweets? Der eine findet das Spiel krank, in dem anderen steht, dass Russ leidet.«

Es entstand ein unbehagliches Schweigen.

»Wir müssen runtergehen«, sagte Dennis.

»Durch die abgeschlossene Tür ohne Griff? Und wie genau möchtest du das anstellen?«, fragte Jaide.

»Ich will da nicht runter«, sagte Charlie.

Grant blieb in der Tür stehen. »Charl, da unten ist nichts, wovor du dich fürchten müsstest. Lass dir von diesen Freaks keine Angst einjagen.«

»Du bist sehr still«, sagte Bonnie zu Jacko, der am Küchentresen lehnte.

»Ich dachte gerade: *Um Hilfe rufen ist zwecklos, niemand wird kommen.*«

Zum Glück gab es noch jemanden, der sie und Dennis ernst nahm.

»Es ist ein Spiel«, sagte Jaide. »Es soll uns unter Stress setzen. Die Produktionsfirma hat diese Tweets wahrscheinliche selbst gepostet.«

»Aber wenn Dennis und ich nicht mitten in der Nacht wach gewesen wären, hätten wir sie nicht gesehen«, sagte Bonnie.

Jaide seufzte. »Dann hätten sie sie eben noch mal gepostet.«

»Angenommen, du hast recht ...«, sagte Jacko.

»Weil ich recht *habe*.«

»Was soll das?«

»Wie meinst du das?«

»Was soll dieses Spiel? Das beschäftigt mich. Normalerweise betritt man einen Escape Room und bekommt eine konkrete Mission. Uns hat man verschiedene Aufgaben gegeben, aber wir haben kein bestimmtes Ziel, keinen Einsatzzweck. Findest du das nicht seltsam?«

»Sie wollen uns verwirren.«

»Oder es ist schlecht konzipiert«, sagte Jacko.

Bonnie sah ein, dass er recht hatte. Sie hatten kein Ziel, und damit hatte sie nicht gerechnet. Sie hatte gedacht, man würde ihnen

Rollenspiele zuteilen. Beispielsweise, dass sie hier in einem Sturm gestrandet wären oder inmitten einer Schlacht, und dass sie dann einen gemeinsamen Fluchtplan ausarbeiten müssten. Einmal hatte sie mit Clara und ein paar Freunden ein Escape-Room-Spiel absolviert, in dem man ihnen gesagt hatte, sie seien alle kürzlich gestorben und hätten nun sechzig Minuten Zeit, um dem Jenseits zu entgehen. Es war berauschend gewesen: diese untergründige Panik, die Zeit könnte ablaufen, das Wissen, dass sie dem Untergang geweiht wären, wenn sie nicht alle zusammenarbeiteten und die Hinweise kombinierten. Es hatte sich so real angefühlt.

»Wir können deswegen im Augenblick nicht viel unternehmen«, sagte Jacko. »Ich würde vorschlagen, wir ruhen uns alle noch ein bisschen aus und entscheiden morgen früh, wie wir vorgehen.«

Auf dem Rückweg in ihr Zimmer spürte Bonnie, dass sie Kopfschmerzen bekam. Ihr fiel außerdem auf, dass Dennis in der Küche blieb. Entweder wusste er, dass seine Schlafstörung ihn davon abhalten würde, zu schlafen, oder er hatte vor, auf den Bildschirm zu starren, bis diese Kameralampe grün wurde.

23

An Tag vier ging die grüne Lampe überhaupt nicht an. Bonnie, Dennis und Jacko wechselten sich dabei ab, sie im Blick zu behalten. Es war eigenartig und wurde von allen als Bestätigung genommen, dass hier etwas Merkwürdiges vor sich ging. Außer von Jaide und Grant. Sie vertraten beharrlich die These, dass es sich einfach um einen Ruhetag handelte. Keine Aufgaben, keine Aufnahmen. Im Vertrag hatte gestanden, dass man ihnen solche Tage zugestehen würde. Aber in Bonnies Augen war das ein zu großer Zufall.

Dennis und Jacko hatten versucht, in den Keller zu gelangen, aber sie fanden lediglich die beiden Türen auf gegenüberliegenden Seiten des Hauptgeschosses – beide waren abgeschlossen und hatten weder Griffe noch Schlüssellöcher. Bonnie entsann sich, wie unheimlich sie es am Tag des Duells gefunden hatte, dass die Tür sich automatisch geöffnet hatte, oder genauer gesagt, von irgendwoher mit einer Fernbedienung geöffnet wurde. Sie fragte sich erneut, ob sie wirklich alleine hier waren oder ob jemand – möglicherweise gar ein ganzes Team – ebenfalls vor Ort sein könnte. Maria hatte ihnen erklärt, dass es an solchen Orten oft unzählige Räume, Verstecke und sogar geheime Tunnel gab, es war also durchaus denkbar, dass ein Teil des Gebäudes abgetrennt war. Abgesehen von den Räumen, die sie erkundet hatten, waren alle Türen verschlossen. Sie hatte angenommen, dass es sich bei den Zimmern dahinter um Lagerräume handelte, fragte sich nun aber, ob sie einem ganz anderen Zweck dienten.

Bei einer Sache war sie sich ganz sicher – dass ihre Unterhaltung um drei Uhr morgens gehört worden und das der Grund dafür war, dass den ganzen Tag über kein grünes Lämpchen zu sehen war.
Um Hilfe rufen ist zwecklos, niemand wird kommen.

Als am Morgen von Tag fünf die Sirene jaulte, war Bonnie bereits angezogen und saß mit Maria und Charlie bei einem Kaffee in der Küche. Sie hatte sich entschieden, sich das Haar zurückzubinden und auf den Eyeliner zu verzichten. Es gab Wichtigeres, worauf sie ihre Aufmerksamkeit richten musste. Ihre Hände waren schwitzig, und die Kopfschmerzen, die nachts angefangen hatten, würden ihr wohl den Tag über erhalten bleiben.

»Ich kann nicht glauben, dass du dich schon wieder duellieren musst«, sagte Charlie zu Maria, die so aussah, als hätte sie nicht gut geschlafen.

Angesichts ihrer Sorgen um Russ konnte Bonnie Marias Furcht gut nachvollziehen.

»Echt? Ich schon. Und Jaide wird es mir nicht leicht machen.«

Die Zuschauer hatten Jaide die meisten und Maria die zweitmeisten Stimmen gegeben, und der Bildschirm verkündete, dass sie ein zweites Duell austragen würden. Charlies Stimmenanzahl lag knapp darunter, und zu Bonnies Überraschung hatte kaum jemand für sie gestimmt. Vielleicht hatte ihre Eis zersprengende Wut ihr Bewunderung eingetragen, oder ihre Strategie, den Kopf nicht aus der Deckung zu heben, ging auf.

»Darf ich dich was fragen?«, wandte sich Bonnie an Maria, sobald sie unter sich waren. »Neulich Abend hast du gesagt, du könntest nicht gewinnen, weil alles schon entschieden sei. Warum hast du das gesagt?«

»Habe ich das?« Maria runzelte die Stirn und gähnte dann. »Ich kann mich nicht erinnern.«

»Das war nach dem letzten Duell. Was könntest du damit gemeint haben?« Sie fragte sich, ob Maria ebenfalls das Gefühl hatte, dass hier etwas nicht mit rechten Dingen zuging. Wenn irgendjemand genau genug hinsah, um so etwas wahrzunehmen, dann war sie es.

Maria sah einen Moment lang an Bonnie vorbei, dann sagte sie: »Hast du manchmal Angst, dass die Leute irgendwann merken, dass du eine Hochstaplerin bist?«

»Was redest du da? Du hast hier doch am meisten Talent von allen.«

»Hmm«, machte Maria und starrte noch immer geradeaus. »Ich glaube, es ist aber doch ziemlich deutlich, dass die Zuschauer mich nicht besonders mögen.«

Die Gruppe begann sich zu versammeln, und Bonnie beschloss, das Thema zu wechseln. Diese Denkweise würde Maria nicht helfen. Sie musste positiv bleiben.

Schließlich tauchte auf den Bildschirmen die Anweisung auf, sich um neun Uhr vor der Kellertür Eins einzufinden. Gleichzeitig leuchteten die Lampen an allen Kameras grün auf. Dennis baute sich augenblicklich vor der nächsten auf und verlangte zu erfahren, ob Russ das Fort wohlbehalten verlassen hatte.

Es kam keine Antwort.

»Noch eine halbe Stunde, dann können wir uns selbst davon überzeugen«, sagte Jacko.

Um acht Uhr siebenundfünfzig standen sie alle vor der Kellertür Eins. Dennis war der Erste, der hindurchging, als sie sich öffnete. Bonnie stellte fest, wie sehr sich ihre Einschätzung von ihm innerhalb der letzten vierundzwanzig Stunden verändert hatte – anstelle eines Trübsal blasenden Mufflons sah sie nun einen mitfühlenden Mann mit Prinzipien. Sie konnte sich gut vorstellen, dass er ein engagierter und erfolgreicher Staatsanwalt gewesen war. Man musste sich nur ansehen, wie entschieden er ermittelte, ob Russ wohlbehalten entkommen war.

Das Erste, was Bonnie entgegenschlug, war die Hitze. Als sie das letzte Mal hier heruntergestiegen waren, hatte sie ein feuchtes Frösteln in der Luft gespürt. Genauso später, als sie oben an der Treppe gestanden hatte und sich zwingen wollte, ein paar Stufen hinabzusteigen, nur um festzustellen, dass sie ihre Füße nicht von der Stelle bewegen konnte. Aber jetzt war die Luft trocken und heiß, als würde sie das Wohnzimmer ihres Opas betreten, wenn er gleichzeitig die Heizung und den Gasofen anhatte.

Die Gruppenmitglieder wechselten Blicke, aber niemand gab einen Kommentar dazu ab.

Als sie unten ankamen, ignorierten sie die Tatsache, dass der Flur zu ihrer Rechten von Lampen erhellt war, und bogen nach links ab, um denselben Weg zu nehmen, den sie schon einmal genommen hatten, hinein in die Dunkelheit auf den Raum zu, in dem sie Russ zuletzt gesehen hatten. Dieses Mal gingen die Lampen über ihnen nicht an, aber Dennis und Jaide leuchteten ihnen mit den Taschenlampen ihrer Handys den Weg. Abgesehen vom Rascheln ihrer Schritte war es totenstill. Die Luft fühlte sich in Bonnies Mund warm und trocken an, und sie spürte bereits, wie sich auf ihrer Stirn und unter ihren Achseln Schweiß bildete.

Zu dem Zimmer war es nicht weit, doch dieses Mal drang kein Licht aus geöffneten Türen. Als Bonnie bei dem Raum anlangte, in dem Maria gewesen war, sah sie die Tür offen stehen und machte einen weißen Papierfetzen auf dem Boden aus. Ein Stück weiter vorn standen Dennis und Jacko vor dem Raum, in dem Russ gewesen war.

»Die Tür ist abgeschlossen«, sagte Dennis, und Bonnie rutschte das Herz in die Hose.

»Bitte, bitte, bitte, lass es leer sein.«

Bonnie hörte Charlies geflüsterte Worte und griff nach ihrer Hand.

Alle standen stumm und reglos da, während Dennis die Klappe in der Tür öffnete und mit seinem Handy hineinleuchtete.

»Kannst du ihn sehen? Ist er da?«, fragte Bonnie.

Jaide richtete ihren Lichtstrahl auf Dennis, sodass alle ihn sehen konnten.

Dennis bewegte sein Telefon und legte den Kopf zur Seite, dann versteifte er sich.

Charlie presste Bonnies Hand, und Maria stieß ein leises Wimmern aus.

»Ach, du meine Güte«, sagte Dennis, und alle aus der Gruppe stellten durcheinander Fragen.

»Ist er da?«

»Geht es ihm gut?«

»Was siehst du?«

»Kannst du ihn rausholen?«

»Russ? Russ? Hey, kannst du mich hören?«, sagte Dennis. »Er sitzt auf dem Boden und lehnt an der Wand. Noch einigermaßen aufrecht. Ich bin mir nicht sicher, aber ich glaube, seine Finger haben sich bewegt. Diese Hitze kann ihm nicht gutgetan haben. Er ist bestimmt dehydriert. Wir müssen ihm Wasser bringen.«

»Wir müssen ihn da rausholen«, sagte Grant.

»Sieht er so aus, als würde er schauspielern?«, fragte Jaide. »Es könnte zum Spiel gehören. Vielleicht ist unsere nächste Aufgabe, ihn zu retten? Er könnte ein Mitglied des Produktionsteams sein.«

Im Licht von Jaides Taschenlampe richtete Dennis den Blick auf sie und wandte ihn dann wieder ab. Ein Schweigen entstand.

»Okay, wir brauchen einen Plan. Erst Wasser, dann finden wir raus, wie ...«

Bevor Dennis seinen Satz beendet hatte, dröhnte um sie herum laute Heavy-Metal-Musik los. Charlie ließ Bonnie los und legte sich die Hände auf die Ohren. Maria verzog angesichts des Lärms das Gesicht und griff in ihre Tasche, um eine Flasche Wasser herauszuholen. Anscheinend war sie vorbereitet. Dennis reckte ihr den Daumen entgegen, sie reichte sie ihm, und Grant hielt die Klappe in Russ' Tür auf, doch als Dennis ausprobierte, ob die Flasche hindurchpasste, musste er feststellen, dass sie das nicht tat. Dennis drückte den Mund an die Klappe und sagte etwas, aber über die ohrenbetäubende Musik hinweg konnte Russ ihn unmöglich hören.

Alle hatten sich vor den Raum geschoben und Bonnie allein vor dem kleinen Bildschirm an der Wand zwischen den beiden Duellzellen zurückgelassen.

Hi Clara
Kannst du mir einen Gefallen tun?

Bonnie starrte die Worte an, die über den Bildschirm liefen.

Sag den anderen, ich sende euch meinen herzlichsten Glückwunsch.
Ihr habt erfolgreich das erste Geheimnis der Festung gelüftet:
NIEMAND GEHT

Der Text lief nach oben und verschwand vom Bildschirm. Die Musik verstummte, und alle aus der Gruppe begannen, Russ etwas zuzurufen. Bonnies Herz hämmerte laut in ihren Ohren.

»Kann er sich rühren?«, fragte Jacko.

»Selbst wenn wir die Flasche da durchkriegen, wie soll er sie trinken?«, fragte Jaide.

»Wir müssen zu ihm rein«, sagte Dennis.

»Oder er muss irgendwie zu uns kommen«, überlegte Jacko.

»Hey?«, sagte Bonnie.

»Können wir sie auf ihn zurollen?«, fragte Grant.

»Wenn wir sie durch den Schlitz kriegen, wird sie nicht mehr rund sein. Sie wird nirgendwohin rollen, sondern da liegen bleiben, wo sie landet«, sagte Dennis.

»Hey?«, wiederholte Bonnie etwas lauter.

»Okay, lasst uns sehen, ob wir sie ihm irgendwie zuwerfen können«, sagte Grant.

»Wie sollte man …«

»HEY!«

Dieses Mal hörten die anderen auf zu sprechen, und Jaide leuchtete in Bonnies Richtung. Bonnie hob die Hand, um ihre Augen zu schützen.

»Etwas stimmt nicht«, sagte sie.

»Was du nicht sagst, Sherlock«, antwortete Grant.

»Nein, ich meine … Er hat eine Nachricht geschickt. Hier, auf den Bildschirm.«

»Wer? Russ?«, fragte Grant.

»Wovon redest du?«, fragte Maria.

»Seid still. Seid still, okay?« Bonnie rieb sich mit den Handballen die Augen.

»Schon gut, kein Grund zu schrei…«

»Der Direktor hat mich gebeten, euch alle dazu zu beglückwünschen, dass ihr das erste Geheimnis der Festung gelüftet habt«, schnitt Bonnie Jaide das Wort ab. »Niemand geht.«

»Was?«

»Wie hat er …?«

»Was redest du …?«

»Er hat in großen roten Buchstaben geschrieben: NIEMAND GEHT. Riesige rote Großbuchstaben hier auf dem Bildschirm. Da stand: ›Hi Clara, kannst du den anderen gratulieren, sag ihnen, sie haben das erste Geheimnis der Festung gelüftet. Niemand geht.‹«

In diesem Moment ertönte ein lauter metallischer Schlag und ließ die Luft um sie herum vibrieren, gefolgt von einem weiteren und dann noch einem. Das Geräusch von Metall, das über Metall schabt, begleitet von digitalem Piepen. Dann war ein weiterer lauter Knall zu hören, diesmal in weiterer Entfernung, gefolgt von weiterem entfernten Knallen, Klicken und Piepen.

Die Lampen über ihnen flackerten und leuchteten auf. Bonnie sah in erschrockene Gesichter, die ihr entgegenblickten.

24

Drei Monate zuvor

GESTÄNDNIS: **Russ Wheelan**
DATUM: **7. Juni**
UHRZEIT: **12:45**
ORT: **Best Western Angel Hotel**

Russ Wheelan blickte direkt in die Kamera und lächelte. Nur wenige Augenblicke zuvor hatte er es als Erster aus einem der sieben Escape Rooms geschafft, die für die letzte Auswahletappe aufgebaut worden waren.

»Gut gemacht«, hatte der Mann von der Produktionsfirma gesagt. »Aber *einen* Test musst du noch bestehen.«

Und hier war er also. Nun kam die letzte, allerletzte Hürde.

Man hatte ihn in einen anderen Raum gebracht, in dem ein einzelner Stuhl vor einem Tisch stand, auf dem sich eine kleine Kamera befand. Er setzte sich. Man hatte ihm eine ausgedruckte Kopie seines Bewerbungsformulars und eine kleine Karte mit Anweisungen gegeben.

»Ich heiße Russ«, sagte er befangen. Der Mann war gegangen, es waren nur noch er und die Kamera hier. Er blickte auf die Karte in seinem Schoß.

Fast geschafft!
Ein Platz auf der Festung ist dir sicher, WENN du bereit bist zu gestehen.
Was ist dein innigster Wunsch?
Wofür schämst du dich am meisten?
Und
Was macht dich klug genug zu gewinnen?

Das Hochgefühl, das Russ ergriffen hatte, nachdem er als Erster aus seinem Raum entkommen war, begann sich zu verflüchtigen. Er wusste schon, was die Sendungsmacher von ihm wollten: rührselige Geschichten und Charakterschwächen, die man nutzen konnte, um Kandidaten gegeneinander auszuspielen. Er hatte schon immer Spaß gehabt an diesen Einblendungen von reflektierenden Teilnehmern im Reality-Fernsehen, bei denen die Leute sich entweder selbst beweihräucherten oder andere durch den Kakao zogen. Das Problem war, er hatte hart daran gearbeitet, zu verbergen, wofür er sich am meisten schämte. Nicht einmal seine Frau wusste davon. Er hätte es nicht in das Formular schreiben sollen. Sie würden ihn wahrscheinlich nicht nehmen, wenn er es jetzt nicht wiederholte. Er blickte auf seinen Anmeldungsbogen hinab.

Wer A sagt, muss auch B sagen.

Er rutschte auf seinem Sitz herum und fing noch einmal von vorne an. Er würde jetzt nicht aufgeben, egal wie peinlich es werden würde, wenn die Leute das hier zu sehen bekamen. Er war nur einen Schritt davon entfernt, seinen Traum zu verwirklichen.

»Ich heiße Russ, und ich war nicht immer ein solch prächtiges Exemplar Mensch, wie Sie es nun vor sich sehen. Früher war ich dicker, viel dicker. Stellen Sie sich den Typen im Supermarkt vor, der Kuchen kauft und bei dem Sie denken: ›Ich glaube, du hattest schon genug, Kumpel.‹ Tja, das war ich. Ich schäme mich ziemlich dafür, habe alle Fotos entsorgt, bin von meinem Heimatort und den Menschen, die mich damals gekannt haben, weggezogen. Die Sache ist die ...«

Russ nahm sich einen Augenblick Zeit. Sollte er das wirklich sagen? Würde es zu seinen Gunsten aufgenommen werden oder gegen ihn arbeiten?

»Ich habe eine Diät gemacht, mich aber nie damit auseinandergesetzt, warum ich überhaupt so viel gegessen habe. Keine Sorge, ich offenbare hier kein tief sitzendes Trauma. Die Wahrheit ist, ich bin einfach Feuer und Flamme für Essen, wissen Sie? Ich kann das nicht aufgeben. Ich muss essen, also tue ich, was ich kann, um mein Gewicht zu halten. Stundenlange Work-outs im Fitnessstudio, Diätpillen aus dem Internet, Finger in den Hals, was auch immer, ich habe alle Tricks benutzt.«

So, da ist es. Draußen in der Öffentlichkeit. Macht damit, was ihr wollt.

»Also ja, das war's.«

Er nahm sich noch einen Moment, um seine Gedanken zu sammeln und seine Sitzposition zu verändern. Jetzt, nachdem er es ausgesprochen hatte, fühlte er sich leichter, als wäre ihm eine Last von den Schultern genommen worden.

»Ich würde gerne sagen, dass mein innigster Wunsch ist, meine Kinder stolz zu machen, aber ganz ehrlich, ich möchte einfach nur ins Fernsehen. Ich habe mein ganzes Leben lang auf das Ding geglotzt und will jetzt ein Teil davon sein. Ich will *dabei* sein, nicht nur zuschauen.«

Das zuzugeben, war seltsamer als die Wahrheit über seine Gewichtsprobleme. Die Leute würden ihn für oberflächlich halten, ohne Frage. So als würde jeder, der bei einer Fernsehshow mitmacht, das aus irgendwelchen erhabenen Gründen tun.

»Und was meine Klugheit angeht, ich würde sagen, ich bin ausgebufft. Ich habe es nicht so mit Büchern, bin kein Akademiker, aber ich weiß, wann ich den Ball flach halten und wann ich aktiv werden muss. Ich werde nicht die Spiele spielen, ich werde mit den Spielern spielen.«

25

»Was war das?« Charlie war die Erste, die etwas sagte, in ihrem Gesicht mischten sich Überraschung und Verwirrung.

Jaide drängte sich an allen vorbei, ging zurück zur Treppe und stieg hinauf zum Hauptdeck. Die Gruppe folgte ihr schweigend. Bonnie wechselte einen Blick mit Maria und Jacko. Ihre gemeinsame Sorge um Russ war von etwas viel Ursprünglicherem überlagert worden. Jaide begann zu laufen, ihre Doc Martens schlugen hart auf den Steinstufen auf. Grant und Dennis folgten ihr, die anderen blieben am Fuß der Treppe stehen und horchten mit weißen, von Panik geweiteten Augen.

»Sie ist verschlossen!«, rief Grant. »Jemand muss auf der anderen Seite nachsehen.«

Jacko und Bonnie gingen den Flur hinunter in den Abschnitt, den sie zuvor nicht betreten hatten. Er war das Spiegelbild der anderen Seite, gesäumt von Türen in der Innen- und Außenwand. Sie blieben nicht stehen, um einen Blick hineinzuwerfen. *Alles ist gut, es ist nur ein Spiel*, sagte sie sich, aber irgendwie kam ihr der Gedanke dürftig vor.

Als sie die Treppe erreicht hatten, folgte Bonnie Jacko zu der geschlossenen Tür am oberen Ende. Zusammen versuchten sie, sie aufzudrücken, und tasteten dann die Kanten nach Anzeichen für ein Schloss oder einen Schalter ab, um das Teil zu öffnen. Das glatte Metall dichtete effektiv ab. Gegenüber der Tür stand ein weiteres Schild mit der Aufschrift: KEINE RÜCKSCHLÜSSE. Bonnie fuhr mit den Fingern darüber. Es wirkte wie gepresstes Metall, so wie all die anderen Schilder über den Türen im Hauptgeschoss, aber jene waren abgewetzt und ein wenig rostig, dieses hier hingegen sah makellos und künstlich aus. *Extra für uns hier aufgehängt,* dachte sie.

»Wieso sagt man uns, wir sollen keine Rückschlüsse ziehen?«

Jacko sah das Schild an und schüttelte den Kopf.

»Sie wollen nicht, dass wir rauskommen.«

Jacko begegnete ihrem Blick, und Bonnie wurde von einer Welle der Klaustrophobie überrollt. Schnell zog sie sich in den Flur zurück, beugte sich vor, stützte die Hände auf die Knie und atmete tief die heiße, wenig hilfreiche Luft ein. Jacko kam zu ihr.

»Bist du okay?« Seine Stimme war kaum mehr als ein Flüstern.

Bonnie nickte und richtete sich wieder auf. »Wir müssen den anderen Bescheid sagen.«

Seite an Seite gingen sie den Weg zurück, den sie gekommen waren, der unausgesprochenen Übereinkunft folgend, nicht an Russ vorbeizumüssen.

Jacko teilte der Gruppe mit einem Kopfschütteln mit, dass es durch die Kellertür Zwei keinen Weg nach draußen gab.

»Was jetzt?«, fragte Maria.

»Was zum Teufel läuft hier?«, schrie Dennis in die nächste Kamera. »Wir verlangen, dass uns jemand sagt, was hier los ist. Gehört das hier zur Show? Ist da jemand? Antwortet mir, verdammt noch mal!«

Das grüne Lämpchen leuchtete zur Antwort, ohne zu blinken.

»Vielleicht müssen wir Russ irgendwie retten?«, schlug Charlie vor.

»Russ ist raus, wir müssen uns selbst retten«, sagte Grant.

Eine Welle des Protests kam auf.

»Ach, kommt schon«, sagte Grant. »Das denkt ihr doch alle. Wenn wir einen Weg hier raus finden, *dann* können wir uns um Russ kümmern.«

»Ich meinte, vielleicht ist der Ausweg, Russ zu retten?«, wiederholte Charlie. »Du hast doch gesagt, er ist vielleicht nur ein Schauspieler«, fuhr sie an Jaide gewandt fort.

»Das sah nicht nach Schauspielerei aus«, sagte Dennis.

»Es muss einen Ausweg geben«, meinte Grant. »Teilen wir uns auf und suchen.«

»Das hier ist eine Festung. Ein militärisches Fort«, wandte Maria ein. »Es ist so konstruiert, dass es keine Schwachstellen gibt.«

»Das perfekte Gefängnis«, sagte Jacko.

»Es ist kein Gefängnis, es ist ein verdammtes Grab.« Dennis marschierte zurück zu der Zelle von Russ. »Grant hat allerdings recht, wir müssen uns nach etwas umsehen, sei es ein Ausweg oder ein Weg, diese verdammte Hitze zu überleben.«

Schluss mit lustig

26

**Podcast *Das Unerwartete erwarten*
Staffel 2, Folge 1: »Die Festung«**

»*Das war bestimmt beängstigend.*«
»Ich denke, so richtig haben wir es nicht geglaubt.«
»*Was* habt *ihr geglaubt?*«
»Schwer zu beschreiben. Darüber habe ich noch mit niemandem gesprochen, nicht mit der Polizei, nicht einmal mit meiner Familie.«
»*Natürlich. Lass dir Zeit. Ich kann mir vorstellen, ihr seid alle bis zu einem gewissen Grad in Panik geraten.*«
»Ja und nein.«
»*Wie meinst du das?*«
»Ich meine ... wir ... oder zumindest ich habe die Fakten nicht gänzlich anerkannt.«
»*Du dachtest, es gehöre zum Spiel?*«
»Ich weiß noch, dass ich lachen musste und das Lachen unterdrückt habe. Manchmal hatte ich das Gefühl, mir selbst in der Sendung zuzusehen.«
»*Das ergibt Sinn.*«
»Ich habe seitdem viel über Trauma-Erfahrungen gelesen, und wie in unserem Fall beschreiben die Menschen häufig diese seltsame Verleugnung, in die das Hirn verfällt. Das kommt einem im Angesicht von Gefahr kontraproduktiv vor, aber es ist so weitverbreitet,

dass es wohl einem Zweck dient. Vielleicht hält es einen in Bewegung oder so.«

»*Bewahrt einen vor der Erstarrung?*«

»So was in der Art. Kampf oder Flucht eben.«

»*Wie lange habt ihr versucht auszubrechen?*«

»Ich glaube nicht, dass wir jemals damit aufgehört haben, aber wenn du den ersten Morgen meinst, an dem wir eingeschlossen waren, dann kann ich es nicht sagen. Vielleicht zwei, drei Stunden. Lange genug, um die Erschöpfung durch die Hitze und die Dehydrierung einsetzen zu lassen. Alle Zimmer waren abgeschlossen, also haben wir uns buchstäblich im Kreis gedreht, sind aneinander vorbeigegangen und haben durch die Klappen in die düsteren Ecken der dunklen Räume gestarrt.«

»*Und was habt ihr gesehen?*«

»Escape Rooms. Jede Menge. Aber keine Türen oder Fenster, und weder Essen noch Wasser.

Sorry.

Ich will es nicht verherrlichen.«

»*Das ist auch nicht meine Absicht. Ich will dir nur dabei helfen, es besser zu verstehen.*«

»Als die Verleugnung nachließ, kam eine Angst, die stärker war als alles, was ich bis dahin erlebt hatte. Es fühlte sich an, als würde von meinem gesamten Körper dieses verzweifelte Verlangen Besitz ergreifen, mir den Weg nach draußen zu erkämpfen, und wenn ich mich mit bloßen Händen durch die dicken Wände graben müsste. Ich wollte nur noch frische Luft auf der Haut und den Geschmack des Meeres im Mund. Was im Nachhinein irgendwie ironisch ist.«

»*Was dachtet ihr, wieso das zu diesem Zeitpunkt geschah?*«

»Um uns gefügig zu machen. Spielchen mit uns zu spielen.«

»*Ja, aber wieso ihr?*«

»Also, wieso ich persönlich?«

»Nein, ihr als Gruppe. Gab es einen bestimmten Grund, warum das mit euch passierte? Warum ihr alle ausgewählt wurdet?«

»Wir hatten da so unsere Theorien.«

»Wer immer das getan hat, hat viel Mühe und Geld darauf verwendet. Dafür müssen sie einen Grund gehabt haben. Einen Grund, den sie wahrscheinlich allen mitteilen wollten.

Liebe Hörer, hört gut hin. Irgendwer irgendwo muss etwas wissen. Wer hat die Mittel, das Motiv und die Möglichkeit, so etwas zu organisieren? Gibt es in Bonnies Beschreibungen irgendetwas, das eure Spionage-Sinne kitzelt? Wenn ja, dann meldet euch bitte auf www.dasunerwarteteerwartenpodcast.co.uk.«

27

»Ich halte das nicht mehr aus. Ich brauche was zu trinken.« Charlie setzte sich mitten im Keller auf den Boden. Ihre Wangen waren nass von einer Mischung aus Schweiß und Tränen. Grant stand auf der gegenüberliegenden Seite des Raumes und funkelte sie böse an. Jaide und Jacko neben ihm diskutierten Möglichkeiten, auszubrechen. Maria und Dennis waren in dem Flur vor Russ' Zimmer, immer noch mit der Frage beschäftigt, wie sie ihn mit Wasser versorgen konnten.

Bonnie setzte sich neben Charlie.

»Es wird alles gut.«

»Es ist nur ein Spiel, ich weiß, aber mir ist heiß, und ich habe Durst, und ich will nach Hause.« Sie begann erneut zu schluchzen, und Bonnie beschloss, ihre wachsende Sorge für sich zu behalten, dass das hier doch kein Spiel war. Oder zumindest kein Spiel, das Spaß machen würde.

An der Tür hinter Grant war ein verrostetes Schild angebracht, auf dem BRUNNENRAUM stand. Dennis und Grant hatten versucht, sie aufzuhebeln, in der Hoffnung, dass sich dahinter wirklich ein Brunnen mit Süßwasser befand, aber ihr Verstand sagte Bonnie, wie unwahrscheinlich das war. Sie befanden sich mitten auf dem Meer, woher sollte das Süßwasser also kommen, wenn nicht aus einem Tank, und falls dem so war, wie alt war dann das Wasser? Irgendwann würde das niemanden mehr interessieren, das wusste sie. Jaide hatte bereits darauf hingewiesen, dass es hier unten zwei Toiletten gab, in denen Wasser in der Schüssel stand, aber soweit sie wusste, war noch niemand auf dieses Maß an Verzweiflung herabgesunken – noch nicht.

Die Lampen flackerten, und die Gespräche versiegten.

»Leute?«, rief Dennis aus dem Flur.

Bonnie und Charlie erhoben sich und folgten den anderen hinaus.

Maria und Dennis standen vor dem Bildschirm an der Wand, der die Nachricht für Clara angezeigt hatte. Bonnie sah, dass darauf ein weiterer Text erschienen war, aber dieses Mal lief er nicht von unten nach oben durch, sondern blieb stehen. Sie stellte sich hinter Maria und spähte über deren Schulter.

NIEMAND HÖRT EUCH
NIEMAND HILFT EUCH
DER EINZIGE AUSWEG
IST GEWINNEN

»Absolut nicht, absolut nicht, zum Teufel noch mal.« Dennis trat vor die nächste Kamera. »Das hier ist schon viel zu weit gegangen, hört ihr? Die Leute haben Durst, ihnen ist heiß, und sie haben die Nase voll. Es ist nicht ausgeklügelt, und es ist nicht witzig. Wir verlangen, dass Sie uns augenblicklich freilassen. Wir spielen Ihr dämliches Spiel nicht mehr mit, oder was sagt ihr?« Er wandte sich zu der Gruppe um. »Wir müssen zusammenhalten. Wir spielen nicht mehr mit. Okay?«

Bonnie musterte die anderen, die genauso aussahen, wie sie sich fühlte: verängstigt und wütend. Nach einem Moment des Schweigens trat Jacko neben Dennis vor die Kamera.

»Einverstanden. Ich spiele nicht mit.«

»Ich auch nicht«, sagte Jaide. »Maria?«

»Ich weiß nicht. Können sie uns weiter einsperren?«

»Sie wollen, dass wir gegeneinander antreten. Du hast doch die ganzen Räume gesehen. Noch mehr Zellen wie die, in der Russ gefangen sitzt.« Dennis schluckte. »Das ist keine Unterhaltung. Das ist krank, genau wie es in dem Tweet stand.«

»Niemand wird sich das länger anschauen, und falls doch, werden sie Hilfe schicken«, sagte Charlie.

»Kommt darauf an, wie es geschnitten wird«, sagte Jaide. »Sie können es aussehen lassen, wie immer sie wollen. Außerdem schauen sich die Leute kranke Sachen an.«

»Im Internet vielleicht, aber nicht auf Channel 5«, widersprach Charlie.

»Wenn du eine Folge von *The Hunted* oder *Survivor* anschauen würdest und es so aussähe, als wäre gerade jemand verhungert oder an einem Hitzschlag gestorben, würdest du es glauben oder denken, dass es sich um Fake-TV handelt?«

»Ich würde es für fake halten«, sagte Grant.

Niemand sagte ein Wort.

»Wir halten zusammen und sagen Nein. Egal, was passiert, diese Perversen werden mich nicht zur Unterhaltung benutzen.« Dennis richtete sich hoch auf und starrte ihnen der Reihe nach in die Augen. Wenige Augenblicke später wandte er sich wieder frontal zur Kamera. »Wir spielen nicht mit. Es endet hier.«

Sofort ging das Licht aus, und die Heavy Metal Musik dröhnte wieder los.

Dennis schaltete die Taschenlampe an seinem Handy an und sagte Maria etwas ins Ohr. Dann kamen die beiden zu den anderen herüber.

Als Maria bei Bonnie anlangte, legte sie die Hände um Bonnies Ohr und rief hinein: »Dennis und ich glauben, dass wir eine halbvolle Wasserflasche durch den Schlitz in Russ' Tür durchschieben können. Wir sollten uns die erste Hälfte teilen und dann irgendwas suchen, womit wir die Flasche zu Russ hinüberschieben können. Okay?«

Bonnie nickte und reckte den Daumen.

Nachdem jeder von ihnen einen Schluck Wasser getrunken hatte, winkte Jaide sie in Marias Escape-Room-Zelle und leuchtete den Raum mit ihrer Taschenlampe ab. Grant und Jacko gingen sofort auf den Tisch zu, drehten ihn um und versuchten, die dünnen Metallbeine abzubrechen. Nachdem sie ein paar Minuten lang darauf eingetreten, daran gedrückt und gezogen hatten, hatten sie zwei Beine gelöst.

Sie trugen die beiden Stangen zurück vor Russ' Tür, wo Maria und Dennis mit Charlie warteten. Sie hatten die Wasserflasche noch, aber sie war nun flach genug, um durch die Luke zu passen.

»Russ bewegt sich«, sagte Charlie in Bonnies Ohr. »Die Musik hat ihn ein bisschen zu sich kommen lassen.«

»Super«, rief Bonnie zurück.

Jaide kam ihnen entgegen. »Wir brauchen etwas, womit wir die beiden Tischbeine verbinden können, damit wir eine längere Stange bekommen. Schnur, Klebeband, so was in der Art«, rief sie in Bonnies Ohr, bevor sie Charlie dasselbe sagte. Charlie stieß sie beide mit dem Ellenbogen an, hob ihre Bluse an und tat so, als wollte sie die untere Hälfte abreißen. Jaide hob ihren Daumen.

Charlie zog sich die Bluse aus und begann, anfangs mithilfe eines gezackten Metallstücks an einer der Stangen, Stoffstreifen davon abzureißen. Sie trug erneut ihr Bikini-Oberteil, was sich im Hinblick auf ihre Würde als gute Entscheidung entpuppte. Jaide reichte ihr Telefon an Maria weiter und legte die Stangen hintereinander auf den Boden, sodass sie sich ein paar Zentimeter überlappten, damit sie und Bonnie sie zusammenbinden konnten. Sie hielten besser, als Bonnie gedacht hätte. Alle sahen zu, wie Jaide die Flasche durch die Luke schob und einen weiteren Blusenstreifen dazu benutzte, sie auf den Boden hinunterzulassen. Dann fädelten Grant und Dennis die Stangen durch, um die Flasche zu Russ hinüberzuschieben. Ein paar Augenblicke später blickte sich Grant zu Bonnie und den anderen um und reckte den Daumen in die Höhe.

Hatte Russ etwas getrunken? Oder hatten sie ihm nur erfolgreich die Wasserflasche zukommen lassen? Sie machte einen Schritt nach vorn neben Maria, in der Hoffnung, etwas sehen zu können, aber Dennis vertrat ihr den Weg, um mit seiner Taschenlampe hineinzuleuchten. Dann drehte er sich um, hielt sein Telefon hoch und vollführte damit vor den Gesichtern der anderen einen Halbkreis, damit sie alle die Fotos sehen konnten, die er gemacht hatte. Auf dem Display war Russ mit halb geöffneten Augen zu sehen, die Flasche fest in einer Hand.

Die anderen machten Freudensprünge, umarmten sich und klopften sich gegenseitig auf die Schultern. Bonnie hatte noch nie eine solch hysterische Erleichterung verspürt. Sie umarmte Maria und Charlie und dann Jacko, der sie zu ihrer Überraschung kurz an sich drückte. Selbst Jaide klatschte sie ab und bedachte sie mit so etwas wie einem Lächeln.

Im Licht von Jaides Telefon beobachtete Bonnie, wie Grant die Stangen herauszog und damit zum nächsten Heizstrahler an der Decke ging. Es handelte sich um einen langen schwarzen Streifen aus Metall mit einem kleinen roten Lämpchen am einen Ende, in ihrem Hot-Yoga-Studio hatte Bonnie ähnliche gesehen. Grant schlug mit der Spitze der Stange fünf oder sechs Mal an verschiedenen Stellen darauf ein, bis er sich von der Decke löste und zu Boden fiel. Dies führte zu weiterem Freudengeschrei in der Gruppe.

Grant winkte Jaide, ihm mit ihrer Taschenlampe zu folgen, und ging den Flur hinunter, um die Decke nach zusätzlichen Heizstrahlern abzusuchen. Die anderen sahen zu, wie sie einen weiteren zerschlugen und dann außer Sichtweite verschwanden. Auf dem Bildschirm vor Russ' Zimmer erschien eine Temperaturanzeige von 38 Grad. Sie blinkte ein paar Sekunden lang und stieg dann auf 40 und 42 Grad an.

Bonnie überprüfte den Akkustand ihrer Smartwatch – noch 4 Prozent. Sie wünschte, sie hätte stattdessen ihre normale Uhr an.

Sie waren mittlerweile seit vier Stunden hier unten, und sie fühlte sich beschwingt bei dem Gedanken, dass Grant es geschafft hatte, alle Heizstrahler zu zerstören, sodass sich der Keller nun abkühlen würde. Am ersten Tag hier unten hatte sie es so klamm und kalt gefunden, und jetzt hätte sie alles getan für einen kühlen Luftzug auf ihrer Haut. Dennis und Maria schrien einander abwechselnd etwas in die Ohren. Die beiden waren zu Russ' inoffiziellen Beschützern geworden, und Bonnie hoffte, dass es ihm gut ging.

Als Grant zurückkehrte, begann er alle abzuklatschen, jedenfalls bis der Bildschirm einmal mehr die Temperatur anzeigte. Die Zweiundvierzig blinkte ein paarmal auf, dann begann die Anzeige auf 43 und 44 und 45 Grad zu steigen. Wie war das möglich?

Und dann spürte sie, wie etwas um ihre Knöchel strich. Heiße Luft. Sie pumpten heiße Luft herein.

28

Sie hatten sich alle in dem mittig gelegenen Raum versammelt und saßen auf dem Boden, wo es am kühlsten war. Eine Zeit lang leuchteten Dennis und Jaide abwechselnd mit ihren Taschenlampen in die Gruppe, um sich zu vergewissern, dass es allen gut ging, aber irgendwann war bei beiden der Akku leer.

Bonnie hätte schwören können, dass es immer wärmer wurde. Sogar der Steinfußboden unter ihren Beinen fühlte sich heiß an, und sie musste immer wieder die Knie anwinkeln, um sie vom Boden zu heben. Schweiß tropfte ihr ins Gesicht und brannte in ihren Augen. Sie versuchte, nicht daran zu denken, wie viel Flüssigkeit sie dadurch verlor. Von den kreischenden Gitarren und dem hämmernden Schlagzeug schmerzte ihr der Kopf, und sie hatte, nachdem ihre Uhr den Geist aufgegeben hatte, jedes Zeitgefühl verloren.

Aus Russ' Zimmer drang ein übler Gestank, wann immer sie durch die Luke zu ihm hineinsah. Hier draußen in der Hitze und Dunkelheit zu sitzen, ohne Wasser und Nahrungsmittel, war schlimm genug, aber er hatte dort drin nur seinen eigenen Dreck als Gesellschaft.

Sie und Charlie hielten sich an den Händen, und Bonnie war dankbar für den Körperkontakt.

Eine Hand auf ihrem Kopf ließ sie zusammenzucken, dann vernahm sie Jackos Stimme an ihrem Ohr.

»Wenn es dir okay geht, klopf mir auf die rechte Schulter, wenn nicht, klopf mir auf die linke.«

Sie ließ Charlies Hand los und tastete weiter nach seinem Gesicht, dann führte sie die Hand zu seiner rechten Schulter und tätschelte sie einmal. Ihr war heiß, und sie hatte Durst, und sie war am Ausflippen, aber sonst war alles in Ordnung. Als Antwort klopfte er ihr auf die rechte Schulter und ging dann an ihr vorbei weiter zu Charlie.

Wenigstens ließ Jacko sie alle wissen, dass sie ihm nicht egal waren, auch wenn er nichts tun konnte, um zu helfen. Vielleicht sollte *sie* mehr tun. Aber was konnte sie machen?

In diesem Moment ging ihr auf, welchen Fehler sie die ganze Zeit gemacht hatte. Sie war hergekommen, um eine Rolle zu spielen, und diese Rolle war Clara, ihre lebenslustige, bedürftige kleine Schwester, ein Mensch, der sich ins zweite Glied stellte und darauf wartete, dass jemand anderes darüber entschied, was sie machen sollte, ein Mensch, der sich von Leuten wie Jaide und Grant einschüchtern ließ. Aber so war Bonnie nicht. Bonnie war das tatkräftige Mädchen, das einsprang, wenn Mum zu fahrig oder zu krank war, um sich um den Haushalt zu kümmern oder wichtige Entscheidungen zu treffen. Sie war diejenige, die Mum als stur bezeichnet hatte und die Claras Freunde oft ein wenig einschüchternd fanden. Sie war stark. Sie brauchte nur sie selbst zu sein.

Sie griff nach Charlies Hand, doch die war nicht da. Bonnie schob sich in ihre Richtung und rechnete damit, jeden Moment mit ihr zusammenzustoßen, doch nach sechsmal Nachrücken wurde ihr klar, dass Charlie nicht mehr da war. War sie mit Jacko weggegangen? Was, wenn sie alle weg waren und nur sie noch allein hier saß? Sie wusste, wie irrational das war, aber je weiter sie nach rechts rückte, ohne auf einen der anderen zu treffen, desto verzweifelter wurde sie. Sie stand auf und begann, in kleinen Schritten immer schneller zu schlurfen, wobei sie sich an der rauen Wand die Hand aufschürfte.

Ich ihrem Kopf rief sie: *Wo seid ihr hin? Wo seid ihr alle hin?* So viel zum Thema Stärke.

Und dann stieß sie mit jemandem zusammen. Lieber Gott, danke.

Sie tastete den Arm hinunter nach der Hand der anderen Person. Sie war rau und schwielig, also war es nicht Charlie. Außerdem ertastete sie den Saum eines langärmeligen Shirts, und nur Dennis hatte so etwas angehabt. Sie fuhr mit der Hand seinen Arm wieder hinauf und ertastete seine Schulter, dann seinen Kopf.

»Ich bin's, Bonn...« Sie unterbrach sich. »Ich bin's, Clara«, sagte sie laut in sein Ohr. »Dennis?«

Er berührte mit der anderen Hand ihren Kopf, und sie drehte ihn zur Seite, sodass er in ihr Ohr sprechen konnte.

»Jetzt ist Russ nicht mehr der Einzige, der verdammt noch mal leidet«, sagte er, und sie konnte seine Wut sogar über die Musik hinweg hören.

Sie tätschelte seinen Arm, weil ihr nichts anderes einfiel, dann wich sie ein Stück zurück, damit sich ihre warmen Körper nicht berührten. Aber sie ließ ihre Hand auf seinem Arm ruhen, und er entzog sich nicht.

Was ging hier eigentlich vor? Das war die Frage, die sie unbedingt beantworten mussten. War dies wirklich das Werk einer skrupellosen Produktionsfirma, die um der Einschaltquoten willen mit voller Absicht Menschen in Angst und Schrecken versetzte, oder hatte man den Teilnehmern eine Mogelpackung verkauft? Was, wenn es hier um etwas ganz anderes ginge als um eine Sendung? Sie dachte an die verschiedenen psychologischen Experimente, von denen sie in ihrem Studium gelernt hatte. War es das, was hier passierte? Waren sie bessere Laborratten?

Ihre Augenlider waren schwer. Sie lehnte den Kopf an die Wand und war dankbar dafür, dass ihre kleine Schwester nicht diejenige war, die das hier durchmachen musste.

Bonnie schreckte hoch und stellte fest, dass es ihr irgendwie gelungen war, einzuschlafen. Wie war das in dieser Umgebung überhaupt möglich? Und wie lange hatte sie geschlafen? Sie hatte keine Ahnung, ob es noch Tag war. Es kam ihr wie eine Ewigkeit vor, die sie hier in dem warmen, säuerlichen Schweißgeruch verbrachten. Sie verspürte den Drang, aufzustehen und auf und ab zu gehen, etwas Aktives und Zielgerichtetes zu tun. Die physische Anspannung in ihren Muskeln schrie nach Bewegung, aber sie wollte nicht Dennis' tröstliche Nähe einbüßen. Stattdessen fing sie an, ihre Arme und Beine auszuschütteln, sanft zunächst, dann immer heftiger und schließlich beinahe gewaltsam, um die aufgestaute Frustration, Wut und Verzweiflung loszuwerden, die dafür sorgten, dass sich ihr Körper straff gespannt und verkrampft und startbereit anfühlte.

Dennis legte ihr eine Hand auf den Arm, und sie hörte beschämt sofort damit auf. Sie drückte seine Hand kurz, um ihm zu versichern, dass sie nicht verrückt geworden war oder eine Art von Anfall hatte.

Durst brannte in ihrer Kehle, und ihr Magen knurrte. Am Morgen hatte sie nur eine halbe Banane gegessen, weil ihr bei dem Gedanken, dass sie Russ hier unten finden könnten, so schlecht geworden war. Was würde sie jetzt für eine Banane geben, selbst für ein paar von diesen trockenen Crackern, die Jacko gegessen hatte. Man wusste, dass man wirklich Hunger hatte, wenn man anfing, von Crackern zu fantasieren.

Ihr Hirn erging sich in Vorstellungen von dicken Käsescheiben, geschmolzen auf Toast, von buttrigen, mit Pommes frites gefüllten Sandwiches mit reichlich Salz und Essig, wie ihre Mutter sie immer gemacht hatte, von Riesentüten Tortilla-Chips, die sie und Clara beim Fernsehen in einen Becher saure Sahne tunkten, und Glas um Glas kalter Brause, mit der sie alles hinunterspülen könnte. Sie versuchte, ihre Gedanken zur Ordnung zu rufen, aber sie kehrten immer wieder.

Plötzlich hörte die Musik auf, und das Licht ging an. Bonnie beschirmte ihre Augen. Das Klingeln in ihren Ohren war fast so laut, wie die Musik gewesen war. Als sie endlich in der Lage war aufzublicken, sah sie die anderen im Raum verteilt auf dem Boden sitzen, blinzelnd, noch zerzauster und verschwitzter als zuvor. Charlie saß zwischen Jacko und Maria, und dunkle Mascara-Spuren liefen über ihr Gesicht. Marias Wangen waren verquollen und ihre Augen rot. Jaide hingegen warf Bonnie lediglich einen finsteren Blick zu und wandte sich dann ab. Die Jungs schienen sich besser zu schlagen: Grant gähnte, und Jacko beugte sich vor, um mit Charlie zu sprechen und sich zu vergewissern, dass es ihr gut ging.

»Ich schaue nach Russ.« Dennis stand auf und stützte sich dann mit geschlossenen Augen an der Wand ab. Er blinzelte ein paarmal und schüttelte den Kopf, dann durchquerte er den Raum und ging hinaus. Maria erhob sich und folgte ihm. Die Rückseite ihres Kleides war klatschnass von Schweiß. Bonnie sah zu der Kamera über ihnen auf und wusste, dass dieses Bild es in den Instagram-Feed schaffen würde.

Zusammen mit allen anderen stand sie ebenfalls auf, streckte sich und stützte sich dann, als der Schwindel sie überrollte, an der Wand ab, so wie Dennis es getan hatte.

»Wie geht es ihm?«, fragte sie, als sie vor Russ' Zimmer bei Maria anlangte.

»Nicht so gut.«

SPIELBEREIT?

Bonnie sah die Frage, nur wenige Sekunden bevor Dennis den Mund aufmachte, auf dem Bildschirm erscheinen, aber nicht rechtzeitig, um ihn aufzuhalten.

»Nein! Verpisst euch!«, schrie Dennis.

Augenblicklich ging das Licht aus, und die Musik setzte wieder ein.

29

**Podcast *Das Unerwartete erwarten*
Staffel 2, Folge 1: »Die Festung«**

»*Wie lange dieses Mal? Bonnie?*«
»So habe ich nicht mehr geweint, seit ich ein Kind war. Tut mir leid, gib mir eine Minute.«
»*Nimm dir Zeit.*«
»Ich habe geschluchzt, dann geschrien und mit den Händen auf den Boden eingeschlagen. Als das Licht wieder anging, war ich mit meinem eigenen Blut bedeckt. Ich hatte mir an der linken Hand die ganze Haut abgeschürft. Es war furchtbar.«
»*Möchtest du unterbrechen?*«
»Nein, ist schon gut. Ich *muss* das hier machen. Ich muss es aus dem Kopf bekommen, glaube ich, um daraus schlau zu werden.«
»*Was ist als Nächstes passiert?*«
»Ich fing an, den Flur auf und ab zu tigern, wie man das von Tieren kennt, die in Gefangenschaft leben. Es war nicht sicher, herumzulaufen, man konnte die Hand nicht vor den Augen erkennen, aber das war mir egal. Es war das Einzige, was ich tun konnte, um bei Verstand zu bleiben. Und dann waren da die Halluzinationen.«
»*Echt?*«
»Zuerst waren es nur Lichtblitze in meinem peripheren Gesichts-

feld. Ich dachte immer wieder, es wäre jemand hinter mir, aber dann sah ich etwas flitzen, Mäuse oder Ratten. Sie rannten an den Wänden hoch, sobald ich näher kam. Aber das war unmöglich, denn es war stockdunkel. Ich wusste, dass das nicht echt sein konnte, dass ich es mir nur einbildete. Und das machte es noch schrecklicher.«

»*Psychische Folter.*«

»Als das Licht wieder anging, hätte ich alles getan, um zu verhindern, dass es wieder verlischt.«

»*Aber er hat dich nicht gebrochen, oder? Denn du sitzt ja hier bei mir und sprichst darüber und hast das letzte Wort.*«

»Es ist nett von dir, das zu sagen.«

»*Du hast gleich zu Anfang gesagt, du wünschtest, du hättest besser aufgepasst, denn die Hinweise seien überall gewesen. Kannst du unseren Zuhörern erklären, was du damit gemeint hast?*«

»Na ja, wer schon einmal in einem Escape Room war, weiß, dass alles im Raum als Hinweis oder Ablenkungsmanöver dient. Und da jeder von uns ein Escape-Room-Fanatiker war, haben wir das wörtlich genommen. Vor allem Maria, Jacko und ich haben das Gebäude nach Gegenständen abgesucht, die zum Spiel gehören könnten. Nach Dingen, die so aussahen, als wären sie fehl am Platz oder absichtlich dort platziert worden – Rätsel, verschlüsselte Botschaften, Zähl- und Anordnungsaufgaben.«

»*Entschuldigung, was meinst du mit Zähl- und Anordnungsaufgaben?*«

»Das sind Challenges, bei denen man beispielsweise die Anzahl von roten Gegenständen oder die Anzahl von Bildern in einem Zimmer zählen muss, um einen Teil eines Codes zu erhalten, oder man muss Formen, Würfel, Pyramiden an einer bestimmten Stelle anordnen. Manchmal spielen dabei auch Druckflächen eine Rolle, die als Schalter dienen, sodass man, wenn man die Objekte in einer bestimmten Reihenfolge angeordnet hat, eine Kiste oder eine Schublade öffnen kann. So etwas in der Art.«

»Verstehe.«

»Aber das habe ich nicht gemeint, als ich gesagt habe, dass die Hinweise überall waren, und das hat auch der Direktor nicht gemeint. Ich habe mich auf die Tatsache bezogen, dass kein Filmteam vor Ort war, dass alle Türen automatisch geöffnet, geschlossen, verriegelt und entriegelt wurden und dass wir ihm in Wahrheit vollkommen schutzlos ausgeliefert waren.«

»Und was, meinst du, hat der Direktor damit gemeint?«

»Seine Hinweise waren die Aufgaben selbst und die Schilder, die er aufgehängt hatte. Er machte uns damit Andeutungen, was er vorhatte. Vom fünfzackigen Stern über die Morsebotschaft bis hin zu *Divine Comedy*, dem Namen der Band in Marias Duell. Das waren alles Hinweise. Fette Hinweise. Sogar die Holztiere. Vor allem die Tiere.«

»Wirklich? Die kamen mir ein bisschen albern vor. Ihr solltet damit doch nur von dem abgelenkt werden, was mit Russ passierte. Als du sagtest, dass es bei der Aufgabe um das Überleben des Stärkeren ging, dachte ich, es käme etwas Gefährlicheres, ein K.-o.-Spiel.«

»Ich glaube, er wollte es frivol aussehen lassen. Aber du solltest mal versuchen, Frosch, Schlange, Schwein, Bär, Pfau, Schnecke und Kuh bei Google einzugeben. Dann kriegst du eine Idee davon, was da auf uns zukam und warum wir dort waren.«

30

*SEID IHR JETZT BEREIT,
ZU SPIELEN?*

»Dennis, halt die Klappe«, sagte Bonnie und hielt dem älteren Mann die Hand vor den Mund. »Warte eine Minute. Wir müssen das besprechen.«

»Ich kann nicht. Lass es nicht wieder dunkel werden. Ich halte das nicht aus.« Charlie schluchzte immer noch, obwohl das Licht nun an war.

»Das ist doch nicht euer Ernst?«, sagte Dennis.

»Ich finde, wir sollten machen, was er sagt.« Maria sah Dennis in die Augen. »Die hören nicht auf, wenn *wir* nicht aufhören.«

»Irgendwann wird ihnen langweilig werden. Das ist doch immer so, wenn man schikaniert wird. Wenn man reagiert, machen sie weiter. Ignoriert man sie, geben sie auf«, sagte Dennis.

»Und was, wenn ihnen nicht langweilig wird? Oder es zu lange dauert?«, fragte Bonnie. »Was, wenn sie in einem klimatisierten Büro sitzen, etwas trinken, essen und lachen? Es gibt da vielleicht ein ganzes Team, das sich dabei abwechselt.«

»Wenn wir nicht mitspielen, haben sie nichts, was sie senden könnten.« Dennis wurde wütend. »Ohne uns haben sie keine Sendung. Sie können nicht endlos Folgen ausstrahlen, in denen wir im Dunkeln herumsitzen.«

»Wir sitzen nicht bloß herum«, sagte Bonnie und wies auf Charlie, Maria und ihre eigenen blutigen Hände.

Sie konnte das Blut nicht abwaschen. Aus den Wasserhähnen in den Waschbecken kam kein Wasser, das hatten sie schon früh überprüft. Sie konnte ihre Hand in die Toilettenschüssel tauchen, aber damit riskierte sie eine Infektion.

»Sie hat recht, Dennis«, sagte Maria.

»Fragen wir ihn einfach, was er von uns will, und entscheiden dann«, sagte Grant.

»Sind wir uns darin einig?« Bonnie sah die anderen der Reihe nach an, so wie Dennis es Stunden zuvor getan hatte.

Alle nickten, bis auf Dennis, der die Arme verschränkte.

»Wir sind bereit zu spielen«, sagte Bonnie und blickte zur Kamera auf. Ihr fiel auf, dass die Kameras hier unten alle in Metallkäfigen mit Glasfronten steckten. Sicherheitsglas, dachte sie.

Auf dem Bildschirm erschien eine Nachricht.

CÄSARS OFFENBARUNG
MACHT EUCH KLAR, FALLS IHR NICHT SCHMOLLT
WAS IHR TUN UND WEN IHR FÜRCHTEN SOLLT
7 21 12 3 21 – 17 3 6 6 13 14 – 24 15 – 17 25 14 14 25 8

»Oh, ich kann das nicht mehr«, sagte Charlie.

Bonnie starrte auf die Zahlen und empfand dieselbe hilflose Verzweiflung. Es war zu warm, und ihr Kopf tat weh. Das hier war nicht wichtig genug, um ihr Hirn zum Arbeiten zu zwingen. Sie wollte raus. Sie wollte nach Hause. Sie hatte genug.

Clara hätte die Wahrheit sagen und aussteigen sollen. Bonnie hätte sie dazu zwingen sollen. Mum hätte das auch getan. Der Gedanke an ihre Mum trieb ihr wieder die Tränen in die Augen. Wie sehr sie sich danach sehnte, sie noch einmal zu sehen, sie fragen zu können, was sie tun sollte, zu hören, dass alles gut werden würde.

Vielleicht würde man sie, wenn sie sich jetzt outete, aus der Show werfen, und alles wäre vorbei. Aber tief in ihrem Inneren wusste sie, dass alles schon zu weit gegangen war, dass niemand von ihnen nach Hause fahren würde.

Sie stellte sich neben Charlie und umarmte sie. Wenn Clara hier wäre, würde Bonnie nichts unversucht lassen, um sie in Sicherheit zu bringen und sie zu befreien.

»Das ist ein Code für irgendetwas«, sagte Maria und sah sich unter den müden Mitgliedern ihrer Gruppe um. »Tut mir leid, ich weiß, das ist ja logisch.«

»Hat jemand eine konkrete Idee?« Jaide klang ungeduldig.

»Vielleicht setzt du uns einfach nicht unter Druck«, sagte Bonnie. Jaide runzelte die Stirn. »Ich frage ja nur.«

Bonnie wandte den Blick ab, ihre Wangen glühten. Es war, als würde Jaide auf sie herabblicken und minderwertige Wesen sehen. Sie war ein weiblicher Grant, nur ohne den Humor.

»Cäsars Offenbarung, ist das eine Chiffre?«, fragte Jacko.

»Eine Cäsar-Verschlüsselung arbeitet mit Buchstaben. Das hier sind Zahlen«, entgegnete Dennis.

»Denkt an all die Escape Rooms, die ihr schon gemacht habt. Wofür werden Zahlen verwendet?«, fragte Maria.

»Meint ihr, die Offenbarung ist eine religiöse Anspielung?«, überlegte Jacko.

»Die Offenbarung aus der Bibel?«, fragte Dennis. »Wie kommst du darauf?«

»Bist du religiös?«

»Ich war auf einer katholischen Schule«, antwortete Dennis.

Jacko nickte. »Meine Mum hat mich jede Woche in die Kirche geschleppt. Der Direktor hat mein Schwein als gefräßig und Grants Schlange als neidisch bezeichnet. Kennst du zufällig alle Sünden?«

Dennis dachte einen Augenblick nach. »Völlerei, Neid, Habgier, Hochmut, Zorn, Wollust und Trägheit.«

»Ja, genau, die Tiere stehen für die sieben Todsünden. Ich dachte, das wäre offensichtlich«, sagte Grant. »Aber was hat das hiermit zu tun?«

Jacko sah Grant entnervt an.

»Keiner von uns hatte ein lüsternes Tier, das hätte ich mir gemerkt«, sagte Jaide.

»Ich schon«, sagte Maria. »Meine Kuh wurde gestern in der Aufgabe als brünstig bezeichnet.«

Charlie kicherte, und alle sahen sie an.

»Was? Das ist lustig.«

Bonnie lächelte ihr beruhigend zu. Jedes Fizzelchen Humor, das sie an diesem Ort auftreiben konnten, war es wert, bewahrt zu werden. »Ich hätte hier nicht mitgemacht, wenn ich gewusst hätte, dass es etwas mit Religion zu tun haben wird. Das hätten sie uns sagen müssen.«

»Mir fällt so *einiges* ein, was sie uns hätten sagen müssen«, entgegnete Dennis.

»Was ist mit diesem Code hier?«, fragte Maria. Sie zeigte auf eine kleine schwarze Zahl in der linken oberen Ecke von Russ' Tür. »Russ ist in Zimmer fünf, ist das irgendwie relevant?«

Dennis ging weiter zu Marias Escape Room. »Das hier ist Zimmer vier.« Er entfernte sich weiter den Korridor hinunter.

»Drei. Zwei«, sagte er, als er an den jeweiligen Türen vorbeikam. An der Stelle, wo das Gebäude eine Biegung machte, blieb er stehen und blickte zu ihnen zurück. »Das hier ist die Eins.« Er deutete mit dem Kinn auf die Tür, an der er gerade vorbeigegangen war. »Und das ist die Sechsundzwanzig.« Er zeigte auf die Tür vor sich.

»Es ist also doch eine Cäsar-Verschlüsselung«, sagte Maria.

»Was ist das?«, fragte Bonnie.

»Eine der ersten Chiffren, die erfunden wurden. Cäsar hat damit seinen Generälen geheime Nachrichten geschickt.«

»Aber das hier sind Zahlen, wie Dennis schon sagte.«

Bonnie sah Verachtung in Jaides Augen aufblitzen.

»Sechsundzwanzig Zahlen«, sagte Jaide und sah wieder auf den Bildschirm. »Können wir eine dieser Zahlen einem Buchstaben zuordnen?«

»Schaut mal da oben.« Maria zeigte auf die Wand, unter der sich der zentrale Raum auftat, in dem sie alle die ersten Stunden in der Dunkelheit verbracht hatten. Über dem Torbogen war der Buchstabe L aufgedruckt. »Er hat dieses gesamte Stockwerk in eine Cäsar-Chiffre verwandelt. Zahlen an den sechsundzwanzig Türen an den Außenwänden, Buchstaben an der Innenwand.«

»Sieh mal weiter hinten nach, bei den Zwanzigern«, sagte Jaide zu Dennis, der aufstand und außer Sichtweite verschwand.

»Welcher Buchstabe steht gegenüber der Sieben, das ist nämlich unser erster Buchstabe?«, fragte Maria, ging an Jaide vorbei und von Russ aus gesehen ein paar Türen weiter. Sie warf einen Blick auf die gegenüberliegende Wand. »Es ist ein M.« Sie kehrte zu den anderen zurück.

»Leute«, sagte Dennis, der von weiter hinten zurückkam, wo er sich die anderen Türen angesehen hatte. »Einundzwanzig, zweiundzwanzig, dreiundzwanzig und fünfundzwanzig sind A, B, C und E.« Er trat neben Maria und Jaide vor den Bildschirm.

»Ich glaube, ich weiß, was da steht.« Marias Stimme war leise.

Bonnie blickte erneut auf die Zahlen.

7 21 12 3 21 – 17 3 6 6 13 14 – 24 15 – 17 25 14 14 25 8

»Da steht: Maria, willst du wetten?«

Marias Stimme zitterte, und Bonnie streckte die Hand aus und berührte ihren Arm.

»Wir sind alle bei dir«, sagte Jacko.

Sie sahen alle auf den Bildschirm und warteten auf neue Anweisungen, aber nichts geschah.

»Wir brauchen den Schlüssel«, sagte Jaide. »Den Schlüssel zu der Verschlüsselung. Wie viele Schritte nach rechts hat er gemacht? Welcher Buchstabe entspricht der Nummer eins?«

»G«, sagte Dennis.

»Das bedeutet also sechs Schritte, richtig?«

»Richtig.«

»Ich kapiere es nicht. Was ist hier los?«, fragte Charlie.

»Ernsthaft?« Jaide starrte sie an. »Sorry, aber komm schon, es ist eine Cäsar-Chiffre. Mit einem Schritt wird A zu B und so weiter. Aber er hat Zahlen anstelle von Buchstaben benutzt. In einer Reihe aufgeschrieben, würde A der Zahl Eins entsprechen, wenn man die Zahlen aber um einen Schritt verschiebt, würde B zur Eins werden. Kapiert?«

Charlie nickte.

»Mit sechs Schritten wäre man also bei?«

»G.«

»Sehr gut«, sagte Jaide, als spräche sie mit einem Kind.

»Leute?«, sagte Grant. Er stand vor Zimmer sechs, zwei neben dem von Russ. Als er leicht mit der Hand gegen die Tür drückte, schwang sie sanft nach innen auf.

Maria ging zu ihm, und die anderen folgten ihr. Das Zimmer war viel kleiner als das von Russ, nur ein langer, schmaler Lagerraum mit einer niedrigen gewölbten Decke. Die Wände bestanden wie die im Flur aus weiß getünchten Backsteinen, und an der Decke hing eine einzelne Glühbirne. In jeder Ecke befand sich eine Kamera in einem Metallkäfig. Es waren nur noch zwei weitere Gegenstände in dem Raum.

»Was ist das?«, fragte Grant.

Maria ging hinein, um einen genaueren Blick darauf zu werfen, und in dem Moment rief Dennis: »Nein!«

Aber es war zu spät. Maria war allein in dem Zimmer. Hinter ihr schloss sich die Tür mit einem Knall, der Bonnie zusammenfahren ließ.

31

Drei Monate zuvor

GESTÄNDNIS: **Maria Bowers**
DATUM: **5. Juni**
UHRZEIT: **09:45**
ORT: **Best Western Angel Hotel**

»Oh mein Gott, das ist so aufregend. Ich kann es nicht glauben. Ich mache in der Show mit! Sorry … hi, ich bin Maria, Maria Bowers. Das ist der allerbeste Tag meines Lebens. Ich bin so happy. Ich hätte nie gedacht, dass ich so weit komme. Ich kann es nicht glauben. Okay, was soll ich sagen? Schauen wir mal.«

Maria warf einen Blick auf die Karte in ihrer Hand.

»Ah, okay, lasst mich nachdenken. Also, wofür schäme ich mich?«

Maria dachte daran, wie ihre Mum versuchen würde, anderen die fehlende Karriere und den fehlenden Mann ihrer Tochter zu erklären. Wie sie als Ausreden anführen würde, dass Maria krank gewesen oder ungerecht behandelt worden oder von anderen im Stich gelassen worden war. Sowohl Maria als auch ihre Mum wussten, dass nichts von alledem stimmte. Maria allein war schuld. Die Wahrheit lautete, dass sich ihr, nachdem sie mit vierzehn den Schachwettbewerb gewonnen hatte, so viele Möglichkeiten geboten hatten, sie jedoch keine davon ergriffen hatte. Ihre Eltern hatten alles versucht:

ihr gut zugeredet, sie unter Druck gesetzt und gelegentlich sogar beschimpft dafür, dass sie ihr Leben vergeudete, aber sie hielt dem Druck einfach nicht stand. *Ich kann das nicht, ich bin nicht so gut wie die anderen, ich werde mich blamieren, die Leute werden über mich urteilen und mich ablehnen.* Diese Gedanken gingen ihr in Dauerschleife durch den Kopf.

Maria zwang sich dazu, die Erinnerungen zu verdrängen und sich auf die anstehende Aufgabe zu konzentrieren.

»Die Wahrheit ist … ich schäme mich … Ich schäme mich dafür, nicht mehr aus meinem Leben gemacht zu haben. Dass ich genau genommen überhaupt nichts gemacht habe. Meine Eltern hatten so große Hoffnungen in mich gesetzt, aber als sie gestorben sind, wohnte ihre unförmige, unverheiratete Tochter immer noch im Kinderzimmer und vertrieb sich mit Aushilfsjobs die Zeit. Erst seitdem sie nicht mehr da sind, ist mir bewusst geworden, dass ich nicht wirklich weiß, was mich zurückgehalten hat. Na ja, ich hatte Angst, sie zu enttäuschen, aber das habe ich ja trotzdem getan. Und jetzt bin ich Anfang vierzig und dachte mir: ›Was hast du zu verlieren, Maria? Geh einfach raus und mach was aus deinem Leben.‹ Hier bin ich also und mache etwas.

Was ich mir wünsche? Mir selbst zu beweisen, dass ich es schaffe. Ich will damit aufhören, mich vor dem Leben zu verkriechen. Ich will wissen, was ich erreichen kann, wenn ich keine Angst davor habe, Dinge auszuprobieren.

Wenn ich ganz ehrlich mit euch sein soll, glaube ich nicht eine Minute daran, dass ich das hier gewinnen kann. Andere werden intelligenter, fähiger und beliebter sein als ich. Ich hoffe, dass ich es ins Finale schaffen kann, wenn ich einen klaren Kopf behalte und mich auf die Aufgaben konzentriere. Ich glaube, es ist von Vorteil für mich, dass es mir in meinem Alter nicht mehr so wichtig ist, was die Leute von mir denken, trotzdem hoffe ich, ein paar Freunde zu finden und dabei immer wieder auch Spaß zu haben.

Wie schon gesagt, ich möchte zurückblicken und sagen können, dass ich etwas gemacht habe, etwas, was andere nicht gemacht haben. Und was könnte einzigartiger sein als das hier? Ich kann es einfach nicht erwarten.

Vielen Dank.«

32

DieFestung @diefestung
Die TRÄGHEIT oder SCHNECKE, was bringt sie zur Strecke? Schaut euch an, wie Maria ihrer bislang härtesten Challenge entgegensieht, JETZT auf Channel 5 und My5 live. #DieFestung

33

»Maria?«, rief Jaide. »Maria, kannst du uns hören?«
Stille.
»So viel zum Thema ›Wir stehen das alles zusammen durch‹. Seid ihr jetzt zufrieden?«, sagte Dennis und drängte sich an Jacko vorbei.
Diese Tür hatte keine Klappe, die man öffnen konnte. Sie bestand aus massivem Metall. Sie konnten nicht mit Maria kommunizieren, um ihr zu helfen. Sie konnten sich lediglich um den an der Wand befestigten Bildschirm versammeln und zusehen.
Maria stand vor dem hüfthohen Aktenschrank und starrte den Roulettekessel an, der darauf stand. Nach einem kurzen Moment nahm sie die kleine Karte, die in dessen Mitte lag. Die Kamera zoomte darauf, sodass die anderen lesen konnten, was darauf stand.

Schnell und schneller musst du werden
Eine Pause wird alles verderben
Aus diesem Kreis ein Dreieck mache
Zeig dein Können bei der Sache

»Das Laufband«, sagte Grant.
Maria hatte keine andere Wahl, als sich auf das schmale, flache, längliche Rechteck auf dem Boden zu stellen, um die kleine Karte sehen zu können.
»Ist das ein echtes Laufband?«, fragte Charlie.

»Eins von diesen platzsparenden. Die sind tatsächlich richtig cool, man kann sie mit einer Fernbedienung steuern«, antwortete Grant.

»Das klingt überhaupt nicht cool«, sagte Dennis.

»Und was soll das bedeuten?«, fragte Bonnie. »›Aus diesem Kreis ein Dreieck mache‹?«

Bevor irgendwer antworten konnte, sahen sie, wie Maria ein wenig stolperte und nach dem Roulettekessel griff, bevor sie langsam auf der Stelle zu gehen begann.

»Scheiße«, sagte Charlie.

Maria blickte in die Kamera, und ihre Angst war deutlich zu sehen. Die anderen sahen zu, wie sie einige Male hastig blinzelte, dann tief einatmete und die Luft langsam durch die gespitzten Lippen wieder ausstieß. Ihre Augen verengten sich, und sie begann auf ihrer Zunge zu kauen, als sie sich konzentrierte und den Roulettekessel in den Blick nahm.

»Aus diesem Kreis ein Dreieck mache?«, wiederholte Grant. »Man kann doch in einen Kreis ein gleichseitiges Dreieck zeichnen, oder? Das könnte der Schlüssel zu drei Zahlen auf dem Rad sein.«

»Gut überlegt«, sagte Jaide. »Wie viele Zahlen gibt es auf einem Roulette?«

»Siebenunddreißig«, antwortete Dennis.

»Achtunddreißig.« Grant feixte. »Es gibt eine Null und eine Doppelnull.«

»In der amerikanischen Version, das stimmt, aber traditionell gehen die Felder von null bis sechsunddreißig.«

»Kann jemand sehen, welche Version Maria hat?«

»Das spielt keine Rolle. Die Zahlen sind nicht fortlaufend angeordnet, sondern zufällig verteilt, um gerade und ungerade Zahlen, hohe und niedrige Zahlen zu kombinieren. Ohne den Roulettekessel zu sehen, können wir nicht herausfinden, wo sich welche Zahl befindet.« Dennis sah Grant an. »Worauf es ankommt, ist, dass sie das Rad da, wo sie steht, deutlich genug erkennen kann.«

»Sie ist ziemlich dicht dran.«

»Woher soll sie wissen, wo sie anfangen soll?«, fragte Jaide. »Steht die Null immer oben?«

Grant nickte. »Ich glaube schon.«

»Wenn die Null also die Spitze des Dreiecks bildet, kann sie dann ausrechnen, wo die beiden anderen Zahlen liegen müssen?«

Bonnie beobachtete Maria dabei, wie sie auf ihrer Lippe kaute und jeden Finger ihrer rechten Hand nach dem anderen gegen ihren Daumen drückte. Wenn Maria das hier nicht löste, würde sie eingesperrt bleiben, und was dann? Noch mehr Dunkelheit? Noch mehr Musik? Noch mehr Stunden ohne Wasser? Die Stelle, wo Bonnie sich die Hand aufgerissen hatte, pochte vor Schmerz, und sie konnte nicht aufhören, an das Wasser in der Toilettenschüssel zu denken.

Was ihr tun und wen ihr fürchten sollt, dachte Bonnie.

»Wenn sie von der Null aus zwölf Felder weiterzählt, erhält sie die erste Linie eines Dreiecks und eine Zahl, von da aus dann wieder zwölf Felder. Das ist Grundlagen-Geometrie«, sagte Grant.

»Es ist aber ein Feld zu viel.« Dennis blickte unverwandt auf den Bildschirm. »Da sind siebenunddreißig Felder, nicht sechsunddreißig. Das lässt sich nicht durch drei teilen.«

»Und was nun?«, fragte Jacko.

Maria ging immer schneller. Es war viel zu warm, und sie hatten alle fürchterlichen Durst. Wie lange würde Maria immer schneller laufen können, bevor sie ohnmächtig würde? Sie hatte nicht gerade die beste Ausdauer. War der Sinn hinter der Aufgabe, dass die Macher der Sendung noch mehr gemeine Bilder von ihr posten und noch mehr beleidigende Tweets generieren konnten? Oder lief hier etwas noch Düstereres ab? Dennis hatte recht gehabt, als er versucht hatte, Maria davon abzuhalten, in dieses Zimmer zu gehen.

Maria begann zu laufen, da sich das Laufband unter ihren Füßen immer schneller bewegte, aber zu Bonnies Überraschung blickte die Frau zur Kamera auf und lächelte. Dann begann sie Zahlen zu rufen.

»Fünfzehn«, sagte sie als Erstes, und dann, nachdem sie ein paar Augenblicke lang mit den Lippen Worte geformt hatte, »fünfundfünfzig«. Sie hielt beide Hände mit gespreizten Fingern in die Höhe.

»Was macht sie da?«, fragte Bonnie.

»In Panik geraten?«, mutmaßte Grant.

»Sechsundsechzig … achtundsiebzig … einundneunzig«, stieß Maria in schneller Folge hervor, bevor sie innehielt und hinzufügte: »Einhundertfünf.«

»Rechnet sie irgendwas aus? Sie macht ständig Denkpausen«, sagte Bonnie.

Charlie sprach so leise, dass nur Bonnie sie hören konnte. »Von sechsundsechzig bis achtundsiebzig ist die Differenz zwölf, von achtundsiebzig bis einundneunzig ist die Differenz dreizehn, von einundneunzig bis einhundertfünf vierzehn.«

»Was ist das?«, fragte Bonnie.

»Nichts, ich habe nur … Ich glaube, Maria hat es gelöst.«

Die anderen hörten ihr nun alle zu.

»Was meinst du?«, fragte Jaide.

»Sie addiert aufeinanderfolgende Zahlen.«

»Und?«, fragte Jaide.

»Also, wenn ich mich richtig entsinne, erhält man eine Dreieckszahl, wenn man eins plus zwei plus drei plus vier und so weiter addiert«, sagte Charlie. »Wenn sie also die Zahlen eins bis sechsunddreißig addiert …«

»… verwandelt sie den Kreis in ein Dreieck«, vollendete Jaide den Satz. »Charlie ist endlich angekommen. Willkommen auf der Party. Du hast ja lange genug gebraucht.«

Charlie zuckte mit den Schultern und errötete ein wenig. »Ich mag Mathe.«

»Kannst du nicht einfach etwas Nettes sagen und es damit gut sein lassen?«, sagte Bonnie zu Jaide.

»Üblicherweise nicht.«

Marias Zahlen wurden größer, aber sie rannte jetzt, und ihr Atem ging schwer, Schweiß lief ihr über das Gesicht. »Zweihundertzehn!«, sagte sie kurz und hielt wieder beide Hände in die Höhe.

»Das ist die zwanzigste Zahl, jetzt noch sechzehn«, sagte Charlie.

»Viel mehr schafft sie nicht«, sagte Jacko. »Und danach gibt es für sie kein Wasser. Sie wird übel zugerichtet sein. Was machen wir?«

Sie sahen schweigend zu, wie Maria die Arme schwang und atemlos Zahlen ausstieß.

»Vierhundertsechsundneunzig … fünfhundertachtundzwanzig … fünfhundertzweiundsechzig … nein … fünfhunderteinundsechzig … ähm.« Maria hustete und geriet ins Stolpern.

Die anderen hielten kollektiv den Atem an. Wenn sie stürzte, würde das Laufband sie gegen die harte Steinwand schleudern.

»Fünfhundertfünfundneunzig«, rief Maria trotzig in die Kamera.

»Noch zwei«, sagte Jaide. »Komm schon, Maria.«

»Sechshundertdreißig«, sagte sie, und dann veränderte sich etwas in ihrem Gesicht. Wo sie eben noch trotzig bis beinahe selbstzufrieden ausgesehen hatte, verdunkelte sich nun ihre Miene. Ihre aufgerissenen Augen starrten in die Kamera, und sie schüttelte leicht den Kopf. Als sie wieder sprach, tat sie es zu leise, als dass Bonnie die Zahl verstanden hätte.

Bonnie rechnete im Kopf und begriff, was Maria erschreckt hatte. Sie hatten recht gehabt. Das hier war etwas Religiöses. Etwas Finsteres und Religiöses.

Die letzte Zahl lautete 666.

34

Annabelle @Annadom22
Heilige Scheiße, bin ich erschrocken, als ich das ausgerechnet hatte! Ich finde diese düstere Wendung großartig. Holt die Bestie raus. #DieFestung

---

Adrian @aghopen12
Ich dachte, Maria kriegt einen Herzinfarkt. Sie ist eine Legende. #DieFestung

Sophie @Sophie_walker
Stimme dir zu. Ich nehme alles zurück. Der Krisselator hat mich überzeugt. Sie ist zäh wie Leder. #DieFestung

Adrian @ahopen12
Sie stellt die anderen in den Schatten. Ich meine, hat irgendeiner von denen tatsächlich eine Aufgabe gelöst? #DieFestung

---

Maise Mowlem @maisie_mow3
666! Wen ihr fürchten sollt? Der Teufel hat euch da eingesperrt. #DieFestung

Lola @lolabelle
Ich bin so froh, dass ich bei dieser Show nicht mitmache. Meine Nerven würden dem nicht standhalten. #DieFestung

Maise Mowlem @maisie_mow3
Marias Challenge nach zu urteilen, wird das alles immer schwieriger werden. Schätze, ein paar von denen werden zusammenbrechen. Ich tippe auf Charlie und Grant, der reißt nur das Maul auf.

Dave @Davecakes765
Maria rockt. Wie ist sie darauf gekommen? Wer auch immer der Nächste ist, hat eine hohe Messlatte vor sich. #Mariagewinnt

35

Niemand sagte ein Wort, als sie zusahen, wie Maria auf die Knie fiel und den Kopf hängen ließ. Das Laufband war, nachdem sie die letzte Zahl ausgesprochen hatte, zum Stillstand gekommen, und auf der anderen Seite des Schränkchens war eine Tür aufgeschwungen.

»Arme Maus«, sagte Dennis.

»Ich kann das nicht mehr. Ich kann mir das nicht mehr mit ansehen.« Charlie schlug sich die Hände vor Nase und Mund und entfernte sich, und Bonnie sah Grant die Augen verdrehen.

Eine Weile tat Maria nichts. Sie blieb in ihrer zusammengekauerten Position sitzen, ihr Rücken hob und senkte sich schnell, und Bonnie war sich nicht sicher, ob das an ihrer Erschöpfung lag oder daran, dass sie schluchzte. Die Gruppe beobachtete sie schweigend. Sie wussten alle, was Marias Dreieckszahl ans Licht gebracht hatte. Bonnie schoss eine Frage durch den Kopf: Hatte derjenige, der sich die Aufgabe ausgedacht hatte, gewusst, welche Summe die Zahlen ergaben? Handelte es sich es um eine versteckte Botschaft, weil Glücksspiel Sünde war?

Nach einer gefühlten Ewigkeit hob Maria den Kopf und zog mit zittriger Hand die Schranktür einen Spaltbreit auf, um einen Blick hineinzuwerfen.

Ihr Schluchzen wurde lauter, und Bonnie wappnete sich gegen das, was kommen würde.

»Was hat sie da?«, fragte Dennis.

Maria griff in den Schrank und schickte sich an, etwas herauszuholen.

Bonnie glaubte wieder zu halluzinieren, so wie Leute, die in der Wüste eine Oase sehen, einfach weil sie es gerne möchten. Als Maria sich zu ihnen umdrehte, strahlte sie. Sie hielt eine Kiste voller Lebensmittel und Flaschen mit herrlichem, herrlichem Wasser in den Händen.

Die Tür ging auf, und Maria trat heraus. »Du hast es geschafft! Du verdammte Legende!«, sagte Grant und hob sie mitsamt der Kiste in die Höhe. Sie hustete, als er sie wieder absetzte und ihr einen dicken Schmatzer auf die Stirn drückte.

»Du bist unglaublich, super gemacht«, sagte Bonnie.

Maria lächelte, brachte aber kaum ein Wort hervor. Ihr Gesicht war knallrot, und sie roch nach Schweiß. Sie stellte die Kiste auf dem Boden ab. Sie enthielt zwölf kleine Wasserflaschen, für jeden ein Sandwich, Tüten mit Nüssen, eine große Packung Schokokekse und ein paar Äpfel.

»Oh mein Gott«, sagte Charlie, schnappte sich eine Flasche Wasser und trank sie beinahe in einem Zug aus.

»Lass dir Zeit«, sagte Jacko und reichte Maria, die sich auf den Boden gesetzt und an die Wand gelehnt hatte, eine geöffnete Flasche. »Nimm anfangs kleine Schlucke, okay?«

Maria nickte und nahm zwei große Schlucke.

Jacko legte ihr die Hand auf den Arm, und sie hielt inne, um dann vorsichtig weiter daran zu nippen.

»Wir müssen etwas für Russ zurücklegen«, sagte Dennis.

»Ist er noch unter uns?« Grant hatte sein Schinkensandwich schon halb aufgegessen. »Die sind kalt, war der Schrank gekühlt?«

»Grant!«, mahnte Bonnie.

»Was? Ach, wegen Russ. Hör mal, ich mag den Typen, aber hat jemand in letzter Zeit nach ihm gesehen, das ist alles, was ich sage.«

Dennis warf Grant einen bösen Blick zu, nahm eine Flasche Wasser und eine Tüte mit Cashews und trug sie zu Russ' Zimmer.

Bonnie beobachtete, wie er die Klappe hob und hineinspähte, mit dem Schlimmsten rechnend, aber das Beste hoffend.

»Alles klar, Kumpel. Ich hab dir mehr Wasser und was zu essen mitgebracht.«

Bonnie atmete erleichtert auf und erlaubte sich zu genießen, wie das Wasser ihren ausgetrockneten Körper wieder belebte. Sie hatte sich ein Käsesandwich genommen, wusste aber, dass sie es nach so vielen Stunden ohne Nahrung langsam essen musste. Eine ihrer besten Freundinnen war Muslimin und hatte ihr einmal erzählt, dass man an Ramadan, wenn man den ganzen Tag lang gefastet hatte, zuerst kleine Snacks zu sich nahm, um sich auf eine Mahlzeit vorzubereiten, weil einem ansonsten schlecht werden konnte. Bonnie beobachtete, wie sich die anderen das Essen in den Mund stopften.

»Immer mit der Ruhe, Leute. Esst nicht zu schnell. Ihr wollt doch nicht, dass euch übel wird.«

»Oh, Mum ist wieder da«, kommentiere Grant, doch er zwinkerte ihr zu, und sein Blick war schalkhaft.

Marias Sieg hatte etwas Wunderbares bewirkt. Er hatte ihnen Hoffnung gegeben.

Bonnie wandte sich um und sah, wie Dennis ein Päckchen durch die Klappe reichte. Es musste Russ besser gehen, sonst hätte er es nicht bis zur Tür geschafft.

Charlie nahm eine zweite Flasche, öffnete sie und fing an, sich das Wasser über den Kopf zu gießen.

»Oh nein.« Jaide griff nach ihrer Hand, um sie davon abzuhalten. »Bist du bescheuert? Dieses Wasser könnte uns das Leben retten. Jeder von uns bekommt eine zu trinken, und der Rest wird rationiert. Wir verschwenden es nicht, um uns damit abzukühlen wie auf einem Spa-Wochenende.«

Charlie sah aus, als würde sie gleich in Tränen ausbrechen. Sie schraubte den Deckel wieder zu und stellte die Flasche in die Kiste zurück.

»Team, es geht aufwärts«, sagte Grant und nahm sich drei Kekse aus der Packung. »Es geht aufwärts!«

»Was redest du da?«, fragte Maria mit krächzender Stimme. »Was ist mit sechs-sechs-sechs? Macht dir das keine Angst?«

»Oh, der Teufel hat uns in seiner Gewalt«, sagte er, zog seine Wangen in die Breite und riss weit den Mund auf. Dann lachte er.

»Das ist nicht witzig«, sagte Jacko.

»Es ist ein Spiel, so wie wir gesagt haben, als wir oben waren. Stimmt's, Jaide?«

Jaide zog eine Augenbraue hoch und antwortete nicht.

»Du hältst das nach dem, was Russ passiert ist, immer noch für ein Spiel?«, fragte Charlie. »Er ist fast gestorben.«

»Ist er aber nicht. Man hat uns gerade noch rechtzeitig hier runtergeschickt. Es ist natürlich ein Escape Room, bei dem es ums Überleben geht. Und der Stärkste wird überleben.«

»Und das bist du, oder?«, fragte Jacko.

»Nur der Stärkste?«, sagte Maria. »Und was wird aus den anderen?«

»Komm schon, Maz, gerade du weißt doch, dass wir es schaffen können. Wenn nur einer von uns überleben soll, hätten sie nur dir Essen und Wasser gegeben, oder?«

Da hatte Grant tatsächlich ein Argument. Deswegen waren alle so hoffnungsvoll. Wenn sie jede Aufgabe siegreich absolvierten, würden sie weiterhin mit Nahrungsmittel und Wasser versorgt werden. Und wenn einer von ihnen eingeschlossen blieb, konnten sie ihn versorgen wie Russ. Bonnie sah den Gang hinunter zu Zimmer sechs.

»In Zimmer sechs, in dem Maria gerade war, gab es keine Klappe«, sagte sie. »Was, wenn einer von uns in so einem Raum eingesperrt bleibt?«

Alle verstummten bei dem Gedanken. Hätte Maria dort drin bleiben müssen, hätten sie nicht einmal mit ihr sprechen können.

Bonnie konnte sich nicht vorstellen, wie irgendjemand von ihnen in einer solchen Lage zurechtkommen würde.

»Glaubst du immer noch, es ist ein Spiel?«, fragte Charlie leise.

»Wir kommen da durch. Keine Sorge.« Bonnie lächelte sie an und dachte erneut, wie fürchterlich Clara hier drin den Kopf verlieren würde. »Das war echt beeindruckend, dass du das mit den Dreieckszahlen wusstest.«

»Maria wusste es auch.«

»Aber wir anderen nicht. Du solltest dich nicht so verstecken. Du musst dich nicht dafür entschuldigen, dass du ein paar Antworten weißt.«

»Ich bin nicht so wie ihr.«

»Ich bin auch kein Genie. Sieh mal, wir haben alle unsere Talente. Maria weiß viel, Jacko ist fürsorglich, Dennis ist entschlossen, Grant ist … hübsch anzusehen.«

Charlie kicherte und griff nach Bonnies Hand. »Ich glaube, Jaide mag mich nicht.«

»Wen mag sie schon? Ignorier sie. Sie ist fies. Aber ich meine es ernst.« Bonnie deutete auf Charlies Bikini-Oberteil. »Normalerweise trägt man so etwas nicht unter seinen Klamotten, weißt du?«

»Mum hat immer zu mir gesagt, mein Aussehen wäre alles, was ich habe.«

»Tja, da lag sie falsch. Du hast dir in diesem Irrsinn deinen Platz verdient. Lass dich von den anderen nicht einschüchtern.«

Bonnie sah Dennis an sich vorübergehen und bemerkte stirnrunzelnd die Packung Nüsse in seiner Tasche. Hatte er die nicht Russ gegeben?

»Hat er was gegessen?«, fragte Maria.

Dennis schluckte, dann sagte er: »Hm-m.«

Bonnie fing seinen Blick auf und runzelte fragend die Stirn. Dennis hielt einen längeren Moment Blickkontakt und schüttelte dann fast unmerklich den Kopf.

Russ. Oh Gott, Russ. So viel zu Grants Theorie, dass man hier niemanden sterben lassen würde.

Bonnie unterdrückte den Schrei, der in ihr aufzusteigen drohte. Dennis verschwieg es nicht ohne Grund, wahrscheinlich um die Gruppe zu schützen.

»Alles okay mit dir?«, fragte Charlie, als sie sah, dass Bonnie eine Träne über die Wange rann.

»Ich bin einfach nur fertig, und es ist so heiß.« Sie rieb sich über das Gesicht in dem Versuch, den Kummer und das Grauen wegzuwischen.

Man hatte Russ sterben lassen. Was bedeutete das für alle anderen?

36

DieFestung @diefestung
Wer soll als Nächster gehen? Ihr entscheidet. Stimmt jetzt ab auf www.thefortress.co.uk

---

Carl @Carlrocks7
Habt ihr gesehen, wie sich Grant bei Jacko und Dennis eingeschleimt hat? Die Mädchen sollten sich warm anziehen. #DieFestung

Adrian @aghopen12
Er ist ein richtiger Taktiker. Vermutlich sticht er ihnen allen bald ein Messer in den Rücken. #DieFestung

---

Sophie @Sophie_walker
Ich glaube, Jacko verheimlicht etwas. Er ist die ganze Zeit zu nett. #DieFestung

P Foulds @PFoulds345
Lasst mal sehen, ob der Zwiebackjunge eine echte Herausforderung meistert. #Jacksollspielen

Freya @lolababe
Wer Zeit hat, andere zu trösten, rackert nicht genug. #diefestung #Jacksollspielen

---

Freddie @FRBrown5
Findet noch jemand Jacko irgendwie armselig? Würdet ihr den in eurem Team haben wollen? Mir wäre sogar Dennis lieber, der hat wenigstens Eier. #Jackomussgehen

Liz Renton @l_renton
Ich finde, er ist ein Schatz.

Freddie @FRBrown5
Das ist genau mein Punkt. Wer will schon einen Schatz im Team, wenn es ums Überleben geht? Sei ein Mann, Prinzessin.

37

Einige Stunden, nachdem Maria für sie Essen und Wasser gewonnen hatte, erschien der Twitter Feed auf dem Bildschirm. Bonnie war eingeschlafen und hatte davon geträumt, dass sie versuchte, endlosen Hindernissen zum Trotz einen Zug zu erwischen. Sie schreckte auf, als jemand sie am Arm berührte. Es war Jacko, der neben ihr in die Hocke gegangen war. Er hatte schöne Augen und ein liebenswürdiges Lächeln.

»Jetzt brauche ich dich vielleicht«, sagte er.

Sie setzte sich auf und rieb sich die Augen, ihr Kopf pochte noch immer. Sie hatte gehofft, dass Schlaf die Schmerzen etwas mildern würde, aber so viel Glück hatte sie nicht. Sie hatte sich im zentralen Bereich auf den harten Steinplatten zusammengerollt, und nun schmerzte ihr Rücken. Sie begann sich ihre Schulter zu reiben.

»Was ist los?« Sie konnte das massive Gähnen nicht unterdrücken, das auf ihre Frage folgte. »Sorry.«

»Komm und schau es dir an.« Er streckte ihr die Hand hin.

Sie nahm sie, und ein Stromstoß fuhr ihr direkt in den Bauch, als sauste sie auf einer Achterbahnfahrt ein großes Gefälle hinab.

»Alles okay mit dir?«, fragte Jacko.

»M-hm.« Sie zwang sich, ihm in die Augen zu sehen. Er lächelte und blickte auf ihre Finger, die immer noch verschränkt waren.

»Wirklich? Du hast traurig ausgesehen ... noch trauriger, nachdem wir das Essen bekommen hatten.«

Er hatte ihre Reaktion auf Russ' Tod mitbekommen, natürlich hatte er das, weil er sie genauso beobachtete wie sie ihn. Sie erwog, ihm davon zu erzählen, verwarf den Gedanken aber. Dennis wollte die Sache unter Verschluss halten, und sie akzeptierte seine Entscheidung. Es stimmte schon, sie war nicht damit einverstanden gewesen, dass er sich geweigert hatte zu spielen und sie damit zu weiteren Stunden in der Dunkelheit verdammt hatte, aber in jener Situation hatte Dennis aus seiner Wut heraus entschieden. Jetzt hatte er ruhig und beherrscht gewirkt. Er war älter und weiser, und das respektierte sie. Bonnie wusste nur zu gut, was Trauer mit Menschen anstellen konnte, wie sie einen verschlingen konnte.

»Mir geht's gut. Wofür brauchst du mich?«

Jacko fing erneut für einen längeren Moment ihren Blick auf, dann drehte er sich leicht nach links, korrigierte sich mit einem halben Lachen, das ein halbes Husten war, nach rechts und ging zurück in Richtung der Halle.

Bonnie ließ etwas widerstrebend seine Hand los und folgte ihm vor den Bildschirm, vor dem sich die anderen versammelt hatten und die neuesten Tweets lasen.

»Der Direktor hat die Zuschauer gefragt, wer als Nächster an die Reihe kommen soll«, sagte Dennis nüchtern.

Neben dem Twitter-Feed auf der rechten Seite des Bildschirms, wo normalerweise die Instagram-Posts zu sehen waren, befand sich das vertikale Balkendiagramm mit ihren Namen darunter. Sie sah zu, wie die Balken der einzelnen Gruppenmitglieder mit dem Eintreffen der Stimmen anwuchsen. Ihrer hielt sich mittig, er war höher als diejenigen von Grant, Charlie und Maria, aber kleiner als der von Dennis, Jaide und Jacko, der die Charts im Augenblick mit signifikantem Vorsprung anführte.

»Die Zuschauer haben gesprochen«, sagte Jacko und zwinkerte ihr zu.

Bonnie wusste nicht, was sie sagen sollte. Sie suchte den Twitter-

Feed nach Hinweisen ab, warum die Leute so abgestimmt hatten. Die Zuschauer schienen zu glauben, dass ihm alles zu leicht fiel. Sie wollte wieder seine Hand nehmen, war sich aber nicht sicher, wie er darauf reagieren würde. Es war eine Sache, einen solchen Moment unter vier Augen zu teilen, und eine ganz andere, das vor der gesamten Gruppe zu tun.

»Diesmal bleiben wir zusammen. Niemand geht allein in irgendein Zimmer, und wir nehmen Wasser- und Essensvorräte mit«, sagte Dennis.

»Ich glaube, so läuft das nicht, Den«, entgegnete Grant. Wenigstens hatte er damit aufgehört, Dennis die ganze Zeit mit ›alter Mann‹ anzusprechen.

»Du kannst dich entweder umdrehen und dich als Opfer fühlen oder dich der Sache wie ein Mann stellen.«

»Seit wann macht es einen zum Mann, seine Kumpel mitzunehmen?« Grant hob seine Augenbrauen in Jackos Richtung.

»Wenn er selbst an der Reihe ist, wird er bestimmt nicht mehr so großspurig klingen«, sagte Jaide.

»Vor einer halben Stunde hast du mich noch aufgefordert, mich mit dir gegen die Mädchen zu verbünden«, sagte Jacko zu Grant. »Findest du, das macht einen zum Mann?«

»Inwiefern verbünden?«, fragte Jaide.

»Er glaubt, wir haben die besten Überlebenschancen, weil wir stärker sind und länger durchhalten. Aber ich habe ihm gesagt, dass ihr Mädchen uns in mentaler Stärke und Intellekt weit überlegen seid.«

»Du bist so ein Schleimer«, sagte Grant.

»Das ist die Wahrheit.«

»Wie genau wolltest du deine Männergang dazu nutzen, uns zu besiegen?« Jaide starrte Grant an, bis er den Blick abwandte. »Erbärmlich.«

Der Bildschirm wurde für einige Sekunden schwarz, dann erschien die vertraute rote Typo.

Jacko,
WER EINE BÄRENAUFGABE HAT
BRAUCHT HALTUNG UND DARF NICHT BAU'N AUF SAND
DIE SCHÖNHEIT WAR IM AUGE DES BIESTS
DOCH WAS HATTE ES IN DER HAND?

»Schon wieder ein religiöses Motiv. Auf Sand bauen – ist das nicht ein Zitat aus der Bibel?« Jacko sah Dennis an, der nickte. »Aber es könnte auch um Bären gehen. Du hattest doch den Bären, oder, Clara? Weißt du noch, was der Direktor über den gesagt hat?«

Bonnie nahm sich einen Augenblick Zeit, um ihre Gedanken zu sammeln. »Irgendwas im Sinne von: Der Bär kennt Wut wie kein anderes Wesen und beschützt, was er liebt, und dann musste ich das Eis zerschmettern, um an das Junge zu kommen.«

»Der wütende Bär. Wenn wir im Bild mit den Todsünden bleiben, ist das der Zorn.« Jacko sah wieder auf den Bildschirm. »Dass ich Haltung zeigen und nicht auf Sand bauen soll, ist vermutlich eine Handlungsanweisung, so wie bei Maria gesagt wurde, sie soll schnell und schneller werden.«

»Was war Marias Sünde?«, fragte Charlie. »Wenn es immer um Sünden geht, muss ihre Aufgabe doch auch mit einer zu tun haben.«

»Beim Glücksspiel geht es um Geld, also vielleicht Habgier?«

Alle schwiegen einen Moment lang. Bonnie beobachtete Grant und dachte, er würde Völlerei ins Spiel bringen, musste ihm aber zugutehalten, dass er es nicht tat. Vielleicht hielt er es für dasselbe wie Gier, oder er hatte endlich beschlossen, netter zu sein.

Jacko las: »Die Schönheit war im Auge des Biests, doch was hatte es in der Hand? Was fällt euch dazu ein?«

Das Biest – 666, dachte Bonnie, und trotz der Hitze spürte sie Kälte durch ihre Adern kriechen.

»Klingt vertraut, ich glaube, ich habe das schon mal gehört, ich glaube, das ist ein berühmtes Rätsel, aber mir fällt die Antwort dazu nicht ein«, sagte Jaide und sah Maria an, die erschöpft wirkte. Sie saß auf dem Boden, ihr Atem ging schwer.

Bonnie las die Worte auf dem Bildschirm und dachte an all die religiösen Bezüge: Bauen auf Sand. Offenbarung. 666. Sieben Todsünden. Dann war da noch der Stern über dem Eingang in die Festung gewesen. Bezog sich der auch auf etwas Religiöses? Die Heiligen Drei Könige und die Schäfer folgten einem Stern zu dem Stall in Bethlehem, in dem Jesus geboren war. Eine Erinnerung ließ sie ein paar Schritte weiter zum Eingang von Marias erstem Escape Room gehen. Sie stand im Türrahmen und sah erneut die beiden alten Poster an der Wand an. Die waren ihr aufgefallen, als Maria die Musikrätsel gelöst hatte. An der einen Wand eine einsame Insel und an der anderen ein Lagerfeuer. Sie hatte sich nichts dabei gedacht und angenommen, sie seien von früheren Bewohnern zurückgelassen worden, aber da hatte sie falschgelegen.

»Dennis?« Sie blickte in die Richtung, in der alle versammelt waren. »Die Lösung im ersten Duell lautete *Divine Comedy – Göttliche Komödie*. Das ist eine Band, aber auch etwas Religiöses, oder?«

»Dantes *Göttliche Komödie*«, bestätigte er mit einem Nicken.

»Geht es darin zufällig um Himmel und Hölle?«

»Ja und nein. Wenn ich mich richtig erinnere, geht es um die Reise durchs Fegefeuer.«

Dennis sah Maria an, die jetzt nach vorne gesackt war und die Augen geschlossen hatte.

»Ist alles in Ordnung mit ihr?«, fragte Charlie.

»Maria?«, sagte Jaide. Sie kniete sich neben die andere Frau und legte ihr die Hand auf die Schulter. »Maria?«, wiederholte sie ein wenig dringlicher und schüttelte sie leicht.

Maria schreckte mit einem leisen Fiepen hoch und riss die Augen auf.

»Du hast uns ganz schön erschreckt.«

»Wir dachten, du hättest dich vom Acker gemacht, Maz«, sagte

Grant, was Dennis dazu veranlasste, missbilligend den Kopf zu schütteln.

Bonnie blickte Russ' Tür an und dann Dennis. *Wann sagen wir es ihnen?*, versuchte sie mit den Augen zu fragen, doch Dennis wandte den Blick ab. Es Jacko zu sagen, bevor er seine Challenge antrat, würde ihm zu viel Angst einjagen, das wusste sie, und sie würde sich nie verzeihen, wenn er scheiterte, weil er in Panik war. Dennis hatte recht damit, es für sich zu behalten – aber für wie lange? Die anderen mussten es doch irgendwann erfahren. Sie hätte das gern besprochen, aber wie war das an diesem Ort möglich?

»Bezieht sich das vielleicht auf die Schöne und das Biest, was meint ihr?« Jacko war immer noch darauf konzentriert, das Rätsel zu entschlüsseln. Bonnie konnte ihn verstehen. Er wollte die Sache hinter sich bringen.

Fegefeuer, dachte Bonnie. Der Ort, an dem man für seine Sünden bezahlt. Welche Sünden konnte Russ begangen haben, um ein solches Schicksal verdient zu haben? Und wieso wurde Jacko mit Zorn konfrontiert? Nach allem, was sie gesehen hatte, war er derjenige von ihnen, bei dem es am unwahrscheinlichsten war, dass er wütend wurde. Zu Dennis oder Jaide hätte diese Sünde besser gepasst, sogar zu Grant. Wussten die Zuschauer, über welche Sünde sie abstimmten, oder war die Zuteilung zufällig?

»Die Schönheit hat das Biest im Auge, es *sieht* die Schönheit«, sagte Jacko, »aber was hat es in der Hand?«

»Ich hab's. ICH HAB'S!« Grant zeigte auf den Bildschirm. »Ha! Das ist gut – das gefällt mir. Das werde ich mir merken.«

»Sagst du es uns dann auch?«, forderte Jaide ihn auf.

»Nein, zur Hölle. Hier gewinnt derjenige, der die Rätsel lösen und die Geheimnisse entschlüsseln kann. Wenn ihr es selber nicht knackt, dann müsst ihr nicht zu mir gelaufen kommen, damit ich euch helfe.«

38

Wenn Grant das Rätsel gelöst hatte, konnte es so schwer nicht sein. Davon waren sie alle überzeugt. Sorge bereitete ihnen nur, dass Maria sich überhaupt nicht beteiligte. Bonnie vermutete, sie wollte einfach nur allein gelassen werden und schlafen.

»Wenn das Biest die Schönheit sieht, was hat es in der Hand?«, fragte Jacko.

Grant kicherte und hielt eine Hand in die Höhe. »Nein, das ist es nicht. Sie ist sauber.«

»Wartet, da steht, das Biest hat die Schönheit im Auge. Es heißt doch: Die Schönheit liegt im Auge des Betrachters?«, sagte Jaide.

»Da steht, sie ist im Auge des Biests«, entgegnete Charlie.

»Des *Be*-trachters.« Dennis sah sich zwischen ihnen um und wartete auf Reaktionen. Als niemand etwas sagte, fügte er hinzu: »Die Schönheit hat das Biest im Auge, aber wonach *trachtet* es? Nach einem B.«

»Oh, das ist clever«, sagte Charlie.

»Aber was bedeutet es?«, fragte Jacko.

Grant blickte zu Boden. Es wurde deutlich, dass er nicht darüber nachgedacht hatte, inwiefern die Antwort ihnen weiterhelfen konnte.

Bonnie hatte ebenfalls keine Ahnung. Es war einfach lächerlich, dass es an diesem gottverlassenen Ort keinerlei Hilfsmittel gab. Wo waren die Hinweise oder die Bezugsdokumente? Sie hatten nichts als Backsteinwände und verschlossene Metalltüren.

Sie stieß sich von der Wand ab, an der sie gelehnt hatte, und ging nach links den Korridor hinunter. Die anderen folgten ihr, aber niemand fragte, wohin sie ging. Sie kam an der Ausgangstür zum Hauptdeck vorbei und wäre beinahe stehen geblieben. Lohnte es sich, noch einmal nachzusehen? Stattdessen ging sie weiter, bis sie erblickte, wonach sie gesucht hatte. Wie sie vermutet hatte, waren nicht alle Buchstaben an der inliegenden Wand auf die Steine geschrieben, ein paar befanden sich auf den Türen.

»B«, sagte sie und zeigte auf den schwarzen Buchstaben oben links.

»Versuch's«, sagte Jaide.

»Aber nicht reingehen«, mahnte Dennis.

Bonnie tat einen Schritt vor und drückte gegen die Tür. Jacko trat neben sie. Genau wie die Tür Nummer sechs ließ sich diese hier leicht aufschieben. Abgesehen von einem viereckigen Podest in der Mitte, unter dem sich ein weiterer Schrank zu befinden schien, und einem hölzernen Baseballschläger in der hinteren Ecke war der Raum kahl. Sie schaute sich die Tür an und stellte erleichtert fest, dass sie eine Luke und eine Klappe hatte, die sich öffnen ließen. Nicht, dass dies Russ gerettet hätte, aber es war immerhin etwas.

An der linken Wand stand in großen schwarzen Buchstaben geschrieben:

Mary, Mary, schmerzensreich geschunden
Wie wachsen deine Wunden?
Spürst du meinen Schmerz und bleibst du stehen
Lasse ich dich vielleicht gehen.

»Sieht so aus, als müsstest du gegen etwas kämpfen«, sagte Grant.

Jacko sah ihn an und nickte langsam.

»Du gehst da nicht alleine rein«, sagte Dennis. »Los, ich habe zwei Flaschen Wasser und was zu essen.« Er hielt die Gegenstände hoch, um sie Jacko zu zeigen.

»Äh, wie war das mit der Jungs-Gang?«, sagte Jaide zu Dennis. »Wer hat dafür gestimmt, dass du am besten geeignet bist, um ihm zu helfen?«

»Ich gehe da nicht rein«, sagte Charlie.

»Ich auch nicht.« Grant zwinkerte ihr zu.

»Gut, ich schon und Clara auch. Du bleibst draußen, Maria. Du hast genug gemacht.«

»Das Zimmer ist nicht groß genug für drei von uns. Nicht, wenn ich einen Baseballschläger schwingen soll. Ich würde jemanden verletzen«, gab Jacko zu bedenken.

Er hatte recht, dieser Raum war so klein wie der mit Marias Laufband. Bonnie bemerkte an den Wänden Löcher, die so aussahen, als wären sie absichtlich hineingebohrt worden, einige klein, andere größer, von der Größe einer Orange oder, stellte sie bestürzt fest, von der eines Baseballs.

»Ich glaube, ich weiß, was du machen musst«, sagte sie.

»Auf Bälle eindreschen, die aus den Löchern geflogen kommen?« Jacko musterte den Raum genauso, wie sie es getan hatte. »Das ist definitiv eine Aufgabe für einen einzelnen Mann ... sorry, für eine Person.« Er lächelte Jaide an.

Dennis warf ebenfalls einen Blick hinein und nickte.

Wenn man die Arme ausstreckte, um den Schläger zu schwingen, hatte man keine Chance, einer anderen Person auszuweichen, und wenn die Bälle auch noch aus verschiedenen Richtungen kamen und man sich von hier nach da drehte, wurde die Sache noch gefährlicher.

»Außerdem gibt es nur einen Schläger«, sagte Bonnie. »Nicht, dass ich mich weigern möchte zu helfen, aber ... «

Jacko berührte ihren Arm und lächelte sie warm an. »Es ist okay. Ich bin dran.«

»Wir halten die Tür auf«, sagte Dennis. Er zog einen Schuh aus und legte ihn vor den Türrahmen.

»Reicht das, um sie offen zu halten?«, fragte Charlie.

»Gib mir noch deinen Schuh, Grant.« Dennis streckte die Hand aus.

»Auf keinen Fall. Die Sneaker haben hundertvierzig Pfund gekostet. Diese Tür würde sie plattmachen.«

»Ich gehe zurück und hole die Waage«, sagte Jaide. »Die ist schwer und aus Metall.«

Solange sie warteten, blieb Jacko vor dem Zimmer.

Bonnie trat zur Seite.

»Gibt es irgendwas, worauf du wütend sein könntest?«, fragte sie.

Er sah sie ein oder zwei Sekunden länger an, als höflich war, dann lächelte er. »Warum fragst du?«

»Nutze deine Wut.«

Als Jaide zurückkam, stellten sie die schwere Waage in den Türrahmen, sodass die Tür sich nicht ganz schließen konnte, und Jacko ging hinein. Nichts geschah. Er nahm den Schläger, und sie warteten und warteten, aber die Tür schloss sich nicht von alleine. Grant und Dennis zogen sie von Hand zu, bis sie die Waage berührte, die ihr den Weg versperrte. Sie stockte, aber im Zimmer kam nichts aus diesen Löchern.

Dennis blickte zur nächstgelegenen Kamera auf und dann durch den Spalt in der Tür zu Jacko hinein.

»Die Challenge fängt nicht an, bevor die Tür geschlossen ist, oder?«, fragte Jacko.

Dennis schüttelte langsam den Kopf. »Sieht ganz danach aus.«

»Okay, wir haben es versucht. Dann muss ich die verdammte Sache eben allein durchziehen.«

Dennis hielt ihm das Essen und das Wasser hin, die er mitgebracht hatte. Jacko nahm nur eine Flasche Wasser. Als Dennis ihn drängte, auch die andere Flasche zu nehmen, lehnte Jacko entschieden ab, akzeptierte aber die Packung mit Nüssen und einige Kekse.

Jacko schob die Waage mit dem Fuß aus der Türöffnung auf Dennis zu, und die Tür glitt zu.

Ein paar Sekunden später begann Jacko zu husten. Bonnie hob

die Klappe in der Tür an, und dicker schwarzer Rauch kräuselte sich aus der Luke in den Flur. Sie konnte Jacko nicht mehr sehen, auch nicht das Podium oder auch nur die Wände des Zimmers. Sie stürzte zum nächstgelegenen Bildschirm, um den sich bereits alle anderen versammelt hatten.

»Er kann da drin die Hand vor Augen nicht sehen. Es ist voller Rauch.«

»Das erklärt die Wärmebildtechnik«, sagte Dennis.

Auf dem Bildschirm hob sich Jacko strahlend weiß vor einem grauen Hintergrund ab.

»Was ist das für Rauch?« Dennis sah Bonnie an.

»Er ist schwarz und dick.«

»Hat er nach irgendetwas gerochen? War da Brandgeruch?«

Bonnie schüttelte den Kopf.

»Trockeneis vielleicht?«, schlug Jaide vor.

»Das ist weiß«, sagte Dennis. »Und in so einem kleinen Raum wäre das auch problematisch, es ist ziemlich giftig.«

»Woher wissen wir, dass das, was sie benutzen, nicht giftig ist?«, sagte Bonnie.

Dennis hielt ihren Blick einen Moment lang fest und sah dann wieder auf den Bildschirm.

»Was muss er machen?«, fragte Charlie.

»Haltung zeigen. Oder einnehmen«, sagte Dennis, während sie beobachteten, wie Jacko sich vorsichtig durch den Raum bewegte, bis sein Fuß das Podium berührte. Er hielt einen Moment inne, wahrscheinlich um sich zu stählen, bevor er auf das kleine Podest stieg, auf das nicht viel mehr passte als seine Füße.

»Spürst du meinen Schmerz«, sagte Jaide.

Bonnie konnte gerade noch erkennen, wie der Rauch sich um Jackos leuchtend weiße Gestalt ringelte, da stach ihr eine blitzartige Bewegung ins Auge, und eine Sekunde später schnellte sein Oberkörper ruckartig nach hinten.

»Habt ihr das gehört?«, fragte Dennis. »Der Ball hat ein Geräusch gemacht, so eine Art Rasseln.«

»In dem Fall sollte er am besten die Augen schließen und hinhören.« Grant stand trotz seines Widerwillens, zu helfen, in der ersten Reihe, um sich das Spektakel anzusehen. Je länger Bonnie in der Gesellschaft dieses Mannes war, desto weniger konnte sie ihn ausstehen.

»Wenn er die Augen schließt, beeinträchtigt das seinen Gleichgewichtssinn«, sagte Jaide.

Ein zweiter Ball zuckte über den Bildschirm, diesmal aus einer anderen Richtung, und brachte Jacko erneut aus dem Gleichgewicht. Sie sahen zu, wie ein weiterer Ball seinen Körper traf, und dann noch einer. Die Bälle kamen aus vier verschiedenen Richtungen, und sie folgten schnell aufeinander. Jacko wirbelte um die eigene Achse und schwang den Schläger, aber ohne Erfolg. Es gelang ihm nicht zu treffen, und die Geschosse prallten immer wieder mit voller Wucht auf seinen Körper.

Komm schon, Jacko, dachte Bonnie, obwohl ihr Bauchgefühl ihr sagte, dass er das niemals durchhalten würde.

39

Drei Monate zuvor

GESTÄNDNIS: **Jackson Decker**
DATUM: **5. Juni**
UHRZEIT: **12:45**
ORT: **Best Western Angel Hotel**

»Holla-di-ho, ich bin Jackson Decker, Jacko, und bin gekommen, um euch netten Leuten meine Geheimnisse zu gestehen. Aufgepasst, jetzt kommt was Pikantes.« Jacko zwinkerte in die Kamera.

»Was ich mir am innigsten wünsche? Uuups, das ist eine persönliche Frage, oder? Wollt ihr wissen, wen ich heiß finde? Männer, Frauen, Blondinen, Brünette? Da ich mich nicht für *Love Island* oder *First Dates* beworben habe, nehme ich an, ihr wollt etwas Tiefgründigeres wissen, soll heißen, was wünsche ich mir im Leben am meisten? Das wäre Frieden. Nicht Weltfrieden, obwohl ich gegen den auch nichts hätte, sondern Seelenfrieden, Frieden und Ruhe. Mit sich im Reinen sein.«

Du klingst wie ein Hippie, so ein New-Age-Trottel. Jacko lachte über sich selbst. Das hier war schwieriger, als es sich anhörte. Er musste weniger auf Ehrlichkeit und mehr auf Humor setzen.

»Okay, Spaß beiseite, mein größter Wunsch ist, es in die neueste Reality-TV-Show zu schaffen und die Konkurrenz in den Schatten zu stellen, die Kohle einzuheimsen, das Mädchen zu erobern und eine Hälfte des nächsten Ant-&-Dec-Duos zu werden.«

Nicht das, was er in das Formular geschrieben hatte, aber er hatte nicht die Absicht, vor laufender Kamera preiszugeben, wofür er sich am meisten schämte, da konnte er sich ebenso gut einen Spaß daraus machen. Wenn er dadurch seinen Platz verspielte, war es eben so. Es kommt, wie es kommt.

»Und jetzt zu der Frage, wofür ich mich am meisten schäme. Das ist ziemlich offensichtlich, denke ich. Ich habe die Haare, das Gesicht, den Traumkörper, aber auch Sommersprossen. So viele Sommersprossen. Es sollte ein Gesetz dagegen geben. Bestimmt gibt es da draußen eine Million Kinder, die alles für ein paar niedliche Sommersprossen auf ihren Nasen geben würden, aber die habe alle ich. Ich besitze einen unfairen Anteil. Es ist unmöglich, mit diesen Dingern übersät und gleichzeitig männlich und imposant zu sein. Ich will natürlich nicht behaupten, dass es sich um eine Art Behinderung handelt, aber wir Betroffene verdienen etwas Mitgefühl. Es macht das Leben schwerer, von so viel Niedlichkeit bedeckt zu sein.«

Das fühlte sich gut an, angenehmer als die von ihm aufgeschriebene rührselige Geschichte von wegen, er hätte sich nicht für seine Mutter eingesetzt. Er wünschte, die könnte er zurückziehen. Es würde sie vernichten, zu erfahren, was er darüber geschrieben hatte. Sie konnte den Gedanken nicht ertragen, dass jemand erfahren könnte, was hinter verschlossenen Türen ablief. Sie hatte ihm nie direkt gesagt, er solle es für sich behalten, aber er hatte sie zu oft dabei beobachtet, wie sie ihre blauen Flecken überdeckte und ihren Schmerz hinter einem Lächeln verbarg, um die Botschaft nicht zu verstehen.

Es war keine Lüge, wenn er sagte, sein innigster Wunsch sei Frieden. Das Preisgeld würde es ihm ermöglichen, ohne Drama ein Haus zu kaufen. Er wollte seiner Vergangenheit entfliehen und irgendwo neu anfangen, wo seine Mutter zu ihm ziehen konnte. Auch wenn er ahnte, dass sie das niemals tun würde.

Warum glaubte er, dass er gewinnen könnte? Das war eine harte Nuss, da er diesbezüglich in Wahrheit nicht viel Hoffnung hatte. *Was sollte er sagen? Was sollte er sagen?* Nachdem er ein paar Minuten nachgedacht hatte, beschloss er, die Fassade fallen zu lassen und die Wahrheit zu sagen.

»Ich weiß nicht, ob ich schlau genug bin, um die Geheimnisse der Festung zu entschlüsseln, aber ich will unbedingt entkommen. Macht daraus, was ihr wollt.«

40

Den nächsten Ball sah Jacko voraus. Er schwang die Arme in Richtung des Blitzes, und Bonnie vernahm das befriedigende Geräusch, mit dem Holz auf Gummi traf. Sie sah zu, wie er einen weiteren Ball schlug und dann noch einen. Vielleicht würde er da doch ganz gut durchkommen. Innerhalb der Gruppe schob sie sich ein Stück nach vorn und beschwor ihn, weiterzumachen. Unter all den Leuten hier war Jacko etwas Besonderes. Sie hatten eine Verbindung zueinander, eine Chemie. Sie brauchte ihn, um bei Verstand zu bleiben. Aber mehr noch, er verkörperte Hoffnung. Sie konnte sich vorstellen, sich nach alledem mit ihm auf einen Drink zu treffen und das ganze gottverdammte Fiasko noch einmal Revue passieren zu lassen. Er war das Versprechen auf eine Zukunft.

Die Bälle flogen in immer schnellerer Frequenz auf ihn zu. Jacko wirbelte herum und schwang den Schläger in alle Richtungen, aber die Bälle kamen zu schnell. Sie rasten in seinen Oberkörper, die Beine und Arme.

»Wie machen die das?«, fragte Jaide. »Wie schießen sie die Bälle ab?« Sie sah erst Dennis und dann Grant an.

Grant war derjenige, der antwortete. »Tennis-Ballmaschinen oder so was Ähnliches in jedem der umliegenden Zimmer hinter den Löchern. Die elektronischen sind ferngesteuert.«

»Das ist unfair. Wie lange soll er sich das noch gefallen lassen?«, fragte Bonnie.

»Nicht zu wissen, wann es aufhört, macht es nur noch quälender«, sagte Grant.

»Ja, okay, aber wie weit reicht das Signal einer Fernbedienung?«, gab Jaide zu bedenken.

»Die benutzen wahrscheinlich eine Funksteuerung, weil Fernsteuerungen mit Infrarot und Sichtverbindung arbeiten. Eine Funksteuerung funktioniert auch über größere Entfernungen und durch Materialien wie Ziegel und Beton hindurch.« Maria trat neben Jaide.

»Wie weit kann die Steuerung entfernt sein?«, fragte Jaide. »Muss sie hier vor Ort sein?«

»Da bin ich mir nicht sicher. Es ist möglich, dass sie vielleicht irgendwo in der Nähe an Land ist, oder auf einem Boot? Ich bin da keine Expertin.«

Bonnie erinnerte sich, dass Jacko gesagt hatte, er könnte vielleicht ihre Hilfe gebrauchen, deswegen ging sie zur Tür, hob die Klappe und rief hinein: »Du machst das super. Es ist bald vorbei.«

»Danke.« Jacko klang atemlos und gequält. Eine Sekunde später hörte sie das flache Klatschen, mit dem ein weiterer Ball auf seine Haut traf.

Bonnie ging mit großen Schritten zur nächsten Kamera. »Habt ihr Spaß daran? Ja?«

»Er wird dir nicht antworten«, sagte Dennis.

»Das ist nicht nur ein einzelner Typ. Da steckt eine ganze Produktionsfirma dahinter. Es muss nur einer von denen zur Vernunft kommen.«

»Jedes Wort ist verschwendet.«

»Ich muss es versuchen.«

»Was, wenn es doch nur ein Typ ist?« Dennis drehte sich zu ihr, während die anderen weiter zusahen. »Was, wenn er der Einzige ist, der dich hören kann, aber nicht zuhört?«

»Du hast ihn doch vorhin auch angeschrien.«

»Wie gesagt, alles Verschwendung. Es interessiert ihn nicht.«

»Ich glaube, er will, dass wir begreifen, wie schlau er ist. Seit wir hier sind, gibt er damit an. Er will unbedingt, dass wir wissen, was er da macht.« Sie wandte sich wieder zur Kamera um und fragte: »Oder nicht?«

Das Lämpchen starrte zurück, ohne zu blinken.

Charlie stieß einen Laut aus, der Bonnie zurück zum Bildschirm stürzen ließ. Jackos Gestalt schwankte jetzt bedenklich auf dem Podium. Seine Arme schwangen nun ohne echtes Ziel.

»Gib nicht auf«, sagte Maria.

»Wie viele hat er getroffen?«, fragte Jaide. »Ist das wichtig?«

»Nicht so viele. Hoffen wir mal, dass das Ziel nicht bei sechshundertsechsundsechzig liegt«, antwortete Grant.

Bonnies Wut erreichte einen Höhepunkt, und sie kehrte zu der Kamera zurück.

»Warum tust du das? WARUM?«

»Komm mit.« Jaide schloss zu ihr auf und griff nach ihrem Arm, doch Bonnie schüttelte sie ab.

»Du kannst die Leute doch nicht sterben lassen. Du bist krank. Du bist ein krankes Arschloch.«

»Beruhige dich, Liebes«, sagte Dennis. »Das bringt nichts.« Zusammen mit Jaide führte er Bonnie von dem Bildschirm weg.

»Dennis hat recht. Gib ihm nicht die Genugtuung.« Jaides Ton war ein wenig sanfter als sonst.

Charlie starrte Bonnie aus weit aufgerissenen Augen an.

»Was meinst du damit, er lässt die Leute sterben?«

41

Die Nachricht von Russ' Tod, gefolgt von Jackos Sturz vom Podium und seinem Scheitern, war mehr, als irgendjemand von ihnen verkraften konnte.

Nachdem sich der Rauch aus Jackos Zimmer verzogen hatte und klar war, dass die Tür verschlossen bleiben würde, informierte ihn Dennis leise über Russ und riet ihm, seine Wasser- und Lebensmittelvorräte sorgfältig zu rationieren. Die anderen nahmen je ein paar Schlucke aus der zweiten Wasserflasche, die Dennis dabeihatte.

Bonnie stand Charlie gegenüber, deren Augen blutunterlaufen waren. Über ihre Wangen zogen sich Spuren getrockneter Tränen, und sie kaute an ihren Fingernägeln. Grant hatte den Kopf in den Nacken gelegt und die Augen geschlossen. Bonnie nahm an, dass er sich davor drückte, Charlie trösten zu müssen. Sie hatte offensichtlich eine Schwäche für ihn, obwohl er sich über ihre Gefühlsausbrüche lustig machte. Jaide, Maria und Dennis standen etwas weiter entfernt und waren alle in ihre Gedanken versunken.

Jetzt waren sie zu sechst.
Sechs.
Sechs.
Sechs.

Als Dennis, Maria und Charlie zu ihren Essensvorräten zurückgekehrt waren und Jaide auf die Toilette gegangen war, blieb Bonnie vor Jackos Zimmer allein mit Grant zurück.

»Was hat dich dazu veranlasst, hier mitzumachen?«, fragte sie, da sie die Stille nicht ertragen konnte. Ihr fiel auf, dass sie seit dem Augenblick auf dem Boot nie mehr unter vier Augen mit ihm gesprochen hatte.

»Ich wusste, dass ich gewinnen kann.« Grants Gesichtsausdruck verriet eine Mischung aus Langeweile und Frustration.

»Und wie denkst du jetzt darüber?«

»Genauso.«

»Ernsthaft? Du glaubst nach Russ immer noch, dass man hier gewinnen kann?«

»Ich glaube, das war so nicht beabsichtigt. Ich schätze, es war ein Versehen. Schlechte Risikobewertung oder so. Wenn es ans Licht kommt, werden dafür Köpfe rollen, denke ich.«

»Warum ist dann niemand gekommen, um uns andere zu befreien?«

»Wer auch immer hier das Sagen hat, vertuscht die Sache.«

»Warum in aller Welt sollte er das tun?«

»Um nicht gefeuert zu werden. Ich weiß es nicht. Vielleicht tauchen sie jeden Moment auf, aber bis dahin haben wir keine andere Wahl, als zu versuchen, den Weg nach draußen zu gewinnen.«

»Ich kann nicht fassen, dass du immer noch denkst, das hier wäre ein Spiel.«

»Es war unvermeidlich, dass bei einer Fernsehsendung irgendwann jemand vor laufender Kamera ums Leben kommt. Das war schon seit Jahren abzusehen. Es ist ja nicht so, dass nicht schon andere wegen einer Fernsehsendung gestorben wären. Allein die Tatsache, dass sie danach gestorben sind, hat die Sache bislang gerettet. Dies hier wird wahrscheinlich das Ende für all diese Shows einläuten. Sie denken sicherlich gerade fieberhaft darüber nach, was man dagegen tun kann.«

Bonnie war von seiner Erkenntnis ebenso überrascht wie von der Tatsache, dass sie ihm zustimmte. Es ließ sie wieder an alle die schockierenden psychologischen Experimente denken. Könnte es sich hier wirklich darum handeln? Und wenn dem so war, wen würden sie noch über die Klinge springen lassen, um das Verbrechen zu vertuschen?

»Ich hoffe, dass du recht hast. Ich hoffe, Russ war ein Versehen und jemand wird das hier bald beenden.«

»Ich *muss* daran glauben. Es tut mir nicht gut, mich mit der Alternative zu beschäftigen.«

»Aber wir müssen realistisch sein, oder?«

»Realistisch zu sein, wird überbewertet.«

Das hätte Bonnie gern infrage gestellt. Wenn sie überleben wollten, mussten sie die Dinge doch wohl als das erkennen, was sie waren, aber etwas in Grants Blick sagte ihr, dass sie das Thema besser fallen lassen sollte – eine tiefe Traurigkeit, die sie dort entdeckte. Russ' Tod hatte ihm womöglich schlimmer zugesetzt, als sie gedacht hatte. Die beiden hatten sich sehr schnell verbündet. Auf gewisse Weise musste Grant vielleicht so denken, um weitermachen zu können.

Als Jaide zurückkehrte, ging Bonnie mit ihr und Grant zurück zu dem zentralen Bereich und nahm von dem inzwischen kleinen Essenshaufen einen Apfel. Dann ging sie zurück zu Jackos abgeschlossenem Zimmer und öffnete die Klappe. Er saß an die gegenüberliegende Wand gelehnt. Die Blutergüsse in seinem Gesicht und an seinem Hals blühten als rote und violette Striemen auf.

»Ich dachte, du hättest vielleicht gerne Gesellschaft.« Sie benutzte den Apfel, um damit die Klappe aufzuklemmen. »Wie fühlst du dich?«

Jacko sah sie an, sprach oder lächelte aber nicht. Sein Blick war glasig und distanziert.

»Du hast dich ziemlich gut geschlagen, wenn man bedenkt, dass es keine verdammte Anweisung gab und die Aufgabe ziemlich schrecklich war.«

Er wandte den Blick ab und schluckte.

»Hey, du solltest stolz sein, dass du so lange durchgehalten hast. Niemand anderes hätte das geschafft.«

»Abgesehen von Grant, dem Superhelden.«

Bonnie musterte Jacko sorgfältig. Sie musste ihn ablenken. »Er hat vorhin etwas Interessantes gesagt.«

»Ach ja?«

Sie erzählte ihm, was Grant über Reality-Fernsehen gesagt hatte und dass Russ' Tod seiner Meinung nach ein Versehen gewesen sein könnte.

Bonnie sah Jacko seine Position verlagern.

»Ich bin überrascht, um ehrlich zu sein, dass das von Grant kam.«

»Ja, das klingt mehr nach einer Erkenntnis von Dennis.«

»Vielleicht wird der Typ allmählich reifer.«

»In dem Fall wäre ja bei alledem wenigstens irgendwas Gutes herausgekommen.«

Jacko lächelte, zuckte dann zusammen und berührte seine Wange. Bonnie wandte sich ab und lehnte sich mit dem Rücken gegen die Tür. Sie atmete tief aus.

»In den Zimmern, in denen das erste Duell stattgefunden hat, hängen zwei Poster an den Wänden – hast du die gesehen? Eines zeigt eine einsame Insel und das andere ein Lagerfeuer. Ich glaube, die sollen das Paradies und die Hölle darstellen. Das hier ist also das Fegefeuer, der Ort zwischen Himmel und Hölle.«

»Du bist gerissener, als du aussiehst«, sagte Jacko mit einem Lächeln in der Stimme.

»Also glaubst du, dass das stimmt?«

»Ich glaube, dass ein religiöser Spinner hierfür verantwortlich ist.«

»Glaubst du, Grant könnte damit recht haben, dass das alles immer noch ein Spiel ist?«

»Wenn es ein Spiel ist, dann ist es ein verdammt brutales.«

»Also stimmst du Dennis zu, der Direktor ist zum Schurken geworden?«

»Vielleicht versucht er der Welt eine Lektion zu erteilen. Vielleicht geht es im Kern um Grants Beobachtung, dass solche Sendungen immer unverantwortlicher werden.«

»Und an uns wird ein Exempel statuiert?«

»Vielleicht.«

»Wir müssen hier raus. Wir *müssen* einfach.«

»Mich beschleicht das Gefühl, dass das nicht in unserer Hand liegt.«

Jacko schwieg so lange, dass Bonnie aufstehen und sich durch die Klappe hindurch versichern musste, dass es ihm gut ging.

»Ich glaube, meine Aufgabe wurde speziell auf mich zugeschnitten.«

»Von Baseballs getroffen zu werden?«

»Gezwungen zu werden, Haltung zu beziehen und sich zu wehren.«

»Wie das?«

»Kannst du dich wieder hinsetzen? Ich bin mir nicht sicher, ob ich es dir ins Gesicht sagen kann.«

Bonnie tat, worum er sie bat, und ihr Magen zog sich vor Nervosität zusammen. »Solange ich denken kann, hat mein Dad ... «

Jacko unterbrach sich und hustete.

Bonnie wartete.

»Mein Dad hat meiner Mum Schmerzen zugefügt, und ich ... na ja, ich habe nichts getan.«

»Das tut mir so leid«, sagte Bonnie, ohne zu wissen, ob es das Richtige war.

»Ich habe mich nie vor sie gestellt, weißt du? Ich habe nur zugesehen, wie sie einen Schlag nach dem anderen eingesteckt hat. Wenn das hier eine Art Gericht ist, wäre das meine Anklage. Dieses ›Mary, Mary, schmerzensreich geschunden, wie wachsen deine Wunden?‹. Na ja, Mary ist die Mutter von Jesus, oder?«

»Aber damit wäre das hier eine persönliche Sache, und du bist nicht ausgewählt worden, sondern hast dich beworben.«

»Aber auf gewisse Weise wurden wir doch ausgewählt, oder? Bei meinem Auswahltermin waren ein halbes Dutzend Leute da. Wurde ich aus dieser Gruppe gezielt ausgewählt?«

Alles ist ein Hinweis.

Bonnie blieb stumm, denn ihr wurde klar, dass sie Clara nie gefragt hatte, was sie hatte machen müssen, um ihren Platz hierbei zu ergattern. Clara war so aufgeregt gewesen, und Bonnie hatte sich nicht einmal die Mühe gemacht, alles im Detail mit ihr durchzusprechen. *Immer, wenn ich dich gebraucht hätte, warst du nicht für mich da.* Claras Kritik hallte mit neuer Wucht in Bonnies Kopf nach.

»Mir ist klar, dass ich den Fragebogen ein bisschen zu offenherzig ausgefüllt habe. Weißt du noch, der Abschnitt über Geheimnisse? Ich war ... also ...« Jacko verstummte wieder, und es dauerte eine ganze Weile, bis er weitersprach. Bonnie lenkte sich damit ab, dass sie die Ziegelsteine in der gegenüberliegenden Wand zählte. Als sie bei 340 angekommen war, sagte Jacko: »Egoistischerweise dachte ich, ich hätte bessere Chancen, genommen zu werden, wenn ich eine tragische Vorgeschichte mitbrächte. Ich habe sie instrumentalisiert, das war widerlich und billig von mir.«

Bonnie fragte sich, was hatte Clara wohl gebeichtet hatte. Es kam ihr besonders niederträchtig vor, dass die Produktionsfirma Menschen auf diese Weise ausnutzte. Aber wie Grant schon gesagt hatte, im Reality-Fernsehen ist alles erlaubt.

Die Festung: Bist du schlau genug, um ihre Geheimnisse zu entschlüsseln?

Sie dachte über den Slogan nach. Er war monatelang auf allen sozialen Medien zu sehen gewesen. Aber was, wenn die Geheimnisse die der Kandidaten waren und nicht die der Show? Richtete sich der Slogan eher an die Zuschauer als an die Bewerber? Sie hatten keine Ahnung, was in die Welt gesendet wurde und welche persönlichen Dinge preisgegeben wurden.

»Wenn ich richtigliege, ist das, was du in das Formular geschrieben und auf deinem Videoclip gesagt hast, ein Hinweis darauf, was du tun musst«, sagte Jacko.

Sie schwieg, denn sie wusste, es wäre verdächtig, wenn sie behauptete, sie könne sich daran nicht erinnern. Zum Glück drängte Jacko sie nicht. Ihr kam in den Sinn, dass sie ihm jetzt eigentlich auch ihr eigenes Geheimnis verraten könnte. Er würde ihr die Lüge bestimmt nicht übelnehmen, aber bevor sie überlegen konnte, wie sie es ihm sagen sollte, wechselte er das Thema.

»Wenn ich hier nicht rauskomme ...«, setzte Jacko an.

»Du wirst da rauskommen. Dafür werde ich sorgen. Wir alle.«

»Aber nur für den Fall, kannst du mir einen Gefallen tun?«

»Klar.« Bonnie wollte einwenden, dass der Gefallen nicht nötig werden würde, aber sie wusste, das war nicht das, was er hören wollte.

»Sag meiner Mum, dass es mir leidtut und dass sie dieses miese Arschloch verlassen soll. Vielleicht wäre mein Tod der Weckruf, den sie braucht.«

»Das wird bestimmt nicht nötig werden, aber ich werde es ihr ausrichten.« Bonnie konnte sich nicht vorstellen, wie schrecklich es gewesen sein musste, inmitten von Wut und Gewalt aufzuwachsen. Ihr Zuhause war immer voller Liebe gewesen.

Jacko nannte ihr seine Adresse, und sie bemühte sich nach Kräften, sie sich zu merken.

»Ich wette, du wünschst dir jetzt, du hättest dir nicht so viele Gedanken darüber gemacht, was du anziehen sollst«, sagte sie, um die Stimmung aufzulockern.

»Oh, ich weiß nicht, das hatte schon auch seine Vorteile.«

»Sag jetzt nicht, du hast es genossen, der Cowboy zu sein.«

»Das nicht so sehr, aber mir hat gefallen, dass es dich zum Lächeln gebracht hat.«

Bonnie blickte zu der geöffneten Klappe auf. »Dir ist schon klar, dass ich *über* dich gelacht habe und nicht mit dir?«

Jacko lachte, und es wurde ein Husten daraus.

»Ich war nie selbstbewusst genug, um einfach auf ein Mädchen zuzugehen und sie um ein Date zu bitten ...«

»Aber als Cowboy verkleidet könntest du es durchziehen, meinst du?«

»Ja, schätze schon. Ich könnte so was sagen wie: ›Howdy, du musst der wahre Grund für die globale Klimaerwärmung sein.‹«

»Oh Gott.« Bonnie kicherte.

»Oder wie wär's mit: ›Hey, Schnitte, schon belegt?‹«

»Hast du dir die vorher zusammengesucht?«

»›Du hast so viele Kurven, aber ich habe keine Bremse.‹«

»Versprich mir, dass du das niemals anbringst!«

»Was soll ich denn dann sagen?«

Bonnie hielt inne. Wollte er sie um ein Date bitten? Sie spürte, wie ihr die Hitze in die Wangen stieg. Jahrelang hatte sie kein Interesse an einer Beziehung gehabt, erst weil sie sich auf ihr Studium konzentrieren wollte, dann wegen Mums Krankheit. Aber hier hatte sich alles relativiert. Was war im Leben wirklich wichtig? Das waren die Menschen, die man liebte und die man lieben könnte. Ihr war zuvor nie klar gewesen, wie wichtig es ist, sich von anderen unterstützt zu fühlen, aber hier drin war das alles, was zählte. Keiner von ihnen würde ohne die anderen überleben.

»Noch nichts«, sagte sie. »Warte, bis du wieder draußen bist.«

»Alle klar, Cowgirl«, sagte er. »Verdammt noch mal, es ist so schrecklich heiß hier drin. Wie ist es da draußen?«

»Wenn ich dir sage, dass ich versuche, nicht zu tief einzuatmen, wenn einer der anderen in der Nähe ist, sagt dir das alles, was du wissen musst.«

»Ich dachte, ich würde mich akklimatisieren, aber das geht nicht, oder? Wenn man einatmet, fühlt sich die Luft dick an.«

»Hör auf, darüber zu reden. Das macht es nur schlimmer.«

»Ich will wirklich was trinken, aber ich muss es mir aufsparen. Außerdem hätte ich gern ein paar Schmerztabletten.«

»Es tut mir leid. Wir geben uns alle Mühe, das nächste Mal zu gewinnen, und dann kriegen wir mehr Vorräte.«

Jacko schwieg.

Bonnie ging auf die Knie, richtete sich auf und schaute durch den Spalt in der Tür. Jacko erwiderte ihr Lächeln, obwohl er so aussah, als würde ihm das wehtun.

»Clara, Jacko, habt ihr den Bildschirm gesehen?« Maria rannte vom Ende des Korridors aus auf sie zu. Bonnie erhob sich und trat vor den nächsten Fernseher.

»Was steht da?«, rief Jacko.

Bonnie las es laut vor.

Jacko,
herzlichen Glückwunsch.
Du hast das zweite Geheimnis der Festung entschlüsselt.

ALLE SÜNDER WERDEN IHRE EIGENEN SÜNDEN ERLEIDEN

42

**Podcast *Das Unerwartete erwarten*
Staffel 2, Folge 1: »Die Festung«**

»*Möchtest du eine Pause machen, Bonnie? Mir ist klar, dass dir das hier schwerfällt.*«

»Nein, nein, mir geht's gut. Es ist nur hart, an den Moment zu denken, als Jacko …«

»*Du und er, ihr seid euch nähergekommen? Du strahlst förmlich, wenn du über ihn sprichst.*«

»Tue ich das? Ich weiß noch, wie verzweifelt und wütend ich war, als er da drin war. Die Situation war außer Kontrolle. Russ war auf schrecklichste Weise gestorben. Ich wollte nicht, dass Jacko das auch passiert. Ich wollte, dass es keinem von uns passiert.«

»*Um Hilfe rufen ist zwecklos, niemand kommt. War das der Moment, an dem dir klar wurde, was wirklich vor sich geht?*«

»Auf keinen Fall. Ich glaube, nicht mal nach Russ ist mein Hirn so weit gegangen. Die Leute mögen uns für dämlich oder naiv halten, aber wir mussten daran glauben, dass irgendjemand die Sache stoppen würde oder wir alle Aufgaben erledigen und freigelassen werden würden. Grant war in dieser Hinsicht eigentlich ziemlich überzeugend. Er war derjenige, der den Gedanken verfochten hat, dass alles zum Spiel gehört.«

»*Sogar, dass ein Mitstreiter stirbt?*«

»Grant konnte ziemlich überzeugend sein, wenn er alles daransetzte.«

»Bei diesem Spiel also – wenn man es so bezeichnen kann – wurdet ihr alle ins Fegefeuer geschickt, um euch den sieben Todsünden zu stellen. Alles, was in den ersten Tagen auf den oberen Decks geschah, war ein Hinweis darauf, was kommen würde. Die Tatsache, dass man in der Falle saß und nicht um Hilfe rufen konnte, die Tiere, die die sieben Todsünden symbolisierten und in einen Wettlauf eintraten, in dem der Stärkste überleben sollte, der Bezug zu Dantes Göttlicher Komödie, in der das Paradies Paradiso heißt, genauso wie es auf dem Schild über dem Raum auf dem Sonnendeck stand, wie du erwähnt hast. Sogar der fünfzackige Stern, der als Zugangsschlüssel für das gesamte Spiel diente, steckt voller Symbolik, denn wenn man sich ein bisschen auskennt, weiß man, dass der fünfzackige Stern und das Fünfeck etwas mit Teufelsanbetung zu tun haben. Ich glaube, schon damals wurde euch gesagt, dass ihr die Höhle des Ungeheuers betretet.«

»Es ist eine Erleichterung, dich das sagen zu hören, ganz ehrlich. Ich glaube nicht, dass die Polizei all das relevant findet.«

»Also, aus Erfahrung würde ich sagen, die Polizei konzentriert sich in erster Linie darauf, zu beweisen, wer was getan hat. Es bleibt nicht viel Raum für die Frage nach dem Warum, obwohl man meiner Meinung nach dabei oft einen Ansatzpunkt findet. Wenn man verstanden hat, warum jemand etwas getan hat, ihm also gewissermaßen in den Kopf schaut, kann es einem helfen herauszufinden, wer es getan haben könnte.«

»Deswegen bist du auch so gut darin, Rätsel zu lösen.«

»Tja, ich weiß nicht, ob ich mir das als Verdienst anrechnen kann. Es sind hauptsächlich die Hörer, die den Durchbruch schaffen. Aber ich hoffe, ich kann helfen. Darf ich dir ein bisschen mehr darüber erzählen, was wir herausgefunden haben?«

»Ja, bitte.«

»Bei den Aufgaben, die du beschrieben hast, waren ein paar ziem-

lich raffinierte Elemente im Spiel. Ich wollte wissen, ob es Hinweise darauf gibt, wer für die Auswahl der Aufgaben, die man euch gegeben hat, verantwortlich sein könnte. Also haben mein Team und ich ein wenig nachgeforscht. Ich weiß, dass Cäsar-Chiffren in Escape Rooms ziemlich regelmäßig zum Einsatz kommen. In der Festung *habt ihr, nachdem ihr im Keller eingesperrt wart, in den ersten Anweisungen einen Hinweis auf Cäsar bekommen. Wörtlich, wenn ich hier in meinen Notizen nachlese, hast du gesagt: ›Cäsars Offenbarung macht euch klar, falls ihr nicht schmollt, was ihr tun und wen ihr fürchten sollt.‹ Du weißt wahrscheinlich, dass sechs-sechs-sechs aus dem Buch der Offenbarung in der Bibel stammt, aber was hat Cäsar damit zu tun? Tja, wie sich herausstellt, ist sechs-sechs-sechs selbst ein in der Bibel verwendeter Geheimcode, der einem verrät, wer das Ungeheuer ist. Das beruht auf der Tatsache, dass im Hebräischen, der ursprünglichen Sprache der Bibel, Buchstaben auf Zahlen verweisen, ein bisschen wie bei den römischen Zahlen. Man geht davon aus, dass Jesus' Anhänger in einer verschlüsselten Botschaft übermitteln wollten, wen sie in ihrer Zeit als die Quelle allen Übels ansahen. Logischerweise handelt es sich dabei um diejenigen, die sie am gnadenlosesten verfolgt haben: das Römische Reich und sein Imperator. Wenn man also alle Zahlen zusammenzählt, die mit dem Namen Nero Cäsar verbunden sind, erhält man … rate?«*

»Sechshundertsechsundsechzig.«

»*Genau. Das ist nur ein Beispiel dafür, wie ernst der Entwickler dieses Spiels seine Sache genommen hat.*«

»Ist das wichtig?«

»*Na ja, ich bin kein Profiler, aber als Ex-Polizist würde ich sagen, die Sache hat jemandem viel bedeutet. Es war ihm nicht egal.*«

»Was genau? Leute das Fürchten zu lehren? Leute zu verletzen?«

»*Tja, das ist die Millionen-Dollar-Frage. Was hatten die zu gewinnen, oder was versuchten sie zu beweisen?*«

»Jacko hatte dazu eine kleine Theorie.«

»*Hast du Dantes* Göttliche Komödie *gelesen? Weißt du, welche Strafen darin für die einzelnen Sünden beschrieben sind?*«

»Nein. Ich habe das alles danach vermieden. Ich konnte mich einfach nicht damit auseinandersetzen, weißt du?«

»*Klar, aber das ist ziemlich entscheidend. Sie Strafe für Wut im Fegefeuer besteht darin, ständig mit schwarzen Wolken zu kämpfen. Die Strafe für Faulheit ist Laufen ohne Unterlass, und die Strafe für Völlerei besteht darin, quälenden Hunger und Durst zu erleiden. Kommt dir das bekannt vor?*«

»Oh mein Gott, Jackos, Marias und Russ' Aufgaben.«

»*Und ich sage dir noch etwas. Um das Spiel zu überleben und Nahrungsmittel und Wasser zu bekommen, musstet ihr die sieben Todsünden besiegen und im Grunde genommen dem Fegefeuer entkommen. Aber die Sache ist die, die Menschen in der* Göttlichen Komödie, *denen Dante begegnet, die Menschen, die gegen die sieben Todsünden kämpfen, das sind Seelen. Sie sind schon tot.*«

43

Die Festung @diefestung
Sieben Todsünden für sieben Sünder, die sie verdient haben.
Seht euch Jackos Absturz an, JETZT live auf Channel 5 und My5.
#DieFestung

Annabelle @Annadom22
Das nenne ich Prügel einstecken. Was war das brutal.
Diese Sendung ist krass! #DieFestung

Fido @Feedthedog3
Diese Bälle waren doch niemals hart. Das ist alles fake. #DieFestung

---

Adrian @aghopen12
Er hat zugesehen, wie seine Mutter verprügelt wurde, und nichts
dagegen unternommen. Er hat jeden einzelnen Ball verdient.
#DieFestung

Sophie @Sophie_walker
Das kannst du doch so nicht sagen. Du hast doch keine Ahnung, wie es für ihn war. Er hat offenbar ein schrecklich schlechtes Gewissen deswegen. #DieFestung

Adrian @aghopen12
Dann hätte er eben die Polizei rufen oder Verwandten Bescheid sagen sollen, einer Lehrerin, irgendjemandem. Sitz nicht einfach rum und tu nichts. #DieFestung

---

Maise Mowlem @maisie_mow3
Wieso hat Charlie denn schon WIEDER geheult? Die ist so eine Heulsuse. Es soll doch Spaß machen. Hat sonst noch irgendwer genug davon, ihr beim Flennen zuzuschauen? #DieFestung

Lola @lolabelle
Sie ist doch nur auf Sympathie aus. Hat sie überhaupt schon irgendwas Hilfreiches getan, außer ihr Top auszuziehen und zu heulen? #DieFestung

Maise Mowlem @maisie_mow3
OMG du hast so recht. Charlie soll als Nächstes drankommen.

Die Festung @diefestung
Sieh dir an, wie die Sünder mit ihren Sünden konfrontiert werden. Hier erfährst du, wie du darüber abstimmen kannst, wer als Nächstes spielen soll. #DieFestung

Carl @Carlrocks7
Ich bin für Dennis, den Stimmungskiller. Der bremst den ganzen Spaß aus. Was ist wohl seine Sünde, frage ich mich? Ich tippe auf Faulheit oder Stolz. #DieFestung

Roger @rodgerdoger_
Äähm ... Stolz ist eindeutig Grant. Lasst den Pfau FLIEGEN! #DieFestung

Aslan @A_hT56
Maria war die Faulheit. Sie musste mit Hirn und Körper rackern. #DieFaulheit

---

Adrian @aghopen12
Ich stimme für Jaide, weil sie der Knaller ist, und ich will sehen, wie sie alle abzieht! #DieFestung

44

»Es tut mir so leid«, sagte Bonnie zu Jacko, der den Kopf auf seine Knie gesenkt hatte, die er mit beiden Armen umschlang. »Ich hätte niemals gedacht, dass sie unser Gespräch mithören. Ich dachte, die Kamera wäre zu weit weg.« Sie blickte auf den Metallkäfig, der ein paar Meter entfernt von ihnen an der Wand befestigt war, in dem sich eine Kamera und ein Mikro befanden.

»Hier drin ist auch eine. Ich hätte sie mit dem Baseballschläger kaputt schlagen sollen. Es ist nicht deine Schuld. Das habe ich doch schon gesagt.«

Natürlich befanden sich auch in Jackos Zimmer eine Kamera und ein Mikrofon.

»Ich kann es nicht fassen. Deine arme Mutter.« Nach der Botschaft des Direktors war auf dem Bildschirm der neueste Twitter-Feed angezeigt worden. Bonnie las ihn mit wachsender Bestürzung und musste Jacko dann berichten, was dort stand.

Jacko hob den Kopf weit genug, dass sie sehen konnte, wie rot und nass seine Augen waren. »Er ist bestimmt durchgedreht. Niemand hat je davon erfahren. Er ist Bulle. Das wird seine Karriere zerstören.«

»Er ist Polizist?«

»Ihm gefällt die Macht.«

»Es tut mir so leid.«

Jacko starrte vor sich hin und blinzelte ein paarmal.

»Vielleicht ist sie jetzt zum Handeln gezwungen«, sagte Bonnie leise, wobei sie sich deutlich bewusst war, dass sie von solchen Situationen keine Ahnung hatte. »Wir müssen alle aufpassen, was wir sagen. Alle haben Mitleid mit dir.«

Jacko ließ den Kopf wieder auf die Knie sinken. Seine blauen Flecken sahen stündlich größer und schmerzhafter aus. Maria hatte angeboten, Plätze zu tauschen und sich eine Weile zu ihm zu setzen, aber Bonnie antwortete, es mache ihr nichts aus. Die anderen hielten sich alle im zentralen Bereich auf. Maria berichtete, die Stimmung sei gedrückt, während alle über das Geheimnis nachdachten, das zuletzt gelüftet worden war.

Nachdem Bonnie eine Weile nichts mehr von Jacko gehört hatte, spähte sie durch die Tür und sah, dass er sich auf dem Boden zusammengerollt hatte und eingeschlafen war.

Sie hatte keine Ahnung, wie spät es war oder wie viele Tage sie schon hier drin waren. Nicht zu wissen, ob es Tag oder Nacht war, verwirrte sie. Die Hitze war anstrengend. Von der Dehydrierung pochte ihr Kopf unablässig, und jetzt taten ihre Glieder weh und ihr Brustkorb fühlte sich eng an, so als bekäme sie nicht genug Sauerstoff hinein.

»Wie geht's dir?«, fragte sie Dennis und setzte sich neben ihn auf den Boden. Maria und Grant hatten sich beide zusammengerollt und schliefen. Jaide saß im Schneidersitz da und malte mit einem kleinen Stein Muster auf den Boden. Charlie starrte, ohne zu blinzeln, ins Leere. Ihr Mund stand ein Stück offen, und ihre Lippen sahen trocken und rau aus.

»Erste Sahne«, sagte er.

»Was sagen alle so zu der neuen Botschaft?«

»Der allgemeine Konsens ist, dass wir irgendwie speziell für dieses Dreckloch ausgewählt worden sind. Was ein deprimierender Gedanke ist, denn er impliziert, dass wir uns das hier selbst zuzuschreiben haben. Ich habe möglicherweise behauptet, zu glauben, dass mir die Aufgaben leichtfallen werden, deswegen gehe ich davon aus, dass ich die Strafe für Stolz bekomme.«

»Ha, und ich dachte, das wäre Grants Sünde.«

Dennis lächelte leicht. »Keiner hier gibt irgendwas zu, also sind wir wohl alle mit Stolz geschlagen.«

Bonnie war unbehaglich zumute. Normalerweise würde sie sein Geständnis mit einem eigenen erwidern, nicht nur, weil es höflich war, sondern weil es eine Gelegenheit darstellte, ihre Freundschaft zu stärken, aber sie hatte keine Ahnung, was Clara auf das Formular geschrieben hatte.

»Maria hat zugegeben, ein Faultier zu sein«, fuhr Dennis fort.

»Sie sollte sich selber nicht so runtermachen.«

»Na ja, offenbar haben sich ihr nach ihren Erfolgen beim Schach als Jugendliche viele Möglichkeiten geboten, aber sie hat sich entschieden, sich zu Hause zu verkriechen, wie sie es ausdrückt. Das Problem ist wahrscheinlich mangelndes Selbstvertrauen, denn diese Frau hätte alles werden können, was sie werden wollte. Die meisten Juristen, mit denen ich zusammengearbeitet habe, hätte sie locker in die Tasche gesteckt.«

»Vielleicht ergreift sie jetzt ein paar Gelegenheiten ... hinterher ... hoffentlich.«

Dennis legte die Stirn in tiefe Falten und biss auf seiner Lippe herum. Dann rückte er näher an sie heran und senkte die Stimme zu einem Flüstern. »Wir müssen einen Ausweg finden. Wir können hier nicht weiter mitspielen.«

»Aber wie?«, flüsterte sie zurück.

»Wir müssen da rein.« Dennis deutete mit dem Kinn in Richtung der Tür zum Brunnenraum, vor dem Jaide saß. »Darin könnte ein Weg nach draußen sein.«

»Durch den Brunnen? Bist du verrückt?« Bonnie konnte sich nichts Furchterregenderes vorstellen. Es erinnerte sie an Filme, die sie mit Clara gesehen hatte, in denen Menschen durch Tunnel krochen oder sich durch Luftschächte zwängten, um Gefängnissen zu entkommen. Jedes Mal fragte sie sich, wer so etwas tatsächlich tun würde, ohne zu wissen, was einen am anderen Ende erwartete. Nun war sie selbst in dieser Lage.

Dennis flüsterte: »Was, wenn es ein Wortspiel ist? Der Brunnenraum im Sinne von Jungbrunnen, Gesundbrunnen? Es könnte auch ein Hinweis sein. Es muss einen Grund geben, warum das da die einzige Holztür hier ist.«

45

Drei Monate zuvor

GESTÄNDNIS: **Dennis Allen**
DATUM: **8. Juni**
UHRZEIT: **09:45**
ORT: **Best Western Angel Hotel**

Dennis Allen rückte seine Krawatte zurecht und hustete. Er ging davon aus, dass einige seiner ehemaligen Kollegen der Ansicht sein würden, er beginge hiermit Verrat, manche würden vielleicht finden, dass er seinem Berufsstand so noch mehr unerwünschte Aufmerksamkeit in den Medien verschaffte. Die Staatsanwaltschaft Ihrer Majestät war in der Vergangenheit immer wieder ein gefundenes Fressen für die Boulevardpresse gewesen, was ziemlich ärgerlich war, wenn man sich vor Augen hielt, wie hart die Leute dort arbeiteten. Es hatte eine Zeit gegeben, in der ihm das etwas bedeutet hätte, in der er alles getan hätte, um die Menschen, mit denen er zusammenarbeitete, zu schützen, aber diese Zeiten waren schon lange vorbei. So, wie sie ihn behandelt hatten, hatten sie allesamt das Recht verspielt, eine Meinung zu haben.

Er blickte in die Kameralinse. Seine Ex-Frau hatte immer gesagt, es stecke mehr in ihm. Sie fand, er hätte Anwalt oder Richter werden sollen, und sie hatte recht.

Und das hier war seine Chance, das zu beweisen.

»Wieso ich glaube, dass ich schlau genug bin, um die Festung zu schlagen? Wenn ich brutal ehrlich sein darf, gibt es nicht viele Menschen, deren Verstand so scharf und trainiert ist wie meiner, wenn es darum geht, die Wahrheit hinter den Dingen zu erkennen. Ich habe mein Leben damit verbracht, Hinweise und Beweise zu sichten, um Klarheit zu gewinnen. Das hier wird nicht viel anders sein. Wenn die bisherigen Aufgaben ein Hinweis darauf sind, wird es ein Kinderspiel.«

Dennis setzte seine Lesebrille auf und warf einen Blick auf die Karte, um nachzusehen, worüber er sonst noch sprechen sollte: seinen innigsten Wunsch und das, wofür er sich am meisten schämte.

Er versuchte sich daran zu erinnern, welchen innigsten Wunsch er auf seinem Bewerbungsformular angegeben hatte. Er wusste, es konnte sich dabei nicht um die Wahrheit handeln, die ganze Wahrheit und nichts als die Wahrheit, denn die hatte er noch nie jemandem erzählt, nicht einmal seiner Ex-Frau. Sie war so am Boden zerstört gewesen, als es ihnen nicht gelungen war, schwanger zu werden, dass er in die Rolle des Optimisten hatte schlüpfen müssen. Sie hatten ein neues Ziel gebraucht und einen neuen Zugang zu einer gewissen Lebensqualität. Aber in Wahrheit hatte er sich so sehr gewünscht, Vater zu werden, es hatte ihn innerlich aufgefressen, dass ihm diese Möglichkeit verwehrt blieb.

Er hatte vermutlich etwas über seine Karriere geschrieben, aber die war jetzt vorbei. Er war im Ruhestand und im wahrsten Sinne des Wortes beschäftigungslos.

Er sah in seiner Kopie des Bewerbungsformulars nach und ignorierte die Linse, die ihn erwartungsvoll ansah. Es war von entscheidender Bedeutung, dass er das hier richtig anging. Er musste nicht nur genau wiedergeben, was er geschrieben hatte, weil das verlangt war, ihm war auch bewusst, dass sein Auftritt hier vermutlich in die Welt hinausgesendet würde, zu seinen ehemaligen Arbeitgebern und Kollegen.

Er rief sich das Bild von sich selbst vor Augen, wie er in der zu stillen Küche zu Hause das Formular auf seinem Laptop ausfüllte. Dann setzte er die Brille ab, blickte in die Kamera und wiederholte den Text Wort für Wort.

»Mein innigster Wunsch ist es, den Respekt zu bekommen, der mir zusteht.«

Beinahe hätte er es dabei belassen, bemerkte aber, dass das etwas arrogant wirken könnte.

»Was ich damit meine, ist, dass ich mich für die Dinge, die ich erreiche, wertgeschätzt fühlen möchte. Die Leute sollen sehen, wozu ich fähig bin, und meine Fähigkeiten und Bemühungen anerkennen.« Dennis blickte direkt in die Linse. »Ist es nicht das, was wir alle wollen?«

46

»Jeder, der sieht, wie jemand anderes schikaniert oder geschlagen wird, sollte sich einmischen.« Jaide kaute beim Sprechen auf ihrem Daumennagel herum.

»Ich stimme dir zu«, sagte Grant. »Mir war von Anfang an klar, dass mit ihm etwas nicht stimmt. Diese verschlagenen Augen.«

»Er hat keine verschlagenen Augen«, sagte Bonnie. »Außerdem hat er wegen der Sache eindeutig Schuldgefühle.«

»Glaube ich nicht. Ich glaube, er schämt sich und es ist ihm peinlich«, entgegnete Jaide.

»Was ist der Unterschied?«, fragte Bonnie.

»Schuld empfindet man aufgrund seiner selbst und seiner Handlungen. Scham empfindet man, wenn andere es herausfinden.«

»Na ja, ich gehe davon aus, dass er beides empfindet«, sagte Bonnie. »Woher willst du das überhaupt wissen?«

»Er hatte mehrere Gelegenheiten, etwas zu sagen. Wenn ich an seiner Stelle wäre, hätte ich so ein schlechtes Gewissen, dass ich etwas sagen müsste.«

»Manchmal ist es nicht ganz so einfach«, sagte Dennis. »Er war vielleicht noch ein kleines Kind, als es anfing. Vielleicht dachte er jahrelang, es sei normal. Das weißt du nicht. Außerdem haben Kinder in solchen Situationen meiner Erfahrung nach oft so viel Angst vor dem Täter, dass sie für sich selbst keine Stellung beziehen.«

»Danke, Dennis. Woher wissen wir denn, dass er nicht selbst ein

Opfer ist? Nennt man das nicht Victim-Shaming, wenn man Opfern vorwirft, dass sie in diesen Situationen nichts unternommen haben?«

»Bist du schon mal schikaniert oder körperlich angegriffen worden?«, fragte Jaide Bonnie.

»Darum geht es nicht.«

»Nein, ich wette, das bist du nicht.«

»Was meinst du damit?« Bonnie spürte, wie sich ihr die Nackenhaare aufstellten.

»Ich wette, du warst diejenige, die auf dem Schulhof gemobbt hat. Du hast mit deinen Prinzessinnenfreundinnen auf andere Mädchen gezeigt und gelacht, weil sie anders waren.«

»Du weißt überhaupt nichts über mich.« Bonnie ballte die Fäuste. Sie war nie das beliebte Mädchen gewesen. Sie war das stille Kind in der ersten Reihe gewesen, das alle Aufgaben pünktlich erledigte und sich wie eine gute Schülerin benahm.

»Ich weiß, was für ein Typ Mädchen du bist.«

Bevor Bonnie reagieren konnte, mischte sich Grant ein. »Wisst ihr, was wirklich enttäuschend ist? Er konnte die Prügel nicht mal einstecken wie ein Mann, konnte den Schmerz nicht aushalten.«

Grant klang, als würde er sich gut unterhalten. Bonnie hatte den Verdacht, dass sie hier einen Blick auf ein Stück des wahren Grant erhaschten, auf die Wahrheit, die sich hinter all dem Getue für die Kameras verbarg.

»Wir dürfen nicht so aufeinander herumhacken. Die Zuschauer hören mit, und sie sind zu leichtgläubig, um zu kapieren, dass du uns nur reizen willst«, sagte Maria.

Bonnie sah zu den Kameras auf, die so ausgerichtet waren, dass sie jeden Winkel des kleinen Raums in Ton und Bild erfassten. Was hatte Jacko noch gesagt, er wollte sie mit seinem Baseballschläger herunterschlagen? Ob das möglich war? Die Metallkäfige um sie herum waren stabil und in den Wänden verschraubt.

»Will er uns provozieren?«, fragte Jaide. »Oder sagt er einfach nur die Wahrheit?«

»Ach, komm schon, du warst vorher mit Jacko ziemlich dick befreundet«, sagte Dennis. »Ich finde, wir sollten ihn für seine Ehrlichkeit bewundern.«

»Meine Mum hat mir wehgetan.« Charlies Worte brachten die Diskussion augenblicklich zum Stillstand. Alle Augen richteten sich auf sie. »Nicht so, dass es jemand mitbekommen hätte, sie hat mir nur Ohrfeigen gegeben und mich an den Haaren gezogen und mich gelegentlich über den Fußboden geschleift.« Sie sah Dennis an. »Ich dachte, das wäre normal, wie du gesagt hast, bis mir jemand gesagt hat, dass es das nicht ist.«

»Was ist passiert?« Dennis' Worte klangen warmherzig und mitfühlend.

Charlie zuckte mit den Schultern. »Nachdem ich sie verpfiffen hatte, hat sie es nie wieder getan.«

»Was hältst du also von Jackos Geständnis?«, fragte Bonnie.

»Ich finde, wenn er nicht vorhatte, seiner Mum zu helfen, hätte er nichts sagen dürfen. Niemals. Ich hätte es nicht getan.«

Bonnie wusste, dass Charlie recht hatte. Es war kein guter Zug, so etwas zu erzählen, um in eine Fernsehshow zu kommen. Dafür fiel ihr wirklich keine Entschuldigung ein.

47

Nachdem Bonnie sich vergewissert hatte, dass Jacko noch schlief, hatte sie vor seinem Zimmer gedöst. Ihr war der Gedanke gekommen, dass er wegen innerer Blutungen oder einer Gehirnerschütterung ohnmächtig geworden sein könnte, aber sie schob ihre Sorge beiseite. Sie wollte ihn nicht wecken, nur um ihn dann dem Zorn der anderen auszusetzen.

Sie erwachte von Stimmengewirr und spürte, dass etwas geschehen war. Jacko schlief noch, und sie schaute genau hin, um sicherzugehen, dass sich sein Brustkorb hob und senkte, dann sah sie auf den nächstgelegenen Bildschirm.

Grant und Jaide
Ich habe einen Test für euch
ICH BIN DER ANFANG EURER MISSION
UND DAS HERZ DER KLUGHEIT
WOLLT IHR FINDEN MEINE POSITION
SUCHT DIE MITTE VON NIEMALS

»Jacko?«, sagte sie, zuerst leise und dann ein wenig lauter. »Jacko?«

Er rührte sich und öffnete kurz die Augen.

»Die nächste Aufgabe«, sagte sie. »Für Grant und Jaide zusammen.«

Jacko setzte sich ein wenig auf, zuckte zusammen und wischte sich den Schweiß von der Stirn. Bonnie konnte die Hitze aus seiner kleinen Zelle spüren. Es fühlte sich deutlich wärmer an als draußen im Flur, und das machte ihr Angst. Er hatte kaum noch Wasser, und einige Gruppenmitglieder würden nach ihrer letzten Schimpftirade womöglich nichts mehr mit ihm teilen wollen.

»Ich schaue mir das an«, sagte sie, ging los und kehrte wieder zurück. »Wie fühlst du dich?«

»Hab mich nie besser gefühlt.« Er rieb sich die Augen und begegnete ihrem Blick. »Mir geht's gut, wirklich. Danke.«

Sie lächelte über diese Lüge und nickte. »Ich bin bald wieder da.«

Die anderen hatten bereits angefangen, sich um eine Tür rechts von ihr zu scharen.

»V?«, fragte sie und trat zu ihnen.

Maria nickte und blickte zu dem kleinen V oben an der Tür auf. Als Grant sie aufstieß, konnte Bonnie sehen, dass dieser Raum etwas größer war als die von Maria und Jacko. In der Mitte stand ein weißer Schrank und darauf ein Tisch mit zwei unter ihn geschobenen weißen Plastikstühlen. Davon und von den Kameras abgesehen war der Raum vollkommen leer. Keine Löcher in den Wänden, keine Laufbänder im Boden, nichts.

Grant sah Jaide an. »Wollen wir?« Er hatte eine volle Wasserflasche, und sie hatte den letzten Apfel und ein paar Kekse in der Hand.

Jaide zögerte und blickte zu Dennis.

»Es hat keinen Sinn, dass noch mehr von uns mit euch beiden da reingehen«, sagte er.

Sie runzelte die Stirn und nickte. Es war sicherer, wenn einige von ihnen draußen blieben, außerdem wusste Bonnie, dass Dennis plante zu fliehen, also würde er sich auf keinen Fall freiwillig einsperren lassen.

»Ihr könntet euch weigern reinzugehen«, sagte Charlie.

Grant zwinkerte ihr zu. »Du wirst mich nicht dabei erwischen, wie ich mich vor meiner Verantwortung drücke. Seht zu und lernt, Leute.« Er ging hinein und zog sich den erstbesten Stuhl heraus.

Jaide folgte ihm, wobei sie deutlich weniger begeistert aussah über das, was auf sie zukam.

Die anderen sahen zu, wie die Tür zuschwang, und richteten ihre Aufmerksamkeit dann auf den Bildschirm gegenüber. Wie bei Marias Zimmer gab es wieder keine Luke in der Tür. Auf dem Bildschirm sahen sie Jaides Rücken und Grant. Grant lehnte sich in seinem Stuhl zurück, als hätte er keine Sorge auf dieser Welt, aber unter Jaides Stuhl zitterte ihr Fuß.

Plötzlich erschien an der Stirnwand des Zimmers ein Bild. Es war lediglich eine schwarze Silhouette, die sich aber bewegte, während die Stimme des Direktors die Stille durchbrach.

»Ihr beide werdet gerade im Eiltempo zu meinen Lieblingen.« Bei seinem Lachen stellten sich Bonnies Nackenhaare auf. »Bevor wir gleich anfangen, wollte ich klarstellen, dass dies ein kleiner Bonus ist, den ich mir zum Spaß ausgedacht habe.«

»Ist das wirklich er?«, fragte Charlie und beugte sich zum Bildschirm vor.

»Falls ja, sind jedenfalls keine Hinweise enthalten.« Dennis stand mit verschränkten Armen und besorgtem Gesichtsausdruck da.

Die schwarze Gestalt auf dem Bildschirm neigte beim Sprechen den Kopf, aber Gesichtszüge waren nicht zu erkennen.

»Ich dachte, das Blecherne seiner Stimme läge an einem technischen Problem, aber es ist eine Verzerrung, oder?«, fragte Bonnie.

»Das wäre ja eine gute Nachricht«, sagte Maria. »Wenn er uns sein wahres Ich nicht zeigt, hat er vor, uns wieder rauszulassen.«

»Ich hoffe, das stimmt«, entgegnete Bonnie.

»Eure Freunde draußen im Flur können euch nicht hören, macht euch um die also keine Gedanken«, sagte der Direktor.

Bonnie und Maria wechselten einen Blick. War ihm nicht klar, dass sie sie doch hören konnten?

»Eurem Freund Jacko geht es nicht so gut, deshalb gebe ich euch eine einzige Chance, ihn aus Raum B zu befreien.«

»Oh mein Gott.« Bonnie berührte Marias Arm.

»Wenn ihr euch jedoch dafür entscheidet, verzichtet ihr auf die Nahrungsmittel und Getränke in diesem Raum.«

Bonnie wurde schlecht, als ihre Hoffnung sich schneller in Luft auflöste, als sie aufgekommen war.

»Auf dem Tisch vor euch befindet sich ein Touch Screen. Ich werde der Reihe nach jeden von euch fragen, ob ihr Essen oder Freiheit wählt. Wenn ihr euch beide für dasselbe entscheidet, bekommt ihr euren Wunsch. Wenn nicht, dann nicht. Beratschlagt ihr euch, wird das Spiel ungültig. Habe ich mich klar ausgedrückt?«

»Darf ich eine Nachfrage stellen?«, sagte Jaide.

»Nur zu.«

»Wenn wir beide Lebensmittel wählen, bekommen wir dann sofort Vorräte für die ganze Gruppe?«

»Es steht euch frei, zu teilen, was sich im Schrank unter euch befindet.«

»Und falls wir Freiheit für Jacko wählen, wann bekommen wir die nächste Chance, Vorräte zu gewinnen?«

Bonnie war beeindruckt davon, dass Jaide den Mumm hatte, zu verhindern, dass sie hereingelegt wurden.

»Schon bald«, sagte der Direktor. »Jaide, du bist als Erste dran. Grant, wenn du bitte zur Tür gehen und ihr den Rücken zuwenden könntest. Kein Spicken, sofort.« Der humorvolle Ton des Direktors drehte Bonnie den Magen um.

»Komm schon, bitte wähle Freiheit«, sagte sie.

»Die beiden sind aus einem bestimmten Grund ausgewählt worden«, sagte Dennis. »Sie haben den Kerl schon abgeschrieben.«

»Selbst wenn sie Abscheu empfinden vor dem, was Jacko getan hat, müssen sie ihn trotzdem befreien.«

»Aber wir könnten verhungern, wenn wir nicht bald neues Essen bekommen.«

»Maria!«, sagte Bonnie.

»Sorry, ich meine ja nur. Was, wenn wir am Ende alle ohne Essen dastehen, weil sie sich falsch entschieden haben? Dann wird es keine Rolle spielen, dass sie Jacko befreit haben. Es wird ihm nicht helfen. Und wir können ihm Essen hineinreichen.«

Falls wir noch hier sind, um das zu tun, dachte Bonnie und sah Dennis an. Sollten sie einen Ausbruchsversuch unternehmen, konnten sie niemanden zurücklassen. Das war undenkbar. »Für den armen Russ ist das ja nicht so gut gelaufen, oder?«

»Maria hat offensichtlich Hunger.« Auf Charlies Bemerkung hin fuhr Maria herum und starrte die Jüngere an. »Sag mir, dass ich falschliege?«

»Danke, Jaide«, sagte der Direktor. »Sei so nett und tausche mit Grant die Plätze.«

Bonnie sah zu, wie Jaide zur Tür ging und Grant an den Tisch trat und, ohne zu zögern, seine Wahl eingab.

Bonnie hielt den Atem an. Sie stellte sich vor, wie sie in Jackos Zimmer stürzen und seine Hand nehmen würde. Dennis würde ihr dabei helfen, ihn hochzuziehen und hinauszuführen. Wenigstens konnte sie sich hier draußen um ihn kümmern. Doch dann schwang die Schranktür unter Grants und Jaides Tisch auf, und der Direktor begann zu lachen.

Bonnie wandte sich vom Bildschirm ab. Sie hatten entschieden, Jacko weiter leiden zu lassen. Alle beide.

Bevor Grant und Jaide aus dem Zimmer kamen, legte Dennis seinen Finger an die Lippen und sah alle der Reihe nach an.

»Bitte schön.« Jaide trat mit einer Vorratskiste und einem breiten Grinsen heraus.

»Was musstet ihr machen?«, fragte Dennis unschuldig.

»Ihr habt es nicht gesehen?« Grant blickte auf den Bildschirm an der Wand.

»Wir konnten euch sehen, aber nicht hören.«

Grant und Jaide wechselten einen Blick.

»Er hat mit uns ein Quiz gemacht«, sagte Grant.

»Was für ein Quiz?«

»So ein Quiz, bei dem man Fragen beantwortet. Was gibt es denn sonst noch für welche?«, sagte Jaide.

»Ihr musstet separat antworten, das haben wir gesehen. Wie kam's?«

»Wer weiß?«, antwortete Grant.

»Er wollte, dass wir übereinstimmen«, sagte Jaide im selben Moment.

Dennis trat auf Jaide zu. Der Staatsanwalt in voller Fahrt. »Dass ihr worin übereinstimmt?«

»Unsere Antworten. Die sollten übereinstimmen. Was sonst?«, sagte Grant.

Dennis sah die beiden lächelnd an. »Was verschweigt ihr uns?«

»Ich weiß nicht, wovon du sprichst.« Grants Lachen klang ein wenig unecht.

»Ich spreche von der Tatsache, dass ihr beide ausseht, als hättet ihr ein schlechtes Gewissen.«

»Wir sehen erleichtert aus«, sagte Jaide. »Ich wollte auf keinen Fall mit dem da eingesperrt bleiben. Nichts für ungut.« Sie sah Grant an.

Aber es ist in Ordnung, Jacko eingesperrt zu lassen, dachte Bonnie.

Dennis sah zwischen Jaide und Grant hin und her und nickte leicht. »Hat er live mit euch gesprochen oder vom Band?«

»Live«, sagte Grant.

»Habt ihr ihn dann gefragt, wieso er uns eingesperrt hat? Was er vorhat? Wie und wann wir rauskommen?«

Grants und Jaides selbstgefällige Mienen verrutschten etwas.

Dennis fuhr fort: »Habt ihr gefragt, warum zur Hölle er Russ hat sterben lassen und ob er dieses Schicksal für uns alle vorgesehen hat?«

»Was stimmt nicht mit euch allen?«, sagte Grant. »Wir haben Essen gewonnen. Ihr solltet uns dankbar sein.«

»Was mit uns nicht stimmt?«, sagte Bonnie, die ihre Wut nicht länger unterdrücken konnte. »Ich fange an zu glauben, dass dieser Typ mit seinem Menschenbild recht hat. Es kann gut sein, dass ihr jede beschissene Gemeinheit verdient habt, die er euch vor die Füße wirft.« Sie ging zu der Stelle, an der Jacko saß und nicht ahnte, wie nahe er seiner Überlebenschance gekommen war.

48

Die Festung @diefestung
Rätsele für mich: Das beliebteste Spiel der Welt bringt keinen Gewinn. Was sagt uns das über die Menschheit?

Philleus @PFogg80
Dass die Leute von den falschen Dingen besessen sind. Wen kümmert es, wenn eine Fußballmannschaft die andere schlägt? #realitycheck #DieFestung

Jamtart @jamesTK55
Fußball ist eine Sportart. Hier steht ›Spiel‹. Das größte Spiel auf der Welt ist Minecraft oder Fortnite. #Die Festung

Wayne @Waynesmith303
Das sagt uns, dass die Köpfe der Leute voller Hirngespinste sind. Ich stimme @PFogg80 zu. Wir brauchen einen Reality Check. #DieFestung

Scott @ScottHYFC
Suchen die nach dem beliebtesten Spiel der Welt oder nach dem beliebtesten Spiel der Geschichte? Das wäre dann nämlich auf alle Fälle Schach. Ein Kriegsspiel. #Schachmatt #DieFestung

49

»Ich kann nicht glauben, dass sie das gemacht haben«, sagte Charlie, die Bonnie vor die Tür von Jackos Zimmer folgte.

»Das sind egoistische, urteilende Arschlöcher.«

»Hätten sie auch so entschieden, wenn du oder ich da drin gesessen hätten?«

»Sie tun alles, was sie können, um für sich selbst das Beste herauszuholen. Die scheren sich einen Dreck um den Rest von uns.« Bonnie wusste, dass sie übertrieb, aber sie war so wütend, dass ihr Genauigkeit egal war. »Aber ich dachte, du wärst Grants größter Fan.« Sie richtete ihre Wut auf Charlie.

Die junge Frau zuckte mit den Schultern und blickte den Gang hinunter zu Grant und Jaide, die noch vor Raum V standen. Sie waren in ein Gespräch vertieft, und allem Anschein nach wurde es hitzig. Jaide gestikulierte mit beiden Armen, und Grants Gesicht war zu einem verächtlichen Grinsen verzogen.

»Weswegen sind sie so sauer?«, fragte Bonnie.

»Was ist los?« Jacko hob die Klappe in seiner Tür und schaute zu ihnen heraus.

»Grant und Jaide haben gerade auf die Chance verzichtet, dich freizulassen.«

»Charlie!« Bonnie hatte nicht vorgehabt, es ihm zu erzählen, denn sie an seiner Stelle würde verrückt werden bei dem Gedanken, der Freiheit so nahe gekommen zu sein.

»Was? Er hat jedes Recht, es zu erfahren.«

»Wieso sollten sie das tun?«, fragte Jacko.

»Sie hatten die Chance, stattdessen mehr Nahrungsmittel zu gewinnen.« Dennis gesellte sich zu ihnen.

»Okay, na ja, ich schätze, das ist eine gute Wahl.«

»Sei nicht so gnädig.« Bonnie positionierte sich so, dass sie Jacko in die Augen sehen konnte.

»Wir wissen, dass ihr über uns redet«, rief Jaide. »Wenn ihr etwas zu sagen habt, sagt es uns ins Gesicht.«

Bonnie sah Jaide an und dann Grant und schüttelte langsam den Kopf. Sie waren erbärmlich.

Grant kam mit großen Schritten auf sie zu. »Was ist dein Problem?«

»Mein Problem?«

»Wir haben euch allen gerade einen Gefallen getan. Wie lange, glaubt ihr, hätten wir mit den letzten paar Nüssen überlebt?«

»Hast du uns allen einen Gefallen getan? Oder hast du wie immer für deine Nummer eins gesorgt?«

»Du solltest den Kopf einziehen, Schätzchen. Ich weiß nicht, was du glaubst, mit wem du hier redest.«

»Oh, ich weiß genau, mit wem ich hier rede, Mister-ich-habe-*University-Challenge*-gewonnen. Tja, Kurzmeldung, du Schlauberger, das ist keine Spielshow. Hast du es immer noch nicht kapiert? Hier geht es um Leben und Tod. Russ ist gestorben. Er kommt nie mehr nach Hause. Er wird nie berühmt. Er ist tot. Tot!«

Grant starrte sie an. Sein Kiefer spannte sich an, und seine dunklen Augen sprühten vor Zorn. Bonnie nahm an, dass er selten von einer Frau herausgefordert wurde.

»Ihr wisst es, oder?«, fragte Jaide, als sie neben Grant anlangte. Sie blickte von Bonnie zu Charlie und dann in die Richtung, in der Dennis mit Maria stand. »Ihr habt alles gehört?«

Grant sah sie entgeistert an, als wollte er fragen: *Was zum Teufel machst du da?*

»Wir haben zusätzliches Wasser gewonnen. Wir hatten nur noch zwei Flaschen. Wir *mussten* Nachschub besorgen.«

Dennis betrachtete einen Moment lang Bonnie und Grant und versuchte einzuschätzen, was da noch kommen würde, dann richtete er seine Aufmerksamkeit auf Jaide.

»Ich bin nicht ganz sicher, ob das als Rechtfertigung dafür ausreicht, jemanden dazu zu verdammen, für Gott weiß wie lange eingesperrt zu bleiben.« Dennis deutete auf Jackos Tür.

»Das ist nicht fair. Wir sind doch nicht diejenigen, die Jacko das angetan haben. Wir haben es keinem von uns angetan. Das sind die da draußen. Wieso gebt ihr uns die Schuld?«

»Weil ihr jemandem hättet helfen können und euch dazu entschieden habt, es nicht zu tun«, sagte Charlie.

»Oder ihr hättet uns ein paar verdammte Antworten besorgen können«, knurrte Dennis.

»Welchen Unterschied macht es denn, ob er da drin oder hier draußen ist, wenn wir kein Wasser haben?«, rief Jaide. »Ihr macht euch doch lächerlich.«

»Dann wollen wir doch mal sehen, wie zufrieden sie ohne Vorräte sind.« Grant ging Jaide voraus davon und nahm die Kiste mit den Nahrungsmitteln und dem Wasser mit.

50

Bonnie hörte Schritte. Sie saß auf dem Boden, vergrub den Kopf auf ihren angewinkelten Knien und umschlang die Beine mit den Armen. Sie wollte sich vor diesem Ort verpuppen und verschwinden. Grant und Jaide hatten sich vom Acker gemacht, ohne sich bei Jacko zu entschuldigen. Nicht, dass Bonnie davon überrascht gewesen wäre. Es war mehr als deutlich, dass die beiden der Meinung waren, sie hätten nichts falsch gemacht, und sie würden sich nicht umstimmen lassen.

»Ich wollte nachsehen kommen, ob es dir gut geht.« Charlie setzte sich neben sie und berührte sie am Arm.

Bonnie schüttelte den Kopf, ohne aufzublicken. Sie wollte nichts sehen und nichts tun. Sie wollte sich verstecken.

»Maria versucht gerade, das neueste Rätsel zu lösen, das *Die Festung* getwittert hat. Es gibt ein paar öffentliche Tweets dazu.«

»Wen interessiert's?«

»Sie glaubt, es könnte ein Hinweis sein.«

Worauf? Wie wir hier rauskommen? Wie wir verhindern können, dass wir Russ' Schicksal teilen? Wie wir zurück nach Hause kommen? Es war nichts weiter als noch ein Stück Unterhaltung auf ihre Kosten.

»Vielleicht verrät es uns, wer als Nächstes dran ist.«

Bonnie umarmte ihre Beine etwas weniger fest.

»Ich will nicht die Nächste sein. Ich will nicht eingesperrt werden«, sagte Charlie.

Bonnie streckte den Arm aus und nahm Charlies Hand.

»Aber ich werde nicht weinen. Diese Befriedigung gebe ich ihnen nicht.« Charlies Tonfall hatte etwas Stählernes, das Bonnie endlich aufblicken ließ.

»Gut für dich.«

Charlie und sie saßen eine Weile in einvernehmlichem Schweigen da. Bonnie traute sich noch nicht, zu Jacko zurückzukehren, wohl wissend, dass er so kurz davor gewesen war, freizukommen. In ihren Augen brannten Tränen, aber sie drängte sie zurück. Sie musste stark sein. Wenn das Letzte, was sie für ihre Schwester tat, darin bestand, ihren Platz hier einzunehmen, war das eine gute Sache.

»Das ist unverantwortlich. Das wird Konsequenzen haben!«, rief Dennis den Gang hinunter.

»Du bist hier nicht der Boss!«, schrie Grant zurück.

Bonnie sah Charlie an.

Was jetzt?

Sie standen auf und gingen hastig auf die Streitenden zu. Als sie um die Ecke bogen, sahen sie Grant und Jaide hinter der nun leeren Essenskiste sitzen.

»Was habt ihr damit angestellt?« Dennis war beinahe violett angelaufen, und seine Hände waren zu Fäusten geballt.

»Bitte, Jaide. Das ist nicht fair.« Maria stand links von Dennis vor der Tür zum Brunnenraum.

»Was ist los?«, fragte Charlie.

»Sie haben das verdammte Essen und das Wasser versteckt, das ist los.«

»Wenn ihr euch benehmt, kriegt ihr vielleicht was davon ab«, sagte Grant. Er sah feixend Jaide an.

Bonnie trat zwischen ihn und Dennis, da sie befürchtete, der Ältere könnte gleich zum Schlag ausholen, und sie sprach ihm gegen Muskelprotz Grant wenig Chancen zu, Ex-Boxer hin oder her.

»Alles klar, also, es kann ja nicht weit weg sein. Es gibt hier nur wenige Orte, an denen man etwas verstecken kann. Ihr habt euren Standpunkt deutlich gemacht, Grant.« Bonnie war es alles leid, das Drama, die Hitze, diese Leute.

»Von jetzt an«, sagte Grant, »kontrolliere ich die Vorräte, verstanden? Ihr braucht Essen, ihr fragt, ihr braucht Wasser, gleiche Geschichte. Schluss mit Demokratie. Wir haben die Vorräte gewonnen und können sie verbrauchen oder teilen, ganz wie wir wollen. Stimmt's, Jaide?«

»Stimmt.« Jaide sah allen trotzig in die Augen. Sie meinten es ernst.

»Was ist mit Jacko?«, fragte Bonnie.

»Was soll mit ihm sein?«

»Ihr könnt ihn nicht ohne Nahrungsmittel da drin lassen.«

»Ich glaube, du wirst feststellen, dass wir alles tun können, was wir wollen.« Trotzig erwiderte Jaide Bonnies Blick.

Bonnie starrte Jaide an und beschwor sie innerlich, ihr einen Grund zu geben, wirklich auszurasten.

Jaide machte Anstalten aufzustehen, da legte Grant ihr die Hand auf den Arm.

Er stieß einen langen Seufzer aus. »Ich habe es so satt, dich ständig herumjammern zu hören, wir müssten uns alle um Jacko kümmern. Hier steht jetzt jeder gegen jeden. Wir sind auf uns allein gestellt.«

»Wow, das ist eine super Strategie, sehr intelligent, sehr reif«, sagte Dennis.

Bonnie verließ mit großen Schritten den Raum. Sie würde diese Vorräte finden und sie mit ihren eigenen Waffen schlagen. Wenn sie Krieg wollten, konnten sie ihn haben. Sie würde Jacko nicht sterben lassen. Auf keinen Fall. Niemals. Und wenn es das Letzte war, was sie tat.

Grant lachte sie aus, als Bonnie auf ihrer zweiten Runde durch den Gang an ihm vorbeikam. Er und Jaide saßen zusammen auf dem Boden. Sie schienen nicht im Geringsten besorgt zu sein, dass sie ihre versteckten Vorräte finden könnte.

Sie begegnete Maria, die ihr entgegenkam.

»Hattest du Erfolg?«

»Nein, nichts. Und du?«

Bonnie schüttelte den Kopf. »Was könnten sie damit angestellt haben? Ich habe alle Toiletten, alle geöffneten Zimmer und jeden Zentimeter in diesem Gang abgesucht.«

»Was genau war in der Kiste? Hast du das gesehen?«

Ein lauter Knall ließ sie nachschauen gehen. Sie fanden Dennis in Zimmer sechs, wo er neben dem Schrank unter dem Roulettespiel kniete und auf dessen Sockel einschlug. Er hatte das Laufband in den Türrahmen geschleift, um zu verhindern, dass die Tür zufiel, sodass Bonnie darüberklettern musste.

»Hast du was gefunden?«

»M-hm«, machte er und klang atemlos. »Unter diesem Regal ist ein Hohlraum. Der Schrankboden steht höher als der Boden, deswegen habe ich ...« Er hörte auf zu sprechen und stemmte sich mit seinem Gewicht in jede Ecke, dann setzte er sich mit einem Seufzen auf. »Er gibt nicht nach. Sie können den Hohlraum nicht benutzt haben. Schweißperlen glänzten auf seiner Stirn, und Bonnie machte sich Gedanken, wie sehr die Hitze ihm zu schaffen machte.

»Denken wir nach. Als sie die Vorräte mitgenommen haben, haben sie euch beide mit Charlie vor Jackos Zimmer zurückgelassen, und ich bin an der Toilette vorbeigegangen, um in der Nähe von Zimmer vierundzwanzig ein bisschen Ruhe zu haben. Also müssen sie die Sachen irgendwie auf diese Seite des Kellers gebracht haben. Hat sich irgendjemand die Treppe zu Tür zwei angeschaut?«

»Jep. Ohne Erfolg«, sagte Dennis.

Bonnie bemerkte etwas, sie sah sich um und fragte: »Wartet, wo ist Charlie?«

Maria blickte zu beiden Seiten den Gang hinunter und schüttelte den Kopf. »Vielleicht ist sie woanders suchen gegangen?«

Dennis stand auf und kletterte über das Laufband, um an Bonnie und Maria vorbeizugehen. Er ging die paar Schritte zum zentralen Bereich, in dem sich Grant und Jaide aufhielten, blieb unter dem Torbogen stehen und senkte den Kopf. Dann sah er Bonnie an. »Sie hat sich für eine Seite entschieden.«

Nein. Wieso sollte Charlie sich auf deren Seite schlagen? Ihr war schon klar, dass Charlie auf Grant stand und er wahrscheinlich auch auf sie, aber sie war ebenso entsetzt gewesen wie Bonnie, als sie Jacko in seinem Gefängnis gelassen hatten. *Was glaubst du, hätten sie auch so entschieden, wenn du oder ich da drin gesessen hätten?*, hatte sie Bonnie gefragt. War es das, worum es hier ging? Die eigene Haut zu retten?

»Was, wenn sie uns nichts zu essen oder trinken geben?«, fragte Maria.

Bonnie verdrängte die Gedanken an Charlie und konzentrierte sich auf das anliegende Problem, denn Marias Frage war berechtigt. *Was, wenn?*

51

**Podcast *Das Unerwartete erwarten*
Staffel 2, Folge 1: »Die Festung«**

»Die ganze Sache hat ein Loch in die Gruppe gerissen. Bis zu diesem Zeitpunkt waren wir wirklich vereint, zumindest seitdem wir im Keller eingesperrt worden sind, aber jetzt bildeten sich zwei Fraktionen. Jaide, Grant und Charlie gegen Dennis und mich. Jacko und sein Geständnis über seine Mutter hatte uns entzweit. Dennis und ich kamen nicht darüber hinweg, dass Grant und Jaide entschieden hatten, ihn leiden zu lassen und sich die Vorräte zu sichern.«
»Wie lange haben sie die Vorräte behalten?«
»Bis sie aufgebraucht waren.«
»Wow.«
»Grant schien es wirklich für ein Spiel zu halten. Ich weiß nicht, ob er sich einfach nicht erlaubt hat, die Alternative zu glauben, aber wenn ich es zu seinen Gunsten auslege, denke ich, dass sein Urteilsvermögen beeinträchtigt war. Vielleicht hat er die Konsequenzen nicht so klar gesehen wie wir.«
»Und Jaide?«
»Ich glaube, ihr hat nicht gefallen, dass Dennis und ich so vehement Widerspruch dagegen eingelegt haben, dass sie Jacko nicht befreit haben. Sie fand es absolut richtig, dass sie das Essen gewählt hatten.«

»Sie haben also alles für sich behalten? Sie haben überhaupt nicht geteilt?«

»Na ja, ganz so einfach war es nicht, und, um fair zu sein, Charlie hat versucht, das Richtige zu tun.«

»Du hast sie wirklich gemocht, oder?«

»Versteh mich nicht falsch, es hat mich enttäuscht, dass sie sich auf Grants und Jaides Seite geschlagen hat, aber ich glaube, zum Teil hat sie das getan, weil sie sicherstellen wollte, dass sie mit uns teilten. Ich hatte ihr gegenüber starke Beschützergefühle, nicht nur, weil sie mich an Clara erinnerte, sondern auch, weil sie mir verletzlicher vorkam als der Rest. Sie war nicht viel jünger, aber sie hatte so etwas Unschuldiges. Sie hat mitgemacht, weil sie Spaß haben und bemerkt werden wollte, ganz einfach. Das macht es ja so traurig.«

»Und was ist mit Maria? Du hast von zwei Fraktionen gesprochen – Grant, Jaide und Charlie gegen dich und Dennis. Welche Rolle spielt Maria dabei?«

»Na ja, Maria war völlig besessen von dem neuen Rätsel, das *Die Festung* gepostet hatte – ›Das beliebteste Spiel der Welt bringt keinen Gewinn‹. Sie war überzeugt davon, dass es sich dabei um einen Hinweis handelte, aber wir waren zu sehr damit beschäftigt, uns zu bekriegen, um auf sie zu achten. Ich habe deswegen immer noch ein schlechtes Gewissen. Sie war so findig gewesen, wir hätten auf sie hören sollen. Denn sie hatte recht, und wenn wir früher gewusst hätten, was dieser Hinweis aufdecken würde, hätte uns das vielleicht wieder zusammengeschweißt. Es hätte mich vielleicht davon abgehalten, die Dinge zu sagen und zu tun, die ich getan und gesagt habe und derentwegen ich mich jetzt so schrecklich fühle.«

»Du hast bestimmt nichts dermaßen Schlimmes getan, da bin ich mir sicher.«

»Du warst nicht dabei.«

»Das hier ist Das Unerwartete Erwarten, *der Podcast, der euch mit Verbrechen umhauen wird, die unsere Vorstellungskraft übersteigen.*

Ich würde gern unserem Sponsor in diesem Monat danken. Wie regelmäßige Hörerinnen und Hörer wissen, bin ich ein großer Verfechter effektiver Sicherheitsanlagen für euer Zuhause und finde es wichtig, dass ihr euch und eure Familien schützt. SecureIT ist ein digitales Sicherheitssystem für zu Hause, das euch durch ein Tippen mit der Fingerspitze Seelenfrieden verschafft. Über die App könnt ihr euer Zuhause von überallher sichern und sogar sehen, wer euch anruft. Ich habe es selbst bei mir zu Hause und muss sagen, es ist sehr einfach zu installieren und zu bedienen. Probiert SecureIT heute noch aus, damit ihr euch zu Hause jeden Tag sicher fühlen könnt.

Und nun zurück zu unserer Unterhaltung mit Bonnie Drake.«

52

»Was machst du da?«

Bonnie bog um die Ecke und sah Jaide, die mit in die Hüften gestemmten Händen Charlie herausfordernd anstarrte. Diese entfernte sich hastig von Jackos Tür.

»Ich mache mir Sorgen um ihn.«

»Und deswegen hast du dir gedacht, du verschenkst unser Essen?«

»Ich dachte nicht, dass ich deswegen fragen muss.« Charlie klang angesichts von Jaides Strenge wie ein Kind.

Es war schwer zu sagen, wie lange Grant und Jaide schon die Kontrolle über die neuen Vorräte an sich gerissen hatten, doch es war lange genug, um Bonnie vor Hunger ganz schwindelig zu machen. Wie sich herausstellte, hatten sie die Nahrungsmittel nie wirklich versteckt; es war ein Trick gewesen, eine Illusion. Sie hatten die erste Kiste, die Maria gewonnen hatte, benutzt, um alle glauben zu lassen, sie hätten das Essen darin weggeschafft, aber in Wirklichkeit war die neue Box nicht besser versteckt als hinter Grants und Jaides Rücken, wenn sie auf dem Boden saßen. Dass sie sich so leicht hatten täuschen lassen, zeigte, wie erschöpft und dehydriert sie alle waren. Und was bedeutete das für die Bewältigung der restlichen Aufgaben?

Grant behielt die Kiste in seinem Besitz und teilte auf Charlies Drängen hin lediglich eine Flasche Wasser mit Bonnie und Dennis. Dennis hatte angeregt, sie könnten versuchen, ihn zu überwältigen, aber sie rechneten sich dabei keine großen Chancen aus und waren sich einig, dass er seine Machtspielchen bald leid wäre, wenn sie ihn ignorierten.

Jaide starrte in Bonnies Richtung. »Ich habe es so satt, wie du mich anschaust. Du bist so eine urteilende Arschkuh.«

»Ich habe gute Gründe für meine Urteile.« Bonnie nahm ihren üblichen Platz auf dem Boden vor Jackos Zimmer ein.

Jaide baute sich vor ihr auf. Aus dieser Perspektive sahen ihre Doc Martens noch einschüchternder aus, und Bonnie bemerkte, dass sie einen gereckten Mittelfinger auf ihren Knöchel tätowiert hatte, unter dem *Leckt mich* stand.

»Steh auf und sieh mich an. Ich will das hier jetzt austragen.«

»Ich habe es hier bequem, danke.«

»Ich sagte STEH AUF!« Jaide beugte sich herunter, packte Bonnie am Oberarm und riss ihn nach oben.

»LASS MICH LOS!«

»Steh auf und schau mir in die Augen.«

»Lass mich in Ruhe.«

Jaide hielt ihren Arm noch immer gepackt, und ihre Nägel gruben sich schmerzhaft in Bonnies Haut.

»Du tust mir weh.«

»Steh auf, oder ich tu dir noch mehr weh.«

Bonnie starrte Jaide an, ohne zu blinzeln. Bei all ihrem Geschwätz über Mobber und Missbrauchstäter schlug sie hier nun selbst wütend um sich.

»Was ist hier los?« Dennis kam mit der Wasserflasche, die er, Maria und Bonnie sich teilten, auf sie zu.

»Ich habe es satt, dass ihr beide mich behandelt, als wäre ich hier der Bösewicht. Diese hämischen Blicke und Grimassen.«

»Wieso versuchst du dann nicht mal, nett zu sein?«, sagte Bonnie.

»Möchtest du mir das hier vielleicht erklären?« Dennis hielt die Flasche in die Höhe. »Das hier war unsere einzige Flasche, und ich wollte den Rest für Jacko aufheben, aber jemand hat sie ausgetrunken.«

»Großer Gott«, sagte Bonnie, entriss Jaide ihren Arm und kam auf die Füße. »Reicht es nicht, dass ihr das Wasser rationiert, müsst ihr uns auch noch von dem stehlen, was wir haben? Wollt ihr, dass wir alle hier drin sterben?«

»Genau davon spreche ich. Wie kommt ihr darauf, dass ich so etwas tun würde?«

»Weil du finster entschlossen bist, um jeden Preis zu gewinnen«, sagte Dennis.

»Das stimmt nicht. Ich würde euer Wasser nicht trinken.«

»Tja, irgendjemand hat genau das getan, und da Charlie aus eurer Gang die Einzige mit einem Rest von Anstand ist, muss es Grant gewesen sein oder du. Ihr seid genauso schlimm wie der Perverse, der uns hier eingesperrt hat«, sagte Bonnie.

Jaide schubste Bonnie heftig, und sie prallte so hart gegen die Wand, dass sie sich auf die Zunge biss. Instinktiv stieß Bonnie Jaide mit aller Kraft zurück. Jaide geriet ins Stolpern, ruderte mit den Armen. Charlie versuchte auszuweichen, doch es geschah alles zu schnell. Jaide prallte gegen sie, und Charlie ging zu Boden.

»Tut mir leid, Charlie«, sagte Bonnie, »aber das hatte sie verdient. Du musst dich hier nicht so aufspielen, Jaide. Du bist hier jetzt nicht mehr das hartgesottene Mädchen, das andere mit ihren Piercings, Tattoos und dicken Stiefeln erschrecken kann. Wenn du zu Leuten gemein bist, sind diese Leute auch gemein zu dir.«

»Du bist ein grauenhafter Mensch, weißt du das?«

»Okay, Ladys«, sagte Dennis. »Vielleicht sollten wir uns alle beruhigen. Du sagst also, du bist es nicht gewesen, Jaide?«

»Absolut.«

»Dann müssen wir uns wohl an deinen Komplizen wenden.«

»Woher wissen wir, dass du es nicht selber warst?«

Jaides Worte zauberten einen verblüfften Ausdruck auf Dennis' Gesicht.

»Woher wissen wir, dass du uns nicht bloß dämonisieren willst, weil du mit unseren Entscheidungen nicht einverstanden bist? Wahrscheinlich hast du dich selbst am letzten Schluck Wasser gütlich getan, als Bonnie und Maria außer Sichtweite waren.«

»So etwas würde Dennis nicht tun«, sagte Bonnie. »Du bist wirklich verdreht. Wieso versuchst du zur Abwechslung nicht mal, das Gute in den Menschen zu erkennen, anstatt boshaft und gallig um dich zu schlagen?«

Jaide sah Bonnie angewidert an und lachte.

Da brach Bonnies Wut aus ihr heraus. »Ich hoffe, dass man *dich* einsperrt und du endlich lernst, wie es sich anfühlt, um sein Leben fürchten zu müssen und zu wissen, dass niemand kommen wird, um dir zu helfen.«

Einen winzigen Moment lang sah Bonnie, wie Jaide Tränen in die Augen stiegen und die wütende Maske auf ihrem Gesicht verrutschte. Als sie sich mit der Hand über die Augen wischte, sah sie jünger, blasser und verletzlicher aus, und Bonnie sah auf ihrem Arm die verblassten Narben, Zeichen ihrer Selbstverletzung.

53

Drei Monate zuvor

GESTÄNDNIS: **Jaide Walsh**
DATUM: **6. Juni**
UHRZEIT: **12:45**
ORT: **Best Western Angels Hotel**

Ich bin Jaide Walsh. Ich weiß nicht, was ich sagen soll. Mit Kommunikation habe ich es nicht so, ich kann besser Aufgaben lösen. Offenbar habe ich die Sorte von Gehirn, die mit Emotionen ihre Probleme hat, meinen eigenen und denen anderer Leute. Das soll keine Entschuldigung sein, nur eine Erklärung. Ich werde oft falsch verstanden.

Aber dafür schäme ich mich nicht. Ich schäme mich für überhaupt nichts, wirklich. Alles, was ich getan habe, habe ich getan, um zu überleben. Sogar als ich mich vor ein paar Jahren in die Situation gebracht habe, mich von Männern benutzen zu lassen. Ich denke, das ist eine höfliche Art, es auszudrücken. Ich weiß nicht, ob Sie in dieser Art von Sendung etwas über das älteste Gewerbe der Welt bringen können. Ich schäme mich nicht dafür, denn ohne das hätte ich nicht überlebt. Es war ein Sprungbrett. Zufälligerweise ist es eben nur eins, für das andere einen hart verurteilen. Aber das ist deren Problem, nicht meins.

Was ich mir wünsche? Mehr für die Welt und Menschen in Not tun zu können. Wenn man eine schwere Kindheit überlebt hat, erkennt man sie in anderen. Ich sehe Verletzlichkeit und möchte etwas dagegen tun. Menschen wie ich, die überlebt haben oder einfach anders sind, haben es schwer. Ich möchte diese Show für all die Missverstandenen und Misshandelten gewinnen, für die Außenseiter, die selten die Chance bekommen, ihr Leben zu ändern. Die Leute sollen sehen, dass wir genauso schlau sind wie alle anderen. Ich hoffe, dass ich das durch meine Teilnahme an der Sendung zeigen kann.

Und ich glaube, ich kann gewinnen, weil ich eine Überlebende bin. Ich habe deutlich Schlimmeres hinter mir als alles, womit Sie mich in einer Fernsehsendung konfrontieren könnten.

54

Kimberley Hayes @HayesKim123
Oh, diese Clara ist so ein Miststück! Habt ihr gesehen, wie sie Jaide angegriffen und die arme Charlie umgerissen hat? #Die Festung

Captain_dude @DudeCaptain_
Wenigstens hat Charlie zur Abwechslung mal nicht geheult. #heulsusenbarbie #DieFestung

Sophie @Sophie_walker
Wollen sie uns wirklich glauben machen, dass Jaide Clara in einem Kampf nicht locker schlagen könnte? Da gibt es gar keinen Wettbewerb. Das war total zusammengeschnitten. Ich wette, abseits vom Bildschirm gab es ein richtiges Zickencatchen.

Kaoru @Riverslad
Ich liebe es! Sie gehen aufeinander los. Das war nur eine Frage der Zeit. Lasst die Fetzen fliegen! #Herrderfliegen

55

»Lies diesen Blödsinn nicht«, sagte Dennis, als er sich abwandte und Bonnie zurückließ, die auf den Bildschirm starrte.

Bonnie nickte, konnte aber nicht umhin, sich zu fragen, was Clara von alledem hielt. Wie ihre Schwester es wohl fand, dass Bonnie sich in ihrem Namen zankte und diese wenig schmeichelhafte Seite hervorkehrte? Sie fragte sich, ob Clara ihr auf den sozialen Medien bereits in den Rücken gefallen war und klargestellt hatte, dass es sich nicht um sie handelte. Aber wenn sie das getan hätte, hätten die Macher der Sendung Bonnie sicherlich schon rausgeworfen. Der Gedanke flößte ihr gleichzeitig Hoffnung ein und ließ sie verzweifeln. Erneut erwog sie, reinen Tisch zu machen, aber irgendetwas sagte ihr, dass dies keinen verdammten Unterschied machen würde. Es war ausgeschlossen, dass sie sie einfach nach Hause gehen lassen konnten.

NIEMAND GEHT.

Sie benutzte die leere Flasche, die Dennis zurückgelassen hatte, um die Klappe in Jackos Tür aufzuklemmen. Sein Atem kam röchelnd und mühsam, und sie wollte ihn zu jeder Zeit hören können.

»Howdy, Partner«, sagte sie und bemühte sich um ein Lächeln, als sie zu ihm hineinsah. Er saß an einer neuen Stelle auf dem Boden, hatte den Kopf in den Nacken gelegt und die Augen geschlossen. Sie fragte sich, worüber er dort drinnen die ganze Zeit nachdachte. *Seine Mutter? Sein Leben draußen? Sie selbst?*

»Howdy.« Er öffnete mit einiger Mühe die Augen. Seine Blutergüsse sahen nun dunkler aus, schwarze und violette Flecken, die seine Arme und Beine bedeckten, ein besonders brutaler prangte auf seiner rechten Wange.

»Charlie hat dir was zu essen gebracht?«

»Ja, ein halbes Schinkensandwich. Sie ist ein Engel.«

»Von denen gibt's in der Hölle nicht viele.«

»Ach, ich weiß nicht. Ich finde, es sind ein paar dabei.« Als er sie anlächelte, ließ ihr der Ausdruck in seinen Augen einen Kloß in den Hals steigen. Sie hätte nichts lieber getan, als ihn zu umarmen. Er sah so einsam aus. »Sogar der Teufel war mal ein Engel.«

»Echt? Davon habe ich noch nie gehört.«

»Weil man *dich* nicht jedes Wochenende in den Kindergottesdienst geschleppt hat. Lucifer ist ein gefallener Engel, der von Gott verstoßen und dazu verdammt worden ist, über die Hölle zu herrschen.«

»Glaubst du an irgendetwas davon? Gott, den Teufel, die Hölle?«

»Hier fange ich damit an.« Er verlagerte vorsichtig sein Gewicht. »Aber nein, ich schlucke das nicht. Ich glaube, wir sind da, und dann sind wir wieder verschwunden. Kein Vorher und auch kein Nachher.«

»Du solltest Gastredner werden, so wie du die Leute mitreißt.«

Jacko kicherte nur kurz, aber es war ein schönes Geräusch. »Ich glaube, die Menschen wollen an ein Leben nach dem Tod glauben und daran, dass es für alles einen Grund gibt, weil sie Angst vor dem Chaos haben. Jedem von uns kann jederzeit alles mögliche Schlimme zustoßen. Das ist die Realität, aber die gefällt uns nicht. Wir wollen sie unter Kontrolle bringen, indem wir die Regeln einer Religion befolgen.«

»In der Psychologie nennt man das den ›Gerechte-Welt-Glauben‹. Das ist der Glaube daran, dass gute Dinge geschehen werden, wenn wir gute Dinge tun.«

»Hört, hört. Willst du Maria Konkurrenz machen?«

Es rang Bonnie Bewunderung ab, wie gut er zurechtkam. Sie war sich nicht sicher, ob sie an seiner Stelle zu irgendwelchen Frotzeleien in der Lage wäre.

»Wo wir gerade von Maria sprechen, hat sie dich wegen des Rätsels auf Twitter angesprochen? Irgendwas über das beliebteste Spiel der Welt, das nichts bringt?«

»Das keinen Gewinn bringt, hat sie gesagt, glaube ich.«

»Ach ja, stimmt, keinen Gewinn. Das spielt wahrscheinlich eine Rolle.«

»Ich glaube, was danach kommt, ist der wichtige Teil.« Jacko verstummte einen Moment und schloss die Augen. »Was sagt das über die Menschheit aus?« Er öffnete die Augen wieder und sah Bonnie an. »Ich glaube, das ist ein Hinweis darauf, warum er an uns ein Exempel statuiert.«

56

»Was ist hier los?«

Nachdem Bonnie laute Schläge gehört hatte, kehrte sie in den zentralen Raum zurück und fand dort Dennis vor, der mit einem der beiden Metallbeine, mit denen sie vor einer gefühlten Ewigkeit Russ Wasser hineingereicht hatten, versuchte, die Tür zum Brunnenraum einzuschlagen. Dennis hatte gesagt, sie müssten bei einem Fluchtversuch subtil und gerissen vorgehen. Offensichtlich hatte er seine Meinung dazu geändert.

»Ehrlich Dennis, damit kommst du doch niemals durch diese Tür. Das ist massive Eiche.« Maria sah besorgt aus.

Von seinem neuen Lieblingsplatz aus, der sich auf einer niedrigen Steinstufe links der Tür befand, wo er seine Kiste mit Essen und Wasser bewachte, feixte Grant. *Ein kleiner König auf seinem Thron, der seine Kriegsbeute bewacht.*

Charlie und Jaide standen dicht beieinander und redeten. Als Charlie Bonnie erblickte, verstummte sie und rückte ein Stück von Jaide ab. »Falls Dennis recht hat und dies ein Weg nach draußen sein könnte, ist es einen Versuch wert«, sagte sie, hob das andere Tischbein vom Boden auf und half Dennis, auf den Mittelteil der Tür einzudreschen.

»Euch ist schon bewusst, dass ihr noch nicht mal einen tieferen Kratzer verursacht habt«, sagte Jaide, die es ebenfalls vermieden hatte, Bonnie direkt anzusehen. »Und ihr habt keine Ahnung, was dahinter ist.«

»Genau«, sagte Dennis und schlug ein weiteres sinnloses Mal auf die Tür ein. »Maria sagt, in solche Bauten gibt es Geheimgänge. ›Brunnenraum‹ könnte außerdem ein Hinweis darauf sein, dass hinter dieser Tür Wasser ist, Meerwasser. Also ein Ausgang.«

»Es lohnt sich reinzuschauen«, sagte Charlie. »Draußen im Hof gab es doch eine Treppe bis runter auf diese Etage, oder? Vielleicht führt die Tür auf die hinaus.« Sie versetzte der Tür ein paar weitere heftige Schläge.

Das war ein guter Gedanke, musste Bonnie zugeben. Keiner von ihnen hatte sich diese Steintreppe im Zentrum der Festung genauer angesehen. Sie waren zu sehr damit beschäftigt gewesen, sich auf den oberen Decks zu vergnügen. Vielleicht hatte Dennis auch deswegen gedacht, dass es durch diese Tür einen Weg nach draußen geben könnte. Bonnie besah sich noch einmal das Schild darüber: BRUNNENRAUM. Würde es wirklich »Raum« heißen, wenn die Tür nach draußen führte? Aber wie Charlie bereits gesagt hatte, was hatten sie zu verlieren?

»Glaubst du, die sitzen da oben rum und schauen zu, wie du ausbrichst?«, fragte Grant und zeigte auf die Kamera.

Dennis hörte auf, auf die Tür einzudreschen, und winkte Grant mit dem Tischbein zu. »Wenn sie auf dem Festland sind, müssen sie erst mal herkommen, um uns aufzuhalten, und dann müssen sie an mir vorbei.« Dennis schwang das Metallbein in Grants Richtung. »Und ich bin bereit, es mit jedem aufzunehmen, der dumm genug ist, mich aufhalten zu wollen. Dich eingeschlossen. Ich komme hier heute noch raus. Wir lassen uns das nicht mehr gefallen. Bleib doch hier auf deinen kostbaren Vorräten sitzen, wenn es dir nicht passt.«

Grant kicherte.

»Kann ich irgendwie helfen?«, fragte Bonnie. »Soll ich nachschauen, ob es irgendetwas gibt, was wir als Brecheisen benutzen können, um sie aufzuhebeln?«

»Ich habe schon gesucht«, sagte Dennis, während er und Charlie der Holztür weiterhin keine nennenswerte Delle zufügten. »Das hier ist unsere einzige Option.«

»Könnten wir die Tischbeine dazu benutzen, die Kameras abzuschlagen?«, fragte Bonnie.

»Oh, da würde der Direktor aber wirklich ins Schwitzen kommen«, sagte Grant. »Glaubst du, der Typ, der uns eingesperrt und die Heizung aufgedreht hat, lässt sich von dir den Spaß verderben?«

»Angst?«, fragte Bonnie.

»Ich fürchte, Grant hat recht, Clara«, sagte Maria. »Ich weiß nicht, ob wir die Strafe aushalten können. Als Bonnie Anstalten machte, zu widersprechen, fuhr Maria fort: »Jacko könnte es jedenfalls nicht, das weiß ich.«

Charlie stieß einen Schmerzensschrei aus. Irgendwie war sie ausgerutscht und hatte sich das Metallbein aufs Handgelenk geschlagen. Sie ließ es fallen und klemmte sich die verletzte Hand unter die Achsel.

Maria stürzte zu ihr. »Lass mich mal sehen.«

»Gib mir eine Minute.« Charlie stieß durch gespitzte Lippen langsam Luft aus.

Bonnie hob das Tischbein auf und begann, Dennis zu helfen. Sie hörte, wie Maria Charlies Handgelenk begutachtete, um sicherzugehen, dass nichts gebrochen war. Da sie es noch beugen konnte, wies Maria sie an, sich eine Minute lang hinzusetzen und sich auszuruhen.

Bonnie musste zugeben, dass es ziemlich therapeutisch war, ihre Wut an der Tür auszulassen. Dennis ging es wohl ähnlich, denn er schmetterte sein Tischbein unermüdlich immer wieder gegen das Holz. Nach dieser Aktion würden sie noch dringender etwas zu essen brauchen. Würde Grant ihnen etwas abgeben? Sollte es ihnen nicht gelingen, die Tür aufzubrechen, würde die Antwort wohl Nein lauten.

Nach einer Weile verkündete Charlie, sie wolle nach Jacko sehen. Bonnie wusste, er würde fragen, was der Krach zu bedeuten habe, und sie wusste auch, dass Charlie ihm vermutlich sagen würde, dass sie versuchten auszubrechen. Dieses Mädchen war manchmal deutlich zu ehrlich. Bonnie hätte ihr sagen sollen, sie solle sich etwas ausdenken.

Sie legte eine Pause ein und fragte sich, wie Dennis es schaffte, ohne Unterlass weiterzumachen. Maria sprach leise mit Jaide und Grant. Waren die beiden dabei, auch noch sie für ihre Gang zu rekrutieren? Es hätte Bonnie nicht überrascht. Was sie überraschte, war, dass Maria sich mit ihnen abgab.

»Jacko? Jacko!«, rief Charlie von weiter weg. »Hilfe, Leute. Ich brauche Hilfe!«

Gespalten oder nicht, alle reagierten geschlossen.

57

»Ich wollte nach ihm sehen, und das Zimmer ist wieder voller Rauch. Ich kann ihn nicht sehen, und er antwortet nicht.«

Bonnie drängte sich durch die Gruppe, um sich selbst ein Bild zu machen. Wie zuvor schlängelte sich dicker schwarzer Rauch aus der Luke in der Tür, als sie die Klappe anhob.

»Jacko? Alles okay? Wie lange ist das schon so? Wann hat zuletzt jemand nach ihm gesehen?«

»Er ist doch dein bester Freund«, sagte Jaide. »Wann hast du dir das letzte Mal die Mühe gemacht, hinzugehen?«

Bonnie spürte, wie Panik in ihr aufstieg. Wie lange wurde schon Rauch in sein Zimmer gepumpt? Hatte er nach ihr gerufen? Hätte sie ihm helfen können?

»Ihr hättet ihn rausholen sollen. Ich hab's euch doch gesagt.« Tränen brannten in Bonnies Augen.

»Er kommt da doch heil durch, oder?« Charlie blickte vom einen zum anderen. »Was sollen wir machen? Was sollen wir machen?«

»Chill. Panik hilft niemandem.« Grant klang beinahe gelangweilt.

»Chill?«, wiederholte Charlie. »Würdest du wollen, dass wir chillen, wenn du da drin wärst?«

Bonnie freute sich, dass die Jüngere endlich etwas Rückgrat zeigte.

»Er erstickt nicht«, sagte Grant, aber vollkommen überzeugt klang er nicht.

»Wo ist die Flasche hin? Die die Klappe aufgehalten hat?« Die anderen sahen sie ausdruckslos an. »War die nicht mehr da, als du hergekommen bist, Charlie?« Charlie schüttelte den Kopf. Hatte Jacko sie weggenommen? Hatte ihn der Radau gestört, und er hatte sie herausgezogen, um den Lärm zu dämpfen? »Wir brauchen etwas, womit wir die Klappe wieder aufklemmen können«, sagte Bonnie, zog sich ihren Converse-Schuh vom Fuß und stopfte ihn in die Luke.

»Wieso passiert das?«, fragte Charlie. »Jacko hat seine Aufgabe doch hinter sich.«

»Vielleicht gab es eine Fehlfunktion«, sagte Grant.

»Oder der Perverse, der dieses Spiel leitet, langweilt sich«, sagte Dennis.

Die Gruppe stand schweigend da, keiner wusste, was sie als Nächstes tun sollten.

Und dann ging das Licht aus, und die Musik dröhnte los.

58

Sie halten uns davon ab, Jacko zu helfen, dachte Bonnie. *Wieso?*

Ihr fiel kein plausibler Grund ein. Was sie aber sicher wusste, war, dass dies Grants Theorie, Russ' Tod wäre ein Versehen gewesen, komplett widerlegte. Wer konnte jetzt noch behaupten, dass es sich um eine Fehlfunktion handelte?

Fanden die Leute zu Hause das hier unterhaltsam? Waren die Einschaltquoten hoch? Sie versuchte sich zu erinnern, ob sie jemals etwas toll gefunden hatte, wobei Menschen hatten leiden müssen. Sie wusste von Berichten, denen zufolge Kandidaten in Shows wie *Big Brother* oder *Love Island* zusammengebrochen waren, aber nichts kam dem nahe, was Jacko angetan wurde, den Schmerzen, denen er ausgesetzt war. Nicht einmal *Survivor* kam an so etwas heran.

Einer Sache war sich Bonnie in diesem Augenblick sicher. Dennis hatte zu hundert Prozent recht. Hinter dieser Sendung konnte kein komplettes Produktionsteam stehen. Es musste das Werk eines einzelnen Verrückten sein, der niemanden an seiner Seite hatte, der ihn hätte bremsen können.

Das Erste, was Bonnie sah, als das Licht wieder anging, war die Tatsache, dass ihr Schuh die Klappe zu der Luke in Jackos Tür nicht mehr offen hielt. Sie suchte ihn auf dem Boden. War er herausgefallen? Sie hatte ihn ziemlich gut verkeilt. Er war für das Loch zu groß, sie hatte ihn fest hineinstopfen müssen.

»Sind alle okay?«, fragte Maria.

»Wo ist der Schuh?« Bonnie trat näher an Jackos Tür.

»Wenigstens hat das diesmal nicht zu lange gedauert«, sagte Dennis.

Aber lange genug, um was zu bewirken?, dachte Bonnie mit Grauen.

»Ich hasse diese Musik. Was ist das überhaupt?«, fragte Charlie.

»Metallica«, antwortete Jaide.

»Grauenvoll.«

»Dabei sind sie eine der größten Metal-Bands aller Zeiten. Stell dir das mal vor.«

Wo ist der verdammte Schuh?

Dann sah Bonnie ihn, er stand neben Grants Füßen an der Wand.

Die Wut in ihr explodierte blitzartig. Bevor sie sich's versah, hatte sie sich mit ihrem ganzen Gewicht auf Grant gestürzt, sodass er rückwärts zu Boden ging und sie auf ihm zu liegen kam. Sie richtete sich auf den Knien auf und begann, auf seine Brust einzutrommeln. Sie hörte ihn fluchen, während er sich bemühte, ihre Arme zu packen und die Hände anderer Leute sie von ihm herunterzuzerren versuchten. Doch sie wand und drehte sich und landete so viele Schläge wie möglich. Und die ganze Zeit über heulte sie wie ein Tier vor Wut und Frust.

»STOPP. STOPP!« Grant packte fest ihre beiden Handgelenke.

Bonnies Atem kam schwer, und Schweiß rann ihr in die Augen.

»Jemand muss sie von mir runterziehen. Sie ist komplett gaga.«

»Alles in Ordnung?«, fragte Charlie und ergriff sanft Bonnies linken Arm.

»Er hat denn Schuh rausgezogen.« Ihre Stimme klang heiser, und ihr Hals fühlte sich wund an. Sie zeigte auf den Schuh, der an der Wand stand.

Alle Augenpaare richteten sich auf Grant.

»Ich habe ihn nicht angerührt.«

»Wie ist er dann zu dir gelangt? Du hast nicht mal in der Nähe der Tür gestanden. Er kann ja wohl nicht dorthin gefallen sein?«

Grant starrte Bonnie an. »Woher soll ich das wissen?«

»Lügner«, sagte Bonnie und ging zu Jackos Tür. Grant hatte hierbei nur eine Sache im Sinn. Er wollte immer gewinnen, koste es, was es wolle. Es konnte ihm nicht entgangen sein, dass seine Chancen umso besser standen, je weniger Leute mit ihm konkurrieren konnten. Es machte sie krank, dass ihm das Gewinnen immer noch so wichtig war, obwohl ihre Leben in Gefahr waren.

»Jacko? Hey, Jacko? Der Rauch ist weg.« Bonnie sah gerade noch rechtzeitig über ihre Schulter, um mitzubekommen, wie Grant und Dennis einen Blick wechselten.

Maria und Charlie kamen, um ebenfalls hineinzusehen.

Jacko saß zusammengesackt auf dem Boden, die Arme weit ausgebreitet und die Kleidung nass von Schweiß. Seine Augen waren geschlossen, aber sein Brustkorb hob und senkte sich in flachen Atemzügen.

Bonnie wandte sich der nächstgelegenen Kamera zu und starrte in die Linse. *Du willst, dass wir das sehen,* dachte sie. Lag es daran, dass sie vorgeschlagen hatte, die Kameras zu zerstören? Sie richtete ihre Aufmerksamkeit wieder auf Jacko. Er starrte ins Leere.

»Geht's dir gut?«, fragte sie. »Wir sind alle noch da, nur hier draußen.«

Er blickte auf seine Hände, die noch immer auf dem Boden lagen, dann schloss er die Augen.

»Nein. Nicht einschlafen, Jacko. Hey, Jacko?«

Seine Augen öffneten sich wieder, und er runzelte die Stirn.

»Alles wird wieder gut. Versuch nur eine Weile, nicht einzuschlafen. Hast du noch Wasser oder Essen? Jacko, mach die Augen nicht zu. Sprich mit mir. Bitte?«

59

Drei Monate zuvor

GESTÄNDNIS: **Grant Withenshaw**
DATUM: **6. Juni**
UHRZEIT: **09:45**
ORT: **Best Western Angel Hotel**

»Ich bin Grant Withenshaw, und ich bin hergekommen, um zu gewinnen. Manche Leute halten sich vielleicht für clever. Für stark. Attraktiv, beliebt. Aber lasst euch sagen, wenn ihr die in einem Raum aufreiht, werdet ihr sehen, dass ich einfach besser bin.«

Grant lächelte in die Linse der Kamera.

»Ich bin mir nicht sicher, ob es das ist, was Sie haben wollten. Vielleicht ein bisschen zu arrogant. Versuchen wir es noch mal.«

Er nahm sich einen Augenblick Zeit.

»Ich bin Grant Withenshaw. Ich liebe Wettkämpfe, bin jemand, der gerne gewinnt, und ich bin hier, um mich auf das Spiel einzulassen. Ich bin mir sicher, die anderen Teilnehmer sind tolle Menschen, von denen einige vielleicht gute Freunde werden könnten, aber ich bin nicht hier, um Freunde zu finden. Ich bin wegen des Ruhmes und des Geldes da. Ich weiß, wie so etwas funktioniert. Wenn es nötig ist, den Trottel zu spielen, werde ich das machen. Wenn es nötig wird, zum Bösewicht zu werden, dann werde ich der Bösewicht sein. Mein

Plan ist, jede Gelegenheit zu nutzen, um die anderen zu beeinflussen. Meiner Erfahrung nach sind Wettkämpfe nicht bloß eine Frage der starken Physis und des IQs, sondern auch der mentalen Stärke. Wenn ich alle davon überzeugen kann, dass ich stärker, schneller und schlauer bin, bin ich schon dabei, zu gewinnen.

Ist das so okay? Ist es das, was Sie haben wollen? Schwer zu wissen, alleine hier drin. Es wäre einfacher, wenn das hier ein Interview wäre.«

Grant las noch einmal die Karte und sammelte sich.

Was hatte ich gesagt, was ich mir wünsche und wofür ich mich schäme?

Er blätterte in seinem Bewerbungsformular, in der Annahme, dass es nichts mit Sofia zu tun haben würde, denn das alles war erst passiert, nachdem er sich bereits beworben hatte. Sie war seine Chefin und hatte ihm mitgeteilt, dass ihre Beziehung einen Interessenkonflikt darstellte, aber ihm war klar, dass sie sich nur auf verträgliche Art und Weise von ihm trennen wollte. Als er sie gebeten hatte, bei ihm einzuziehen, konnte er die Panik in ihren Augen sehen. Sie wollte nicht mit ihm zusammenleben, in seinem Haus. Sie wollte das freistehende Haus mit fünf Schlafzimmern in der Vorstadt und den Range Rover. Er war wirklich nur der Lustknabe, als den sie ihn immer bezeichnet hatte.

Das Letzte, was er nach alledem wollte, war, in einer Fernsehshow aufzutreten. Tatsächlich wollte er bloß im Dunkeln sitzen und trinken, aber sein Dad sagte immer, wenn man etwas angefangen hat, muss man es auch durchziehen. Hier saß er nun also und stand kurz davor, einen Platz in der Show zu bekommen. Der Wettkämpfer in ihm verspürte Nervenkitzel, und zum ersten Mal seit Wochen verflog seine Depression.

»Wofür ich mich schäme? Das ist leicht. Es ist ziemlich hart, mit Swimmingpools und Ferienhäusern aufzuwachsen und die beste Universität des Landes zu besuchen, und danach mit leeren Händen dazustehen. Dad ist ein wohlhabender Mann, aber er findet, mein Bruder und ich müssten unseren eigenen Weg im Leben gehen. Nach dem einundzwanzigsten Geburtstag keine Geldspritzen mehr, und auch keine Chance auf ein Erbe. Er ist ein Verfechter der liebevollen Strenge. Das kapiere ich schon, wir sollen so werden wie er. Er kam aus kleinen Verhältnissen und ist darauf sehr stolz. Der Unterschied ist, wir stammen nicht aus kleinen Verhältnissen. Wir hatten alles und haben alles verloren. Jetzt wohne ich in einem bescheidenen Häuschen in einer durchschnittlichen Wohnsiedlung, und das ist das Beste, was ich mir als Buchhalter leisten kann. Unnötig zu erwähnen, dass ich die Ladys nicht zu mir nach Hause einlade.

Und was ich mir wünsche? Meinen alten Lebensstil zurück, und zwar so schnell wie möglich. Ich will die Garage voller Autos, die Designerklamotten. Ich will Fünf-Sterne-Urlaube, und ich will auf all das nicht warten, bis ich fünfzig bin. Ich will mich nicht langsam zum Erfolg hocharbeiten. Ich will alles jetzt sofort haben. Es ist kein riesiger Betrag, der wird mich nicht reich machen, aber ich kann das Geld investieren, es als Grundstock nehmen, also ja, ich wünsche mir Geld.

Aber das werden alle Bewerber sagen, schätze ich.«

60

Bonnie war in der Toilette, als sie Grants Schreie hörte. Sie hatte dagestanden und auf die gelbliche Wasserlache gestarrt. Sie war so verdammt durstig. Die heiße Luft fühlte sich mit jedem Atemzug trockener an. Auf ihrem Rückweg durch den Flur sah sie Jaide, Maria und Grant auf Jackos Zimmer zustürmen, vor dem Charlie und Dennis ausgeharrt hatten, um ihn im Blick zu behalten. Zuvor hatten sie Bonnie zugeredet, sich ein paar Minuten Auszeit zu nehmen und sich zu beruhigen. Grant und Jaide waren in den zentralen Bereich zurückgekehrt, um ihre Beute zu bewachen, und Maria hatte die beiden begleitet, um Wasser für Jacko zu holen.

»Wo sind die Vorräte?«, schrie Grant erneut.

»Was?«, fragte Dennis.

»Es ist alles weg. Das Essen, das Wasser, sogar die Kiste. Also frage ich euch noch einmal: Wo sind die Sachen?« Er sah Bonnie, Dennis und Charlie an. »Jemand hat sie weggenommen.«

»Wann? Wie? Wir waren doch alle hier«, sagte Charlie.

»Ja, aber es ist eine Zeit lang dunkel geworden«, gab Dennis zu bedenken.

»Und die Musik war sehr laut«, sagte Bonnie.

»Genau. Also, wer von euch Witzbolden hat das Zeug genommen?«

»Also, ich war es nicht«, sagte Dennis.

»Ich auch nicht. Es gab Wichtigeres als dein Raubgut, falls es dir noch nicht aufgefallen ist.« Bonnie hielt Grants Blick stand.

»Das war kein Raubgut, weil es mir und Jaide gehört hat. Wir haben alles fair und ehrlich gewonnen, deswegen dürfen wir auch entscheiden, was damit geschieht. Also gebt das Zeug zurück.«

»Fair und ehrlich? Das redest du dir immer wieder ein. Die Sachen gehörten nicht euch, und euch allein. Der Direktor hat selbst gesagt, dass sie mit der Gruppe geteilt werden sollen«, entgegnete Bonnie.

»Er hat gesagt, wir *könnten* sie mit der Gruppe teilen«, korrigierte sie Jaide. »Soll bedeuten, wenn wir das wollen.«

»Wir haben eure kostbaren Vorräte nicht. Es muss also jemand aus eurer Truppe gewesen sein, der sie wieder versteckt hat.« Dennis blickte von Grant zu Jaide zu Charlie.

»Wieso sollte ich sie nehmen? Ich hatte doch schon Zugang zu ihnen«, sagte Charlie.

Dennis' Aufmerksamkeit wanderte zu Maria.

»Hey, Maz, jetzt stellen sie dich auch an den Pranger«, sagte Grant.

»Ich würde nie ...«

»Das wissen wir.« Grant legte den Arm um Marias Schulter. »Aber diese Idioten da drüben sind solche Korinthenkacker. Die reden nur Scheiße.«

Maria lächelte, und Bonnie war enttäuscht von ihr. Sie war doch schlauer. Sie brauchte keinen Neandertaler wie Grant. Doch als er Maria einen Kuss auf den Scheitel drückte und sagte: »Ich kümmere mich um dich, Mazza«, erkannte Bonnie die Erregung in Marias Augen und wusste, diese Frau würde bei einem gut aussehenden Typen, der ihr das Gefühl gab, wichtig zu sein, immer schwach werden.

Dennis sog durch seine gespitzten Lippen Luft ein. »Hört zu«, sagte er und bemühte sich um einen ruhigen Tonfall, »wer auch immer die Vorräte genommen hat, muss sie zurückgeben. Ich übertreibe nicht, wenn ich sage, dass unser Leben davon abhängt. Wir brauchen nicht zu wissen, wer es getan hat und warum.« Er musterte die Gruppe, sah jedem von ihnen in die Augen. »Bringt sie zurück, und Ende der Geschichte.«

61

**Podcast *Das Unerwartete erwarten*
Staffel 2, Folge 1: »Die Festung«**

»Sorry, dass ich dich schon wieder unterbreche. Hat jemand die Vorräte zurückgegeben?«

»Nein.«

»Wer sollte die restlichen Lebensmittel und das Wasser stehlen?«

»Ich weiß nicht, aber der Wettbewerb wurde immer härter. Die Leute wurden irrationaler.«

»Aber es war doch sicher gefährlich, das Wasser zu nehmen. So verzweifelt war doch niemand, oder?«

»Es war eine Möglichkeit, alle anderen zu schwächen.«

»Habt ihr nie in Betracht gezogen, dass irgendetwas anderes am Werke war?«

»Wie zum Beispiel?«

»Also, du hast uns doch von der Puppe im Whirlpool erzählt, die am ersten Tag verschwunden ist, und davon, dass du gesehen hast, wie die Kellertür offen stand und dann wieder verschlossen war, während deine Mitspieler alle auf dem Oberdeck waren. Und jetzt verschwinden eure Vorräte, während ihr alle mit dem Rauch in Jackos Zimmer beschäftigt seid. Bist du sicher, dass euch nicht jemand die ganze Zeit verarscht hat?«

»Doch, darüber haben wir gesprochen. Jaide hat die Frage aufgeworfen, ob es wirklich möglich sei, all die Türen und Heizkörper und

Kameras per Fernbedienung zu steuern, oder ob nicht doch jemand mit uns vor Ort sein müsse. Aber letztlich, glaube ich, dachten wir uns, welche Rolle spielt das schon? Die Person war nicht bei uns im Keller, und solange wir da nicht rauskamen, konnte sie ebenso gut auf dem Festland sein.«

»*Ich finde, Jaide hatte einen Punkt. Ich habe den Polizeibericht über das gelesen, was sie vorgefunden haben, nachdem alles vorbei war, und die Technik war nicht so high-end, dass man hätte darauf vertrauen können, dass sie pannenfrei funktioniert. Für den Fall von Fehlfunktionen hätte jemand vor Ort sein müssen.*«

»Vielleicht hätten wir uns mehr anstrengen sollen herauszufinden, was hinter den verschlossenen Türen war, als wir noch auf dem Hauptdeck waren.«

»*Ist es euch je gelungen, die Tür zum Brunnenraum aufzubrechen?*«

»Nein. Wie sich herausstellte, war sie aus Massivholz, wie Maria ja schon gesagt hatte. Mit Tischbeinen auf sie einzuschlagen, hatte keine größeren Folgen als ein paar Kratzer auf der Oberfläche. Versteh mich nicht falsch, Dennis und ich haben uns redlich bemüht, aber es wurde früh klar, dass daraus nicht unsere große Flucht werden würde.«

»*Wir haben uns die Pläne angeschaut. Hinter dieser Tür befand sich nichts als ein sehr tiefer Brunnen. Der Geheimgang verläuft tatsächlich um den gesamten Keller herum und ist durch einen der Räume hinter dem zentralen Bereich zugänglich.*«

»Es gab wirklich einen Geheimgang?«

»*Wenn ihr ihn gefunden hättet, wäre er euch nicht von Nutzen gewesen. Er führt einfach nur um einen Teil des Kellers herum. Über dem Zugang befindet sich ein Schild, auf dem FLUCHTLOCH steht. Man findet es auf historischen Fotos des Gebäudes.*«

»Und wozu hat er dann gedient?«

»*Um hineinzuflüchten oder sich zu verstecken. Wie in einem altmodischen Schutzraum.*«

»Jemand könnte ihn also benutzt haben, um sich dort zu verstecken?«

»Ich glaube, das ist ein Ansatz, den man verfolgen könnte. Geht es dir gut?«

»Er könnte die ganze Zeit da gewesen sein, nur ein paar Zentimeter von uns entfernt?«

»Das ist möglich.«

»Wenn ich mir vorstelle, wie er da im Hintergrund lauert und verfolgt, wie wir leiden. Da kriege ich Gänsehaut.«

»Es gibt noch eine Möglichkeit.«

»Und die lautet?«

»Einer deiner Konkurrenten könnte den Raum dazu benutzt haben, seine eigenen Vorräte anzulegen.«

»Nein, ich kann nicht glauben …

»Bonnie?«

»Ich denke nur … an das letzte Geheimnis, das wir aufgedeckt haben.«

»Was ist damit?«

»Nein, das kann nicht sein.«

»Was kann nicht sein?«

»Dass einer von uns mit denen unter einer Decke steckte.«

62

»Wie geht's Jacko?«, fragte Maria, als sich Bonnie neben sie auf den Boden setzte. Seit dem Streit über die verschwundenen Nahrungsmittel hatte Maria allein einen Platz gegenüber dem Bildschirm eingenommen, auf dem der Live-Feed aus den sozialen Medien lief.

»Was machst du da?«

»Ich versuche, dieses Rätsel zu lösen, ›Das beliebteste Spiel der Welt bringt keinen Gewinn‹. Vielleicht erfahren wir dadurch, wieso Jacko ein zweites Mal angegriffen wurde.«

»Nein, ich meine, was soll das, dass du dich mit Grant und Jaide zusammentust? Sie sind doch nur nett, um sich gegen Dennis und mich zu verbünden.«

»Jaide nicht. Sie ist schon die ganze Zeit nett zu mir.« Maria starrte weiter auf den Bildschirm, über den die Posts liefen.

»Es fällt mir schwer, das zu glauben.«

»Man sieht, was man zu sehen erwartet, und nicht das, was wirklich da ist.«

»Was soll das heißen?« Bonnie nahm die Empörung in ihrem Tonfall selbst wahr. Sie war niemand, der schnell Urteile über andere fällte, das war sie noch nie gewesen, und sie wurde ungern als so jemand abgestempelt. »Sie benimmt sich doch die ganze Zeit allen gegenüber immer nur wie ein Rüpel.«

»Jaide und ich verstehen einander. Wir wurden beide fast unser ganzes Leben lang gehänselt, weil wir anders waren. Für sie gehörst du zu den Leuten, die es leicht haben, weißt du, weil du hübsch, dünn und schlau bist.«

»Das ist keine Entschuldigung.«

»Hast du dir jemals überlegt, ob sie vielleicht so sein muss, einfach nur um durch den Tag zu kommen?« Maria sah Bonnie an, und ihre Augen waren voller Freundlichkeit. »Es fällt nicht jedem leicht, bei den Witzen mitzulachen.«

Unter Marias Blick fühlte sich Bonnie unwohl, als hätte die Frau eine grundlegende Wahrheit über Bonnies Charakter aufgedeckt.

Bonnie wusste, dass psychologisch gesehen jeder Mensch dazu neigt, sich selbst für normal zu halten und andere als seltsam oder falsch zu betrachten. Die meisten Vorurteile und Diskriminierungen rührten daher, dass auf der Grundlage begrenzter Einsicht und mangelnden Verständnisses Urteile gefällt wurden. War das nicht der Grund, weshalb Reality-Fernsehen so beliebt war? Dabei durften die Zuschauer offen über andere urteilen, über ihre Andersartigkeit lachen und sich in der Folge selbst bestätigen, wie normal sie im Vergleich doch waren. Aber das tat Bonnie gar nicht, oder?

»Und was ist dann mit Grant? Warum freundest du dich mit ihm an? Er denkt nur an sich.«

»Grant ist eben Grant. Wenigstens ist er ehrlich, was das angeht. Also, wie geht es Jacko?«

»Er ist wach, erinnert sich aber an nicht mehr viel. Er wird da drin immer desorientierter. Es ist so viel heißer als hier draußen, und er hat nur noch wenige Tropfen Wasser.«

»Wir behalten ihn im Auge. So was wie bei Russ passiert uns nicht noch mal.«

Bonnie sah zu, wie der Text über den Bildschirm rollte, ohne ihn zu lesen. Sie hoffte, dass Maria recht hatte, war sich aber nicht sicher, welche Möglichkeiten sie gerade hatten, Jacko zu helfen.

»Ich glaube, die Formulierung ›bringt keinen Gewinn‹ ist ein Code für irgendetwas. Ich glaube nicht, dass es sich um ein Anagramm handelt, aber vielleicht hat es eine andere Bedeutung, wie zum Beispiel ›ist gleich null‹. Es könnte ein mathematischer Hinweis sein, bisher steckt in dieser Sache hier ja eine Menge Mathematik. Es gibt hier kein Zimmer mit der Nummer Null, aber vielleicht sollten wir mal nachsehen, ob es eins mit dem Buchstaben O gibt. Was meinst du?«

Vielleicht lautet die Aussage, dass wir alle nichts wert sind, dachte Bonnie, sagte aber stattdessen: »Schauen wir nach.«

Es gab keinen Raum O. Der Buchstabe hing an einer kahlen Wand. Die beiden gingen weiter und überprüften dabei, ob es noch andere unverschlossene Türen gab. Schließlich trafen sie auf Jaide, Grant und Charlie, die sich in der Nähe der Treppe zum Hauptgeschoss versammelt hatten. Charlie kicherte über irgendetwas, das Grant gesagt hatte, hörte aber abrupt damit auf, als sie Bonnie erblickte.

»Wir müssen mal zusammen nachdenken, was dieses beliebteste Spiel der Welt angeht«, sagte Maria.

»Wir haben doch nicht den Auftrag, das zu lösen, oder?«, fragte Jaide.

»Nein, das war im Twitter-Feed für die Zuschauer«, sagte Charlie.

»Gut, okay, aber warum geben wir uns damit ab?«

Bonnie mischte sich ein, um Maria zu helfen, die niedergeschlagen aussah. Es machte ihr sichtlich zu schaffen, dass sie das Rätsel nicht lösen konnte. »Jacko meinte, *Das beliebteste Spiel der Welt bringt keinen Gewinn* und dann *Was sagt das über die Menschheit aus?* könnte ein Hinweis auf den Sinn des Ganzen hier sein. Sein Gedanke war, dass wir vielleicht benutzt werden, um ein Argument gegen das Reality-Fernsehen oder die Medien oder so etwas in der Art ins Feld zu führen.«

»Das habe *ich* gesagt«, korrigierte Grant, an Jaide und Charlie gewandt.

Bonnie zwang sich, Grant anzusehen und zu nicken. Er hatte recht, er hatte als Erster in diese Richtung gedacht. »Jacko fand, du hast da nicht ganz unrecht.« Sie versuchte, Marias Feedback ernst zu nehmen und den anderen gegenüber weniger voreingenommen zu sein.

Keiner von ihnen sah in ihre Richtung. Sie sprachen weiter mit Maria, als wäre Bonnie überhaupt nicht anwesend.

»›Das beliebteste Spiel der Welt bringt keinen Gewinn.‹ Was bedeutet das? Dass es kein einzelnes Spiel gibt, das am beliebtesten ist?«, fragte Jaide.

»Das ist dumm. Es muss eins geben. Manche Spiele sind nicht ohne Grund berühmt«, erwiderte Grant.

»Aber im weltweiten Durchschnitt steht vielleicht kein einzelnes Spiel ganz oben.«

Grant schüttelte den Kopf. »Ich glaube nicht, dass es das ist. Wenn dem so wäre, würde das Rätsel keinen Sinn ergeben. Wieso sollte man eine Aussage über das beliebteste Spiel der Welt machen, wenn es so etwas gar nicht gibt?«

»Finde ich auch«, pflichtete ihm Maria bei. »Ich glaube, es sagt uns etwas anderes. Ich frage mich, ob es wieder mit Mathe zu tun hat, wie meine Dreieckszahl.«

»Hat es jemand in den sozialen Medien schon gelöst?«, fragte Charlie.

»Es gibt eine Menge Vorschläge, um welches Spiel es sich handeln könnte, wie Minecraft oder Schach.«

»Dennis kann vielleicht helfen. Wo ist er?«, fragte Bonnie.

Niemand antwortete.

Bonnie war drauf und dran, loszugehen und nach ihm zu suchen, da rief Charlie: »Wartet mal! Könnte es ein Nullsummenspiel sein? Das kam im Matheunterricht mal vor.«

»Kein Gewinn und Nullsumme könnten dasselbe sein, ja. Was ist das?«, fragte Maria.

»Uff, ich weiß nicht genau. Es hatte irgendwas mit Gewinnen und Verlieren zu tun. Ein Spiel mit einem Sieger und einem Verlierer.«

»In allen Spielen gibt es einen Sieger und einen Verlierer«, sagte Grant grinsend. Es war deutlich, dass er Charlie für einen ziemlichen Schwachkopf hielt.

»Ich glaube, Glücksspiel ist ein Beispiel dafür, und auch Memory-Schach.« Charlie ignorierte seine Spöttelei.

»Glücksspiel hat mit Glück zu tun, und bei Schach geht es um Fähigkeiten, das ergibt also keinen Sinn«, setzte Grant nach.

»Suchen wir also ein bestimmtes Spiel oder eine Art von Spiel?«, fragte Bonnie.

Jaide und Grant starrten vor sich hin, als hätte sie nichts gesagt.

Charlie flüsterte leise: »Komm schon, komm schon.« Sie ging in die Hocke und stützte den Kopf in die Hände. »Nullsumme, Nullsumme.«

»Was gab es denn noch für Beispiele dafür, weißt du das noch?«, fragte Maria. »Wenn wir Ähnlichkeiten finden, kriegen wir es vielleicht heraus.«

»Tennis vielleicht?«, sagte Charlie.

»Was haben Glücksspiel, Schach und Tennis gemeinsam?«, fragte Grant. »Das sind alles vollkommen unterschiedliche Spiele.«

»Dennis, weißt du das?«, fragte Bonnie, als sie ihn hinter Jaides Rücken näher kommen sah. »Hast du eine Ahnung, was ein Nullsummenspiel ist?«

»Wieso wollt ihr das wissen?«

»Maria glaubt, es könnte die Antwort auf das Rätsel zum beliebtesten Spiel der Welt sein.«

»Ich habe diese Rätsel hinter mir gelassen«, sagte Dennis. »Unser größtes Rätsel ist, wie wir ohne Wasser überleben sollen. Ich habe zuletzt vor Stunden was getrunken. Wie ist es bei euch?«

»Genauso«, sagte Grant.

»Ich habe gerade mit Jacko geredet, er ist nicht ganz klar, aber ich wollte ihn wissen lassen, dass wir ihm nicht absichtlich Wasser vorenthalten. Ich hoffe, wir kriegen bald unsere nächste Aufgabe gestellt, denn das ist unsere beste Chance.« Er sagte nicht *um zu überleben*, aber alle wussten, dass er genau das meinte.

Bonnie sah, wie sich Maria eine kleine Träne aus dem Augenwinkel wischte und Jaide ihr kurz die Hand auf den Rücken legte. Sie waren wirklich Freundinnen. Bonnie hatte es völlig übersehen.

»Außer derjenige von euch, der die Vorräte genommen hat, gibt sie wieder zurück«, sagte Grant. »Wir werden sowieso bald wissen, wer du bist, weil du der Einzige sein wirst, der nicht dehydriert und verhungert.«

Würde er das sagen, wenn er derjenige wäre, der sie genommen hat? Bonnie dachte daran, wie Jaide am ersten Tag die kleine schwarze Morsecode-Karte vor Dennis und Jacko versteckt hatte, und dachte sich, ja. Genau das würde ein echter Spieler tun, seinen Vorteil verbergen. Du lieber Himmel, sie war wirklich voreingenommen. Möglicherweise hatte Maria recht.

»Poker, nicht Glücksspiel«, sagte Charlie. »Das Beispiel war Poker. Es ist mir jetzt wieder eingefallen, weil ich anhand dieses Spiels die Theorie verstanden habe. Es geht um einen Wettbewerb, in dem der Gewinn des Siegers dem Verlust aller Verlierer gleichkommt. Beim Poker setzen alle Geld, und der Sieger kriegt alles.« Charlie wirkte so zufrieden mit sich, dass sie den Stimmungsumschwung in der Gruppe nicht bemerkte.

Der Sieger gewinnt auf Kosten der Verlierer, dachte Bonnie, und eine neue Welle des Grauens überlief sie. Sie löste sich von der Gruppe und ging schnell zu dem Bildschirm vor Jackos Zimmer zurück. Es gab einen näheren, aber um ihn zu erreichen, hätte sie an Russ' Zimmer vorbeigehen müssen, was sie nach Möglichkeit vermied. Der Geruch wurde allmählich übel.

Auf den ersten Blick dachte sie, der Bildschirm wäre schwarz, und verspürte einen Anflug von Erleichterung. Vielleicht lag Charlie mit ihrer Theorie falsch. Vielleicht hatte die Lösung nichts mit Nullsummenspielen zu tun. Aber dann sah sie, dass der rote Textblock, den sie zu fürchten gelernt hatte, dort wartete wie das nächste Kapitel eines Horrorromans, vor dessen Lektüre man sich fürchtet, den man aber doch nicht aus der Hand legen kann.

Habt ihr das letzte Geheimnis gelüftet?
Wart ihr klug genug dazu?
Wolltet ihr es wirklich wissen?
Denn das hier ist ein schwerer Schlag.
ÜBERRASCHUNG, ÜBERRASCHUNG
NUR EINER ÜBERLEBT

63

Jonny @JT45
Wer hätte gedacht, dass Charlie ein Hirn in ihrem Köpfchen hat? Poker als das beliebteste Spiel der Welt zu identifizieren. #AufgehtsPuppe

PeterP @P_banner_1
Schlauer als du ist sie offenbar. Sie hat nicht gesagt, dass Poker das beliebteste Spiel der Welt ist, sie hat gesagt, Nullsummenspiele sind am beliebtesten. Jedes Spiel, bei dem der Sieger auf Kosten des Verlierers gewinnt. #Schaltdeinhirnein

Ayo Aminade @Goshblog
Muss das wirklich sein? Gibt es dir was, auf @JT45 herumzuhacken? Was sagt das über deine Intelligenz aus?

@PeterP @P_banner_1
Äh, ich weise nur darauf hin, dass man seine Fakten besser im Griff haben sollte, bevor man andere beurteilt.

Julie Hathersage @HathersageJulie
Was sagt es über die Menschheit aus, dass das beliebteste Spiel der Welt darin besteht, auf Kosten anderer zu gewinnen? Wir sind eine schreckliche, schreckliche Spezies. #DieFestungisttiefgründig

Lulu @Lukehere3
Nur einer überlebt! Ich setze auf Grant, er ist der Einzige, der rücksichtslos genug ist, um alles zu tun, was es dafür braucht. #Grantgewinnt

64

»Hey?«, sagte Bonnie leise.

Jacko lag in fötaler Haltung gekrümmt auf dem Boden.

»Nein, alles gut, nicht bewegen. Ich wollte nur Hallo sagen.« Sie kniete sich neben die Tür, so wie sie es auch vor Marias Duellraum getan hatte, und hielt die Klappe mit dem Daumen auf. »Dennis hat gesagt, er hätte dir die Sache mit dem Wasser erklärt. Wir hoffen, dass wir bald eine neue Aufgabe bekommen, damit wir neues gewinnen können.«

Jacko blinzelte ein paarmal. Sie war sich nicht sicher, ob er kommunizieren versuchte oder ob es nur ein Reflex war. Seine Haut glänzte vor Schweiß, und sein T-Shirt war am Halsausschnitt und unter den Achseln feucht.

Sie hatte eigentlich vorgehabt, ihm von dem neuesten Geheimnis zu erzählen, das sie aufgedeckt hatten, konnte sich nun aber nicht dazu durchringen. Was hätte er davon? Jacko baute bereits schnell ab, sie musste ihm einen Grund geben zu kämpfen, nicht einen, aufzugeben.

»Ich habe nachgedacht ... bei diesem Date, wohin würden wir ausgehen? Wenn du nämlich an einen Escape Room gedacht hast, lautet die Antwort nein, das ist dir klar, oder?«

Sie sah, wie sich die kleinste Andeutung eines Lächelns auf Jackos Lippen malte.

»Andererseits, wenn wir schön essen gehen und ich ein neues Kleid tragen darf und leckeren Wein schlürfen, dafür wäre ich offen.«

»Okay.«

Das Wort kam als raues Flüstern heraus, aber es brachte sie trotzdem zum Lächeln.

»Da, wo ich wohne, gibt es ein paar nette Restaurants, falls es dir nichts ausmacht anzureisen. Ich kann aber auch in deinen Winkel der Welt kommen.«

Die Erwähnung von Restaurants ließ ihre Gedanken wieder zu Essensphantasien abschweifen. Zweifellos ging es Jacko ebenso. Sie musste das Thema wechseln.

»Ich bin Grant gegenüber vollkommen ausgerastet, hast du das gehört? Er ist so verdammt ehrgeizig, er würde alles tun, um zu gewinnen, sogar die Chancen anderer Leute sabotieren. Es ist widerlich. Ich denke, auf Twitter wird er dafür fertiggemacht. Ich bin bestimmt ganz schön durchgeknallt rübergekommen. Ich hatte nicht geplant, ihn umzuschubsen, und als ich auf ihn eingeschlagen habe, habe ich mir an den Händen wehgetan. Er besteht aus Granit oder so. Verbringt wahrscheinlich zu viel Zeit im Fitnessstudio.«

Sie erhaschte ein weiteres Aufflackern eines Lächelns.

»Maria hat mir allerdings den Kopf gewaschen. Sie sagt, ich wäre zu voreingenommen. Findest du das auch? Dabei hat sie sich mehr auf Jaide als auf Grant bezogen. Sie hat behauptet, sie wären gute Freundinnen, und ich muss zugeben, dass ich das jetzt auch sehe. Ich glaube, dieser Ort bringt alles Schlechte in mir zum Vorschein. Ich bin die ganze Zeit wütend, und es wird schwieriger, das unter Kontrolle zu halten. Sorry.« Sie bemerkte, dass sie angefangen hatte zu weinen. »Ich bin nicht hergekommen, um dich runterzuziehen, aber du bist hier drin mein bester Freund.«

Sie entfernte sich einen Moment von der Klappe, um sich wieder zu fangen. *Du bist hergekommen, um ihn aufzumuntern.* Aber die Tränen flossen weiter, und sie konnte sie nicht aufhalten. Ihre Chancen, das hier zu überleben, standen äußerst schlecht. Sie war weder so intelligent wie Maria und Dennis noch so ehrgeizig wie Jaide und

Grant. Vielleicht würde sie sich besser schlagen als Charlie, aber das machte sie nur traurig, denn es würde die junge Frau zu einem ähnlichen Schicksal verdammen, wie es Jacko bevorstand.

Selbst wenn sie eine Chance hätte zu überleben, wollte sie das überhaupt? Nullsummenspiele mochten ja die beliebtesten Spiele der Welt sein, aber welcher Albtraum wartete auf den Sieger, der nur überlebt hatte, weil die anderen es nicht getan hatten?

65

Der Direktor

Die Frage war nie, wer gerettet werden sollte – das würde leicht sein. Das Problem bestand darin, diejenigen, die es am meisten verdient hatten, nicht zu früh zu bestrafen.

Er bearbeitete die letzten Filmaufnahmen und beobachtete, wie sie sich alle unterhielten, stritten und vor den Kameras aufspielten. Ausnahmslos jeder von ihnen tat das immer wieder. Er bezweifelte, dass die anderen es mitbekamen, vielleicht war es einigen nicht einmal selbst bewusst, aber wenn er die kleinen Augenbewegungen nach oben zählte, würden sie wohl alle auf ungefähr gleich viele kommen.

Sie wollten, dass er sie sah. Dass er sie genug mochte, um sie auszuwählen. Sie waren verzweifelte und tragische Figuren. Was sie alle nicht sehen konnten, war, dass ihr Schicksal bereits besiegelt war. Das war es von dem Moment an gewesen, als sie für die Show unterschrieben hatten. Alles, was sie von diesem Zeitpunkt an gesagt oder getan hatten, war irrelevant. Er hielt die Fäden in der Hand, alle, und seine Püppchen würden genau das tun, was er wollte.

Es war ihm egal, dass die Welt ihn als den Bösewicht brandmarken würde, im Gegenteil, er setzte darauf. Er würde berühmter werden als sie alle, aber er brauchte seinen Namen und sein Gesicht nicht auf jedem Bildschirm zu sehen. Er war glücklich damit, dafür bekannt zu sein, dass er in einer Welt frivoler Vortäuschungen etwas atemberaubend Echtes getan hatte.

Dies hier war sein liebster Teil. Der Teil im Keller. Das Vorgeplänkel im Obergeschoss war nötig gewesen, um den Rahmen abzustecken, aber das hier war die Butter auf dem Brot. Es hatte ihm Vergnügen bereitet, sich die Spiele auszudenken. In seinen späten Teenagerjahren hatte er sich jedes aufregende Detail von Dantes Fegefeuer auf der Zunge zergehen lassen. Die Grausamkeit, mit der die Seelen für ihre Sünden leiden mussten, war düsterer und köstlicher als alles aus der Feder von Stephen King oder James Herbert. Die Gefräßigen, denen Essen und Wasser vorenthalten wurde, die Faulen, die ohne Unterlass laufen mussten, die Zornigen, die sich in schwarzen Rauch gehüllt in den Kampf begeben mussten. Was gab es daran nicht zu lieben? Und das alles war relativ einfach nachzustellen. Klar, was den Neid anging, musste er ein bisschen kreativer werden, denn er konnte die Augen der Leute schlecht mit Draht zunähen. Er hatte eine Weile gebraucht, um sich eine Alternative einfallen zu lassen. Augenbinden waren zu langweilig, Dunkelheit ähnelte zu sehr dem, was er bereits gemacht hatte, aber schließlich hatte er die Eingebung gehabt. Worauf würden die Sünder in diesem Stadium am meisten Neid empfinden? Die Freiheit der anderen – warum also sollte er ihnen davon nicht eine Kostprobe geben?

66

Die Festung @diefestung
Grünäugige Mädchen aufgepasst! Die nächste SÜNDE wird aufgetischt. Seht es JETZT live auf Channel 5 und My5. #DieFestung

67

Charlie
Schlängle und gleite
Du Grünäugige, streite
Pass nur gut auf
Finde die Paraphrase
Das Geben gib ab

»Ich will das nicht machen. Ich will nicht.«

Charlie war kurz davor, zu hyperventilieren, und Maria befahl ihr durchzuatmen.

»Warum ich? Warum haben sie mich ausgesucht? Ich habe doch das Rätsel gelöst.«

»Und das macht dich zu einer Kandidatin«, sagte Grant. »Du schaffst das locker«, fügte er hinzu, doch seine Miene war ein wenig zu besorgt, um echtes Vertrauen zu vermitteln.

Bonnie beobachtete die Interaktion gebannt. Vielleicht mochte er Charlie wirklich. Wie Maria gesagt hatte, sie musste die Augen aufmachen und sehen, was wirklich vor sich ging, anstatt voreilige Schlüsse zu ziehen.

»Schauen wir mal, was es ist. Vielleicht ist es ja gar nicht so schlimm.« Maria streichelte Charlies Hand. »Irgendwelche Ideen?«

»Ich würde sagen, wir probieren jede Tür und schauen, welche offen ist. Das erspart uns Arbeit«, sagte Grant.

»Die öffnen sich erst, wenn wir dem Hinweis gefolgt sind«, sagte Jaide.

»Woher weißt du das?«

»Weil ich ein Hirn habe, und der Direktor auch. Anfangs, als wir hier eingeschlossen worden sind, haben wir an jeder Tür gerüttelt. Die waren alle abgeschlossen. Sie gehen erst auf, wenn er sie entriegelt.«

Grant reagierte ein wenig missmutig darauf, von seiner neuen BFF in die Schranken verwiesen worden zu sein, widersprach aber nicht. Erneut nicht das, was Bonnie vorhergesagt hätte.

»Es geht wohl um Neid, denn da steht ›grünäugig‹«, sagte Dennis.

»Und schlängle und gleite bezieht sich auf die Schlange«, ergänzte Jaide.

»Also besteht das Rätsel aus den letzten drei Zeilen. ›Pass nur gut auf / Finde die Paraphrase / Das Geben gib ab.‹ Kennt das irgendwer?«

Alle sahen einander an, in der Hoffnung, dass einer von ihnen das Ass aus dem Ärmel schütteln würde, aber niemand tat es. G

Es ergab irgendwie Sinn, dass Charlie den Neid bekam. Bonnie nahm an, dass sich die Jüngere ständig mit anderen verglich. Wieso sollte sie sonst in Bikini-Oberteilen und Jeans herumlaufen? Was andere über ihr Aussehen dachten, war ihr wichtig. Bonnie ging auch davon aus, dass Charlie von allen Anwesenden hier diejenige war, die sich Ruhm und einen Job im Fernsehen am sehnlichsten wünschte.

»Das muss ein Wortspiel sein«, sagte Maria. »Erst mal müssen wir einen anderen Ausdruck für ›Pass nur gut auf‹ finden.«

»Okay, lass es uns versuchen«, nickte Jaide. »Das klingt doch konkret. Am besten, es kommt ein ›Geben‹ drin vor.«

Bonnie überlegte fieberhaft. *Achtung! Vorsicht! Aufgepasst!* Das führte alles nicht weiter. Ihr Hirn trat auf der Stelle.

Jaide tigerte auf und ab und formte mit den Lippen verschiedene Worte. Dennis stand bewegungslos mit dem Rücken an die Wand gelehnt, das Gesicht zur Decke geneigt, die Augen geschlossen. Grant saß in der Hocke und zeichnete Muster auf dem Boden nach. Maria saß neben Charlie, streichelte ihr die Hand und starrte vor sich hin. Alle konzentrierten sich darauf, das Rätsel zu lösen. Aber wieso? Wieso spielten sie seine Spielchen weiter mit? Bonnie wusste, mittlerweile war es nichts weiter als ein Überlebensinstinkt. Er hatte die Kontrolle über die Nahrungsmittel- und Wasservorräte. Er brauchte keine Dunkelheit und ohrenbetäubende Musik mehr, er hatte zwei viel stärkere Triebfedern, die für ihn arbeiteten: Durst und Hunger.

»Ich hab's!«, sagte Maria. »Es ist *Gib Acht*. Wenn wir das Geben abgeben, bleibt nur noch die Acht.«

»Das ist ja typisch, dass es wieder Maria rausbekommt.« Grant setzte sich in Bewegung. »Dann mal los. Zimmer acht. Wir brauchen endlich wieder was zu essen.«

»So ist es«, sagte Dennis. »Wenn du für uns etwas zu essen gewinnen könntest, Charlie, wäre das wirklich gut, nicht nur Getränke.«

Bonnie beobachtete Dennis und Grant, die Seite an Seite vor ihnen hergingen. Ihre Köpfe waren einander ein wenig zugeneigt. Es hatte sich gut angefühlt, wieder als Team zusammenzuarbeiten, auch wenn Bonnie sich der Gruppe nicht mehr so zugehörig fühlte wie zuvor. Grant klopfte Dennis auf die Schulter, und Bonnie versuchte sich einzureden, dass das etwas Gutes war.

Als sie sich Russ' Zimmer näherten, ließ der Geruch sie den Atem anhalten. Ein Teil ihres Hirns hätte gern einen Blick hineingeworfen. Nur einen verstohlenen Blick, um zu sehen, wie er jetzt aussah. Es war derselbe Drang, den die meisten Menschen verspüren, wenn sie an einem Verkehrsunfall vorbeifahren. Irgendwie will man das, was man nicht sehen soll, wirklich dringend anschauen.

Dennis blieb vor Russ' Zimmer abrupt stehen, und Bonnie dachte schon, er würde es tatsächlich tun, doch dann drehte er sich langsam um und blickte in das Zimmer daneben. Das Zimmer, in dem Maria ihre *Göttliche Komödie*-Aufgabe gelöst hatte. Das Zimmer, dessen Tür nun verschlossen war.

»Maria, drück mal gegen diese Tür«, sagte Dennis.

Maria trat davor und tat, was er verlangte.

»Was ist los?«, fragte Grant und kehrte zu ihnen zurück.

»Sie ist verriegelt«, sagte Maria.

»Was? Vielleicht ist sie von alleine zugefallen«, entgegnete Grant.

»Das ist bei keiner der anderen offenen Türen passiert.«

»Hört auf, ihr macht mir Angst, und ich habe schon genug Angst«, sagte Charlie.

»Du musst dir keine Sorgen machen. Wir sind alle hier. Niemand ist eingesperrt, also ist es doch egal«, sagte Jaide.

»Es ist wichtig«, sagte Dennis, »weil an diesem Ort nichts zufällig geschieht.« Er trat zurück, öffnete die Klappe und sah hinein. Es erinnerte Bonnie an den Moment, als er dasselbe an Russ' Tür gemacht hatte, kurz bevor sie die Botschaft erhalten hatten, dass niemand gehen würde. »Ich hoffe, du bist zufrieden mit dir«, Dennis richtete sich wütend wieder auf, »dein kleiner Stunt hat dir nämlich genauso sehr geschadet wie allen anderen.«

»Mit wem sprichst du? Was hast du gesehen?«, fragte Bonnie. Als Dennis nicht antwortete, warf sie selbst einen Blick hinein. »Oh mein Gott«, sagte sie, als sie die volle Vorratskiste auf dem Keyboard stehen sah.

Dennis sagte: »Wer auch immer versucht hat, die Vorräte hier zu verstecken, hat Pech gehabt. Falls ihr es nicht gemerkt habt, er kann die Türen nämlich per Fernsteuerung verriegeln!«

Alle aus der Gruppe schauten nacheinander in den Raum, und Bonnie musterte die anderen genau, um zu sehen, wer schuldig aussah.

»Ich glaube, wir brauchen eine Strategie, die sich am Grad der Bedürftigkeit orientiert. Überlegt euch also, was ihr zuletzt getrunken habt und wann das war. Wir können eine Liste erstellen, aus der hervorgeht, wer zuerst unter den Folgen der Dehydrierung leiden könnte.« Dennis rang die Hände, während er sprach.

»Und was machen wir dann damit?«, fragte Jaide.

»Uns umeinander kümmern. Wir zählen auf dich, Charlie, Liebes.«

Die Gruppe bewegte sich schweigend auf Zimmer acht zu.

»Ich kann das nicht, ich gehe da nicht rein. Das ist nicht fair. Ich mache es nicht.«

Grant legte ihr eine Hand auf die Schulter. »Charlie, beruhige dich. Es ist okay, du musst da nicht alleine reingehen.«

»Du gehst mit ihr rein?«, fragte Bonnie, bereit, ihre Meinung von Grant zu ändern, wenn er das täte.

Der Typ trat vor Zimmer acht einen kleinen Schritt zurück, als Jaide die Tür aufstieß. Der Raum war hell erleuchtet. Es gab in der Tür keine Öffnung, aber zu Bonnies Überraschung ein Fenster in der Außenwand. Ein Bullauge mit Blick auf die Außenwelt. Draußen war es dunkel, aber ein paar Sterne funkelten am Nachthimmel. Die Welt wiederzusehen, ließ einen kleinen Schauer über ihren Rücken laufen.

Etwas beschäftigte sie, und sie wusste, sie musste es aussprechen, auch wenn Charlie sie dafür hassen würde.

»Ich bin mir nicht sicher, ob es erlaubt ist, jemanden mit reinzunehmen. Vielleicht vermasseln wir damit nur die Aufgabe, und es führt dazu, dass zwei Leute eingesperrt bleiben.«

Sie hatte erwartet, dass die anderen ihr zustimmen würden, aber ihr Schweigen war der erste Hinweis darauf, was kommen würde.

»Ich glaube nicht, dass Charlie allein reingehen sollte«, sagte Maria.

»Ich will nicht eingeschlossen werden«, sagte Charlie.

»Wen möchtest du bei dir haben?« Grants Stimme klang sanfter und besorgter, als Bonnie sie je gehört hatte.

Charlie griff nach Bonnies Hand.

Trotz der Hitze, des Hungers und der Erschöpfung rechnete Bonnies Hirn eins und eins schnell zusammen.

»Oh, verstehe«, sagte Bonnie zu Grant, als ihr klar wurde, dass sie ihn die ganze Zeit über richtig eingeschätzt hatte. »Du denkst, du wirst zwei zum Preis von einer los. Je mehr von uns aus dem Rennen sind, desto mehr Chancen hast du, zu gewinnen. Verpiss dich, du Dreckskerl.«

»Bitte, Clara.« Charlie drückte Bonnies Hand.

»Ich finde, das ist keine schlechte Idee.«

Bonnie wandte sich zu Dennis um. »Ist das dein Ernst?«

»Charlies Erfolgschancen stehen deutlich besser, wenn sie jemanden hat, der sie unterstützt, und wir haben diesen Sieg wirklich nötig.«

»Sie ist kein Kind. Sie ist eine erwachsene Frau, und wenn es dich so umtreibt, geh doch du mit rein.«

»Ihr habt eine bessere Beziehung zueinander.«

»Ich glaube nicht, dass die Qualität einer Freundschaft hier drin ein guter Indikator für Erfolg ist.«

»Wieso bist ausgerechnet du so kostbar? Ich wette, jeden anderen von uns würdest du mit reingehen lassen«, sagte Jaide.

»Nein. Das habe ich nicht gesagt.«

»Mir macht es nichts aus, mit ihr reinzugehen«, sagte Maria.

»Nein, Maria, du hast schon mehr als genug getan, stimmt's, Clara?« Jaide starrte Bonnie an.

In diesem Moment, als sich die ganze Gruppe um sie scharte, wurde Bonnie klar, was sie in den letzten Stunden alles übersehen hatte: den Blickwechsel zwischen Grant und Dennis, nachdem sie die Beherrschung verloren hatte, Charlie und Jaide, die miteinander flüsterten und abrupt verstummten, als sie hereinkam. Maria, die ihr vorwarf, irrational zu sein. Grant, der Dennis auf den Rücken klopfte. Die anderen hatten eine gemeinsame Feindin gefunden. Sie hatten entschieden, dass sie eine Last war. Sie hielten bereits Charlie für übermäßig emotional, und jetzt, nachdem Bonnie Grant angegriffen hatte, dachten sie zweifellos dasselbe von ihr. Sie war eine Bürde. Wurde hysterisch. War schwächer als die anderen.

»Das ist nicht fair. Ihr könnt mich nicht zwingen, da reinzugehen, nur weil ich euch nerve.«

»Wir sind nicht genervt«, sagte Maria.

»Was dann? Warum ich?«

Niemand sagte ein Wort. Kein Disput. Keine Entschuldigung.

»Denkt doch mal nach. Was, wenn wir unsere Chance auf neue Vorräte verspielen, wenn jemand mit reingeht? Wollen wir das riskieren?«

»Nach Russ hatten wir beschlossen, dass niemand mehr alleine reingeht«, antwortete Dennis. »Wir müssen aufeinander aufpassen.«

Und du passt gerade auf mich auf, ja? Oder passt ihr alle bloß auf euch selbst auf? »Aber Maria und Jacko haben wir doch auch allein reingehen lassen.«

»Bei Maria haben wir zu langsam reagiert, und Jackos Zimmer war zu klein. Das hat er selbst eingesehen.«

Natürlich hatte der Herr Staatsanwalt auf alles eine Antwort parat.

»Sind sich alle einig? Sieht sonst niemand das Risiko? Maria, du bist die Schlauste von uns. Was denkst du?« Bonnie hoffte, dass die Stimme der Vernunft ihr aus der Patsche helfen würde.

Maria sah Charlie länger an. Die junge Frau weinte leise in sich hinein. Sie ließ den Kopf hängen und umklammerte ihren linken Arm mit der rechten Hand. Marias Blick wanderte zu Bonnie.

»Na schön. Wenn ihr es alle für richtig haltet.«

Jaide hielt für einen Moment Bonnies Blick fest, und Bonnie bildete sich ein, dass die andere gerade versuchte, ihr telepathisch Bonnies eigene Worte zurückzuvermitteln: *Ich hoffe, du wirst eingesperrt und niemand kommt, um dir zu helfen.*

»Viel Glück«, sagte Dennis.

Bonnie hielt ihm den Mittelfinger ihrer rechten Hand vor die Nase. Sie hatte geglaubt, er wäre ihr Freund.

68

Das Geräusch, mit dem sich die Tür hinter ihnen schloss, ließ Bonnie zusammenzucken. Sie blickte sich danach um. Keine Klappe. Keine Überlebenschance, falls sie versagten.

Charlie versuchte die Tür wieder aufzuzerren und hämmerte dann mit den Fäusten gegen das Metall. Bonnie zog sie sanft zurück. Die Tür war jetzt verriegelt. Es hatte keinen Sinn, dagegen anzukämpfen.

Das Zimmer war quadratisch und geräumiger als die anderen, die sich bislang geöffnet hatten. Am unteren Rand der Wände waren Schrammen und Bohrlöcher zu sehen, offenbar waren Einrichtungsgegenstände entfernt worden. Sie nahm an, dass es sich früher um eine Operationszentrale voller Militärausrüstung gehandelt hatte. Hatten sich die Männer, die hier gearbeitet hatten, sicher gefühlt, oder hatten sie Angst gehabt?

Ihr Blick fiel auf den auf die Wand gedruckten Text links neben dem Fenster.

Immer mehr reicht niemals aus
Willst du deine klägliche Seele bewahren
Musst du die Jakobsleiter hinauf
Und wirst den Schlüssel durch das Loch gewahren

Was fand dieser Mann nur an seinen Reimen? Sie dachte an einen Vortrag dieses Poet Laureate, der einmal einen Vortrag an der Universität gehalten hatte. Es sei einfach, hatte er gesagt, sich Reime auszudenken, beinahe ein Kinderspiel, echte Poesie sei so viel mehr. Dieser Direktor war also nicht so schlau, wie er dachte. Bei dem Gedanken ging es ihr gleich ein wenig besser. *Los, versuch's doch, du Waschlappen.*

Unter dem Reim war mit groben Strichen ein Pfeil an die Wand gezeichnet worden, der auf das Bullauge zeigte, welches sich auf zwei Drittel der Raumhöhe befand. Bonnie ging darauf zu. Draußen war es dunkel, es gab also nichts zu sehen. Das Fenster war größer, als sie zunächst gedacht hatte, und sie war überrascht, dass es nicht verriegelt war. Auf der einen Seite befand sich ein kleiner Metallriegel und auf der anderen ein Scharnier. Sie griff nach oben, entriegelte das Fenster und drückte gegen die Scheibe. Das Fenster würde sich nicht öffnen lassen, aber versuchen musste sie es trotzdem. Sie stellte sich vor, wie die anderen sie draußen auf dem Bildschirm beobachteten und ihre Naivität belächelten. Dieser Gestörte ließ bestimmt kein zugängliches Fenster offen stehen.

Und dann spürte sie, wie sich das Ding ein winziges Stückchen bewegte.

»O mein Gott.« Sie sah sich zu Charlie um und drückte mit beiden Händen gegen das Fenster. »Komm und hilf mir.«

Charlie kam, legte ihre Hände um die von Bonnie, und gemeinsam drückten sie. Das Bullauge knarrte und bewegte sich ein kleines Stück, bevor es wieder verklemmte und sich dann doch noch ein kleines Stück weiter bewegte. Bonnie schlug mit der Faust gegen den Rahmen. Es konnte Jahre her sein, dass jemand dieses Ding geöffnet hatte, vielleicht sogar Jahrzehnte. Es war bestimmt verrostet und aufgequollen. Charlie und sie fuhren fort, dagegenzudrücken und dagegenzuschlagen, und hin und wieder spürten sie einen winzigen Ruck, der sie weiter anspornte, bis es sich schließlich vom Rahmen löste und aufschwang.

Kalte Meeresluft strömte herein, und Bonnie begann zu lachen.

Sie und Charlie fielen sich in die Arme, dann hielt Bonnie den Kopf aus dem Fenster. Sie konnte das Meer gegen die Mauern des Forts unter sich schlagen hören. Die Gischt bespritzte ihr Gesicht, und sie sog die salzige Luft mit ganz neuer Wertschätzung ein. Mit geschlossenen Augen genoss sie das Gefühl, lebendig zu sein und der Freiheit einen ganz kleinen Schritt näher gekommen zu sein.

»Was siehst du?«, fragte Charlie.

Widerwillig öffnete Bonnie die Augen und brach den Bann.

Niemand geht.

Nur einer überlebt.

Sie blickte nach unten und zur Seite um das Bullauge herum, konnte aber nichts sehen. Nachdem sich ihre Augen an die Dunkelheit gewöhnt hatten, erkannte sie den glatten Beton, der sich bis hinunter an die Wellen erstreckte, und als sie nach oben sah, erblickte sie die ersten Sprossen einer Metallleiter.

Die Jakobsleiter. Wo hatte sie den Ausdruck schon mal gehört? Dennis und Maria würden ihn zuordnen können, nahm sie an. Wie um alles in der Welt sich die beiden all das Allgemeinwissen in den Kopf gestopft hatten, war ihr ein Rätsel. Die Sympathie, die sie für die beiden empfand, verflüchtigte sich, als ihr wieder einfiel, dass sie sich gegen sie gewandt hatten. Vor gar nicht langer Zeit hatte sich Dennis mit ihr noch flüsternd über seine Fluchtpläne ausgetauscht. Sie war seine Vertraute gewesen. Und wie oft hatte sie Maria verteidigt, seitdem sie hier waren? Beinahe jeden Tag. Das Einzige, was man Bonnie vorwerfen konnte, war, dass sie die Lügen und den Egoismus der anderen anprangerte. Und dies war ihre Strafe – aus der Gruppe ausgeschlossen zu werden. Wenigstens hatte sie noch einmal frische Luft auf ihrem Gesicht gespürt. Sie hoffte, dass jeder Einzelne von ihnen sie darum beneidete.

Neid – das war der Grund, warum es hier ein Fenster gab. Damit alle neidisch auf diejenigen waren, die sich hier in diesem Zimmer befanden. Oder sollten sie als Insassen dieses Gefühl verstärkt empfinden? Schließlich ruft nichts mehr Neid hervor, als etwas zu sehen, was man haben will, aber nicht haben kann.

Angesichts der Grausamkeit des Ganzen kam ihr erneut die Galle hoch.

Bonnie zog ihren Kopf wieder ins Zimmer zurück. Der Vorratsschrank stand an der Wand, und im Gegensatz zu denjenigen in Marias und Jackos Zimmern hatte dieser hier ein Schlüsselloch.

»Was?«, fragte Charlie mit angstgeweiteten Augen. »Was muss ich machen?«

»In dem Reim steht, dass man durch das Loch muss, um den Schlüssel zu finden, und der Schrank hier hat ein Schlüsselloch.«

»Siehst du den Schlüssel? Komme ich da dran?«

Bonnie schüttelte langsam den Kopf. »Ich glaube, ›musst du die Jakobsleiter hinauf‹ ist wörtlich gemeint. An der Wand über dem Fenster ist eine Metallleiter befestigt. Ich schätze, um den Schlüssel zu holen, musst du sie hochklettern.«

»Da draußen? Im Dunkeln?«

»Es sei denn, wir warten bis morgen früh, ja.«

Charlie schüttelte den Kopf. »Ich passe da nicht durch. Es ist zu klein.«

Bonnie blickte zwischen dem Bullauge und Charlie hin und her. »Es wird eng, ist aber machbar.«

Charlie wich in Richtung Tür zurück und schüttelte unentwegt den Kopf. »Das kann ich nicht, ich mache das nicht. Ich klettere da nicht durch, da falle ich runter.«

»Beruhige dich. Lass uns nachdenken.«

»Ich habe doch gesagt, ich kann nicht. Ich kann nicht!«

Bonnie ging zum Fenster zurück. Die untere Kante befand sich auf einer Höhe mit ihrer Brust. Sie drehte dem Bullauge den Rücken zu und streckte die Arme über den Kopf aus, bis sie die unterste Sprosse der Leiter ertastet hatte. Dann hängte sie sich mit ihrem Gewicht an die Arme und versuchte, sich hochzuziehen.

»Wenn ich dich an den Beinen schiebe, kannst du dich in den Fensterrahmen setzen und dich nach draußen ziehen.«

»Nein. Nein. Ich kann das nicht. Er kann mich nicht dazu zwingen.«

»Charlie, es ist okay.« Bonnie konnte sehen, dass die Jüngere kurz vor einer Panikattacke stand. Ihr Atem kam unregelmäßig, ihr Blick huschte von hier nach da. »Es gibt keinen Grund zur Eile. Setz dich hin, lass dir einen Augenblick Zeit.«

»Ich kann das nicht machen. Ich kann nicht«, sagte Charlie und ließ sich die Wand entlang auf den Boden gleiten.

Bonnie setzte sich neben sie und nahm ihre Hand. Sie fühlte sich feucht an, und immer wieder erzitterte sie leicht.

»Atme, tu's für mich.« Um es ihr vorzumachen, atmete Bonnie ein paarmal tief und langsam ein und aus. Als sie hörte, dass sich Charlies Atem etwas beruhigt hatte, beugte sie sich zu ihr und flüsterte ihr ins Ohr: »Du wirst draußen sein und frei. Die Leiter muss irgendwohin führen. Du könntest uns alle hier rausholen.«

»Wie denn?«

»Psst. Wenn du rauskletterst und herausfindest, wohin sie führt, gibt es von da vielleicht eine Möglichkeit, aufs Hauptdeck zu kommen.«

»Und was, wenn nicht?«

»Dann ... bleibst du auf der Leiter.«

»Was meinst du damit?«

»Sobald die Sonne aufgeht, werden bestimmt Boote unterwegs sein. Das ist unsere Chance, Hilfe zu rufen.«

»Was, wenn ich falle?«

»Das wirst du nicht, und außerdem sind wir hier gar nicht so hoch über dem Wasser. Du hast doch ohnehin Schwimmsachen an«, versuchte Bonnie die Stimmung aufzulockern.

»Soll ich mich jetzt deswegen besser fühlen?«

»Charlie, komm schon, du wirst unsere Retterin. Du schaffst das.«

»Wenn du so erpicht darauf bist, warum machst du es dann nicht?«

»Das hier ist nicht meine Aufgabe.«

»Na und? Ist mir egal.«

»Wenn ich gehe, wird er wissen, dass wir etwas im Schilde führen.«

Charlie blickte zur Kamera auf. »Ich will das nicht machen. Nichts davon!«, sagte sie in voller Lautstärke. »DU KANNST MICH NICHT DAZU ZWINGEN!«

Bonnie saß still da. Charlie hatte recht, niemand konnte sie zwingen, aus dem Fenster zu schlüpfen und die Leiter hinaufzuklettern. Bonnie konnte Charlies Standpunkt nachvollziehen. Auch wenn sie unbedingt aus diesem Gebäude entkommen wollte, war der Gedanke, an der senkrechten Wand dieses Betonzylinders zu hängen, der Stoff, aus dem Albträume gemacht sind.

»Wen willst du als Erstes in die Arme schließen, wenn du hier raus bist?«

Charlie zuckte mit den Schultern.

»Für mich ist das meine Schwester. Ich vermisse sie wahnsinnig, obwohl ich niemals geglaubt hätte, dass ich das einmal sagen werde.« Bonnie lächelte Charlie an, aber die Jüngere lächelte nicht zurück. »Wir haben vor ein paar Monaten unsere Mum verloren und uns seitdem nicht mehr so gut verstanden.«

»Wart ihr eng miteinander, deine Mum und du?«

»Sehr. Sie war super. Manchmal total durchgeknallt, aber super, du weißt schon.«

»Eigentlich nicht.«

Bonnie fiel Charlies Geständnis von vorhin wieder ein. »Tut mir leid, das war unsensibel.«

»Schon okay. Ich höre gern von netten Müttern. Ich habe mir immer gewünscht, auch so eine zu haben. Ich bin adoptiert, und ich glaube, meine Mum ist nie richtig mit mir warm geworden. Ich war ihr nur lästig. Ich war ihr immer im Weg und habe sie daran gehindert, das Leben zu führen, das sie hätte führen können, wenn sie sich nicht hätte um mich kümmern müssen.«

Und deswegen hat sie ihre Verbitterung an dir ausgelassen, dachte Bonnie, entschied sich aber, darauf nicht hinzuweisen.

»Ich glaube, mich wird niemand vermissen, wenn wir nicht rauskommen.«

»Sag so was nicht.«

»Es stimmt. Ich werde schnell in Vergessenheit geraten, weil ich nie die Art von Freundschaften geschlossen habe, die halten.«

Bonnie fragte sich, ob das wohl daran lag, dass Bonnies Mutter ihr nie beigebracht hatte, was eine positive Beziehung war.

»Und was ist mit Männern? Du hast da draußen doch bestimmt einige Verehrer gehabt. Sieh dich nur an. Und wenn das bisher nicht so war, wirst du jetzt welche haben. Ich glaube, wenn du es geschickt anstellst, bist du diejenige, für die das hier der Ausgangspunkt einer Art von Karriere sein könnte.«

»Du meinst, wenn ich einfach weiter herumheule und meine Klamotten ausziehe.«

»Ignorier die Trolle. Das sind Leute, die viel zu viel Zeit am Handy verbringen und zu wenig Zeit damit, ihr eigenes Leben zu leben. Niemand, der etwas taugt, hätte die Zeit, kleinliche Urteile abzugeben.«

Zum ersten Mal, seit sie den Raum betreten hatten, lächelte Charlie.

»Diese frische Brise ist himmlisch.« Bonnie schloss die Augen und genoss den kühlen Luftzug, der über ihr Gesicht strich. Als sie sie wieder öffnete, stand Charlie am Fenster und sah zu der Leiter auf.

»Was denkst du?«, fragte Bonnie.

Charlie griff nach oben und umfasste die Sprosse. »Bäh, die ist nass und glitschig.«

»Kannst du dich hochziehen?« Bonnie kam auf die Füße.

Charlie wand sich durch das Fenster, um hinaus und hinunter auf das Wasser zu blicken. Dann sah sie sich mit einem stählernen

Ausdruck in den Augen wieder zu Bonnie um. Sie drehte sich um, streckte wieder die Arme aus, und langsam hoben sich ihre Füße vom Boden. Sie war ein zierliches Mädchen und hatte wenig Körpermasse, es würde ihr also nicht leichtfallen, ihr eigenes Körpergewicht zu heben. Aber sie mühte sich redlich, bevor sie mit den Händen von der Leiter abrutschte und mit dem nackten Rücken die Wand entlangschrammte. Vor Schmerz schrie Charlie auf und sackte zu Boden. Auf ihren Schulterblättern prangten an den Stellen, wo ihre Haut an der rauen Wand aufgeschürft worden war, zwei rote Striemen.

»Es blutet nicht.« Bonnie untersuchte die Wunde auf Schmutz und stellte erleichtert fest, dass sie ziemlich sauber aussah. Der Himmel allein wusste, wie sie an diesem Ort mit einer infizierten Wunder umgehen sollten.

Die Tapferkeit, die für kurze Zeit von Charlie Besitz ergriffen hatte, hatte sich in Luft aufgelöst. Die Panik war in ihre Augen zurückgekehrt. Und doch unternahm sie einen weiteren Versuch, sich hochzuziehen und schaffte es mit Bonnies Hilfe beinahe, mit dem Hintern auf den unteren Rahmen des Fensters zu kommen.

»Ich schaffe es nicht«, sagte sie, als sie mit Kopf und Schultern schon außerhalb des Gebäudes war. Ihre Stimme klang schrill und panisch, und ihr langes Haar peitschte ihr ins Gesicht. »Nein! Nein! Ich kann das nicht.« Charlie ließ sich wieder zurück ins Zimmer gleiten.

Bonnie half ihr herein. Sie wusste, es war sinnlos, Charlie zu zwingen. Sie hatte zu viel Angst. Selbst wenn sie es hinaus schaffen würde, hätte sie vermutlich nicht den Mumm, besonders weit hochzuklettern oder eine Ausstiegsstrategie zu finden.

»Meinst du, wir könnten da draußen etwas aufhängen, um Aufmerksamkeit zu erregen?« Bonnie dachte laut.

»Was denn zum Beispiel?«

Bonnie sah Charlies Jeans-Shorts und das Bikini-Oberteil an. *Das nicht.* Sie brauchten etwas Leuchtendes und Auffälliges, also würden auch ihre eigene Jeans und ihr dunkles T-Shirt nicht viel hergeben. Sie suchte den Raum ab. Es gab nichts, was sie dafür benutzen könnten, nichts, was genügend Aufmerksamkeit erregen würde. Sie begriff, dass sie keine andere Wahl hatten, als zu tun, was er wollte. Er hatte alles genau so eingerichtet.

»Na gut, ich mache es«, sagte Bonnie, denn sie wusste, eine bessere Chance hatten sie nicht, um dieser Hölle zu entkommen.

»Das kannst du nicht, es ist doch nicht deine Aufgabe.«

»Was kann schlimmstenfalls passieren? Wenn ich an den Schlüssel komme, haben wir wenigstens wieder Vorräte.« Dieser Satz war für die Kamera gedacht, denn sie hatte nicht die Absicht, in dieses Zimmer zurückzukehren.

Charlie schlang die Arme fest um Bonnies Taille, schluchzte an ihrer Schulter und entschuldigte sich.

»Es wird schon gut gehen«, flüsterte Bonnie in Charlies Ohr und drückte sie an sich. »Mach dir keine Sorgen.«

Bonnie gab es nur ungern zu, aber die anderen hatten recht damit gehabt, jemanden mit Charlie ins Zimmer zu schicken. Allein hätte sie es niemals wieder hinaus geschafft.

Widerstrebend machte Bonnie sich los und nahm Charlies Platz am Fenster ein. Sie atmete ein paarmal tief durch, um ihre Nerven zu beruhigen, dann streckte sie wie schon zuvor die Arme nach der Leiter aus. »Kannst du mir helfen und mich hochdrücken?«

Charlie nahm ihre Beine und hob sie an, während sich Bonnie gleichzeitig langsam nach oben und aus dem Fenster hinauszog. Ihre Schultern passten nur mit Quetschen durch die Öffnung, und sie musste die Arme an den Kopf pressen, um sich hindurchzuwinden. So gut es ging, schüttelte sie sich die Haare aus den Augen und griff nach der dritten Sprosse. Als ihre Hand festen Halt gefunden hatte, nahm sie auch die andere Hand nach oben und schaffte es damit, sich so hochzuziehen, dass sie im Fenster saß. Ihr Oberkörper war nun draußen in der Kälte, ihre Beine waren noch von Wärme eingehüllt.

»Es ist alles okay«, sagte sie und schaut zu Charlie hinein.

»Komm lieber wieder rein. Was, wenn du runterfällst? Wenn du fällst, ertrinkst du. Das ist bescheuert. Das ist es nicht wert.«

Bonnie blickte zu der Leiter auf. Sie zählte zehn Sprossen, danach konnte sie nichts mehr erkennen. War das das obere Ende, oder wurde der Rest der Leiter einfach von der Dunkelheit verschluckt? Falls es das Ende war, hörte die Leiter einfach irgendwo auf. Soweit sie sehen konnte, gab es dort keine Fenster. Vielleicht war da ein Vorsprung oder so etwas. Irgendjemand hatte diese Leiter dort aus einem bestimmten Grund befestigt. Sie musste eine Art Fluchtweg gewesen sein.

»Clara? Clara?«

»Alles okay«, sagte sie und wappnete sich. Sie musste sich an den Armen hängend zurücklehnen und sich mit dem Po über das Meer herausziehen, bevor sie einen Fuß in den Fensterrahmen stellen und aufstehen konnte. Charlie hatte recht damit gehabt, dass sich die Leiter glitschig und nass anfühlte. Sie überprüfte ein paarmal ihren Griff, umklammerte das dünne Metall, so fest sie konnte. Dann holte sie noch ein paarmal tief Luft.

So entkommen wir, sagte sie sich.

69

Das Manöver lief besser, als sie erwartet hatte. Sie bewegte sich schnell, ohne an die Gefahr oder das kalte Wasser unter ihr zu denken. Ehe sie sich's versah, stand sie mit einem Fuß fest im Fensterrahmen und zog ihren Körper wieder dicht an das Gebäude heran, wobei sie mit einer Hand die vierte Sprosse erreichte. Sie überprüfte ihren Halt, bevor sie mit der anderen Hand nachzog und sich dann langsam in den Stand aufrichtete. Plötzlich rutschte sie mit der rechten Hand ab und hätte fast die Balance verloren, konnte sich aber gerade noch festhalten.

Der kalte Wind peitschte ihr um den Kopf. Es fühlte sich trotz der Gänsehaut so gut an. Sie nahm sich einen Moment Zeit, um sich zu vergegenwärtigen, dass sie befürchtet hatte, die Außenwelt nie wiederzusehen. Das Meer erfüllte alle ihre Sinne: das Geräusch, mit dem es gegen die Festung brandete, der salzige Geruch in ihrer Nase, das Gefühl, dass es ihr in alle Poren drang. Obwohl die Dunkelheit ihre Sicht einschränkte, wusste sie, dass sie von Schönheit umgeben war.

Sie fragte sich kurz, was wohl die anderen aus der Gruppe dachten, die von außerhalb des Zimmers zusahen. Vermutlich sahen sie jetzt nur noch ihre Füße. Gab es hier draußen Kameras? Sie konnte keine sehen. Ob sie sie wohl leichtsinnig oder mutig fanden? Grant hatte zweifellos ein kleines Lächeln im Gesicht und wünschte sich, sie scheitern zu sehen. Sie stellte sich Jaide mit verschränkten Armen und gerunzelter Stirn vor und hoffte, dass Dennis und Maria Schuldgefühle hatten. Richtig üble Schuldgefühle.

Weiter geht's.

Bonnie griff nach der nächsten Sprosse. Unter ihren Füßen fühlte sich die Leiter noch rutschiger an. Wenn sie ihre Schuhe ausgezogen hätte, hätte sie vielleicht mehr Halt gehabt. Die Sohlen ihrer Ballerinas waren flach und glatt, was für diese Aufgabe wirklich ungünstig war.

Noch fünf Sprossen, und was dann? Es sah so aus, als würde die Leiter einfach aufhören. Sie riskierte einen Blick nach unten. Vielleicht hatte man sie früher benutzt, um Boote zu besteigen. Ihre Augen hatten sich inzwischen vollständig an die Dunkelheit gewöhnt, und der Abgrund unter ihr war deutlich zu erkennen. Die Brandung hob und senkte sich. Sie zog sich dichter an die Leiter heran, schloss die Augen und versuchte, an irgendetwas anderes zu denken als an das kalte, schwarze Meer.

Ein Bild von ihrer Mutter bei einem Schwimmwettkampf kam ihr in den Sinn. Sie hatte sich einen Schal ins Haar gebunden, eine ihrer Lieblingsfrisuren. Inmitten all der anderen Eltern schrie sie Bonnies Namen, während Clara mit großen Augen neben ihr stand. Clara ließ keine Gelegenheit aus, ihre große Schwester anzufeuern. Damals hatte sich Bonnie dafür geschämt. Wie peinlich, dass die eigene Mutter die Einzige war, die auf und ab hüpfte und schrie. Sie hatte befürchtet, dass ihre Freunde sich über sie lustig machen würden oder, schlimmer noch, über ihre Mutter. Bonnie schluckte ihre Tränen hinunter. Mum war immer ihr größter Fan gewesen, und wenn sie jetzt hier wäre, würde sie sagen: Keine Panik, lass dir Zeit, du schaffst das. Finde einfach den Schlüssel, das ist alles, was du tun musst.

Finde den Schlüssel.

Bei dem Gedanken öffnete sie die Augen. Vielleicht sollte sie, sobald sie ihn hatte, doch wieder zurück ins Gebäude steigen. Sie könnte Essen und Wasser entgegennehmen und später wieder herausklettern, um Hilfe anzulocken, sie könnte sogar ins Wasser springen und schwimmend Hilfe holen. Die Idee, bis Sonnenaufgang draußen zu bleiben war, ihr so logisch erschienen, bevor sie hier draußen in der glitschigen, kalten Realität angekommen war.

Sie konnte weder einen Schlüssel noch ein Kästchen sehen, das einen enthalten könnte. Sie untersuchte die Sprossen über und unter sich und sah nichts anderes als dunkles, schmieriges Metall und glatten Beton dahinter. Mit angestrengten Augen versuchte sie in der Dunkelheit zu erkennen, ob an der Wand ein Haken angebracht war. Doch jedes Mal, wenn sie glaubte, etwas Verheißungsvolles entdeckt zu haben, erwies es sich nur als Schatten oder Fleck.

Sie wollte gerade aufgeben und wieder hinunterklettern, um sich mit Charlie zu beraten, als ihr etwas ins Auge stach, etwas über ihr, an der Stelle, wo die Leiter an der Wand befestigt war. Die Hoffnung flößte ihr Zuversicht und Mut ein. Sie stieg eine weitere Sprosse hinauf, um genauer hinzusehen, und erstarrte. Hatte sie sich das nur eingebildet oder hatte sich die Leiter unter ihr gerade verschoben? Sie blieb angespannt und regungslos stehen. Sie hatte es sich nicht eingebildet, da war sie sich sicher. Die Leiter hatte sich definitiv bewegt. An der obersten Sprosse war eine Art Behälter befestigt – wenn sie den nur erreichen könnte.

Ein eigenartiges Brummen erregte ihre Aufmerksamkeit. Sie konnte es über das Rauschen der Wellen hinweg ausmachen. Irgendetwas Menschengemachtes. Während sie so reglos wie möglich stehen blieb, drehte sie den Kopf erst in die eine und dann in die andere Richtung. Als sie nach rechts blickte, wurde ihr klar, dass die Hoffnung, sich hier draußen verstecken zu können, bis Hilfe kam, vereitelt worden war. Die Drohne schwebte ein paar Meter neben ihr und beobachtete sie.

Bonnie starrte in die Kamera und fragte sich, was sie tun sollte. Den Schlüssel holen, zurückklettern und damit allen die Chance auf Nahrung und Wasser geben oder hier warten und darauf hoffen, dass diese Drohne sie nicht am Hilferufen hindern konnte.

Sie dachte an Clara, die ihr zu Hause zusah, sich zweifellos die Nägel abkaute und Bonnie beschwor, weiterzumachen. Mehr brauchte sie nicht, um wieder in Bewegung zu kommen. Nur noch vier Sprossen.

Sobald Bonnie den Fuß auf die nächste Sprosse gesetzt hatte und ihr Gewicht nach oben zog, wurde ihr klar, dass sie einen Fehler gemacht hatte. Diesmal war nicht zu leugnen, dass sich die Leiter bewegte. Ruckartig löste sie sich mit einem furchtbaren, schabenden Geräusch ein Stück von der Wand. Bonnie versuchte, so ruhig wie möglich zu bleiben, aber die Leiter ruckte erneut nach hinten, und dann noch einmal. Sie hatte noch die Zeit, nach oben zu schauen und zu sehen, dass der obere Teil nicht mehr an der Wand befestigt war. Es blieb keine Zeit mehr, wieder hinunterzuklettern. Die Leiter fiel hart und schnell und katapultierte ihre Füße in die Luft, bevor sie abrupt zum Stillstand kam, weil die unteren Befestigungen hielten. Bonnie hielt sich mit den Händen noch an der Sprosse fest, aber ihr blieb keine Zeit mehr, deswegen Erleichterung oder Hoffnung zu empfinden. Sie verlor bereits den Halt, und keine noch so große körperliche oder geistige Anstrengung konnte der Schwerkraft in diesem Moment etwas entgegensetzen.

Nein. Nein. Bitte.

Die Zeit schien sich zu verlangsamen, Zentimeter um Zentimeter rutschten ihre Finger ab. Als sie schließlich fiel, riss ihr der Wind an den Haaren und der Kleidung. Sie dachte an die Szene in *Stirb Langsam*, in der Alan Rickmans Figur vom Dach des Gebäudes stürzt. Sie hatte sich immer gefragt, wie sie das gemacht hatten.

Nichts ist so, wie es scheint.

70

»Ich habe zu Phil gesagt, du kannst so nicht weitermachen. Das ist unfair. Was ist das für ein Leben für mich, nie zu wissen, ob du da sein wirst oder nicht?«

»Ich weiß nicht, wie du klarkommst, Luce. Ich hätte ihn schon vor Jahren mit einem Tritt aus der Tür befördert.«

»Das kann man doch nicht machen, wenn man Kinder hat, oder?«

»Er ist aber gar nicht ihr richtiger Vater, oder?«

»Aber so gut wie. Er ist ein Teil von Dougies Leben, seit der zwei war. Er kennt keinen anderen Dad.«

Bonnie hörte das Gespräch aus der Ferne, als würden die Frauen am anderen Ende eines Tunnels stehen.

»Hey, Luce, ich glaube, sie wacht auf.«

»Na, hallihallo. Wurde aber auch Zeit, dass du zu dir kommst.«

Bonnie öffnete blinzelnd die Augen und erblickte zwei lächelnde Gesichter, die über ihr schwebten. Jemand machte sich an ihrem Arm zu schaffen und versuchte, ihn wegzuziehen, was nicht gelang. Ihr Körper reagierte nicht.

»Geh und hol Aksha«, sagte jemand.

»Was?« Bonnies Mund fühlte sich so trocken an wie Sägemehl, und ihre Kehle brannte. Ihr wurde bewusst, dass sie einen Schlauch in der Nase hatte.

»Ich gebe Ihnen Wasser.«

Die Frau hob ganz sachte Bonnies Kopf an und steckte ihr einen

Strohhalm zwischen die Lippen. Bonnie nahm einen kleinen Schluck. Sobald das zimmerwarme Wasser ihren Mund erreichte, übernahm ihr Körper die Kontrolle und saugte große Schlucke durch den Strohhalm, bis die Frau ihn ihr entzog.

»Immer mit der Ruhe. Es ist genug da.«

Bonnie starrte die Frau an. Sie hatte freundliche Augen und ein breites Lächeln. Auf ihrem Namensschild stand LUCY BRIDGES, und Bonnie hatte keinen Zweifel daran, dass sie in ihrem Job gut war. Aber sie wusste nichts. Wasser war kostbar und notwendig, und man durfte es niemals, *niemals* als Selbstverständlichkeit betrachten. Lucy Bridges sollte dankbar dafür sein, dass sie nie tagelang mit nur winzigen Tropfen davon in einem Treibhaus hatte überleben müssen.

Die Festung.

Bonnie richtete sich auf, als eine ältere Frau in weißer Bluse und eleganter blauer Hose den Raum betrat.

»Ihr müsst sie rausholen. Hat sie jemand rausgeholt?«

Die neue Frau wechselte einen Blick mit Lucy Bridges.

»Hallo, ich bin Dr. Aksha Syed. Wie fühlen Sie sich?«

»Sind alle rausgekommen?«

»Waren noch andere bei Ihnen?«

»Ja, eine ganze Gruppe. Geht es ihnen gut? Was ist mit Jacko?«

»Wie waren Sie unterwegs? Wer hat Sie hergebracht?«

Bonnie sah die Ärztin stirnrunzelnd an. »Wir waren überhaupt nicht unterwegs.«

»Sie klingt englisch«, sagte Lucy.

»Ich *bin* Engländerin. Wieso? Wo bin ich?«

Die Ärztin sah Lucy erneut an. »Sie sind auf der Isle of Wight. Wir haben angenommen, Sie hätten den Channel überquert.«

Sie hielten sie für eine Migrantin.

»Nein, ich bin nur auf die Lichter zugeschwommen, so weit ich konnte. Ich bin immer weiter geschwommen, bis ... Ich weiß nicht mehr, ich kann mich nicht erinnern.«

»Von wo geschwommen?«

»Von der Festung. Der Seefestung. Dieser Escape-Room-Sendung auf Channel 5. Die ist nicht echt. Ich meine, die ist nicht das, wonach sie aussieht. Jemand ist gestorben, und ein weiterer lag im Sterben. Bitte sagen Sie mir, dass sie alle freigekommen sind.«

Bonnie blickte zwischen der Ärztin und der Krankenschwester hin und her, und angesichts ihrer ausdruckslosen Mienen schnürte ihr die Furcht einen Knoten in den Bauch.

71

Der junge Polizist sah skeptisch aus. Es irritierte Bonnie, dass er allein gekommen war. Mussten die nicht überall paarweise auftauchen? Speiste man sie mit einem Neuling ab? Er sah nicht viel älter aus als Clara.

»Eine Fernsehsendung, sagen Sie.«

»Ja. Channel 5. Sie läuft gerade. Sie sollten sie in der Mediathek finden können.«

Der Beamte schrieb etwas in sein Notizbuch.

»Hören Sie, haben Sie ein Telefon? Dann können Sie das direkt überprüfen und nachsehen, wem es noch gut geht.«

»Sie haben gegenüber der Ärztin angegeben, Sie seien von einer Leiter, die an der Außenwand befestigt war, ins Meer geworfen worden?«

»Ja. Ich bin ungefähr bis zur Hälfte daran hochgestiegen, aber dann hat das Ding nachgegeben.«

Der Beamte zog eine Augenbraue hoch. »Und warum sind Sie diese Leiter hochgestiegen?«

»Es war Teil des Spiels. Einer der Aufgaben, die wir bewältigen mussten, um an einen Schlüssel zu kommen.« Sie hatte dieses Prozedere schon zweimal durchlaufen, erst mit der Ärztin und dann noch einmal mit ebendiesem Beamten, anfangs, nachdem er angekommen war. »Ich will Ihnen nicht vorschreiben, wie Sie Ihren Job zu machen haben, aber das hier ist ein Notfall. Russ ist bereits gestorben, und

Jacko ging es wirklich schlecht. Ich kann nur annehmen, dass Charlie jetzt ebenfalls gefangen ist. Sie müssen da schnell jemanden hinschicken. Die Küstenwache oder so.«

»Die Küstenwache rückt nur bei unmittelbarer Lebensgefahr aus.«

»Es *besteht* unmittelbare Lebensgefahr! Haben Sie mir denn nicht zugehört?«

»Aber den vollständigen Namen des Toten können Sie mir nicht nennen, oder den des anderen?«

Der Beamte starrte auf sein Notizbuch. Als er ging, nahm sie an, dass er jemanden anrufen oder anfunken wollte, aber wenig später kehrte er mit der Ärztin zurück.

»Kommt noch einer Ihrer Vorgesetzten?«, fragte sie und machte sich nicht mehr die Mühe, ihre Irritation zu verbergen.

»Bonnie, ich habe noch immer Schwierigkeiten, Ihre Schwester Clara zu erreichen, aber ich habe ihr Nachrichten hinterlassen, damit sie mich zurückruft«, sagte Dr. Aksha, als sie wieder ins Zimmer kam. Da Bonnie ohne Ausweispapiere aufgefunden worden war, hatte das Krankenhaus bislang keine Möglichkeit gehabt, ihre Schwester zu kontaktieren.

»Der Beamte hier hat mich gebeten, mit Ihnen zu sprechen, weil ihm etwas, das Sie gesagt haben, Sorge bereitet.« Dr. Aksha setzte sich auf den Stuhl neben dem Bett, der Polizist blieb stehen, die Hände in den Gürtel gehakt. »Sie haben ihm gegenüber angegeben, dass Sie den Hafen von Portsmouth ursprünglich am fünften September verlassen haben und dass zu dem Zeitpunkt, als Sie ins Meer gefallen sind, einer der Herren, die mit Ihnen auf der Seefestung waren, bereits verstorben war. Ein anderer befand sich in desorientiertem Zustand. Ist das korrekt?«

»Ja. Und Charlie, das Mädchen, mit dem ich in den Escape Room gegangen bin, ist darin jetzt ebenfalls gefangen.«

»Die Leute, die dort zurückgeblieben sind, haben keinen Zugang zu Nahrungsmitteln oder Wasser?« Dr. Aksha hatte Bonnie zuvor erzählt, dass sie sie nicht nur aufgrund ihres Fundorts für eine Migrantin gehalten hatten, sondern auch wegen ihres Aussehens. Sie war abgemagert und litt eindeutig unter den körperlichen Folgen von Hunger und Dehydrierung. Bonnie hatte, so gut sie konnte, die Zustände erläutert, unter denen man sie alle gefangen gehalten hatte.

»Ich sollte einen Schlüssel suchen, um den nächsten Schrank mit Vorräten zu öffnen. Sie haben also nichts mehr übrig außer …«

»Außer was?«

»Dem Wasser in der Toilette.«

Die Tür öffnete sich, und die Pflegerin Lucy kam herein. »Die Schwester hat uns zurückgerufen. Sie ist auf dem Weg.« Sie sah den Beamten an. »Sie hat bestätigt, dass Bonnie verreist war, um eine Reality-Fernsehsendung zu filmen.«

Der Polizist blinzelte und wandte sich ab. Einen ausgedehnten Moment lang hielt er inne, dann stieß er einen Seufzer aus und zog sein Funkgerät heraus. »Officer vier-zwei-sechs-drei bittet um dringende Überprüfung der beiden nächstgelegenen Seefestungen durch die Küstenwache.«

72

»Wonach suchen wir noch mal?« Danny Grieves war seit über fünfundzwanzig Jahren bei der britischen Küstenwache. Er war fit für sein Alter und stolz auf seinen Beruf. Er hatte höchstpersönlich mehr Menschenleben gerettet, als er zählen konnte, und die Verhaftung vieler Menschenhändler ermöglicht. Er war ein Mann, der keine Idioten um sich duldete.

»Irgendeine Frau im Krankenhaus behauptet, dass sie in einem dieser Dinger eine Reality-Show drehen und jemand dabei gestorben ist.« Dannys Kollegin Steph Barnett gehörte zu der Sorte Frau, mit der nicht mal er sich anlegen würde, obwohl sie halb so alt war wie er. Sie war eine Mischung aus seiner Mutter und seiner Grundschulrektorin.

»Diese dämlichen Kids. Als ob wir Zeit hätten, ihren idiotischen Ideen hinterherzurennen. Da ist irgendein TikTok-Streich schiefgelaufen. Diese Orte sind gefährlich. Die sind schon seit Jahren verlassen.«

Die erste der vier Seefestungen im Solent ragte hoch über ihnen auf, ein riesiger grauer und schwarzer Zylinder erhob sich aus den Wellen wie etwas aus *Godzilla*. Danny liebte die Dinger. Sie waren beeindruckende Beispiele für die Macht britischer Ingenieurskunst, und immer wenn er in ihre Nähe kam, war er von ihrer Präsenz beeindruckt.

Das Boot fuhr an die Anlegestelle. Danny zog gegen die Kälte den

Reißverschluss seines Mantels hoch – es war diese Woche wirklich kalt geworden –, dann sprang er vom Boot und machte es mit einem der dicken Taue fest. Steph folgte ihm und winkte kurz ihrem Steuermann zu.

Sie erklommen beide die Leiter zum Hauptdeck.

»Sieht verlassen aus«, sagte Steph.

Danny blieb vor der Tür stehen, die einmal der Eingang zu einem ziemlich coolen Hotel gewesen war. »Ja, aber was ist das für ein Geruch?«

Steph kam ein bisschen näher und atmete tief ein. Sie sprach kein Wort, aber als sie ihn ansah, sagten ihre Augen: *Oh Scheiße*.

73

»Es gibt etwas, das ich Ihnen sagen muss, Bonnie, und es könnte Sie aufwühlen.« Dr. Aksha rutschte auf ihrem Stuhl hin und her. Lucy und der Polizist hatten den Raum wieder verlassen. »Man hat Sie am sechzehnten September an einem kleinen Schieferstrand hier auf der Insel gefunden. Sie sind, ungefähr zehn Tage nachdem Sie zu der Seefestung aufgebrochen sind, angespült worden.«

Zehn Tage? Es hatte sich angefühlt wie ein ganzes Leben.

»Die Sache ist die ...«

»Entschuldigung, Dr. Syed, wir brauchen Sie in Zimmer drei.« Ein Pfleger stand in der Tür.

»Ich komme wieder, sobald ich kann.« Sie stand auf und verließ das Zimmer.

Als sie allein und in Sicherheit in dem Krankenhauszimmer saß und auf die Ankunft ihrer Schwester wartete, dauerte es ein paar Augenblicke, bis sie begriff, dass dieses Gefühl Glückseligkeit war. Die Erleichterung, diesem Ort entkommen zu sein, nicht mehr von einem Hitzschlag oder Dehydrierung bedroht zu sein, fühlte sich an wie eine Freiheit, die sie noch nie erlebt hatte. Und obwohl sie es niemandem gegenüber zugeben würde, war sie auch stolz. Verdammt stolz darauf, dass sie diesem kranken Geschehen ein Ende gesetzt hatte. Jetzt würde die Polizei den Mistkerl schnappen und *ihn* in ein Gefängnis stecken, mal sehen, wie ihm das gefiel.

Nach dem Eintauchen in das eiskalte Meerwasser war sie so tief gesunken, dass sie schon gedacht hatte, sie würde es auf keinen Fall zurück an die Oberfläche schaffen, ohne dass ihr die Luft ausging, aber sie hatte es geschafft. Als sie aus den Wellen aufgetaucht war und die ersten paar Male nach Luft geschnappt hatte, hatte sie gehört, wie Charlie Claras Namen schrie. Fast hätte sie zurückgerufen, hätte der Gruppe versichert, dass es ihr gut ging, doch dann hörte sie das Brummen der Drohne. Sie schwebte nahe an der Mauer der Festung und suchte das Wasser ab. Bonnie holte einmal tief Luft und tauchte langsam wieder unter die Wasseroberfläche. Sie musste sich ruhig verhalten und tot stellen. Das war ihre einzige Chance, sie alle zu retten. Sie schwamm unter Wasser von der Festung fort, in Richtung der Lichter, die sie in der Ferne kurz gesehen hatte. Als ihr die Luft ausging, tauchte sie langsam auf und hob den Kopf nur gerade weit genug aus dem Wasser, um noch einmal tief Luft zu holen. Der Hafen von Portsmouth lag vor ihr, näher, als sie ihn in Erinnerung hatte, seine Lichter so hell, als wollten sie ihr den Weg zurück leuchten. Sie war schon immer eine gute Schwimmerin gewesen, hatte als Schülerin sogar an Bezirkswettkämpfen teilgenommen. Es war bestimmt mindestens eine Meile bis dorthin, aber das konnte sie schaffen, zumal sie die Strömung im Rücken hatte. Sie musste sich einfach ihre Kräfte einteilen. Es war eine lange Strecke, und sie war schwach und müde.

Erneut sank sie unter die Oberfläche und setzte zu ihrer einsamen Langstrecke an.

74

Danny ging voraus in das Gebäude hinein, Steph folgte dicht hinter ihm. Das Hotel sah genauso aus wie damals, als es noch in Betrieb gewesen war. Die große Unionsflagge hing immer noch in der Eingangshalle, und in dem Raum auf der rechten Seite umringten wuchtige braune Ledersessel niedrige Tische, und in den Regalen standen Denkwürdigkeiten aus der Geschichte der Schifffahrt. Die geschwungene Ziegeldecke ließ auf das Geschick und die Geduld der Männer schließen, die dieses Bauwerk errichtet hatten. Alles war intakt und an seinem Platz und dennoch von einem Geruch überlagert, der keinen Sinn ergab.

Die Tür, die geradeaus in den Innenhof führte, stand weit offen.

»Okay, lass uns zügig vorgehen und alles einmal durchkämmen, von oben nach unten. Zuerst schauen wir da draußen, dann nehmen wir uns die Innenräume vor. Einverstanden?«

»Jep. Steph folgte ihm hinaus an die frische Luft.

»Da war aber jemand paranoid, was Sicherheit angeht.« Steph zeigte auf die vielen Kameras an den Wänden. »Ich würde nicht gern in einem Hotel übernachten, das von so vielen Augen überwacht wird, du?«

Stürmische Böen peitschten das Meerwasser auf, sodass man das Gefühl bekam, es würde regnen, und Danny musste die Stimme heben, um gehört zu werden.

»Ich glaube nicht, dass das Überwachungskameras sind. Da sind

Mikrofone dran.« Danny trat näher und blickte zu der Kamera auf. Das sah nach professioneller Ausstattung aus. Nicht wie etwas, was eine Gruppe von Kids verwenden würde, um ein TikTok-Video zu filmen. Danny ging weiter zu der Treppe, die zum Deck mit dem Leuchtturm hinaufführte, Steph kundschaftete die anderen höher gelegenen Decks aus.

Ein paar Minuten später trafen sie einander wieder an der Tür zu den Innenräumen.

»Irgendwas gefunden?«

»Da oben gibt es einen gefüllten Whirlpool. Das Wasser macht einen frischen Eindruck.«

Danny nickte. »Spuren von Leuten, die hier oben gegessen und getrunken haben. Neben der Spüle standen gespülte Gläser und Teller, auf den Tischen lagen Krümel, in den Schränken einige trockene Lebensmittel und im Mülleimer Bier-, Wein- und Sektflaschen.«

»Also war kürzlich jemand hier.«

»Sieht so aus, als wären die plötzlich auf und davon.«

Zügig gingen sie zurück ins Hauptgebäude, und erneut schlug Danny der Geruch entgegen. Er war beißend und mächtig.

»Du gehst nach rechts, ich nach links.«

Danny schlenderte durch den Bereich der Victory Bar. Nach wenigen Metern bemerkte er eine kleine schwarze Karte mit dem aufgedruckten Buchstaben H an der Wand und etwas, das aussah wie dessen Entsprechung im Morsecode. Ein ähnliches Kärtchen mit dem Buchstaben V klebte am Fenster und ein drittes mit dem Buchstaben J an der gegenüberliegenden Wand. Auf einem Stuhl an der Bar war ein hölzerner Spielzeug-Eisbär zurückgelassen worden, der mit dem Kopf nach unten hing und den Hintern in die Höhe streckte. Danny spürte, wie seine Sinne scharf wurden. Wo waren hier die Kids? Er hatte Dienst gehabt an dem Tag, als sie in einem Schwesterhotel zu diesem hier eine ganze Familie tot aufgefunden hatten. Offenbar eine Kohlenmonoxidvergiftung. Er verspürte dieselbe Furcht in der Magengrube wie an jenem Tag, und das gefiel ihm überhaupt nicht.

Weiter hinten gelangte er zum ersten Schlafzimmer. Auf dem Bett lagen hingeworfene Kleidungsstücke, an der Tür stand ein Paar Männerturnschuhe. Das Bett war nicht gemacht.

»Danny!« Steph stürmte von hinten auf ihn zu. »Das musst du dir ansehen.«

Er folgte ihr zurück zum Eingang und dann weiter auf die andere Seite des Gebäudes, vorbei an den Esstischen und Stühlen, die offensichtliche benutzt worden waren, hinaus in den Flur dahinter.

»Kellertür Eins«, las sie das Schild vor. »Die Frau im Krankenhaus hat gesagt, wir würden hier alle finden.«

Danny drückte gegen die Tür, doch sie bewegte sich kein Stück. Es gab weder ein Schloss noch Griffe.

»Ich denke, die wird elektronisch gesteuert. Steph zeigte auf ein kleines quadratisches Objekt an der Wand. »Wie Bürotüren.«

»Das gefällt mir nicht.« Der Geruch war hier am stärksten. »Hol uns das Brecheisen und melde die Sache. Es könnte sein, dass wir hierfür die ganze Brigade brauchen.«

»Alles klar!«, rief Steph.

Solange sie fort war, überprüfte Danny die umliegenden Räume.

Er kam zu einem kleinen Zimmer mit Kamin und kleinem Sekretär. Als er eintrat, nahm er den großen roten Armsessel wahr und die darin zusammengesackte Gestalt. Er trat näher, und eine vertraute Hitze strömte in seinen Brustkorb und in seine Ohren. Er hatte in seinem Leben schon viele Notfälle erlebt, doch sein Körper reagierte immer auf dieselbe Weise.

»Hallo?«

Es kam keine Antwort. Die Frau war nackt. Ihr Körper war zur linken Seite gesunken, und ihr Kopf ruhte auf der Brust.

Danny trat noch näher und hoffte, dass sie nur schlief, obwohl er wusste, wie unwahrscheinlich das war. Er wusste, was zu tun war –

auf eine mögliche Reaktion achten und nachsehen, ob die Atemwege frei waren, Atmung und Kreislauf überprüfen. Doch sie war auch nicht bewusstlos. Sie war nicht am Leben. Genau genommen war sie das niemals gewesen.

Steph kam mit der Brechstange in der Hand zurück.

»Oh, Scheiße.«

»Alles okay, das ist eine Puppe«, sagte Danny. »Eine CPR-Annie, eine von diesen Puppen, an denen man Reanimationen übt.«

»Wer lässt denn so was rumliegen?«

Danny schüttelte als Antwort den Kopf, beugte sich vor und las den kurzen Text, der auf dem Bauch der Plastikfrau stand.

Schön lächeln, du bist im Fernsehen.

Danny blickte zur Decke hoch und sah die Kamera, die direkt auf ihn gerichtet war und an der ein kleines grünes Lämpchen leuchtete.

»Gibt mir die Stange, wir müssen da runter. Sofort.«

75

»Die Sache ist die, wir glauben, Sie haben sich den Kopf gestoßen, als Sie ans Ufer geklettert sind, vielleicht auch kurz zuvor. Es handelt sich um eine schwere Verletzung, in deren Folge Ihr Gehirn angeschwollen ist.« Dr. Aksha Syed saß mit besorgter Miene wieder auf dem Stuhl. »Wir mussten dafür sorgen, dass die Schwellung zurückgeht, und die beste Methode dafür war, Sie in ein künstliches Koma zu versetzen. Das ist ziemlich üblich. Auf diese Weise kann das Gehirn schneller heilen. Verstehen Sie?«

Bonnie verstand nur zu gut. Das war der Grund dafür, dass der Polizist so zögerlich auf ihre Bitten reagiert hatte.

»Wie lange habe ich geschlafen?«

»Acht Tage.«

»Acht ...?«

Bonnie spürte, wie ihr Tränen über die Wangen liefen.

76

»Nein, du verstehst nicht. Es wurde ausgestrahlt, während wir da drin waren.« Bonnie scrollte verzweifelt durch die Suchergebnisse auf Claras Handy. Bislang hatte sie nur die Ankündigungen gefunden, die Clara überhaupt dazu veranlasst hatten, sich zu bewerben. *Die Festung: Bist du schlau genug, um ihre Geheimnisse zu entschlüsseln?*

Sie hatte mehrfach auf My5, der On-Demand-Website von Channel 5, nachgesehen, und jedes Mal keinen Treffer gefunden. Doch jedes Mal suchte sie mit neuer Entschlossenheit weiter. »Die Leute haben kommentiert, was wir gemacht haben, haben sich in den sozialen Medien über uns ausgetauscht, uns namentlich genannt. Das muss irgendwo sein.« Sie sah unter den Reitern »Beliebt«, »Unterhaltung« und »Reality« nach. Dann suchte sie nach »Die Festung«, »Festung« und »Escape Room«, fand jedoch nichts: keine Folgen, keine Trailer, nicht einmal den kleinsten Hinweis auf eine Sendung, die bald ausgestrahlt werden würde.

Die Sorge in Claras Miene hatte sich verstärkt. Sie bangte nicht mehr um die körperliche Gesundheit ihrer Schwester, sondern um ihren Verstand.

»Ich schwöre es bei Gott«, sagte Bonnie, öffnete Claras Twitter-App und suchte erneut nach »Die Festung«, »Channel 5« und Reality-TV-Hashtags. Es gab zahlreiche Beiträge, aber keinen zu der Sendung. Als Nächstes suchte sie nach einer Kombination ihrer Vornamen, konnte aber wieder nichts finden. *Was war hier los?*

Abgesehen von den Werbeslogans gab es auf keinem Social-Media-Kanal einen Hinweis auf *Die Festung*.

»Sie haben gesagt, die Dreharbeiten würden fünf Wochen dauern.« Clara sagte das nicht zum ersten Mal, und ihre Stimme klang inzwischen weniger eindringlich. Sie benannte einfach mit einem gewissen Maß an Ungeduld eine Tatsache.

Bonnie blickte zum ersten Mal seit Stunden vom Telefon auf. Ihre Augen hatten Mühe, sich anzupassen, und ihre Schwester sah verschwommen und weit entfernt aus.

»Die Leute haben darüber abgestimmt, wer als Nächstes spielen sollte. Wer als Nächstes eine Strafe bekommen sollte. Wer sterben sollte.«

»Niemand ist gestorben, Bonnie.« Clara nahm ihre Hand und lächelte sie auf eine begütigende Art an, die Bonnie wütend machte. »Du hattest eine Kopfverletzung. Du hast im Koma gelegen. Nichts von alledem ist echt. Es existiert nur in deiner Vorstellung.«

Bonnie ließ den Kopf zurück aufs Kissen sinken und starrte an die Decke. Konnte das sein? Hinter ihren Schläfen pulsierte Schmerz, und sie erinnerte sich an das Gefühl, in der Hitze zu sitzen und von brüllender Musik vollgedröhnt zu werden. Sie erinnerte sich an den Hunger, der an ihren Eingeweiden genagt hatte, und dieses Urverlangen nach Wasser, das sie einmal vor der Toilettenschüssel festgenagelt hatte, als sie sich hatte abwenden wollen, aber ihre Füße nicht bewegen konnte. Die Erinnerungen waren lebhaft, und sie spürte sie mit allen Sinnen. Sie hatte sich das nicht nur vorgestellt. Es war nicht wie ein Traum, der verblasst, wenn man versucht, ihn zu greifen. Es hatte sich in ihr Hirn eingebrannt.

Aber was, wenn es sich eher um eine Halluzination oder Wahnvorstellung handelte? Aus ihren Studien wusste sie von Menschen, die derlei Erfahrungen als multisensorisch beschrieben hatten. War sie dabei, den Verstand zu verlieren?

77

»Sollen wir nicht lieber auf die Brigade warten?«, fragte Steph.

Danny legte den Handrücken an die Tür, wie man es ihnen für den Fall von Brandverdacht beigebracht hatte. »Die ist kalt wie Stein. Fühl mal. Und ich habe hier draußen ein Spielzeug rumliegen sehen, es könnten also Kinder da unten sein.«

Steph legte den Handrücken an das Metall und nickte.

Mit dem Brecheisen stemmte Danny die Tür so schnell auf, wie er konnte. Rauchgeruch schlug ihm entgegen, als er sie aufbrach, aber das Feuer musste schon lange erloschen sein, denn da war keine Hitze, lediglich der Geruch, den sie hinterließ.

»Pass auf«, sagte er zu Steph und stieg langsam die Treppe hinunter.

»Sollen wir nicht besser warten?«

»Ich habe mir Handschuhe angezogen. Ich werde nichts anfassen. Ich muss das nur sehen.« Über diesen Impuls sollte er in den folgenden Wochen noch oft nachdenken. Warum um alles in der Welt er so versessen darauf gewesen war, es zu sehen. Es war klar, dass sie nichts tun konnten. Die Wände waren schwarz verkohlt, und der metallene Handlauf der Treppe hatte sich verbogen wie Gummi.

Unten an der Treppe erleuchtete seine Taschenlampe einen schmalen Gang, der in gebogener Form in beide Richtungen vom Fuß der Treppe wegführte. In regelmäßigen Abständen entdeckte er die zerstörten Überreste von Kameras. War das hier wirklich eine Art von Fernsehshow gewesen? Wenn dem so war, hatte jemand riesigen Mist gebaut. Er kam zu einer verschlossenen Tür in der Innenwand, die jedoch an der Stelle, wo eine Metallabdeckung geschmolzen und abgefallen war, eine schmale Öffnung aufwies. Mit seiner Taschenlampe leuchtete er hinein und bewegte den Lichtstrahl langsam durch den Raum.

»Lieber Gott.«

Er hatte etwas Ähnliches schon einmal bei einer Reise nach Pompeji gesehen, wo in einer Ausstellung die Leichen von Menschen rekonstruiert worden waren, die bei dem Vulkanausbruch ums Leben gekommen waren. Viele von ihnen hatten sich in fötaler Haltung zusammengerollt, genau wie die arme Seele, die dort drin gefangen gewesen war.

78

Der junge Polizist kam ins Zimmer, als Clara gerade nach der Fernbedienung griff, um den Fernseher lauter zu stellen.

»Ähm, vielleicht sollte ich zuerst mit Ihnen sprechen«, sagte er, aber sowohl Clara als auch Bonnie achteten nur auf die Aufnahmen der Seefestung in den BBC-Nachrichten.

»Die Polizei hat den tragischen Ort des Geschehens vor ein paar Stunden entdeckt, nachdem sie einen Hinweis darauf erhalten hatte, dass eine Gruppe von Jugendlichen den Versuch unternommen hatte, auf der verlassenen Festung eine amateurhafte Reality-Show zu drehen. Offenbar ist ein Feuer ausgebrochen, das die Gruppe im Keller der Festung einschloss. Die Polizei hat die Anzahl der Toten noch nicht bestätigt, gibt aber an, dass nur eine Person überlebt hat.«

»Oh Scheiße«, sagte Clara.

»Wir waren keine Jugendlichen. Alle waren über einundzwanzig.«

»Es sind alle gestorben.« Claras Augen waren weit aufgerissen und voller Angst.

»Wer ist der Überlebende?«, fragte Bonnie den Beamten und hoffte inständig, die Antwort würde Jacko, Maria, Dennis oder Charlie lauten. Irgendeiner von ihnen.

»Das sind Sie, Bonnie.«

Bonnie starrte ihn ungläubig an. Es musste jemand überlebt haben, denn so hatte er es gesagt. *Nur einer überlebt.*

Die Wahrheit ging ihr langsam auf, als sie die Luftaufnahmen der Seefestung betrachtete. Ihre Flucht hatte die anderen nicht gerettet. Sie hatte sie zu ihrem Schicksal verdammt.

79

**Podcast *Das Unerwartete erwarten*
Staffel 2, Folge 1: »Die Festung«**

»*Um es zusammenzufassen, liebe Hörer, wir wissen, was letztlich mit Bonnies Mitstreitern in der Festung passiert ist. Was wir nicht wissen, ist, wer sich die Sache ausgedacht und sie umgesetzt hat, und wieso er der Ansicht war, die Kandidaten hätten es verdient, für ihre Sünden zu leiden.*«

»Niemand hat so etwas verdient. Was ihnen zugestoßen ist, war abscheulich. Es hat keinen Sinn, die Gedankengänge eines Gestörten zu rationalisieren.«

»*Aber wenn jemand gestört ist, kommt er dann damit durch? Ich würde denken, dass ein irrationaler, desorganisierter Mensch überall Spuren und Hinweise hinterlassen hätte.*«

»Über Beweise muss man sich nicht den Kopf zerbrechen, wenn man alles abfackelt, oder?«

»*Aber er hat ja nicht alles abgefackelt. Die beiden oberen Decks hat er intakt gelassen. Ich gebe dir recht, es wäre einfacher gewesen, die ebenfalls zu zerstören, und ich frage mich, warum er sie verschont hat. Das war ein großes Risiko. Ich frage mich also, ob das ein Hinweis ist. Spielt der Kerl sein Spiel immer noch? Hat die Polizei dir irgendetwas darüber gesagt, was sie dort vorgefunden hat?*«

»Nicht viel. Es ist alles Teil einer laufenden Ermittlung, deswegen können sie wenig Einzelheiten preisgeben. Sie haben mir gesagt, einiges deute darauf hin, dass die anderen weitere Aufgaben gelöst haben. Es waren mehr von ihnen in Räume eingeschlossen, als das Feuer ausgebrochen ist.«

»*Hast du dir angesehen, was sie möglicherweise tun mussten?*«

»Nein, wie schon gesagt, dazu konnte ich mich nicht überwinden. Es war zu schmerzhaft.«

»*Macht es dir etwas aus, wenn ich für die verbleibenden Sünden die Strafen nach Dantes Beschreibung ergänze? Dadurch verstehen unsere Hörer vielleicht besser, wer dazu in der Lage gewesen sein könnte.*«

»Nein, klar. Wenn es hilft.«

»*Na ja, was wir als Erstes festhalten müssen, ist, dass Charlie und du sehr viel Glück hattet, bei Dante muss man sich für Neid nämlich die Augen mit Draht zunähen lassen. Und du musstest bloß in die Dunkelheit klettern. Vielleicht weil es schwierig ist, den Leuten aus der Ferne die Augen mit Draht zu vernähen.*«

»Ich weiß nicht, ob man wirklich sagen kann, dass Charlie und ich Glück gehabt haben.«

»*Du hast überlebt. Das halte ich für ziemliches Glück.*

Die Sünden, die wir also noch übrig haben, sind Geiz, Wollust und Stolz. Die Strafe für Geiz lautet, dass man mit dem Gesicht nach unten mit gefesselten Händen und Füßen auf dem Boden liegen und große Gewichte tragen muss.«

»Und Wollust? Soll ich mich trauen zu fragen, was darauf folgt?«

»*Durch Flammen laufen.*«

»Wirklich? Also … ist da vielleicht etwas schiefgegangen, und deswegen hat es gebrannt?«

»*Das glaube ich nicht. Ich habe mit einem alten Bekannten bei der Polizei gesprochen, der mir versichert hat, dass das Feuer mithilfe des Brandbeschleunigers ausgelöst wurde, der über die Sprinkleranlage hineingepumpt worden ist. Ich denke, es war von Anfang an als Finale gedacht. Weißt du noch, das Schild, von dem du sagtest, es habe auf der Innenseite beider Kellertüren gehangen, auf dem stand: KEINE RÜCKSCHLÜSSE?«*

»Natürlich. Das waren Plastikschilder, im Gegensatz zu denen aus Metall.«

»Er hat sie also absichtlich als Hinweise dort platziert. Wir glauben, das ist ein Wortspiel. Ein anderes Wort für RÜCKSCHLUSS wäre ›Inferenz‹. Für KEINE könnte man auch ›ohne‹ sagen. Zusammengezogen klingt das fast wie ... «

»Inferno.«

»Der Name, den Dante der Hölle gegeben hat. Ich glaube, er hatte immer geplant, dass die Sünder im Höllenfeuer brennen.«

»Wie schon gesagt, das Werk eines Gestörten.«

»Und wie ich schon sagte, du hattest großes Glück. Ich glaube nicht, dass du mit dem Leben davonkommen solltest.«

»Das hätte Charlie sein sollen. Wenn sie die Leiter hochgeklettert wäre, säße sie jetzt hier.«

»Hattest du Kontakt zu ihrer Familie? Oder überhaupt zu einer der Familien?«

»Ein bisschen. Ich habe mich bei Jackos Mutter gemeldet, weil er mich gebeten hatte, ihr etwas auszurichten. Das war schwer, weil ich ihm versichert hatte, dass das niemals notwendig werden würde. Und doch saß ich dann da in ihrer Küche und überbrachte ihr die letzten Worte ihres toten Sohnes. Es war ziemlich furchtbar. Und dann war da noch Grants Vater, der war bei unserem Gespräch über Zoom ziemlich wütend.«

»Wütend auf dich?«

»M-hm. Nicht direkt, aber er machte solche Aussagen wie: ›Warum haben Sie nicht aufgepasst, wohin Sie schwimmen?‹ Ich glaube, er dachte, wenn ich nicht die Orientierung verloren hätte und zur Isle of Wight geschwommen wäre, hätte ich vielleicht mit Erfolg Alarm schlagen oder von einem Schiff entdeckt werden können. Er hat auch gefragt, warum ich nicht darauf bestanden hätte, dass Grant mit Charlie in das Zimmer geht, er sei nämlich ein ausgezeichneter Schwimmer gewesen. Solche Sachen. Er war einfach nur außer sich. Ihm geht es wie uns allen: Wir wollen die Uhr zurückdrehen.«

»*Wäre es dir also lieber, du hättest nicht mit den Familien gesprochen?*«

»Nein, überhaupt nicht. Es war einfach richtig, es zu tun. Sie wollten alle so viel wie möglich über die letzten Tage ihrer Liebsten wissen. Und ehrlich gesagt war Marias Bruder wirklich reizend. Er hat sich bei mir dafür bedankt, dass ich versucht habe, Alarm zu schlagen, und sagte, es wäre nicht meine Schuld und dass Maria stolz auf mich wäre, weil ich es versucht habe. Es war schön, das zu hören.«

»*Es würde mich interessieren, zu erfahren, ob du dich bei Jaides Familie gemeldet hast, angesichts der Beziehung zwischen euch beiden.*«

»Ich habe die Polizei gebeten, allen Familien meine Kontaktdaten zukommen zu lassen, aber von Jaides Familie habe ich nichts gehört. Vielleicht passiert das ja noch. Jeder trauert anders, oder?«

»*Ich habe den Eindruck, dass derjenige, der dafür verantwortlich ist, eine echte Wut auf euch alle hatte. Glaubst du, das ist auf etwas Bestimmtes zurückzuführen, was ihr getan habt?*«

»Ich kann nicht für die anderen sprechen, aber ich weiß mit Sicherheit, dass meine Schwester Clara nie etwas getan hat, was solche Grausamkeit hervorrufen könnte.«

»*Welche Sünde hatte sie denn angegeben?*«

»Ich ... ich weiß es nicht, ehrlich gesagt.«

»*Du hast gesagt, Jacko dachte, ihm wäre Zorn zugewiesen worden, weil er zugegeben hatte, dass er seine Mutter nicht beschützt hatte. Was hat Clara denn in ihrer Bewerbung geschrieben?*«

»Ich weiß es nicht. Wir haben nicht darüber gesprochen.«

»*Wirklich? Wieso nicht?*«

»Ich wollte nicht, dass sie erfährt, was ihr hätte zustoßen können, oder dass sie sich schuldig fühlt für das, was mir passiert ist.«

»Ja, das kann ich verstehen. Es würde uns aber helfen, zu erfahren, was sie geschrieben hat, meinst du nicht? Es könnte uns Aufschlüsse darüber geben, wieso Clara ausgewählt worden ist.«

80

»Hey, wie läuft's beim Podcast?«, fragte Clara, als sie den Anruf entgegennahm. »Wie ist Shane Fletcher persönlich so?«

»Er ist nett. Ehrlich gesagt tut es wirklich gut, alles mal durchzusprechen. Ich glaube, genau das habe ich gebraucht. Shanes Team hat außerdem recherchiert und ein paar nützliche neue Erkenntnisse. Ich glaube nicht, dass sie bei dem Fall den Durchbruch erzielen werden, aber es ist gut, dass ein paar mehr Leute daran arbeiten.« Bonnie saß in einem kleinen Raum, der vom Aufnahmestudio aus gesehen ein Stück den Flur hinunter lag. Vor ihr stand ein traurig aussehendes Sandwich mit Käsesalat, das man ihr gebracht hatte. Die Pause tat ihr gut. Ihr Kopf hatte angefangen zu schmerzen, und sie fühlte sich erschöpft.

»Auf jeden Fall. Ich liebe seinen Podcast. Weißt du noch, die Sache mit diesem Juwelendieb, der in das Haus dieser Sängerin eingebrochen ist? Ich kann mich nicht an ihren Namen erinnern. Es war eine von denen, die Mum gern mochte. Nicht Madonna, aber diese Ära. Weißt du noch?«

»Vage, ja.«

»Sein Podcast hat jedenfalls dazu geführt, dass sich ein Zeuge gemeldet hat und der Typ verurteilt worden ist.«

»Bist du sicher, die Leute werden mich nicht dafür verurteilen, dass ich darüber spreche?«

»Schwesterherz, wie oft haben wir das schon besprochen? Du tust das Richtige, und es ist echt mutig. Klar, es wird Leute geben, denen die pikanten Details einen Kick geben, aber die meisten werden helfen wollen, wo sie können. Die meisten Hörer von True Crime würden wahnsinnig gerne einen Fall lösen.«

»Okay, na gut, dann musst du mir einen Gefallen tun.«

»Alles.«

»Weißt du noch, was du auf das Bewerbungsformular geschrieben hast? Wir glauben, dass den Leuten ihre Sünden aufgrund ihrer Antworten zugeteilt worden sind. Könntest du mir sagen, was du da eigentlich angegeben hast?«

»Ich kann sogar noch mehr tun. Ich habe eine Kopie davon gespeichert. Schicke ich dir in diesem Augenblick.«

Bonnie aß das schlimme Sandwich, während sie auf Claras E-Mail wartete. Eine der Auswirkungen ihrer Erfahrung in der Festung war, dass sie es nicht aushalten konnte, Nahrungsmittel nicht zu essen. Es war, als hätte ihr Hirn die Mission übernommen, sicherzustellen, dass Verhungern nie wieder im Bereich des Möglichen liegen würde. Sie musste unbedingt mehr Sport machen, ihre Kalorienzufuhr ging auf keine Kuhhaut mehr.

Von allen Erinnerungen, die der Podcast wieder hochgeholt hatte, war die emotionalste diejenige, in der Küche von Jackos Mum zu sitzen. Es war der Moment gewesen, als die ganze Sache real geworden war. Sie hatte auf das Foto von Jacko gestarrt, das am Kühlschrank seiner Mutter hing. Es war eine Nahaufnahme, auf der er lachend den Kopf in den Nacken warf und seine Sommersprossen förmlich leuchteten. Sie musste im Sommer aufgenommen worden sein, vielleicht sogar in seinem letzten Sommer, bevor er die Festung betreten hatte. Hing das Foto dort schon eine Weile, oder hatte seine Mum es nach dem Tod ihres Sohnes aufgehängt?

Seine Mum war zierlich und sah hübsch aus für eine Frau im Mum-Alter. Wenn sie sich mit den Fingern durch ihr blondes Haar fuhr, was sie oft tat, fanden sich darin Nuancen von Jackos Mausbraun. Bonnie nahm an, es handelte sich um ein Symptom einer Angststörung.

Sie hatten sich ein paar Stunden unterhalten, sogar hin und wieder gelacht, und Bonnie hatte sich gefragt, ob sie, wäre alles anders ausgegangen, dieser Frau vielleicht als Jackos Freundin oder gar Partnerin vorgestellt worden wäre. Zwischen ihm und ihr hatte es diesen Funken gegeben, und sie hatten bis zum Ende neckisch miteinander herumgealbert. Er gehörte zu genau der Sorte Mann, den sie sich als Partner wünschen würde.

Sie hatte Jackos Botschaft so vorsichtig überbracht, wie sie konnte. Es war ja nun klar, dass niemand die Filmaufnahmen gesehen hatte, auf denen er zugab, dass seine Mum regelmäßig von seinem Dad verprügelt wurde. Deswegen war der Anreiz für seine Mutter, dem ein Ende zu setzen, auch deutlich schwächer, als Jacko geglaubt hatte. Bonnie wollte nicht verraten, was Jacko hatte erdulden müssen, deswegen sagte sie einfach, er hätte ihr anvertraut, dass er Schuldgefühle habe, weil er seinem Dad nicht mehr Paroli geboten hätte. Jackos Mum hatte das Thema gewechselt, war vom Tisch aufgestanden, hatte ihr mehr Kaffee angeboten – alles getan, um das Gespräch zu verhindern –, aber Bonnie hatte ein Versprechen abgegeben, und deswegen musste sie auch das Nächste noch aussprechen. Und so sagte sie, während seine Mutter vor dem Wasserkocher stand und den Blickkontakt mied, er habe ihr, als ihnen dämmerte, dass sie möglicherweise niemals wieder herauskommen würden, verraten, er wünschte, mit seiner Mum ein letztes Mal sprechen zu können, um ihr zu sagen, dass sie gehen und sich in Sicherheit bringen solle. Bonnie hatte zugesehen, wie die Tränen über die Wangen von Jackos Mum gerollt waren und hastig weggewischt wurden, als die Haustür aufgeschlossen wurde und ihr Mann hereinkam.

Danach war Bonnie nicht mehr lange geblieben. Sie hatte kein Interesse daran, Zeit in Gegenwart eines Mannes zu verbringen, der seine Frau schlug, selbst wenn er freundlich und fürsorglich wirkte. Zweifellos die einstudierte Fassade eines Polizeibeamten.

Bonnie schüttelte die Erinnerungen ab und öffnete Claras E-Mail und den Anhang.

Die ersten Fragen bezogen sich auf biographische Angaben wie Alter, Ausbildung und Berufslaufbahn, gefolgt von der Abfrage von fünf Stärken und fünf Schwächen, dann kam der entscheidende Abschnitt. *Welche dunklen Geheimnisse halten Sie vor der Welt verborgen?* Es wurde explizit nach Dingen gefragt, für die man sich am meisten schämte, und nach dem geheimen Wunsch, der inständiger war als alle anderen. Darunter stand in kursiver Schrift: *Die Antworten werden vertraulich behandelt, antworten Sie also bitte ehrlich und wahrheitsgemäß. Wir verlassen uns darauf, dass die Kandidaten Diskretion großschreiben.*

Bonnie las es erneut. Da stand im Grunde: *Wenn du in diese Show willst, erzähl mir etwas Peinliches und Vernichtendes. Etwas, was ich gegen dich verwenden kann.*

81

**Podcast *Das Unerwartete erwarten*
Staffel 2, Folge 1: »Die Festung«**

»*In den letzten Wochen haben wir unsere Hörer gebeten, Fragen an dich einzureichen. Wäre es in Ordnung, wenn wir ein paar davon jetzt durchgehen?*«
»Klar.«
»*Die Leute sind fasziniert. Geht es dir gut?*«
»Bestens.«
»*Wir können auch eine längere Pause machen? Ich kann alles rausschneiden, was wir hier sagen. Du siehst aufgewühlt aus.*«
»Nein, schon okay. Ich habe mir nur eben das Bewerbungsformular meiner Schwester durchgelesen, und es ist ein bisschen ... verwirrend, aber darüber können wir später sprechen. Lass uns die Fragen durchgehen.«
»*Bist du sicher?*«
»Ja.«
»*Super. Die erste Frage von Gracie aus Swindon bezieht sich auf unser letztes Gespräch. Sie möchte wissen: Bereust du es, den Platz deiner Schwester in der Festung eingenommen zu haben?*«
»Nicht im Geringsten. Ich finde den Gedanken furchtbar, dass Clara irgendetwas davon hätte aushalten müssen. Ich glaube, das würde jeder Schwester oder jedem Bruder so gehen.«

»Glaubst du, du hast dich besser geschlagen, als es Clara gelungen wäre? Das ist meine eigene Frage.«

»Ich habe keine Ahnung. Aber sie wäre beliebter gewesen.«

»Harry aus Dundee fragt: Wann hattest du erstmals Zweifel daran, dass es sich um eine echte Sendung handelt?«

»Ich habe nie bezweifelt, dass die Fernsehshow echt ist. Als mir das klar wurde, war es ein Schock. Ich habe stundenlang auf Channel 5 und in den sozialen Medien danach gesucht. Ich war wegen der Zuschauerkommentare, die wir jeden Tag gelesen haben, absolut überzeugt davon, dass sie ausgestrahlt worden war.«

»Aber die Kommentare waren fake.«

»Es muss Stunden gedauert haben, die alle zu schreiben. Niemand von uns wäre auf die Idee gekommen, sie infrage zu stellen. Im Gegenteil, Leute wie Charlie waren wirklich verletzt von dem, was da stand. Es ist furchtbar, sich vor Augen zu halten, dass sie nie erfahren wird, dass sie nur von einem niederträchtigen Menschen stammten und nicht aus der allgemeinen Öffentlichkeit. Ich glaube, auf irgendeiner Ebene hatte sie Angst davor, die Festung zu verlassen, weil sie davon ausging, dass alle sie hassten. Das war eine weitere Art von mentaler Folter, die da abgelaufen ist.«

»Seid ihr da auf die Probe gestellt worden, was meinst du?«

»Nein, so ausgeklügelt war das nicht, glaube ich. Es war spalterisch und grausam, weil derjenige, der dahintersteckt, seinen Kick daraus bezieht, andere Menschen leiden zu sehen.«

»Nach allem, was du erzählt hast, haben die Kommentare auch den Streit über Jackos Geständnis befeuert, seine Mum nicht beschützt zu haben.«

»Total. Da sind ein paar fiese Sachen gepostet worden, was für Jaide und Grant den Weg frei gemacht hat, ihre eigenen Vorurteile zu ventilieren. Und wie Maria behandelt wurde, war abscheulich. Diese Bilder, die sich über ihr Gewicht und ihre Frisur lustig gemacht haben. Es war kindisch und zielte darauf ab, zu verletzen. Wenn es von den Zuschauern gekommen wäre, hätte ich es irgendwie noch damit entschuldigen können, dass die Leute schlecht informiert waren oder selbst unglücklich, aber dahinter steckte eine Person, die sie alle verunsichert und verängstigt hat. Es war der Versuch, uns mental zu schwächen und noch verletzlicher zu machen.«

»*Aber du bist weitgehend verschont worden, oder?*«

»Nicht ganz, aber ich bin nicht so attackiert worden wie ein paar der anderen.«

»*Was ist der Grund dafür?*«

»Da bin ich mir nicht sicher. Vielleicht, weil ich ein bisschen den Kopf eingezogen habe, vor allem in den ersten Tagen. Ich hatte Angst, weil ich so tun musste, als wäre ich Clara. Vielleicht habe ich einfach nicht besonders interessant gewirkt.«

»*Bis du dich mit Jaide gestritten hast?*«

»Vermutlich.«

»*Es gab online zahlreiche Spekulationen darüber, dass ihr eine Gruppe von Leuten wart, die ihre eigene TikTok-Show gedreht hat, weil das in den ersten Medienberichten so anklang. Wir wissen, das war nicht der Fall, aber du hast vorhin gesagt, das letzte Geheimnis hätte darauf hingewiesen, dass einer von euch eingeweiht gewesen sein könnte. Saffy aus Grange-over-Sands fragt: Glaubst du, dass der oder die Verantwortliche mit euch auf der Festung war?*«

»Als wir über diese Botschaft *Nur einer überlebt* gesprochen haben, dachte ich, dass es vielleicht einen Komplizen gäbe, der als Einziger überleben würde. Aber jetzt, nachdem ich darüber nachgedacht habe, ergibt das keinen Sinn. Schließlich bin ich die einzige Überlebende.«

»*Bist du dir da sicher?*«

»Was meinst du?«

»*Die Polizei hat nicht öffentlich gemacht, wie viele Leichen gefunden wurden, nur, dass du die einzige Überlebende bist. Deswegen habe ich dich gefragt, ob du mit den Familien in Kontakt getreten bist. Du hast gesagt, du hättest deine Kontaktdaten der Polizei gegeben und gebeten, sie weiterzugeben, aber nicht jede Familie hat sich bei dir gemeldet.«*

»Na ja, das stimmt, aber es will vielleicht auch nicht jeder alle Einzelheiten wissen, oder?«

»Du glaubst also nicht, dass jemand von euch etwas damit zu tun hatte?

Bonnie?«

»Weißt du, wie viele Leichen sie gefunden haben?«

»Ich glaube nicht, dass die Polizei diese Information herausgeben wird, bevor sie so weit sind.«

»Das ist nicht das, was ich gefragt habe. Weißt *du* es? Hat eine deiner Kontaktpersonen es dir verraten? Ist das der Grund, warum sie nicht bestätigen, wer gestorben ist? Du musst es mir sagen. Du kannst jetzt die Aufnahme stoppen oder es später herausschneiden, aber du musst es mir sagen. Ich muss es wissen.«

»Ich glaube, wir sollten noch eine Pause machen. Du regst dich zu sehr auf. Ich hole dir ein Wasser.«

»Du weißt es, oder? Was verschweigst du mir? Wer hat noch überlebt?«

82

Shane verließ den Raum, um Wasser zu holen, ohne auf ihre Frage einzugehen. Sie wusste, er wollte nichts preisgeben, was die Ermittlungen gefährden könnte, aber das war ihr egal. Sie musste Bescheid wissen. Er hatte Kontakte zur Polizei, und er wusste etwas.

Sie warf einen Blick auf ihr Telefon und stellte fest, dass sie sechs verpasste Anrufe von Clara hatte und eine Nachricht, in der stand: RUF MICH AN. SOFORT!

»Ich glaube, es hat noch jemand überlebt«, sagte Bonnie, sobald Clara ans Telefon ging. »Und ich glaube, Shane weiß wer, aber er will es mir nicht sagen. Was mache ich jetzt? Soll ich bei der Polizei anrufen und fragen? Warum hat mir niemand etwas davon gesagt? Sie haben von allen Fotos in die Zeitung gesetzt, sodass es so wirkte, als wären alle gestorben, aber ausdrücklich angegeben haben sie das nie. Sie haben nur gesagt, das seien die Menschen, die *in die* Festung gegangen sind.«

»Bonnie?«

»Das ist verrückt, Clara. Wenn noch jemand überlebt hat, bedeutet das, dass derjenige mit dem Direktor unter einer Decke gesteckt hat. Oh Scheiße, derjenige könnte sogar der Direktor *sein*! Weißt du, dass es einen Geheimgang rund um einen Teil des Kellers gab? Was, wenn die Person den benutzt hat, um von A nach B zu kommen und Vorräte für sich selbst zu verstecken? So hätten sie das ganze Ding kontrollieren können, und wir hätten es nie erfahren.«

»BONNIE!«

»Was?«

»Die Sendung ist raus.«

»Welche Sendung?«

»*Die Festung*. Sie ist heute Morgen im Internet online gestellt worden. Die erste Folge.«

»Wie? Von wem? Channel 5?«

»Nein. Natürlich nicht. Channel 5 hatte damit nichts zu tun. Das haben sie ganz deutlich gemacht, seit das alles rausgekommen ist.«

»Also wer dann?«

»Das Monster, das sie produziert hat, schätze ich.«

»Hast du sie gesehen? Was passiert darin?«

»Ich habe mir einen Teil angeschaut, ja, aber dann habe ich versucht, dich zu erreichen.«

»Er hat doch nicht vor, alles zu veröffentlichen, oder?« Die Vorstellung, dass Leute Russ und Jacko beim Leiden zuschauen könnten, machte sie ganz krank. Und er würde doch bestimmt den Brand nicht veröffentlichen? In ihr kam eine Erinnerung hoch, wie sie neben Russ gestanden und die Gruppe gemeinsam die ersten Kommentare in den sozialen Medien gelesen hatte. Damals hatte er sie genervt, sie hatte ihn faul und falsch gefunden. Jetzt wünschte sie, sie könnte zu ihm zurückkehren und ihm etwas Nettes sagen, ihn nach seiner Familie und seinem Leben fragen. Wie sich herausgestellt hatte, war er verheiratet gewesen und hatte Zwillingsjungen gehabt. Vor ein paar Wochen hatte ein Foto seiner Frau in den Medien die Runde gemacht, auf dem sie im Hafen von Portsmouth gewesen und getröstet worden war. ›Irgendjemand wird es runternehmen, oder?‹«

»Ich weiß nicht. Es ist überall im Netz.«

Oh Gott. Die Leute würden sehen, wie sie ausrastete und mit Grant und Jaide herumstritt. Danach würde Grants Vater sie richtig hassen. Ihr war nicht klar gewesen, wie erleichtert sie darüber gewesen war, dass niemand gesehen hatte, was an diesem Ort wirklich passiert war. Sie hatte es so darstellen können, wie es für sie vorteilhaft war, und alles weglassen können, womit sie sich wirklich unwohl fühlte. Selbst in diesem Podcast hatte sie sich in einem besseren Licht dargestellt, ausgeglichener und gerechtigkeitsliebend, obwohl sie in Wirklichkeit teilweise irrational und uneinsichtig gewesen war.

»Bin ich ganz okay rübergekommen?«

»In den Teilen, die ich mir angeschaut habe, warst du nicht zu sehen. Soll ich mir alles anschauen und das überprüfen?«

Bonnie hätte gern bejaht, weil sie es selbst nicht ertragen würde, es anzusehen, und weil sie niemandem so vertraute wie Clara. Doch dann fiel ihr ein, was sie vor wenigen Minuten erst zu Shane gesagt hatte, dass sie Clara beschützen wollte vor dem, was dort drin geschehen war.

»Nein, das ist nicht schön. Versprich mir, dass du es lässt.«

»Ich weiß nicht, ob ich das kann. Ich glaube, ich muss es wissen. Immerhin habe ich dir das angetan.«

»Nein, das hast du nicht. Es ist nicht deine Schuld. Die hat allein er. Du hast dich gutgläubig darauf eingelassen und konntest nicht wissen, was auf dich zukommt.« Am anderen Ende der Leitung schwieg Clara. Als Shane mit zwei Wassergläsern wieder hereinkam, fragte Bonnie: »Stimmt das, was du in das Formular geschrieben hast? Über die Geheimnisse, die du für dich behalten hast?«

»Ja. Es tut mir leid.«

83

Sobald Clara aufgelegt hatte, begann Bonnie im Internet zu recherchieren. Mit wenigen Clicks hatte sie YouTube geöffnet und sah sich den Vorspann zu *Die Festung* an.

»Er hat die erste Folge ins Netz gestellt.«
»Ja. Das wissen wir. Das Team hat es verfolgt.«
»Wieso macht er das?«
»Ich schätze, er hatte es immer vor. Man hat euch gesagt, die Aufnahmen würden fünf Wochen dauern, genug Zeit also, um aufzuräumen und zu verschwinden, bevor jemand Verdacht schöpfte. Und das Material dann, sobald die Luft wieder rein ist, hochzuladen.«
»Um mit seinem Verbrechen anzugeben?«
»Oder mit seiner Leistung.«
»Leistung?«
Shane setzte sich die Kopfhörer auf und rückte sein Mikrofon zurecht.

Bonnie wollte weg. Sie musste das Filmmaterial sehen. Aber sie wollte auch erfahren, was Shane wusste.

»Bevor wir anfangen, können wir darüber sprechen, wer sonst noch überlebt hat?«
»Tja, die Dinge haben sich geändert.«
»Wie meinst du das?«
»Es gibt da was, das mir schon die ganze Zeit im Kopf herumspukt. Wieso acht Kandidaten? Du hast sehr deutlich gemacht, dass

das gesamte Spiel auf den Todsünden basierte, den *sieben* Todsünden. Warum dann acht Kandidaten?«

»Weil einer überlebt.«

»Aber es müssen doch alle Kandidaten geprüft werden? Sollte nicht einer von sieben überleben? Und das hat mich auf den Gedanken gebracht, dass ein Mitglied eurer Gruppe kein echter Kandidat war. Und jetzt ist die erste Folge veröffentlicht, und weißt du, was komisch ist?«

»Was?«

»Es gibt nur sieben Kandidaten.«

»Das kann nicht stimmen. Wir waren zu acht: ich, Dennis, Maria, Charlie, Russ, Grant, Jaide und Jacko.«

»Bonnie, wieso hast du dich zu diesem Interview bereit erklärt?«

»Was meinst du?«

»Ich meine, gibt es etwas, das du mir sagen möchtest? Den Zuhörern? Etwas, was du bislang verheimlicht hast?«

Bonnie saß in fassungslosem Schweigen da, und Shane drückte wieder auf den Aufnahmeknopf.

84

**Podcast *Das Unerwartete erwarten*
Staffel 2, Folge 1: »Die Festung«**

»*Tja, liebe Hörer, wir haben hier so etwas wie eine Premiere bei* Das Unerwartete erwarten. *Während meines Interviews mit Bonnie Drake, der einzigen Überlebenden von* Die Festung, *kam es in dem Fall zu einem Durchbruch. Um zehn Uhr heute Vormittag wurde die erste Folge von* Die Festung *online veröffentlicht. Im ganzen Land und wahrscheinlich auf der ganzen Welt haben Zuschauer die Ankunft der todgeweihten Kandidaten und deren erste Aufgaben verfolgt, ohne zu wissen, was da noch kommt.*

Zweifellos habt ihr es euch alle schon angeschaut, bevor ihr angefangen habt, hier reinzuhören, deswegen weiß ich, ihr wollt, dass ich eine entscheidende Frage stelle.

Bonnie Drake, warum bist du in der Folge nicht zu sehen?«

»Wie bitte?«

»*Es wird alles gezeigt, angefangen damit, dass die Gruppe austüftelt, wie sie in das Gebäude kommt, über die Aufgabe mit dem Morsecode bis hin zu den ersten Nominierungen und dem Escape-Room-Duell. Das sind alles Dinge, von denen du uns heute erzählt hast, aber du bist nirgends zu sehen. Wie kommt das?«*

»Ich war da. Ich habe Jacko geholfen, die Tür zu öffnen, zu den Nominierungen bin ich zu spät gekommen und habe schlecht und verkatert ausgesehen. Ich war bei allem dabei. Es ist unmöglich, dass ich nicht zu sehen bin.«

»*Wow. Das ist nicht die Antwort, mit der ich gerechnet habe.*«

»Warum? Womit hast du gerechnet?«

»*Dass du eine Erklärung abgeben würdest.*«

»Wie zum Beispiel?«

»*Ich glaube, wir haben bereits festgehalten, dass höchstwahrscheinlich zwei von euch für all das verantwortlich sind.*«

»Das ist verrückt. Ich hatte nichts damit zu tun. Ihr habt eindeutig einige Informationen über den Aufbau der Festung: die Kameras, die automatischen Türen, die Heizungsanlage. Ihr denkt doch wohl nicht, dass ich zu so etwas in der Lage wäre?«

»*Du wärst nicht die Erste, die mit ihren Verbrechen angeben oder die Geschichte unter Kontrolle behalten will. Zu welchem anderen Schluss sollten die Leute kommen?*«

»Dass der Mistkerl mich rausgeschnitten hat, um ... keine Ahnung ... meine Darstellung der Ereignisse zu diskreditieren oder mich als Zeugin auszuschalten.«

»*War dein Komplize der Ansicht, dass du irgendeine Art von Schweigekodex brichst, indem du mit mir sprichst? Ist er dir deswegen in den Rücken gefallen und hat Beweise dafür veröffentlicht, dass du nie dort gewesen bist?*«

»Ich glaube, wir sollten das Interview hier beenden.«

»*Bist du da sicher? Überlege doch, wie das aussehen wird, wenn der Podcast veröffentlicht wird.*«

»Das ist mir egal.«

»*Wenn du wirklich nichts damit zu tun hast, solltest du dann nicht hierbleiben und deinen Namen reinwaschen? Du behauptest, als Kandidatin dabei gewesen zu sein, obwohl du in der ersten Folge nicht zu sehen bist. Dass dich der wahre Täter einfach herausgeschnitten hat. Aber da sind noch andere Dinge, die du in unserem Gespräch gesagt hast, die mich beunruhigen.*«

»Wie zum Beispiel?«

»*Am Anfang hast du gesagt, dass alles ein Hinweis war und du besser hättest aufpassen müssen. Meintest du, alles in diesem Interview war ein Hinweis?*«

»Nein. Das habe ich dir gesagt: Ich meinte damit, dass alles eine Geschichte erzählt hat, wie *Die Festung* aufgebaut war, wie sie ausgestattet war, die ersten Aufgaben, die wir bewältigen mussten. Es ist, wie du gesagt hast: Charlie lag falsch, als sie dachte, der Stern, den wir finden mussten, um die Tür zu öffnen, wäre eine Anspielung darauf, dass wir alle Stars werden würden, der bezog sich nämlich auf den Teufel. Man hat uns damit mitgeteilt, dass wir die Hölle betreten.«

»*Okay, aber jetzt haben wir das Filmmaterial dieser Folge, und es widerlegt deine Erinnerungen.*«

»Wie? Wie genau widerlegt es das, was ich gesagt habe? Wenn ich irgendetwas damit zu tun hätte, wäre ich nicht in diesen Podcast gekommen. Das wäre ja dämlich.«

»*Du hat in diesem Interview gesagt, du wärst es gewesen, die den Satz in Morsecode erraten hat: ›Hilfe rufen ist zwecklos, niemand kommt.‹ Ist das korrekt?*«

»Ja.«

»*Und dennoch haben wir gerade alle Maria dabei zugesehen. Wie erklärst du dir das?*«

Bonnie war völlig aus dem Konzept gebracht, einen Augenblick lang war ihr Hirn leer, vernebelt von der Wut, auf diese Weise infrage gestellt zu werden. Das war *sie* gewesen. Charlie hatte irgendetwas viel zu Optimistisches darüber gesagt, dass Hilfe kommen würde, dass niemand nutzlos sei, wenn er sich darum bemühte, und dann …

»Ich habe nur die Zettel verschoben. Ich habe es nicht laut ausgesprochen. Ich habe die Worte in die richtige Reihenfolge gelegt, und Maria hat sie vermutlich laut vorgelesen.«

»*Hat sie vermutlich laut vorgelesen?*«

»Ich weiß es nicht mehr. Aber wenn ihr im Film gesehen habt, dass sie sie laut ausspricht, muss sie das getan haben.«

»*Weil das Filmmaterial auf dem Bildschirm Tatsachen wiedergibt.*«

»So weit würde ich nicht gehen. Es ist eine verzerrte Version der Tatsachen.«

»*Könnten wir dasselbe nicht auch über deinen Bericht sagen? Zum Beispiel hat du angegeben, die Kellertür habe offen gestanden, als du nach dem ersten Duell in dein Zimmer zurückgekehrt bist, dann, auf dem Weg nach oben, war sie angeblich wieder geschlossen. Aber dafür haben wir nur dein Wort, oder? Du könntest das behaupten, um den Eindruck zu erwecken, es sei noch jemand dort gewesen.*«

»Wieso sollte ich das tun?«

»*Sag du es mir.*«

»Die Tür stand offen, und ich wusste, irgendetwas daran war eigenartig.«

»*Du hast auch gesagt, ein paar Nächte später wärst du aufgewacht und hättest Dennis allein in der Küche angetroffen, kurz nachdem er den Tweet darüber gesehen hatte, dass Russ litt.*«

»Ja, das stimmt.«

»*Woher wusstest du, dass du in diesem Augenblick zu ihm stoßen musstest?*«

»Wie bitte?«

»*Du hast gesagt, die Tweets wären über den Bildschirm gelaufen. Wie kommt es also, dass du, und nur du, zufällig in dem Moment, als dieser Tweet aufgetaucht ist, bei Dennis angelangt bist?*«

»Nein, in der Nacht sind die Tweets nicht über den Bildschirm gelaufen. Ich weiß nicht, wann Dennis sie gelesen hat, sie hätten schon seit Stunden dort gestanden haben können. Ich bin von einem Geräusch geweckt worden.«

»*Und doch warst du die einzige Person, die auf dieses vermeintliche Geräusch reagiert hat und zu Dennis gestoßen ist. Ist das nicht praktisch? Mir kommt es so vor, als wärst du nützlicherweise bei den entscheidenden Ereignissen immer mittendrin gewesen.«*

»Wir waren nur zu acht. Ich schätze, jeder Bericht der Anwesenden würde sich so anhören, als wären sie bei den entscheidenden Ereignissen mittendrin gewesen.«

»Aber von denen ist niemand hier, oder? Wir haben also nur dein Wort. Wo wir gerade von Dennis sprechen, als ihr im Keller eingesperrt wart und er die Gruppe davon überzeugt hatte, nicht weiter mitzuspielen, ist es da nicht auch bezeichnend, dass du daraufhin alle überredet hast, es doch zu tun?«

»Das ist eine Verdrehung der Tatsachen. Ich habe die Musik und die Dunkelheit einfach nicht mehr ausgehalten.«

»Aber noch zuvor ist da der Umstand, dass du namentlich ausgewählt worden bist, oder zumindest Claras Name, um gesagt zu bekommen, dass die Gruppe das erste Geheimnis gelüftet habe: dass niemand geht. Warum bist ausgerechnet du angesprochen worden, wo du dich doch nach eigenen Angaben so zurückgehalten hast?«

»Ich weiß es nicht. Ich stand allein vor dem Bildschirm.«

»Du bist also zufällig ausgewählt worden?«

»Ich denke, ja.«

»Und wo waren die anderen?«

»Nur ein paar Meter entfernt, vor Russ' Tür.«

»Aber du bist nicht zu ihnen gegangen?«

»Erst später.«

»Wieso nicht zu dem Zeitpunkt? Wieso bist du nicht hingegangen und hast wie alle anderen nach ihm gesehen? War in dem Moment das nicht das Wichtigste?«

»Natürlich, aber der Gang war nicht so breit. Wir konnten nicht alle gleichzeitig an einer Stelle stehen.«

»Eben meintest du noch ›Wir waren nur zu acht‹, jetzt sagst du ›Wir waren zu viele, um auf eine Stelle zu passen‹.«

»Um vor Russ' Tür zu passen, ja!«

»*Wie es sich anhört, hast du dich von der Gruppe ziemlich ferngehalten. Warum?*«

»Ich glaube nicht, dass ich das getan habe. Nicht mehr als die anderen.«

»*Aber du hast sie nicht besonders gemocht, oder? Du hast Grant für arrogant, Charlie für ein tussiges Dummchen und Russ für einen Simulanten gehalten. Du dachtest, Jacko hätte seine Mutter verraten, um in die Sendung zu kommen, und Dennis und Maria hätten dich im Stich gelassen, und dann ist da noch Jaide. Sie mochtest du wirklich nicht, oder? All die finsteren Blicke, die sie dir zugeworfen hat, in Kombination mit ihrem aggressiven Auftreten und ihrer einschüchternden Aufmachung. Du hast sogar gesagt, dass es einen Zeitpunkt gab, an dem du den Verdacht hattest, dass sie in die Sache verwickelt ist, und jetzt fühlst du dich angegriffen, weil jemand denselben Verdacht bei dir hegt.*«

»Das ist unfair. Ich habe nichts über Jaide gesagt, was nicht der Wahrheit entsprochen hätte, wie ich sie wahrgenommen habe.«

»*Wie du sie wahrgenommen hast. Tja, wir haben über euch alle Nachforschungen angestellt, und weißt du, was wir über Jaide herausgefunden haben, deine rüpelhafte, aggressive Konkurrentin? Sie hat für eine Kinderhilfsorganisation gearbeitet, seit über fünf Jahren schon, und jedes Wochenende in einem Heim für Obdachlose ausgeholfen. Ihre Kollegen beschreiben sie als jemanden mit einem großen Herzen und jeder Menge Empathie für Menschen, die es weniger gut hatten als sie selbst. Ich frage mich also, was sie gegen dich eingenommen hat?*«

»Ich … Ich weiß es nicht. Nur sie kann das wissen. Ich habe mich bemüht, nett zu sein, aber sie mochte mich einfach nicht.«

»*Hmmm.*«

»Was soll das heißen?«

»*Am Anfang hast du mir erzählt, dass du nicht für Clara einspringen wolltest und ihr gesagt hast, es würde deinen Ruf ruinieren. Hast du ein Problem mit Leuten, die im Reality-Fernsehen mitmachen?*«

»Nein. Hör mal, das ist nicht fair. Nichts von alledem ist ein Beweis dafür, dass ich in diese Sache verwickelt war.«

»*Du sagtest, du hättest für deine Schwester mitgemacht, weil sie sich das Bein gebrochen hatte?*«

»Ja.«

»*Und sie hatte sich für die Show beworben, weil ihr nach dem Tod eurer Mutter mit den Hypothekenzahlungen im Verzug wart und eine Zwangsräumung drohte?*«

»Richtig.«

»*Wie erklärst du uns dann, dass eure Hypothekenbank uns mitgeteilt hat, dass es im Zusammenhang mit eurem Konto keine Zahlungsrückstände gibt?*«

»Das ... das stimmt nicht.«

»*Und als mein Kollege mit dem Röntgentechniker in dem Krankenhaus gesprochen hat, in dem angeblich Claras Bein eingegipst worden ist, sagte der, er könne sich nicht an sie erinnern, obwohl ihr Gesicht überall zu sehen war, seitdem du aus der Festung entkommen bist. Findest du das nicht komisch?*«

»Eigentlich nicht. Es gibt da vermutlich nicht nur einen Röntgentechniker.«

»*Ist es nicht viel eher so, dass du diese Geschichte, du wärst für Clara eingesprungen, als Ausrede geplant hattest für den Fall, dass jemand etwas an deinem Verhalten oder deinen Motiven auszusetzen hätte?*«

»Nein! Sie hat mich angefleht, an ihrer Stelle teilzunehmen.«

»*Und du hast das einfach gemacht? Weil sie dich angefleht hat? Du merkst schon, dass das ein bisschen unglaubwürdig klingt, oder?*«

»Es ist die Wahrheit. Ich habe Claras Bewerbungsformular als Beweis, und sie wird meine Aussage stützen.«

»*Es ist aber wohl kaum unanfechtbar, das Wort deiner Schwester, oder?*«

»Wieso tust du das? Ich dachte, du wolltest mir helfen.«

»*Würde es dir etwas ausmachen, unseren Hörern zu sagen, was du beruflich machst?*«

»Das wissen die meisten Leute schätzungsweise, es stand in allen Zeitungen. Ich schreibe an meiner Dissertation.«

»*In welchem Fach?*«

»In Psychologie.«

»*Ist es nicht eine Tatsache, dass Psychologen seit Jahren dafür berüchtigt sind, ahnungslose Menschen in Extremsituationen zu bringen, nur um zu sehen, wie sie reagieren?*«

»Das ist alles historisch. Es ist heute nicht mehr erlaubt. Es gibt strenge ethische Rahmenbedingungen, an die man sich halten muss.«

»*Man kann solche Experimente also nicht mehr an einer Universität durchführen?*«

»Man kann sie nirgendwo durchführen.«

»*Wenn also jemand über, sagen wir, die Auswirkung von psychischem Stress auf die Leistungsfähigkeit forschen würde, wäre eine Reality-TV-Show eine gute Tarnung?*«

»Worauf willst du hinaus?«

»*Ich will auf die Tatsache hinaus, dass der Titel deiner Doktorarbeit ›Die Auswirkung von psychischem Stress auf die menschliche Leistungsfähigkeit‹ lautet, und die* Festung *hat genau das getestet. Sie hat eine Reihe von körperlichen wie mentalen Leistungsaufgaben gestellt und die Teilnehmer dann allen möglichen Arten von psychischen Belastungen ausgesetzt. Wirklich faszinierend jedoch ist, wie du deine Kandidaten ausgewählt hast, oder noch wichtiger,* warum *du sie ausgewählt hast. Ich glaube nämlich, dass du entgegen deiner Behauptung, kein Problem mit Kandidaten im Reality-Fernsehen zu haben, diese Menschen auf gewisse Weise für minderwertig hältst, weil sie berühmt werden wollen und glauben, sie wären schlauer als andere. War das mit den sieben Todsünden deine Idee oder die von deinem Komplizen? Ich denke nämlich, dass diese Idee von jemandem stammt, der wirklich überzeugt war, damit einem höheren Gut zu dienen. Deine*

Doktorarbeit ist vielleicht der offenkundige Grund für alles, aber insgeheim, glaube ich, wolltet ihr die Sündigen für ihre Sünden bestrafen. Ihr wolltet die Welt wissen lassen, dass Menschen, die von Ruhm und Reichtum besessen sind, verdammt sind. Ihr habt die Welt gezwungen, die Wahrheit zur Kenntnis zu nehmen, indem ihr eine eindeutige, unmissverständliche Warnung an alle Menschen ausgesandt habt: Sündigt nicht. Und ich glaube, du bist aus Arroganz in den Podcast gekommen und in dem irregeleiteten Glauben, du könntest uns hier eine Geschichte auftischen, die deine Unschuld untermauert. Aber du hast mich unterschätzt. Und ich werde dafür sorgen, dass du für das bezahlst, was du getan hast.

Danke, liebe Hörer, dass ihr heute bei uns wart. Wenn euch diese Folge gefallen hat, empfehlt sie bitte weiter; Mundpropaganda ist die Grundlage für unser Überleben und Gedeihen. Unser Sponsor diesen Monat ist SecureIT. Das digitale Sicherheitssystem für zu Hause, das euch den ganzen Tag, jeden Tag Sicherheit verschafft.

Ich bin Shane Fletcher, und das ist Das Unerwartete erwarten, *der Podcast, der euch mit Verbrechen umhauen wird, die unsere Vorstellungskraft übersteigen.«*

85

Es meldete sich wieder Bonnies Voicemail. Offenbar war das Interview fortgesetzt worden. Clara widmete sich wieder der Folge, schob den kleinen roten Punkt an den Anfang zurück und begann von vorne. Es ergab keinen Sinn. Wieso war Bonnie nirgends zu sehen? Nicht einmal am Anfang, als die Bewerbungsvideos aller Kandidaten gezeigt wurden. Clara konzentrierte sich mit aller Kraft auf den Bildschirm und achtete diesmal auf Schatten im Hintergrund oder ein Aufblitzen von Bonnies Hand oder Kleidung. Sie musste dort gewesen sein. Warum sonst hätte man sie durchnässt und verletzt an einem Strand auf der Isle of Wight aufgefunden?

Die Wochen, in denen Bonnie fort gewesen war, hatten sich für Clara in die Länge gezogen. Sie hatte sich selbst bemitleidet, jeden Tag auf dem Sofa gesessen und Schrott geschaut und war neidisch gewesen auf den Spaß, den ihre Schwester gerade hatte. Spaß, den sie hätte haben sollen. Das war ihre Chance gewesen, aller Welt zu beweisen, dass sie genauso schlau war wie Bonnie, und jetzt würden wieder alle sagen, wie klug Bonnie doch sei – schon wieder. Es war so unfair.

Sie hatte ihrer großen Schwester gegenüber immer diese innere Bitterkeit empfunden. Oft hatte Clara Bonnie und ihre Mum dabei ertappt, wie sie etwas flüsterten, was sie nicht mitbekommen sollte, insbesondere als Mum krank war. Selbst in der Schule hatte Clara von den Lehrern ständig zu hören bekommen, wie klug und gut erzogen ihre Schwester doch sei. Es war schwer, ihr nachzueifern, erst recht wenn man selbst nicht solche akademischen Interessen hatte und eine echte Persönlichkeit, die nicht immer nur machte, was andere von einem wollten. Vielleicht war diese Bitterkeit der Grund dafür, dass sie Bonnie vorhin ohne Vorwarnung zu dessen Inhalt ihr Bewerbungsformular zugeschickt hatte.

Natürlich hatte sie sich richtig mies gefühlt, seit das Krankenhaus angerufen und ihr mitgeteilt hatte, Bonnie hätte ein Art Unfall gehabt und läge im Koma. All die Abende, an denen sie in Selbstmitleid versunken war, hatte Bonnie gelitten und Angst gehabt. Clara musste sich diese Folge ansehen, denn ihre Vorstellung von dem, was sie ihrer Schwester angetan hatte, war lebhaft und schrecklich, und ein Teil von ihr hoffte, dass die Realität nicht halb so schlimm sein würde.

Aber jetzt wurde es langsam unheimlich. Es gab nicht einmal Aufnahmen der anderen Kandidaten, die jemanden aus dem Off ansahen oder mit einer Person sprachen, die Bonnie sein könnte. Clara begann die Kommentare unter der Folge zu lesen.

NicEast vor 1 Stunde
Keine Spur von der einzigen Überlebenden Bonnie Drake in dieser Folge. Wer findet das noch seltsam?

Davecakes765 vor 2 Stunden
Traurig, diesen Leuten dabei zuzusehen, wie sie sich vollkommen sorglos auf Spiele einlassen. Maria war unglaublich. Ihre Familie kann so stolz sein.

Jojo vor 32 Minuten
Wer tut so, als wäre er bei einer solchen Tragödie dabei gewesen? Ich glaube, Bonnie braucht Hilfe. Das ist ein ganz neues Level von Heischen nach Aufmerksamkeit.

Cathcart vor 1 Stunde
Hier haben Menschen ihr Leben verloren. Es ist krank zu behaupten, man wäre dabei gewesen, wenn man es nicht war. Bonnie Drake wird jetzt aus einem ganz anderen Grund Berühmtheit erlangen.

Clara wandte ihre Aufmerksamkeit Twitter zu, in der Hoffnung, dass sich solche Kommentare auf YouTube beschränkten. Doch als sie den Hashtag zu Bonnie Drake las, der gerade trendete, rutschte ihr das Herz in die Hose.

Clara knallte den Laptop zu. Sie erinnerte sich daran, wie Bonnie gesagt hatte, es könne ihren Ruf ruinieren, bei dieser Sendung mitzumachen, und wie theatralisch sie selbst das gefunden hatte. Es ist nur eine blöde Sendung. Die wird niemandes Leben zerstören. Aber sie hatte falschgelegen. Oh, so falsch.

Sie schickte Bonnie eine WhatsApp-Nachricht und hoffte, ihre Schwester würde sie sehen, bevor sie diesen Schund las.

Schwesterherz, ruf mich SOFORT an. BEVOR du irgendwas anderes machst. Versprich es mir xx
14:45

86

Bonnie sah zu, wie Shane seine Ausrüstung zusammenpackte. In ihrem Kopf schrie eine Stimme, sie solle etwas sagen, etwas *tun*, aber sie war wie erstarrt. Es war, als wäre sie wieder im Keller, hilflos und verängstigt. Sie fühlte sich erhitzt und schwitzig, ihr Mund war trocken, und ihr Kopf pochte. Dieser Mann würde sie vor den Ohren der Öffentlichkeit verurteilen. Selbst wenn die Polizei seinen Theorien nicht folgte, das hier würde sie für den Rest ihres Lebens verfolgen. Es gibt keinen Rauch ohne Feuer. Die Leute würden immer zweifeln.

Sie hätte in dem Augenblick gehen sollen, als er sie angegriffen hatte, aber er hatte schon Fälle geknackt. Sie wollte darauf vertrauen, dass er eine gute Spürnase besaß. Der Direktor versuchte offenbar, ihren Bericht unglaubwürdig zu machen, und das machte sie so wütend. Wie konnte er es wagen, ihr ihre Aussage abzusprechen. Er hatte ihre Freunde umgebracht und ihr Leben zerstört. Damit würde sie ihn nicht durchkommen lassen. Niemals.

Shane griff über den Schreibtisch nach ihrem Telefon.

»Die Polizei hat mich gebeten, das hier an mich zu nehmen und sicherzustellen, dass du hierbleibst, bis sie eingetroffen sind.« Er klang aufgebracht. Er glaubte wirklich, dass sie es getan und versucht hatte, ihn und seinen Podcast zu benutzen. Es war so lächerlich, dass sie es nicht ganz begreifen konnte.

Er verschloss die Plastikbox, in der er die beiden Mikros, das Aufnahmegerät und seine Notizen zusammen mit ihrem Telefon verstaut hatte. Dann hob er sie vom Tisch.

»Wenn du mich fragst, ich finde, du hast alles verdient, was auf dich zukommt.« Seine Worte klangen richtig giftig. Die lächelnde Podcast-Stimme war verschwunden.

Bonnie erwog, einfach aus der Tür zu gehen. Die Tür war nicht verschlossen, aber die in den Empfangsbereich schon. Shane hatte sie mit einem Türöffner hereingelassen. Dort würde er sie nur aufhalten. Sie konnte genauso gut auf die Polizei warten und nach besten Kräften Erklärungen anbieten. Außerdem brauchte sie ihr Telefon.

Sie hatte von Ermittlern gehört, die einen Tunnelblick entwickelten und nur noch nach Beweisen suchten, die ihren Verdacht untermauerten. Die Tatsache, dass sie aus der ersten Folge herausgeschnitten worden war, hatte Shane auf eine Theorie gebracht, die ihn veranlasste, alle ihre Aussagen in dem Interview forensisch zu analysieren, um Material zu finden, das seine These stützte. Und selbst wenn seine Theorie brüchig war, fand Bonnie es erschreckend, wie plausibel er alles klingen ließ. Bonnie zwang sich, ihre Panik zu bekämpfen. Sie konnte sich später über Shane aufregen. Im Moment musste sie ihre Aufmerksamkeit auf ein paar seiner Bemerkungen richten.

Die Polizei hat nicht bekannt gegeben, wie viele Leichen gefunden wurden.

Das war diejenige, die ihr den größten Schrecken eingejagt hatte. Hatte noch jemand überlebt? Und wenn ja, wer? Jacko und Charlie waren eingesperrt gewesen, als sie geflohen war, es musste also entweder Grant, Maria, Dennis oder Jaide sein. Sie wusste mit Sicherheit, dass Maria und Grant gestorben waren, denn sie hatte mit ihren am Boden zerstörten Familien gesprochen. Sie konnte sich nicht zu dem Gedanken überwinden, dass Dennis jemand anderes sein könnte als ein aufrechtes Mitglied der Gesellschaft, aber andererseits hatte Shane gesagt, dass Jaide so eine Art Wohltäterin gewesen war, die anscheinend außer Bonnie jeden gemocht hatte. Und wenn sie ehrlich war, konnte sie sich nicht vorstellen, dass einer von ihnen etwas mit der Sache zu tun gehabt hatte.

Außerdem hatte Shane gesagt, wer auch immer dafür verantwortlich war, wäre nicht nur besessen von Sünden, sondern auch intelligent und finanziell gut aufgestellt.

Er hat nicht das gesamte Gebäude abgefackelt. Ist das ein Hinweis? Spielt der Typ immer noch?

Offensichtlich *spielte* er immer noch. Das Filmmaterial ohne sie darin zu veröffentlichen, untergrub bestenfalls ihre Glaubwürdigkeit, schlimmstenfalls stellte er sie damit als Betrügerin hin. Sie war überhaupt nicht überrascht darüber, dass er einen Großteil des Gebäudes intakt gelassen hatte.

Du hattest großes Glück.

Was war das für ein Glück? Warum hatte sie überlebt? Wenn die anderen sie nicht in dieses Zimmer gedrängt hätten, wäre sie jetzt nicht hier. Sie wäre im Feuer umgekommen wie die anderen.

Sie trank den letzten Schluck Wasser und stützte den Kopf in die Hände. Wieso passierte ihr das? Es war nicht fair. Ihr war ganz schwindelig von alledem, sie wollte, dass die ganze Sache vorbei war und sie ihr Leben wiederaufnehmen konnte. Wollte Zeit haben, um ihre Mum zu trauern und sich zu überlegen, wie zum Teufel sie die Hypothek bezahlen sollte. Würde sie nach dieser Sache überhaupt noch jemand einstellen? Sie war hergekommen, um sich von Shane helfen zu lassen, und hatte nur erreicht, dass alles noch schlimmer geworden war. Wie anders wäre alles gewesen, wenn sie sich gestern mit ihm getroffen hätte, bevor die Folge online gegangen war. Selbst morgen zu kommen, wäre besser. Dann hätte sie sich vorbereiten können.

Sie legte den Kopf auf den Tisch, hatte nicht mehr die Kraft, aufrecht zu sitzen. Ihr wurde ganz übel, wenn sie an all das dachte. Könnte sie alles wiederholen, sie wäre sich nicht sicher, ob sie noch einmal so heftig darum kämpfen würde, zur Wasseroberfläche aufzutauchen. Sie könnte dort in der Stille bleiben, statt sich alldem zu stellen. Sie könnten sagen, was sie wollten, und ihr könnte es egal sein. Sie wäre bei ihrer Mum. Verflucht sei dieser Instinkt, zu schwimmen. Wäre sie nur mehr wie Clara gewesen und hätte sich geweigert, sich auch nur in die Nähe des Wassers vorzuwagen.

Bonnie versuchte den Kopf zu heben.

Clara kann nicht schwimmen.

Der Raum drehte sich, und sie begann zu würgen. Sie musste alle Kraft aufwenden, um den Kopf von der Tischplatte zu heben.

Clara kann nicht schwimmen. O Gott.

»Hallo?«, versuchte sie zu rufen, aber die Stimme blieb ihr im Halse stecken, und sie würgte erneut. Sie musste Shane zurückholen und es ihm sagen. Er würde wissen, was zu tun war.

Als sie versuchte aufzustehen, gaben ihre Beine nach, und sie sackte zu Boden.

87

Clara ging auf und ab und blickte auf ihre Uhr. Bonnie hatte versprochen, um fünf wieder zurück zu sein. Sie wollten eine ihrer alten Schulfreundinnen zum Essen in der Stadt treffen. Harriet war extra aus Bristol nach Leeds gereist, um Bonnie zu sehen, und blieb nur eine Nacht zu Hause. Clara wusste, Bonnie würde sie nicht verpassen wollen. Der Plan war, den Sechs-Uhr-Zug zu nehmen, und Bonnie musste sich noch umziehen.

Sie versuchte es noch einmal auf Bonnies Handy, und wieder ging ihr Anruf direkt auf die Mailbox. Also überprüfte sie WhatsApp. Da stand, dass sie zuletzt vor zwei Stunden online gewesen war. Sie hatte nicht einmal Claras Nachrichten gelesen. Wie lange dauern solche Interviews? Sie wusste, dass sich mit der Veröffentlichung der ersten Folge alles geändert hatte, aber langsam wurde es lächerlich.

Clara öffnete auf ihrem Telefon Google und suchte nach dem Podcast *Das Unerwartete erwarten*. Wenn sie wenigstens herausfand, wann sie voraussichtlich fertig sein würden, konnte sie Harriet eine Nachricht schicken und ihr mitteilen, um wie viel sie zu spät kommen würden.

Auf der Website stand keine Nummer, nur ein Kontaktformular. Sie tippte eine kurze Nachricht, in der sie angab, Bonnie Drakes Schwester zu sein und dringend wissen zu müssen, wann Shanes Interview mit ihr wohl zu Ende wäre. Dann drückte sie auf Senden. Sie machte sich keine großen Hoffnungen auf eine Antwort, deswegen ging sie sich die Haare föhnen und hoffte, dass Bonnie jeden Moment durch die Tür käme.

Seitdem Clara die Folge gesehen hatte, nagte es an ihr, dass Bonnie ihr Dinge verheimlicht hatte. Sie hatte so wenig darüber erzählt, was an diesem Ort geschehen war, und nun war sie bereit, einem Fremden stundenlang ihr Herz auszuschütten, der all dies dann in die Welt hinaus senden würde. Hatte Clare nicht eine Vorwarnung verdient? Es war nicht fair, sie im Ungewissen zu lassen. Bonnie wusste, dass Clara sich Vorwürfe machte, weil sie Bonnie überredet hatte, an der Show teilzunehmen. War das eine Art Bestrafung? Würde sie Clara in ihrem offenen und ehrlichen Gespräch mit Shane die Schuld an allem geben? Vielleicht hätte Clara ihre Angaben auf dem Bewerbungsformular erläutern und sich entschuldigen sollen.

Sie drehte den Kopf, um die andere Seite zu föhnen, da fiel ihr auf, dass der Bildschirm ihres Telefons aufleuchtete, weil ein Anruf einging.

»Spricht da Clara Drake?«

»Jep.«

»Hier ist Amra vom Podcast *Das Unerwartete erwarten*. Sie haben uns gerade eine Nachricht geschickt.«

»Oh, danke, dass Sie so schnell zurückrufen. Tut mir leid, dass ich so ein Drama veranstalte, aber Bonnie und ich sind heute Abend verabredet, und Shane meinte, es würde nur ein paar Stunden dauern. Ich weiß, dass sich jetzt, wo die Folge online ist, alles anders darstellt, aber wissen Sie, wann sie fertig sein werden?«

»Geht es um die Bonnie Drake aus dieser *Festung*s-Geschichte?«

»Ja. Wieso? Wie viele Bonnie Drakes interviewen Sie gerade?« Clare stieß ein kurzes Lachen aus.

»Das ist es ja. Wir interviewen sie überhaupt nicht. Ich habe bei Shane nachgefragt, und er hatte keinen Kontakt zu ihr. Tatsächlich ist er im Augenblick sogar in Dänemark … Sind Sie noch da?«

»Das kann nicht stimmen.«

»Tut mir leid. Ich habe ihren Namen erkannt, deswegen dachte ich, ich melde mich so schnell wie möglich bei Ihnen zurück, es ist ja grauenvoll, was ihr passiert ist.«

88

Als Shane zurück ins Zimmer kam, hatte Bonnie einen kurzen Moment lang Hoffnung. Er war immer noch da. Er würde ihr helfen. Wenn sie ihm nur sagen könnte, was los war. Doch dann machte er einen Schritt über sie hinweg und begann den Tisch, an dem sie gesessen hatten, mit einem nach Bleiche riechenden Lappen abzuwischen, und Bonnie fiel auf, dass er Handschuhe trug.

Es hätte für sie offensichtlich sein müssen. Wenn sie besser aufgepasst hätte, wäre ihr aufgefallen, wie schnell Shane die frisch veröffentlichte Folge angeschaut und seine Fragen angepasst hatte, um Löcher in ihre Geschichte zu stechen. Alles in der Zeit, in der sie Clara angerufen hatte.

Dann hätte sie ihm vielleicht nicht ihr Handy gegeben.

Oder das Wasser getrunken, das er ihr geholt hatte.

Zu spät. Sie nahm an, dass das Sandwich, das sie zum Mittagessen gegessen hatte, das eigentliche Problem darstellte.

Aber es ergab trotzdem noch keinen Sinn. Sie konnte nicht begreifen, wie ein Ex-Polizist und Social-Media-Star diesen ganzen Albtraum hatte anrichten können. Sein Podcast gehörte zu den beliebtesten im Vereinigten Königreich. Er hatte damit Preise gewonnen. Er hatte Verbrechen aufgeklärt.

Bonnie fiel etwas ein, das Maria gesagt hatte, als sie über Jaide und Grant gesprochen hatten. *Man sieht, was man zu sehen erwartet, und nicht das, was wirklich da ist.*

»Falls du dich fragst, warum ich dir das antue: Du hast es dir selbst zuzuschreiben, genau wie die anderen. Du hast dich vielleicht nicht für die Show beworben, aber du hast auf betrügerische Weise daran teilgenommen.« Seine Stimme klang tiefer als bei dem Interview, und jedes Wort triefte von der Bosheit, die sie wahrgenommen hatte, als er ihr gesagt hatte, sie hätte alles verdient, was ihr widerfahren sei. »Und deswegen wird deine Strafe dem Verbrechen entsprechen. Man wird an dich als Betrügerin zurückdenken.«

Zurückdenken?

»Ich hatte keine Wahl. Du hast alles kaputt gemacht. Es war alles so akribisch geplant. Ich hätte alle Zeit haben sollen, die ich brauchte, und dann tauchst du auf – ein Kuckuck im Nest, der so tut, als gehörte er dazu.« Beim Sprechen wischte er die Stuhlbeine ab. »Anfangs habe ich den Grund nicht verstanden. Ich habe *Ihn* gefragt, warum ist das passiert, wie kann sie überlebt haben, ist das eine Prüfung? Ich hatte alles getan, was *Er* von mir verlangt hatte.« Endlich sah Shane Bonnie an, die verzweifelt darum kämpfte, die Augen offen zu halten. »Und dann wurde mir klar, dass du ein Geschenk bist.«

Er ging in die Hocke und strich Bonnie zu ihrem Entsetzen das Haar aus dem Gesicht.

Nimm deine Pfoten weg, du krankes Arschloch, schrie sie in ihrem Kopf, aber es kamen keine Worte heraus.

»Als ich meine Ideen verschiedenen Produktionsfirmen vorgestellt habe, wurde mir gesagt, mir fehle der kommerzielle Verstand. Aber warte ab, bis sie die Einschaltquoten der *Festung* sehen. Das wird viral gehen. Jeder wird die Botschaft hören, dass diese Welt wieder einmal dem Verderben anheimfällt. Die Besessenheit, mit der die Menschen alles über sich selbst im Fernsehen und in den sozialen Medien mitteilen, ist das Gegenteil von dem, was der Herr geboten hat. Mit ihr war es dasselbe. Sie war zu sehr damit beschäftigt, in Spiegel oder Kameralinsen zu schauen, um auf das zu achten, was wesentlich ist. Sündigen heißt, sich von *Ihm* abwenden. Es ist verwerflich und abstoßend, und durch mich wird *Seine* Vergeltung prompt erfolgen.«

»Worauf willst du hinaus?«

Shane lachte, als er aufstand, und falls Bonnie noch Zweifel daran gehabt hatte, dass er der Direktor war, verflogen diese nun. Denn bei aller Verstellung seiner Stimme während des Podcasts und bei seinen Verkündigungen in der *Festung* war sein Lachen nicht zu verkennen.

»Wie sich herausgestellt hat, war deine Flucht die beste Öffentlichkeitsarbeit. Damit war sichergestellt, dass jeder von der *Festung* gehört hatte, bevor sie live ging. Und dann wurde mir klar, dass nur noch eines wirkungsmächtiger ist, als Menschen für ihre Sünden bezahlen zu sehen, und das ist etwas, das nur du allein liefern kannst – zu beschreiben, wie es sich als Sünder anfühlt, vor den Toren der Hölle zu stehen. Ich brauchte nur noch das richtige Medium, über das du deine Geschichte erzählen konntest. Und die Gelegenheit, dich als die sündige Betrügerin darzustellen, die du bist, war dabei die Kirsche auf der Torte. Ich weiß, was du denkst. Ich kann es in deinen Augen lesen. Du denkst, ich bin der Sünder. Dass es niemals gerechtfertigt ist, anderen ihr Leben zu nehmen. Aber da irrst du dich. *Er* hat seinen einzigen Sohn geopfert, um unsere Seelen zu retten, also denk mal darüber nach, was *Er* von *uns* erwartet.«

Du bist komplett gaga.

»Ich sehe, du kaufst es mir nicht ab, deswegen lasse ich dir das hier da.« Er beugte sich herunter, sein warmer Atem streifte ihr Gesicht, als er ihr die Worte ins Ohr flüsterte. »Rätsele für mich. Würdest du eine sündige Seele töten, um Deinen Herrn und Vater zu ehren? Würdest du deine Mutter töten, um eine unschuldige Seele zu retten?«

Er lachte erneut, und es drehte Bonnie den Magen um.

»Nun denn. Genug geplaudert. Wollen wir deine letzte Szene vorbereiten?«

89

Bonnie zwang sich, die Augen zu öffnen. Das Licht war hell, und alles war weiß.

Bin ich tot?

Das konnte nicht sein, denn der Boden unter ihr war kalt, und sie konnte noch immer die Bleiche riechen.

Sie schleppte sich zur Toilettenschüssel und steckte sich den Finger in den Hals. Es war vielleicht zu spät, um das Gift aus ihrem Körper zu bekommen, aber sie musste es versuchen. Sie konnte diesen Mistkerl nicht damit durchkommen lassen.

Bonnie richtete sich auf und blickte zur Tür. In ihrem Kopf drehte sich alles, und die Anstrengung, sich hochzuziehen, hatte sie ausgelaugt. Schweiß quoll aus ihrer Stirn und tropfte ihr in die Augen. Sie brauchte einen Moment.

Die Zimmer von Russ und Jacko hatten so ausgesehen.

Abgeschlossen und einsam.

Die Welt verschwamm, und Bonnie hatte das Gefühl, wieder ohnmächtig zu werden. Sie grub sich die Fingernägel in die Handflächen.

Er hatte alle eingesperrt. Damit er sich Zeit lassen konnte. Zusehen konnte, wie sie Panik bekamen.

Mach etwas.

Wer hatte am längsten durchgehalten?

Eine Träne tropfte von ihrem Kinn und landete auf ihrer Hand. *Es tut mir leid, Clara. Ich habe dich wieder im Stich gelassen.*

Maria? Dennis? Super Grant?
Mach etwas.
Er hatte zugesehen, wie sie verbrannten.
Mach etwas. Auf der Stelle.
Bonnie schloss die Augen und versuchte sich zu konzentrieren. *Was würde Grant tun?* Er war der Ehrgeizigste gewesen. Er hätte bis zum Letzten gekämpft. Was würde er hier und jetzt tun?

Sie hatte in dem Gebäude niemanden sonst gesehen. Shane hatte sie am Empfang abgeholt, nachdem sie die Nummer angerufen hatte, die er ihr gegeben hatte. Aber es handelte sich um Büros, die man tageweise mieten konnte, also mussten hier irgendwo noch andere Leute sein.

»Hi-fe.« Ihre Lippen wollten das Wort nicht richtig bilden, und ihre Stimme hatte kein Volumen.

Ihre Handtasche lag neben ihr, der Inhalt war teilweise über den Boden verstreut. Sie streckte den linken Arm so weit danach aus, wie sie konnte.

Ihre Finger erreichten den Riemen nicht ganz. Sie streckte sich noch mehr, fürchtete aber, dass sie, wenn sie das Gleichgewicht verlor, nicht mehr die Kraft haben würde, sich wieder aufzusetzen. Ihr Zeigefinger berührte das Leder, und sie zappelte damit über den Boden, um es besser zu fassen zu bekommen. Schließlich schaffte sie es, den Gurt langsam zu sich herzuziehen. Ihr Portemonnaie, eine Haarbürste und eine Schachtel mit Schmerztabletten blieben auf dem Boden liegen, aber sie beachtete sie nicht. Als die Tasche neben ihr lag, sammelte sie einen Augenblick lang Kraft, bevor sie ihren Inhalt durchwühlte. Sie fand die Quittung für ihren Morgenkaffee, den sie auf dem Weg hierher getrunken hatte – das würde reichen –, und sie fand auch einen alten Lipliner, obwohl sie sich nicht erinnern konnte, ihn eingesteckt zu haben.

Sie strich die Quittung mit der Vorderseite nach unten auf ihrem Bein glatt.

Was hat er gesagt?
Rätsele für mich.

Das ließ sie an Jacko denken. Er hatte immer die Phrasen erkannt, die irgendwie fehl am Platz waren. Sie schluckte die Tränen hinunter und konzentrierte sich darauf, die Worte aufzuschreiben. Es kostete sie all ihre Energie, die Buchstaben so zu malen, wie sie aussehen sollten.

Sie gab sich alle Mühe, sich in Erinnerung zu rufen, was er als Nächstes über das Töten sündiger Seelen gesagt hatte, doch ihr Hirn funktionierte nicht richtig. Das hier war wichtig. Sie musste sich erinnern, denn er hatte sich hämisch gefreut, sicher, dass er gewonnen hatte. Also hatte er vielleicht etwas gesagt, was er nicht hätte sagen sollen.

Versuch dich zu erinnern.

Schwindel überkam sie, und sie gestattete sich nur einen Moment lang, mit dem Rücken gegen die Wand zu sinken und die Augen zu schließen.

90

Clara kaute auf dem Nagel ihres rechten Zeigefingers herum, während sie die Straße entlanglief. Es war fast drei Stunden her, dass sie zuletzt mit Bonnie gesprochen hatte. Sie hatte die Nummer von Bonnies Kontaktperson bei der Polizei angerufen, Detective Sergeant Piper, dessen Visitenkarte Bonnie an den Kühlschrank geheftet hatte, und um Hilfe gebeten. Die Kriminalbeamtin war von Bonnies Entscheidung, mit *Das Unerwartete erwarten* zu sprechen, nicht gerade begeistert gewesen. Doch als Clara erklärt hatte, dass jemand den Podcast dazu benutzt hatte, Bonnie zu einem Treffen zu locken, und Clara sie nun nicht mehr erreichen konnte, hatte sich ihr Ton geändert. Detective Sergeant Piper rief innerhalb von zwanzig Minuten zurück, um ihr mitzuteilen, dass sie Bonnies Telefon in einem Mietbüro im Stadtzentrum von Leeds getrackt hatten und die dortige Polizei nach dem Rechten sehen würde. Sie wies Clara explizit an, nicht hinzufahren. Sie würde wieder anrufen, sobald sie Neuigkeiten habe, doch Clara hatte über die App auf ihrem Telefon bereits ein Uber bestellt. Ihr Bein war nicht mehr eingegipst, aber sie durfte noch nicht wieder Auto fahren. Sie nahm an, dass es in der Stadt nicht allzu viele Mietbüros geben würde, und sie hatte recht. Eine schnelle Suche auf Google ergab drei Optionen, und so ließ sie den Fahrer nacheinander alle drei Adressen abfahren, bis sie vor der letzten das parkende Polizeiauto entdeckte.

Clara konnte nicht fassen, was hier geschah. Sie fühlte sich ganz krank vor Angst und Schuldgefühlen. Sie hatte Bonnie das angetan. *Sie* hätte bei dieser Show dabei sein sollen. Und jetzt hatte jemand Bonnie mit forensischer Detailliebe aus der ersten Folge der *Festung* herausgeschnitten. Clara war überzeugt, dass dies dazu gedacht war, Bonnie als Lügnerin dastehen zu lassen. Lag es daran, dass sie etwas wusste oder etwas Wichtiges gesehen hatte? Wenn dem so war, würde die Person, die hinter alledem steckte, Bonnie zum Schweigen bringen wollen.

Clara überquerte die Straße. Über der Glasfront der Rezeption prangte in Großbuchstaben der Name WIZU WORKSPACE. Die Büros lagen zwischen einem Café und einer Boots-Filiale. Drinnen konnte sie zwei Polizeibeamte mit einem dunkelhaarigen Mann sprechen sehen. Sie wollte bei nichts stören, aber sie musste auch wissen, ob Bonnie hier war.

»Ich bin gleich bei Ihnen«, sagte der Dunkelhaarige, als sie hereinkam. »Wie ich schon sagte, ich habe erst vor einer Stunde angefangen, weil meine Kollegin einen Zahnarzttermin hatte. Laut Protokoll war heute nur ein Raum vermietet, aber die Leute haben sich schon ausgeloggt, bevor ich gekommen bin.«

»Wer war das?«

Alle drei Männer wandten sich zu Clara um.

»Entschuldigung, ich bin Bonnie Drakes Schwester.«

Der größere der beiden Polizisten runzelte die Stirn und sah aus, als wollte er sie in ihre Schranken weisen, aber sein Kollege ergriff zuerst das Wort.

»Könnten Sie bitte dort warten und die Sache uns überlassen, bitte.«

Clara nickte und sah den Empfangsmitarbeiter an, der hastig den Blick abwandte. Er hatte sie offenbar angestarrt. Zweifellos erkannte er ihr Gesicht oder Bonnies Namen aus all den Medienberichten über die *Festung*.

»Das war ein Mr H. Styles«, sagte er und zeigte es den Beamten auf einem iPad.

»War er allein, wissen Sie das?«

»Äh, das müsste hier stehen. Einen Moment. Die Leute buchen

online und loggen sich dann einfach ein. Wir brauchen nur die Unterschrift des Hauptmieters. Tut mir leid, da steht nicht, für wie viele Personen gebucht wurde.«

»H. Styles wie Harry Styles«, sagte Clara. »Lassen Sie sich nicht die Ausweise zeigen? Kann man Ihnen einfach irgendeinen fiktiven Namen nennen?«

»Es ist nur ein Büroraum«, antwortete der Empfangsmitarbeiter.

»Danke«, sagte der Polizist, der Clara gebeten hatte, sich rauszuhalten.

»Er hat vorgegeben, Shane Fletcher vom Podcast *Das Unerwartete erwarten* zu sein.«

»Tja, es sieht so aus, als wären sie alle gegangen«, sagte der größere der Beamten.

»Ich will hineinschauen«, sagte Clara.

»Könnten Sie das bitte uns überlassen, Miss?«

»Kann ich bitte einen Raum buchen, jetzt gleich?«

»Äh, wir schließen jetzt.« Der Empfangsmitarbeiter sah zwischen Clara und den Polizisten hin und her. »Ich wollte gerade abschließen.«

»Wir sehen uns kurz um, wenn Sie das beruhigt«, sagte der kleinere der Polizisten zu Clara.

Der Empfangsmitarbeiter ließ sie mit einem Summer herein, und Clara folgte den Polizisten zu dem Raum, den H. Styles genutzt hatte. Er war grün und weiß gestrichen, an den Wänden hingen ein paar abstrakte Prints. In einer Ecke stand eine große künstliche Topfpflanze und in der Raummitte ein von grünen Stühlen umgebener länglicher Holztisch.

Clara suchte den Raum nach Spuren ihrer Schwester ab. Sie kam zu spät. Sie hätte schon früher merken müssen, dass etwas nicht stimmte. Sie hätte Bonnie dazu bringen müssen, diesen Kerl zu überprüfen, bevor sie hierherkam. Sie hatten sich die Website von *Das Unerwartete erwarten* angesehen, aber das einzige Foto von Shane Fletcher darauf zeigte ihn im Profil, und er trug ein Monokel im

Sherlock-Holmes-Stil und einen Jägerhut. Sie hätten ihn googeln sollen, sodass Bonnie genau gewusst hätte, wie er aussah, bevor sie herkam. Und Clara hätte darauf bestehen sollen, mitzukommen. Mum hätte Bonnie niemals alleine fahren lassen nach allem, was sie durchgemacht hatte. Bonnie hätte Clara niemals alleine fahren lassen.

»Hier riecht es sehr sauber. Reinigen Sie immer mit Bleichmitteln?« Der größere Beamte sah den Empfangsmitarbeiter an.

»Das weiß ich nicht. Ich putze nicht.«

Der Beamte nickte und schritt den kleinen Raum ab. »Und das ist das einzige Zimmer, zu dem sie Zugang hatten?«

»Ja. Abgesehen von der Küche und den Toiletten. Die Büroräume lassen sich alle mit einem speziellen QR-Code öffnen.«

Der Polizist sah Clara an und fragte: »Können wir uns dann noch schnell die Gemeinschaftsräume ansehen?«

Auch in der Küche roch es schwach nach Bleichmittel, aber wieder gab es keine Spur von Bonnie. In den Toiletten sah es nicht anders aus.

Was jetzt? Clara spürte, wie Panik in ihr aufstieg. Die Polizei würde gleich gehen, und was dann? Wenn dies der letzte Ort war, dem Bonnies Telefon geortet worden war, bedeutete das, dass es inzwischen ausgeschaltet worden oder der Akku leer war. Wie sollten sie jetzt herausfinden, wohin er sie gebracht hatte?

»Können Sie Ihre Kollegin erreichen, die heute hier gearbeitet hat?«, fragte der freundliche Beamte.

»Klar, ich habe vorn am Tresen ihre Nummer.«

Auf halbem Weg blieb der freundliche Beamte stehen. »Sie hatten gesagt, dass heute niemand anderes hier war.«

»Das stimmt. Die nächste Buchung ist morgen früh um neun. Wie gesagt, ich schließe gleich ab.«

»Wieso ist dann die Behindertentoilette abgeschlossen?« Er deutete auf die kleine rote Fläche am Türgriff.

»Ich ... ich weiß nicht.« Der Empfangsmitarbeiter sah die Polizisten an. »Mir hat man gesagt, wir wären unbesetzt.«

Der Beamte klopfte an die Tür. »Hallo? Ist hier jemand drin?«
Es kam keine Antwort.

»Vielleicht ist der Riegel von allein runtergefallen?«, mutmaßte der Empfangsmensch.

Der Beamte klopfte mit einer Hand und zog mit der anderen etwas aus seiner Tasche. Es war ein Zehn-Pence-Stück. Nachdem er sein paar Sekunden auf Antwort gewartet hatte, schob er die Münze hinten durch das Schloss. »Ich mache jetzt die Tür auf«, sagte er laut.

Er drehte das Schloss und verstellte, als er die Tür öffnete, den Weg, damit Clara nichts sehen könnte. Doch Clara sah immer noch genug.

Bonnie lag zusammengesunken an der Wand auf dem Boden. Ihr Haar war um ihren Kopf gewickelt und ihr T-shirt halb aus der Jeans gezogen.

»Bonnie!«

Der nette Beamte hielt sie mit einem Arm zurück. »Lassen Sie uns das machen«, sagte er leise.

Während sie und der Empfangsmitarbeiter zusahen, wie der eine Beamte nach Bonnies Puls tastete und mit Wiederbelebungsmaßnahmen begann, hörte sie, wie der Größere der beiden einen Krankenwagen rief.

Clara beschwor Bonnie, sich aufzurichten. Komm schon, Schwesterherz, bitte.

»Soll ich sie mit zum Empfang nehmen?«, fragte der Mitarbeiter den größeren Polizisten. »Das sieht ja nicht gut aus.«

»Ich gehe nirgendwohin«, erwiderte Clara, bevor der Beamte antworten konnte.

Die Minuten verstrichen, der nette Beamte setzte seine Wiederbelebungsversuche an Bonnie fort, hatte aber immer noch keinen Herzschlag, als die Rettungskräfte endlich eintrafen. Eine Rettungssanitäterin übernahm die Herzmassage, während ihr Kollege den Defibrillator einschaltete. Dann zog er eine Schere aus seiner Tasche und schnitt Bonnies T-Shirt von unten nach oben auf.

Im linken Körbchen von Bonnies BH sah Clara etwas Weißes hervorblitzen. Die Sanitäterin zog es heraus, warf einen Blick darauf und reichte es an den freundlichen Polizisten weiter.

»Sieht so aus, als wäre das für Sie.«

Clara sah, dass es sich um eine gefaltete Quittung handelte, auf der mit großen, zittrigen Buchstaben etwas geschrieben stand.

»Ich rufe wohl besser den Chef an, sagte der Mann vom Empfang.

»Wird sie überleben?«, fragte Clara.

»Sie ist in den besten Händen«, sagte die Sanitäterin.

Der freundliche Polizist trat zu Clara in den Flur, nachdem er Bonnies Zettel gelesen hatte.

»Können Sie sich darauf einen Reim machen?« Er hielt ihr die Quittung hin. Die Worte waren schief und schlampig auf das Papier gekritzelt. Es sah überhaupt nicht aus wie Bonnies Handschrift, und Clara fragte sich, in welchem Zustand sie gewesen war, als sie den Zettel geschrieben und warum sie ihn sich in den BH gesteckt hatte. Was für ein Risiko war sie damit eingegangen? Claras Magen krampfte sich zusammen, als ihr klar wurde, dass Bonnie ihn dort versteckt haben könnte, weil sie davon ausgegangen war, dass er nach ihrem Tod gefunden werden würde.

Clara las die Nachricht laut vor. »Ich glaube, da steht: *Rätsele für mich. Töte Sünder ... Vater ehren. Bla, bla töten um ... zu retten ...* Tut mir leid, ich kann dieses Wort in der Mitte nicht lesen.«

»Könnte das heißen ›Töte Sünder, um den Vater zu ehren‹?«

Clara musterte die Buchstaben erneut. »Ja, vielleicht. Was bedeutet das?«

»Ich hatte gehofft, das könnten Sie mir sagen. Ich werde es an die ermittelnden Kollegen weitergeben. Es könnte wichtig sein.« Der Beamte faltete das Papier und steckte es in einen Asservatenbeutel.

»Wir haben einen Herzschlag«, sagte die Rettungssanitäterin. Und an Clara gewandt: »Wir bringen sie ins Jimmy's. Wenn Sie zur Familie gehören, können Sie mitfahren.«

91

Der Direktor

Was für ein Triumph.

Trotz des Bonnie-Drake-Faktors war ihm die Perfektion geglückt. Er musste zugeben, dass er vorübergehend in Panik geraten war, als er erfahren hatte, dass sie überlebt hatte. Er hatte das Spiel für beendet gehalten und war davon ausgegangen, dass die Polizei bald an seine Tür klopfen würde. Doch er hatte sich unterschätzt. Er hatte seine Spuren besser verwischt, als er gedacht hatte.

Und das ließ ihm Raum für Rache.

Die Erkenntnis, dass sie eine Betrügerin war, brachte ihn auf die Palme. Er hatte die Kandidaten akribisch ausgewählt, und alles hatte darauf aufgebaut, dass die genau die richtigen Personen waren. Sie hatte das alles zunichtegemacht, gelogen, betrogen und ihm höllische Kopfschmerzen bereitet.

Er musste sie dafür bezahlen lassen.

Die Einladung zum Podcast war eine grandiose Idee gewesen. Es hatte ein paar Wochen gedauert, Bonnie dazu zu überreden, aber er hatte sie gut ausgekundschaftet und wusste, an welchen Strippen er ziehen musste. Sie würde etwas Sinnvolles tun wollen. Sie würde wollen, dass den Familien durch ihre Hilfe Gerechtigkeit widerfuhr. Sie würde wollen, dass die Welt die Wahrheit erfuhr.

Und danach ging es nur noch darum, sie sorgfältig aus den einzelnen Folgen herauszuschneiden und eine ordentliche Menge der ihr vom Krankenhaus verschriebenen Schmerzmedikamente im Internet zu bestellen. Wenn er sie aussehen ließ wie eine Mitverschwörerin, die sich das Leben genommen hatte, nachdem sie beim Lügen bloßgestellt worden war, schlug er zwei Fliegen mit einer Klappe. Er lenkte die Polizei mit einer glaubhaften Tatverdächtigen ab und lieferte wie versprochen seine siebte Seele.

Er wusste, dass das, was er getan hatte, über das Normalmaß hinausging. Er trug eine Macht in sich, die es ihm ermöglichte, Rache an denen zu üben, die sie verdienten. Dazu zählte auch seine Mutter, die ihn seelisch und körperlich misshandelt hatte, während sie zunehmend in der Drogensucht versank, besessen von ihrem Ruhm. Sie nahm ihm übel, dass er ihre Karriere behinderte, und beschimpfte ihn, er wäre genauso dämlich wie sein Vater. Dabei war *sie* die Dumme. Trotz ihres Aussehens und des hohen IQs. Trotz der Kolumnen in den Klatschzeitschriften, die jede ihrer Bewegungen verfolgten. Trotz ihres Ruhms und ihres Vermögens. Innerlich war sich schwach und verdorben gewesen.

Sie dafür bezahlen zu lassen, war der Anfang gewesen. Danach war ihm klar gewesen, dass er zu Großem bestimmt war und es nur eine Frage der Zeit war, bis der Herr ihm den Weg weisen würde.

Das erste Mal hatte er die Seefestung im Solent von einem kleinen Motorboot aus gesehen, auf dem er und zwei Kollegen hingeschickt worden waren. Ihre schiere Größe rang ihm Ehrfurcht ab. Das Bauwerk erhob sich aus den Tiefen des Meeres, als entspränge es der Hölle selbst. Er gehörte zu einem Team von Ingenieuren, das von ITV beauftragt worden war, vor Ort die Kulisse für eine neue Reality-Show zu bauen. Es sollte eine Spieleshow werden, die auf einem Escape Room basierte, aber drei Monate nach dem Beginn der Arbeiten schlug Corona zu. Zuerst unterbrach man, dann wurde verschoben, und schließlich wurde die Show abgeblasen. Der Tag, an dem er die E-Mail erhalten hatte, in der man ihm mitteilte, dass er nicht mehr gebraucht werde, war der wichtigste seines Lebens. Der Zufall, dass er bei einer Fernsehshow mitgewirkt hatte, war ihm nicht entgangen. Seine Mutter war 1999 die allererste Siegerin bei *Rätsele für mich* gewesen, dem Konkurrenzformat von Channel 5 zu *Der Krypton-Faktor*, und er hatte nun Zugang zu einem abgelegenen, verlassenen Fernsehset. Es war ein Zeichen.

Seitdem war alles nach Plan gelaufen – abgesehen von Bonnie Drake. Und jetzt konnte er sich endlich zurücklehnen und den Ruhm in sich aufnehmen. Die Folgen der *Festung* würden weiterhin zu streamen sein, und die Welt würde bis zum bitteren Ende zuschauen, weil die Leute es einfach nicht schaffen würden, sich davon zu lösen.

92

»Detective Constable Piper, ich bin es wieder, Clara. Clara Drake.«
Sie stand auf dem Krankenhausparkplatz, da auf der Intensivstation keine Telefonate erlaubt waren.

»Hi, Clara. Wie geht es ihr?«

»Unverändert. Es wird ein langer Weg. Es könnte Tage, sogar Wochen dauern, bis wir wissen, wie groß der Schaden ist. Die Ärzte wissen nicht, wie lange sie schon aufgehört hatte zu atmen.«

»Verstehe. Das sind für uns alle nicht die besten Neuigkeiten. Es tut mir leid.«

»Wussten Sie, dass er die gesamte Aufnahme des Podcasts veröffentlicht hat und behauptet, Bonnie wäre in alles verwickelt gewesen? Das ist eine komplette Lüge, das wissen Sie, oder? Er möchte sie zerstören. Können Sie den Podcast nicht aus dem Netz nehmen? Und die Folge auch?«

»Wir werden allen Behauptungen vollständig nachgehen. Ich versichere Ihnen, wir sind mit Feuereifer bei der Arbeit, aber bevor Bonnie nicht aufwacht und uns erzählen kann, was passiert ist, haben wir nur wenige Anhaltspunkte.«

Allen Behauptungen nachgehen? Was sollte das heißen? Meinte sie damit seine Behauptungen über Bonnie?

»Deswegen rufe ich an. Wissen Sie, ich habe über den Zettel nachgedacht, den sie für uns hinterlassen hat – da ich hier nur rumsitze, habe ich jede Menge Zeit zum Nachdenken –, und deswegen habe ich ein paar der Redewendungen gegoogelt, um zu sehen, ob es irgendwelche religiösen Bezüge gibt und so. Wussten Sie, dass *Rätsele für mich* eine Fernsehshow war?«

»Ja. Eine Quizshow, glaube ich. Die haben wir uns angeschaut.«

»Wussten Sie, dass die erste Person, die sie gewonnen hat – Izzy Baxter –, ermordet worden ist? Jemand hat sie in ihrem eigenen Haus erstochen.«

»Aber das war doch eine ganz andere Sorte von Verbrechen. Nichts deutet auf eine Verbindung hin.«

»Oh, ich verstehe. Okay. Es ist nur ... sorry, darf ich fragen, ob ihr Sohn je zum Kreis der Verdächtigen gehört hat?«

»Rein aus dem Gedächtnis gesprochen, ich glaube, ihr Kind war noch sehr jung, als das passiert ist.«

»Nein, ich meine das ältere. Es gab einen Sohn im Teenageralter. Ich habe mir gestern Abend einen Podcast über den Fall angehört. Sorry«, fügte Clara hinzu, als sie die Kriminalbeamtin seufzen hörte.

»Ist schon okay, sprechen Sie weiter.« Die Beamtin ertrug sie mit Geduld, wahrscheinlich weil sie und Bonnie ihr leidtaten.

»Na ja, in dem Podcast wurde gesagt, dass sie einen Sohn im Teenageralter hatte, der um die vierzehn gewesen sein muss, als sie gestorben ist. Und dass sie versucht haben, ihn aufzuspüren, er aber einfach verschwunden ist, er hat die Schule abgebrochen und die Stadt verlassen. Finden Sie das nicht seltsam?«

»Vielleicht wollte er sich nicht an dem Ort aufhalten, an dem seine Mutter getötet worden ist.«

»Oder ... er ist vielleicht abgehauen, weil er nicht mit euren Leuten reden wollte. In dem Podcast haben sie auch gesagt, dass seine Mutter reich war, richtig reich. Sie hatte mit Werbespots und als Model einen Haufen Geld verdient, nachdem sie *Rätsele für mich* gewonnen hatte. Und raten Sie mal, an wen das gegangen wäre?«

»An den nächsten Verwandten.«

»Genau!«

»Ich werde es im Hinterkopf behalten.«

»Nein, warten Sie, das ist noch nicht alles. Auf dem Zettel, den Bonnie geschrieben hat, stand in der letzten Zeile etwas von ›irgendwas töten, um etwas zu retten‹.«

»Ich erinnere mich, ja?«

»Was, wenn das erste Wort ›Mutter‹ heißt? Von der Länge her würde es passen. In der ersten Zeile steht »Sünder töten, um Vater zu ehren‹, da würde es doch Sinn ergeben, wenn die nächste lautet: ›Mutter töten‹. Mutter und Vater eben.«

»Möglicherweise.«

»Und wenn es heißt ›Sünder töten, um Vater zu ehren‹, könnte doch der nächste Teil lauten: ›Mutter töten, um sich selbst zu retten‹? Vielleicht war Izzy Baxter eine miese Mutter.«

In der Leitung war es still.

»Hallo?«

»Ich bin noch da. Ich sehe mir nur ein Foto von dem an, was sie geschrieben hat. Dieses Wort in der Mitte ist unmöglich zu lesen – es ist eigentlich nur eine Wellenlinie, aber … das Wort am Anfang des zweiten Satzes sieht tatsächlich wie ›Mutter‹ aus. Ja, das könnte ein M sein. Das beweist aber immer noch nichts, Clara.«

»Okay, und was ist *damit*? Das habe ich gestern Abend alleine rausgefunden, es wurde nicht im Podcast erwähnt. Bonnie und die anderen sind am fünften September zur *Festung* gefahren, ja? Raten Sie mal, welche Sendung am fünften September vor genau fünfundzwanzig Jahren erstmals ausgestrahlt wurde.«

»Sie machen Witze.«

»Nein. Es steht auf Wikipedia.«

»Clara, können Sie mir die Sache überlassen? Ich glaube, da müssen wir noch ein bisschen graben. Aber gut gemacht, das könnte hilfreich sein.«

»Bonnie ist diejenige, der wir danken müssen. Sie war an diesem Ort eingesperrt, voller Angst, diesem Mann niemals zu entkommen, und jetzt hat er sie in ihren eigenen Körper eingesperrt. Wie unfair ist das bitte? Wenn Sie ihn finden, wenn er Izzy Baxters Sohn ist, dann möchte ich, dass Sie daran denken.«

Clara beendete das Gespräch, sie konnte durch die Tränen hindurch nicht mehr weitersprechen.

93

»Alles gut bei dir, Gabe? Wir haben dich ja schon ganz schön lange nicht mehr gesehen.«

Gabe verließ das Fitnessstudio durch das Drehkreuz.

»Ja, ich musste mich um ein paar Familienangelegenheiten kümmern.«

»Oh Mann, ich hoffe, es ist alles gut.«

»Ja, ist alles geregelt. Danke.« Er winkte Mikey an der Rezeption zum Abschied zu. Er war ein netter Kerl, wenn auch ein bisschen zu anbiedernd.

Nach der Wärme des Studios war das kalte Wetter ein Schock, und er ging zügig zu seinem Auto. Bis nach Hause waren es nur zehn Minuten Fahrt. Früher war er einmal deutlich schicker motorisiert gewesen, aber er hatte den Wagen gegen einen bescheidenen Seat Leon eingetauscht. Er hatte nicht nur sein gesamtes Geld in ein spezielles Projekt stecken müssen, es ergab auch Sinn, eine Weile unauffälliger unterwegs zu sein.

Er fuhr am Ende der Straße vorbei, in der seine Mutter gelebt hatte und gestorben war. Er hatte sich bewusst dafür entschieden, in die Nähe zu ziehen, um sich stets an zwei wichtige Dinge zu erinnern: dass er auserwählt war, eine wichtige Mission zu erfüllen, und dass er damit durchkommen konnte. Er nahm an, dass der Herr da seine Hand im Spiel hatte. Jahrelang hatte er in Obdachlosenunterkünften gelebt und gedacht, er würde sofort verhaftet werden, sobald er in die Gesellschaft zurückkehrte, aber dann begegnete er Tobias, und alles änderte sich.

Tobias ließ ihn das Alte Testament lesen, mit seinen Geschichten über die Prüfungen, die Gott den Menschen auferlegte, und über seine Rache. Dann wies er ihn auf die Offenbarung hin, und er war hin und weg. Das war ein Gott, hinter den er sich stellen konnte. Er hatte immer gedacht, das Christentum predige lediglich Liebe und Vergebung, und es war eine herrliche Überraschung, zu erkennen, dass viel mehr dazugehörte. In diesem Moment wusste er in seinem Herzen, dass er auserwählt war, dass er etwas Besonderes war und eine wichtige Botschaft zu verkünden hatte.

Er parkte vor seinem Haus.

»Fergus Baxter?«

Gabe holte gerade seine Sporttasche aus dem Auto, als jemand seinen Namen aussprach, den Namen, den seine Mutter ihm gegeben hatte. Er erstarrte für einen Moment, lange genug, um sich zu sammeln, bevor er sich zu ihr umwandte.

»Entschuldigung, wer?«

Die Frau war nicht allein. Sie stand da mit zwei uniformierten Beamten.

»Detective Sergeant Piper. Wir haben Grund zu der Annahme, dass Sie Fergus Baxter sind, der Sohn von Izzy Baxter, und ich verhafte Sie wegen Mordverdachts.«

»Was? Das ist doch lächerlich. Ich bin Gabe Abrahams. War ich immer, werde ich immer sein.«

»Na, wenn das so ist, haben Sie sicher nichts dagegen, mit uns auf die Wache zu kommen, um einen DNA-Test zu machen, oder?«

»Wieso, wen soll ich umgebracht haben?«

Die Polizistin öffnete die hintere Tür des Streifenwagens und begann, ihn über seine Rechte zu informieren.

»Ernsthaft, wen soll ich umgebracht haben?«

»Wenn Sie einen Anwalt haben, können Sie ihn anrufen. Falls Sie allerdings getan haben, was wir glauben, dass Sie getan haben, wird Ihnen diese Unterstützung wenig nützen.«

Gabe Abrahams betrachtete das sarkastische Grinsen auf dem Gesicht der Beamtin. Die Sünde des Stolzes. Dafür würde sie bezahlen.

94

»Hey, Schwesterherz, ich habe dir noch mehr Blumen mitgebracht.«

Clara sah sich zwischen den halb verwelkten Sträußen im Raum um und stellte sich vor, wie Bonnie sagte: Na toll, genau das, was ich brauche.

»Ich habe mich gestern mit Dennis' Ex-Frau getroffen. Sie ist irre nett und hat Freunde, die zusammen mit Dennis bei der Staatsanwaltschaft gearbeitet haben, deswegen konnte sie mir eine Menge über den Fall erklären. Ich habe dir ja gesagt, dass von Fergus Baxter auf der Seefestung keine DNA-Spuren gefunden worden sind, aber sie sind auf der Hauptebene auf eine Kommandozentrale gestoßen, in der er sich aufgehalten haben muss. Darin gab es ein Schlafsofa, einen Kühlschrank und ein Klo. Er war die ganze Zeit über vor Ort. Ich vermute, deshalb hat er im Podcast auch so oft gefragt, ob ihr dachtet, dass jemand mit euch dort ist. Das Arschloch hat angegeben. DS Piper meinte, er hätte alles abgebaut und sauber gewischt, aber einer der Ärzte hat mir gesagt, dass es so gut wie unmöglich ist, jede Spur von sich zu beseitigen, es wird also hoffentlich noch was gefunden. Sie haben Belege dafür, dass er einiges von der Ausrüstung gekauft hat, die verwendet worden ist. Sheila – das ist Dennis' Ex-Frau – meinte, die Verteidigung wird zweifellos behaupten, er hätte die Elektronik aus legitimen Gründen gekauft, weil er bei ITV unter Vertrag stand, aber die genauen Modelle und die Zeitpunkte seiner Käufe werden hoffentlich beweisen, dass das nicht zutrifft.«

Clara strich die Laken um Bonnie herum glatt.

»Sie haben auch einige der Schauspieler ausfindig gemacht, die er angeheuert hat, um die Auswahlveranstaltungen durchzuführen und euch auf dem Boot rüberzubringen, aber Baxter war clever. Er hat sie per Prepaid-Handy gebucht und instruiert, es lässt sich also keine digitale Spur zu ihm zurückverfolgen. Nur mit deinem Zettel konnten sie ihn finden. Sie haben Izzy Baxters Sohn überprüft und festgestellt, dass er verschwunden war, er war also entweder tot oder hatte eine neue Identität angenommen. Aber dann machten sie einen Schulfreund von ihm ausfindig, der zu Protokoll gab, dass Fergus nach dem Tod seiner Mutter auf der Straße gelebt hätte und dann ganz komisch religiös geworden wäre. Der Freund sagte, als er ihn das letzte Mal getroffen habe, hätte Fergus vollkommen gesponnen und verlangt, Gabriel genannt zu werden wie der Engel. Was für ein Vollpfosten. Dann hat sich die Polizei an die Firma gewandt, die von ITV beauftragt worden war, die Seefestung vor Corona in einen Escape Room umzubauen, und es stellte sich heraus, dass sie dafür einen Mann namens Gabriel Abrahams eingestellt hatten.« Clara liebte diese Geschichte. Sie hatte sie Bonnie im Laufe der Wochen schon oft erzählt, aber ihr war wichtig, dass ihre Schwester wusste, wie entscheidend ihre Notiz dafür gewesen war, dass sie den Mistkerl fassen konnten. Außerdem war sie auch sehr stolz darauf, dass sie durch ihre eigenen Nachforschungen herausgefunden hatte, wer er war. DS Piper hatte zu Clara gesagt, sie solle doch in Erwägung ziehen, Polizistin zu werden, weil sie eine gute Ermittlerin abgeben würde. Vielleicht war sie also doch kein so schusseliges Wölkchen.

»Und DS Piper hat mir auch gesagt, dass sie vorhaben, Fergus irgendwann auch zum Mord an seiner Mutter zu vernehmen. Sie glaubt auch, dass er es getan haben könnte. Seine eigene Mutter umgebracht zu haben, als er noch ein Kind war. Es ist einfach nur schockierend, die ganze Geschichte.«

Clara ging durchs Zimmer, sortierte die verwelkten Blumen aus und warf sie weg. Währenddessen brachte sie Bonnie auch in anderen Dingen auf den neuesten Stand, berichtete zum Beispiel, dass ihre Nachbarin Shelley einen neuen Typen hatte, der zehn Jahre jünger war als sie, oder dass Clara selbst sich um einen neuen Job beworben hatte und ihr Studium endlich gewinnbringend einsetzen würde.

Als sie fertig war, setzte sie sich wieder zu Bonnie ans Bett und küsste ihre Hand.

Sie kam jeden Tag und brachte manchmal Freunde, Nachbarn und sogar Bonnies Doktorvater mit. Niemand wusste, ob es etwas nützte, aber zumindest unternahmen sie etwas.

»Ich weiß, du bist da drin gefangen, Schwesterherz. Ich denke, das ist manchmal beängstigend, aber vielleicht ist es auch einfach nur friedlich, ich weiß nicht, aber jedenfalls wollte ich dir sagen, lass dir Zeit. Du hast Essen und Wasser, und du bist in Sicherheit, niemand versucht dir wehzutun oder dich zu testen. Du kannst dir so viel Zeit lassen, wie du willst, versprich mir nur eins.« Clara streichelte die Stirn ihrer Schwester und strich ihr das Haar aus den Augen. »Komm irgendwann zu mir zurück. Ich vermisse dich und will dich bei mir zu Hause haben.«

95

Zwei Monate später

Der ECHTE Podcast *Das Unerwartete erwarten*
Staffel 2, Folge 5: »Die Täuschung der *Festung*«

»*Hallo zusammen. Hier ist der echte Shane Fletcher mit dem echten Podcast* Das Unerwartete erwarten. *Unsere heutige Gästin ist Clara Drake. Ihr kennt sicherlich ihre Schwester Bonnie, die in der gefälschten Ausgabe unseres Podcasts interviewt worden ist, die vor kurzem veröffentlicht worden ist, allein mit dem Ziel, ihren Namen in den Schmutz zu ziehen.*

Wir haben im Team entschieden, dass wir versuchen wollen, die Sache richtigzustellen. Obwohl wir nichts mit dieser gefälschten Ausgabe zu tun haben, fühlen wir uns doch etwas verantwortlich, weil mein Name und der Ruf des Podcasts Das Unerwartete erwarten *benutzt worden sind, um Bonnie und ihre Familie zu traumatisieren.*

Wir haben Clara heute eingeladen, damit sie uns dabei hilft, den Sachverhalt richtig darzustellen. Und außerdem haben wir Professor Harriet Fallon bei uns, Expertin für die Psychologie des religiösen Fanatismus.

Ich danke Ihnen beiden, dass Sie zu uns gekommen sind. Darf ich mit Ihnen beginnen, Clara? Dürfen wir zunächst fragen, wie es Ihrer Schwester geht?«

»Es geht ihr ganz gut, danke. Man hat uns gesagt, dass sie auf alle Tests gut anspricht, deswegen können wir hoffen, dass keine bleibenden Schäden angerichtet worden sind. Aber sie ist noch nicht aufgewacht. Ich persönlich glaube, sie ist noch nicht so weit. Ich glaube, sie fühlt sich wahrscheinlich dort, wo sie jetzt ist, sicherer.«

»*Das klingt völlig nachvollziehbar. Bitte richten Sie ihr von uns allen hier bei* Das Unerwartete erwarten *die besten Wünsche aus und übermitteln Sie ihr unsere aufrichtige Entschuldigung dafür, dass wir bei dem, was ihr passiert ist, eine Rolle gespielt haben.*«

»Danke. Das werde ich.«

»*Hat die Polizei Ihnen denn erlaubt, mit mir zu sprechen?*«

»Na ja, der Polizei wäre lieber, ich würde es lassen, aber sie akzeptieren meine Gründe dafür. Es gibt ein paar Dinge, über die ich nicht reden kann, aber ich werde mich bemühen, sie zu umschiffen.«

»*Ich habe mir den gefälschten Podcast angehört und muss sagen, unsere Produktion ist dabei sehr realistisch kopiert worden. Er hatte die Musik, die Sponsoren-Werbung und konnte meinen Akzent anständig imitieren. Das war ein Mann, der sehr weit gegangen ist, um alle Details richtig hinzubekommen. Ich schätze, nicht wenige haben geglaubt, dass wir das waren. Bonnie schien auf jeden Fall die ganze Zeit über zu glauben, er wäre ich. Meinen Sie, sie hat irgendwann begriffen, dass er ein Betrüger ist?*«

»Vielleicht, als sie anfing, sich krank zu fühlen. Die Ärzte sagen, sie hätte große Mengen von dem Schmerzmittel geschluckt, das sie seit ihrer Kopfverletzung von der Flucht aus der Seefestung nahm. Ich habe während der Aufzeichnung mit ihr gesprochen, und da sagte sie, er hätte ihr ein Sandwich gegeben. Deswegen gehen wir davon aus, dass er das Zeug in ihr Sandwich getan hat. Bevor sie das Bewusstsein verloren hat, muss ihr schwindelig und schlecht gewesen sein.«

»*Und sie hat Ihnen zu danken, Sie haben rechtzeitig Alarm geschlagen, nachdem Sie mit Amra aus meinem Team in Kontakt gestanden haben und sie Ihnen gesagt hatte, dass ich mit Bonnie kein Interview geführt habe. Zu dem Zeitpunkt kannten Sie vermutlich nicht den Inhalt des gefälschten Podcasts?«*

»Überhaupt nicht. Ich bin irgendwie davon ausgegangen, dass es gar keine Aufzeichnung gegeben hat und er sie nur zu sich bestellt hat, um es zu Ende zu bringen. Erst, als sich am nächsten Tag Freunde bei mir gemeldet und mich darauf aufmerksam gemacht haben, dass der Podcast online ist, habe ich begriffen, wie weit er gegangen war. Er wollte ihr nicht nur das Leben nehmen, sondern auch noch ihren Ruf ruinieren. Sein Pech war nur, dass sie es geschafft hat, ein paar Dinge aufzuschreiben, die er zu ihr gesagt hatte, und den Zettel zu verstecken. Ich glaube, sonst wäre er womöglich damit durchgekommen.«

»*Okay, können wir dann ein paar Dinge klären, auf die die Hörer sicher neugierig sind? Stimmt es, dass Bonnie in der Sendung für Sie eingesprungen ist, weil Sie sich das Bein gebrochen hatten, nachdem Sie ausgewählt wurden?*«

»Ja, und das Team im Leeds General Infirmary kann bestätigen, dass ich mir das Bein gebrochen habe.«

»*Und Sie haben sich in der Hoffnung beworben, das Preisgeld zu gewinnen?*«

»Ja.«

»*Und Ihre Bank hat diesem Mann nie die Auskunft erteilt, dass Sie mit keinen Zahlungen im Rückstand sind?*«

»Sie haben mir versichert, dass sie solche Informationen nie rausgeben würden, aber es stimmt, dass unsere Schulden beglichen sind. Als Bonnie wieder nach Hause kam, haben Freunde von uns einen Aufruf auf GoFundMe gestartet, und die Leute waren so großzügig, dass wir die Schulden bezahlen konnten. Und ich habe einen neuen Job als Koordinatorin für Gemeindeentwicklung bei der Polizei angefangen, sodass wir vorerst im Haus bleiben können.«

»*Dann ist ja gut, und wir können den Leuten mitteilen, dass die*

Behauptungen dieses Mannes über Ihre Schwester nichts als Lügen sind. Menschen reagieren teils sehr empfindlich, wenn sie um ihr Geld betrogen werden. Und herzlichen Glückwunsch zum neuen Job. War das, was passiert ist, der Anlass dafür?«

»Das könnte man so sagen, ja. Ich bin mir nicht sicher, ob ich das Zeug zur Kommissarin habe, aber wenigstens kann ich dazu beitragen, Menschen zu schützen.«

»Es ist eine großartige Organisation, wenn man Teil davon ist. Ich habe meine Zeit bei der Polizei sehr genossen. Und wo wir gerade von Berufslaufbahnen sprechen, ich wollte Sie nach Bonnies Doktorarbeit fragen. Können Sie uns darüber etwas erzählen? Ich muss nämlich zugeben, als ich dieses Detail gehört habe, dachte ich mir: ›Ups, erwischt.‹«

»Das war komplett gelogen. Bonnies Doktorarbeit handelt von den Auswirkungen von Alzheimer auf soziale Kompetenzen. Unser Großvater hatte diese Krankheit und litt an großer Isolation, weil er nicht mehr gut mit Menschen kommunizieren konnte. Die Arbeit hat überhaupt nichts damit zu tun, wie sich Menschen unter Druck und Stress verhalten.«

»Er hat sich das einfach ausgedacht?«

»Er hat es sich einfach ausgedacht. Hat lauter Lügen erzählt, einschließlich der, Bonnie sei nie Kandidatin gewesen.«

»Was können Sie uns also über ihn sagen?«

»Sein echter Name ist Fergus Baxter, obwohl er sich heutzutage Gabriel Abrahams nennt. Die Polizei hätte das aber niemals herausgefunden, wenn Bonnie nicht die Notiz mit den darin enthaltenen Hinweisen geschrieben hätte. Sie hat die Polizei zu seiner echten Mutter geführt, Izzy Baxter.«

»An sie erinnere ich mich. Sie war so eine Art Carol Vorderman, nur vom Stil her mehr Boulevard. Eine Zeit lang konnte man keine Zeitschrift aufschlagen, ohne ihr darin zu begegnen, besonders als sie mit einem amerikanischen Filmstar liiert war. Ich glaube, er hieß Corey irgendwas. Damals gab es eine Menge Coreys.

Für diejenigen unter euch, die die Geschichte von Izzy Baxter noch nicht kennen: Die Frau wurde, fünf Jahre nachdem sie die Spielshow Rätsele für mich *gewonnen hatte, ermordet – das war eine Show in den 90ern, in der IQ-Aufgaben gestellt wurden. Was ihr zugestoßen ist, war sehr traurig, und soweit ich weiß, ist der Fall immer noch nicht aufgeklärt.«*

»Ich glaube, dass die ganze Geschichte mit dem Tod seiner Mutter zusammenhängt.«

»Na ja, es kann kein Zufall sein, dass Die Festung *eine moderne Version von* Rätsele für mich *war. Ein Umstand, der mich persönlich fasziniert hat, war die Art und Weise, wie die Opfer ausgesucht wurden. Können Sie uns verraten, was Sie in Ihrer Bewerbung eingestanden haben?«*

»Neid. Ich war mein ganzes Leben lang neidisch auf Bonnie – ihre jüngsten Erfahrungen natürlich ausgenommen. Ich glaube, viele jüngere Geschwister wollen so sein wie ihre großen Schwestern, aber bei mir hatte dieses Gefühl mehr Umdrehungen als bei anderen. Es machte mich so wütend, wie leicht ihr das Leben fiel. Sie war so schlau, und alles, was sie anfing, flog ihr zu, vom Schwimmen bis zum Netballspielen. Ich hingegen mühte mich ab und war nicht mal durchschnittlich. Und in meiner Bewerbung habe ich nicht nur zugegeben, dass es dieses Gefühl ist, wofür ich mich am meisten schäme, sondern ich habe auch noch geschrieben, mein größter Wunsch wäre, der Welt zu beweisen, dass ich genauso gut bin wie sie.

Und was die Vorgehensweise betrifft, mit der wir ausgewählt wurden: Es ist mir gelungen, die meisten Bewerber aus meiner Auswahlveranstaltung ausfindig zu machen, und sie hatten alle zugegeben, auf die eine oder andere Art neidisch zu sein. Es spielte also keine Rolle, wer von uns den letzten Test bestand. Er hat getrennte Auswahlveranstaltungen durchgeführt, sortiert nach der jeweiligen Sünde, die alle Bewerber eingestanden hatten.«

»Aber er war bei Ihrer Auswahlveranstaltung nicht anwesend?«

»Er hat Schauspieler angeheuert. Er hat sich die ganze Zeit nicht blicken lassen.«

»*Er hat das akribisch geplant.*«

»Und doch hat er Bonnie unterschätzt.«

»*Und ihre Schwester. Professor Fallon, darf ich Sie an dieser Stelle ins Gespräch holen? Nach dem, was Sie gehört haben, was halten Sie von diesem Mann?*«

»Zunächst einmal möchte ich all den Familien mein Beileid aussprechen, deren Angehörige durch diesen Mann zu Tode gekommen sind, und auch für das, was Ihre Schwester durchmachen musste, Clara. Okay, seine genaue Ideologie kennen wir nicht, aber der Name, den er angenommen hat, Gabriel Abrahams, verrät uns etwas darüber. Sie basiert auf dem Christentum, genau wie der Verweis auf die Offenbarung, das Ungeheuer und das Sechs-Sechs-Sechs, die er in der Konzeption der Festung verwendet hat.«

»*Weil die sieben Todsünden auch in anderen Religionen vorkommen?*«

»Die meisten Religionen kennen Todsünden in irgendeiner Form, ja. Sie sind zentral für unseren eigenen Beitrag zur Gestaltung unseres Schicksals: Vermeidet man diese Sünden, kommt man in den Himmel oder führt ein gutes Leben. Dieser Mann scheint geistig von seinem Glauben gekidnappt worden zu sein, als hätte dieser seine Fähigkeit zu rationalem Denken untergraben.«

»*Und wie funktioniert so etwas? Denn er war ja eindeutig rational genug, um diese Fernsehshow zu planen und durchzuführen und mit großer Liebe zum Detail den Podcast zu machen.*«

»In der Tat. Bei religiösem Fundamentalismus, wenn der Glaube einer Person auf der absoluten Autorität eines religiösen Textes basiert, sehen wir, anders als bei den meisten religiösen Menschen, die aus ihrem Glauben eine erhebliche Steigerung ihres Wohlbefindens beziehen, eine Einschränkung des rationalen Denkens und die Unfähigkeit, wissenschaftliche Beweise nachzuvollziehen.«

»*Sie sind also nicht kritikfähig, was ihre Weltsicht angeht?*«

»Es geht noch weiter, sie sind selbst nicht in der Lage, sie einer kritischen Prüfung zu unterziehen. Es ist so, als hätte man sich mit einem geistigen Parasiten infiziert, der sein eigenes Überleben sichern will, und das erreicht er, indem er den Verstand des Wirts dazu bringt, Informationen auf eine voreingenommene, irrationale Weise zu verarbeiten.

Das bedeutet jedoch nicht, dass eine solche Person nicht in der Lage wäre, etwas mit großer Liebe zum Detail zu planen und auszuführen. Es kann sogar sein, dass dieser Mensch besonders besessen davon ist, alles richtig zu machen, weil es ein Ausdruck seines Glaubens ist; es ist sein Geschenk an Gott.«

»*Er könnte also gedacht haben, er bringe eine Art Opfergabe oder Opfer dar?*«

»Davon gehe ich aus, ja. Nach dem, was Clara uns gerade über seinen Familienhintergrund erzählt hat, könnte er der Meinung sein, dass alle, die an solchen Fernsehsendungen teilnehmen, eine Strafe verdienen.«

»*Es geht also alles auf seine Mutter zurück. Er war vierzehn, als sie ermordet wurde. Ich frage mich, ob er wohl dachte, dass ihr Tod ihrer Berühmtheit zuzuschreiben war, die Berühmtheit sie ihm also genommen hat, oder ob er der Ansicht ist, dass es ihre eigene Schuld war. Ich schätze, so etwas reicht aus, um einen jungen Kerl auf die schiefe Bahn geraten zu lassen.*«

»Ich habe mit Menschen gearbeitet, die mit schlechteren Gründen Schlimmeres angestellt haben. In seiner Gestaltung der Spiele steckte viel Symbolik. Sünder für ihre eigenen Sünden direkt zu bestrafen, ist eine klare Botschaft an uns alle, dass wir nicht sündigen sollen.«

»*Das ist ein sehr guter Punkt, denn er hat weitergemacht und versucht, Bonnie für ihre Sünde des Betrugs zu bestrafen.*«

»Und wissen Sie, warum er sich entschieden hat, Ihren Podcast zu kopieren?«

»Nein, wobei wir davon ausgehen, dass ihn vielleicht unsere große Hörerschaft dazu bewogen hat. So konnte er eine Menge Leue erreichen. Außerdem waren wir kürzlich in der Presse, weil wir bei einem anderen Fall geholfen haben.«

»Und er übersteigt unsere Vorstellungskraft.«

»Was meinen Sie damit?«

»Mit dieser Wendung eröffnen Sie jede Folge Ihres Podcasts. Er könnte sich davon angesprochen gefühlt haben – womöglich wollte er ebenfalls etwas schaffen, was die Vorstellungskraft übersteigt. Vielleicht hat er das als Zeichen genommen.«

»Sie meinen, er hat das vielleicht als einen Wink Gottes verstanden, sich Das Unerwartete erwarten zunutze zu machen?«

»Das vielleicht können Sie streichen. Viele religiöse Fanatiker lehnen die Idee des Zufalls vollkommen ab. Alles geschieht aus einem bestimmten Grund und wird als Botschaft von Gott interpretiert.«

»Und wie soll man dagegen argumentieren? Aber sagen Sie mir eins. Wenn ich an religiöse Fanatiker denke, stelle ich sie mir als Teil einer Gruppe vor, die ihre extremen Ansichten stützt. Ist das normalerweise nicht so, oder liege ich da völlig falsch?«

»Dafür gibt es keine festen Regeln. Die meisten Fanatiker werden extremer, wenn sie auf Widerstand stoßen, sei es als Gruppe oder als Einzelperson. Sie haben die klare Vorstellung von einem ›die da‹ und einem ›wir‹, einem ›die gegen uns‹, wobei *die* schlecht und *wir* gut sind. Also trägt jeder, der sie herausfordert, nur dazu bei, sie zu bestärken.«

»Aber gibt es Ihrer Erfahrung nach da draußen Menschen, die ihm versichern würden, was er getan hat, wäre richtig und gerechtfertigt?«

»Wenn die Welt *einen* Extremisten hervorbringt, bringt sie auch mehr davon hervor.«

»Das ist ein ernüchternder Gedanke. Ich hatte irgendwie gehofft, Fergus Baxter wäre eine singuläre Erscheinung.«

»Wenn das so wäre, wäre ich arbeitslos.«

»*Ich danke Ihnen beiden sehr, dass Sie heute zu mir gekommen sind und mit mir gesprochen haben. Ich hoffe, dass wir damit nicht nur das Bild von Bonnie korrigieren, sondern unseren Hörern auch ein gewisses Verständnis davon vermitteln konnten, was Baxter motiviert haben könnte. Ich bin mir sicher, es gibt noch viel mehr, was unsere Hörer gerne erfahren würden. Vielleicht können Sie beide nach dem Prozess wiederkommen, hoffentlich in Begleitung von Bonnie. Und Clara, wir wünschen Ihnen alles Glück der Welt und dass ein strenges Urteil gefällt wird.«*

»Danke, und vielen Dank, dass ich hier sein durfte. Es hat gutgetan, Ihre Erkenntnisse zu hören und die Chance zu bekommen, Bonnies Namen reinzuwaschen. Bevor sie meinen Platz in der *Festung* eingenommen hat, hat sie mir gesagt, sie hätte Angst, sie könne sich damit ihren Ruf ruinieren, deswegen mache ich es mir zur Aufgabe, dafür zu sorgen, dass das nicht passiert.«

»*Ich bin froh, dass wir helfen konnten.*

Danke fürs Zuhören, Leute. Wir haben heute keinen Sponsor. Diesen Beitrag finanzieren wir selbst, weil wir es für richtig gehalten haben, ihn zu machen. Nächste Woche spreche ich mit Philippe Hassan über die erstaunlichen Mittel, mit denen uns Menschen in den sozialen Medien mit Fake News täuschen.

Hier ist Shane Fletcher, und ihr habt gerade Das Unerwartete erwarten *gehört, den Podcast, der euch mit Verbrechen umhauen wird, die unsere Vorstellungskraft übersteigen.*«

96

Bonnie griff langsam nach der Tasse Tee, die Clara ihr gebracht hatte. Nach vielen Wochen im Krankenhausbett waren ihre Bewegungen immer noch ein wenig steif und schmerzhaft. Doch es fühlte sich so gut an, zu Hause zu sein. Es war endlich vorbei. Die Ärzte hatten keine wirkliche Erklärung dafür, warum sie so lange im Koma gelegen hatte – vielleicht war der Grund dafür, dass sie erst kurz zuvor in ein künstliches Koma versetzt worden war, vielleicht brauchte ihr Körper aber auch einfach Zeit, um sich auszuruhen und von all dem zu erholen, was geschehen war.

»Das Gehirn ist ein eigenartiges Ding«, hatte ihr Psychologieprofessor bei seinem letzten Besuch gesagt. »Manchmal weiß es selbst am besten, was es braucht, machen Sie sich also nicht so viele Gedanken.«

Die Nachbarn hatten die Hausfront mit Wimpeln geschmückt und ein großes Banner zwischen die Fenster des Obergeschosses gehängt, auf dem »Willkommen zu Hause« stand. Als Bonnie die Haustür geöffnet hatte und in den Flur getreten war, Mums Flur, hatte sie sich endlich frei gefühlt.

Ihre Erinnerungen an die ganze Tortur waren bruchstückhaft und vage, aber das Wichtigste war, dass Fergus Baxter nun genau dort war, wo er hingehörte – er saß im Gefängnis und wartete auf seinen Prozess. Clara und sie hingegen waren sich näher als je zuvor. Das Trauma hatte sie zusammengeschweißt: die Drake-Schwestern gegen den Rest der Welt. Mum wäre so stolz.

Es klingelte an der Tür, und sie hoffte, dass es kein Besuch war. Sie trug immer noch ihren Schlafanzug und war ungekämmt.

»Wie geht es unserer Patientin heute?« Es war Shelley, die Nachbarin von nebenan. Ihre Stimme schallte laut durch den Flur im Erdgeschoss.

»Noch mehr Blumen?«, fragte Clara.

»Die sind nicht von mir. Eine Frau hat mich gebeten, sie euch zu bringen.«

»Will sie nicht selbst reinkommen und Hallo sagen? Bonnie ist wach.«

»Sie sagte, sie wolle nicht stören, aber sie hat mich gebeten, euch auszurichten, dass ihr eine Inspiration seid.«

»Bring sie doch hoch.«

Bonnie seufzte innerlich. Sie kamen die Treppe hoch. Sie schwang die Beine vom Bett. Es blieb keine Zeit mehr, sich anzuziehen, aber sie konnte sich wenigstens bemühen, weniger wie eine hilflose Patientin auszusehen.

Shelley trat mit einem großen Strauß Lilien ins Zimmer.

»Guten Morgen, Superstar. Die hier sind gerade geliefert worden, und sie duften herrlich.«

Bonnie konnte nicht leugnen, dass die Blumen einen wunderbar süßen Geruch verströmten, aber das war es nicht, was sie irritierte. Der Grabkranz ihrer Mutter war aus Lilien gemacht worden, und die Floristin hatte ihnen erklärt, dass es sich dabei um eine traditionelle Begräbnisblume handele. Und nun hatte ihr jemand einen Strauß mit denselben Blumen geschickt, nur waren diese Lilien tiefviolett, beinahe schwarz, abgesehen von der einzelnen weißen in der Mitte.

»Alles in Ordnung, Schwesterherz?«, fragte Clara, als sie Bonnies Gesichtsausdruck sah.

Bonnie stand auf, so schnell sie konnte, und ging zum Fenster. Die Frau stand noch auf der Straße. Sie hatte dem Haus den Rücken zugewandt und wollte gerade in ein Taxi steigen. Ihr kastanienbraunes

Haar war kurz geschnitten, und sie trug einen maßgeschneiderten Hosenanzug und Schuhe mit hohen Absätzen. So sahen Leute, die an der Uni arbeiteten, typischerweise nicht aus. Es war also niemand von der Arbeit, und soweit sie das beurteilen konnte, auch keine Freundin.

»Hat sie sonst noch etwas gesagt?«, fragte Bonnie, ohne den Blick von der Frau abzuwenden.

»Nur, dass ihr der lebende Beweis dafür seid, dass der Zusammenhalt unter Geschwistern stärker ist als jede Rivalität, oder so was in der Art.«

Noch bevor die Frau auf der Straße sich umdrehte und Bonnies Blick erwiderte, kam ihr etwas in den Sinn, was ihr bis dahin entfallen war. Etwas, was ihr am Ende des Podcast-Interviews aufgegangen war, kurz bevor sie das Bewusstsein verloren hatte.

»Clara kann nicht schwimmen.«

»Was? Was hast du gesagt?«, fragte Clara.

Bonnie war an dem Tag, an dem Clara ihr die Kopie des Bewerbungsformulars zugeschickt hatte, so aufgewühlt gewesen, dass sie den Hinweis zunächst übersehen hatte. Clara hatte geschrieben, wie schwer es gewesen sei, im Schatten einer Schwester zu leben, die selbst ihre Mutter für intelligenter und aussichtsreicher gehalten habe. Sie hatte geschrieben, wie sehr sie Bonnie dafür gehasst habe, und Bonnie hatte sich von diesem Wort ablenken lassen. Hass war eine starke Emotion, aber darum war es natürlich nicht gegangen. Hass war nicht Claras Sünde, sondern Neid.

Es war von Anfang an ihre Schwester gewesen, die in diesem Zimmer landen, aus dem Fenster klettern und ins Meer stürzen sollte. Die Leiter musste so manipuliert worden sein, dass sie sich lösen würde. Denn Clara hatte noch etwas in dem Formular offenbart: Sie konnte nicht schwimmen.

Bonnie konnte sich nicht an den exakten Wortlaut erinnern, weil sie zu sehr damit beschäftigt gewesen war, sich durch das kleine

Bullauge zu zwängen, aber in etwa waren es diese Worte gewesen: »Komm wieder rein ... Wenn du runterfällst, ertrinkst du.« So etwas würde nur jemand sagen, der wusste, dass Clara nicht schwimmen konnte. Und sie hätte es nur wissen können, wenn sie die Bewerbungen gelesen hätte.

Charlie sah anders aus. Die Barbiepuppe war verschwunden. Die elegante Rothaarige, die an ihre Stelle getreten war, wäre in einer Modezeitschrift nicht fehl am Platz gewesen. Sie begegnete Bonnies Blick mit einem Lächeln. Doch trotz der großen Sonnenbrille konnte Bonnie sehen, dass das Lächeln ihre Augen nicht erreichte.

Vor der Gruppe hatte Charlie den Eindruck erwecken müssen, eine Sünde begangen zu haben und deshalb dem Neid zugeordnet worden zu sein, aber indem sie Bonnie dazu gebracht hatte, mit ihr in dieses Zimmer zu kommen, hatte sie erreicht, dass »Clara« diejenige war, die in Wahrheit bestraft würde. Charlie hatte nie vorgehabt, aus diesem Fenster zu klettern, und die Aufforderung, Bonnie solle wieder hereinkommen, diente nur dem Effekt. Um es für die Kameras so aussehen zu lassen, als hätte sie Angst um Bonnie, obwohl sie sie in Wirklichkeit dazu brachte, genau das zu tun, was sie von ihr wollten. Zweifellos hatte der Direktor, sobald alle anderen Teilnehmer sicher weggesperrt waren, einfach die Tür geöffnet und sie herausspazieren lassen. Die ganze Sache hatte nur stattgefunden, um Charlie unschuldig und unbeteiligt aussehen zu lassen.

Fergus hatte es im Interview sogar angedeutet. *Warum wart ihr zu acht? Einer von euch kann kein echter Kandidat gewesen sein. Wie viele Leichen wurden gefunden?* Er hatte sie wissen lassen wollen, dass er eine Komplizin gehabt hatte und dass diese gerissen gewesen war, sehr gerissen sogar.

Jetzt begriff Bonnie, dass Charlie ihr Gift in der Gruppe versprizt hatte, um sicherzustellen, dass alle Bonnie in diesem Zimmer haben wollten. Damals hatte sie Grant für den Verantwortlichen gehalten, aber wo auch immer er gewesen war, Charlie war sein Schatten gewesen. Sie hatte für Bonnie sogar ein kleines Theaterstück aufgeführt und sie gegen Grant und Jaide aufgewiegelt, indem sie Besorgnis vortäuschte und in Wahrheit den Konflikt anheizte. Und dann fügte sich auch alles andere zusammen: dass die letzte Flasche Wasser ausgetrunken war, die Kiste mit den Vorräten verschwand. Es war Charlie gewesen, die nach den anderen gerufen und sie aus dem zentralen Bereich und von der von Grant bewachten Kiste fortgelockt hatte, weil Jackos Zimmer erneut von Rauch erfüllt gewesen war. Und Bonnie war sich nun sicher, dass es Charlie gewesen war, die die Kiste genommen hatte, als das Licht aus- und die Musik anging. Hatte sie auch Bonnies Schuh aus Jackos Türschlitz gezogen und zu Grant hinübergeworfen? Wahrscheinlich.

Aber wieso? Wer war sie wirklich, und was hatte sie dabei zu gewinnen?

Ihr seid der lebendige Beweis dafür, dass der Zusammenhalt unter Geschwistern stärker ist als jede Rivalität.

»Clara, hattest du nicht gesagt, dass Izzy Baxter zwei Kinder hatte?«

»Äh, ja. Ihr Jüngeres ist mit Izzys Blut an den Füßen durch den Schnee vor dem Haus gelaufen, als sie gefunden wurde.«

»Das ist so schrecklich«, sagte Shelley.

»Und das Kind war eine Schwester, ja?«

»Ja. Anscheinend ist sie adoptiert worden, also weiß sie hoffentlich nichts von ihrem geisteskranken Bruder.«

»Oh, ich glaube, ihr ist alles vollkommen bewusst. Und den Designerklamotten nach zu urteilen, hat sie ihre Mutter beerbt.«

»Wovon redest du?« Clara kam zum Fenster, aber Charlie und ihr Taxi waren längst fort.

Würdest du deine Mutter töten, um eine unschuldige Seele zu retten? Das waren die Worte, die Fergus Baxter ihr ins Ohr geflüstert hatte, bevor sie ohnmächtig geworden war. Er hatte seine Mutter getötet, um Charlie zu retten. Charlie hatte ihnen einmal die tränenselige Geschichte aufgebunden, dass ihre Mutter sie immer misshandelt habe und dann nicht mehr. Vermutlich, weil sie tot gewesen war. Fühlte sich Charlie also dazu verpflichtet, ihrem großen Bruder etwas zurückzugeben? Stand sie in seiner Schuld? War sie ihm auf ewig dankbar? Bonnie hatte keine Ahnung. Was sie aber wusste, war, dass Charlie eine vermögende Frau war, die sehr gut Theater spielen konnte und die wusste, wo Bonnie und Clara wohnten.

Sie zog die Karte aus dem Strauß und zählte um die einzelne weiße Blume herum sieben schwarze Lilien. Schon bevor sie las, wusste sie, was dort stehen würde.

NUR EINER ÜBERLEBT

Danksagung

Die lange Reise mit dem Ziel, meinen ersten nicht in eine Reihe eingebetteten Thriller zu schreiben, begann mit einem Gespräch mit Frankie Gray von Transworld. Da ich mit der Dr.-Bloom-Reihe bereits vier Bücher veröffentlicht hatte, hielt Frankie es für eine gute Idee, dass ich mich einer neuen Herausforderung stellen sollte. Der Gedanke erfüllte mich mit Angst und Aufregung zugleich. Mit den Figuren um Dr. Bloom fühlte ich mich sicher, sie waren vertraut. Was um alles in der Welt würde ich mit einem leeren Blatt Papier anfangen?

Da trat mein neuer Lektor auf den Plan, Finn Cotton, der auf die Entwicklung dieser Geschichte den denkbar größten Einfluss hatte. Ich schickte ihm drei Vorschläge für Thriller, einer davon gefiel ihm, und wir begannen, uns Ideen hin- und herzuwerfen. Es war unglaublich großzügig von ihm, sich so viel Zeit zu nehmen, um mir bei der Ausarbeitung der Idee zu helfen, und dafür bin ich ihm sehr dankbar. Ich habe allerdings den Fehler gemacht, ihm zu sagen, er solle mich antreiben, mein bis dato bestes Buch zu schreiben. Er nahm mich beim Wort und nahm mich hart an die Kandare: »Mach es glaubwürdiger, mach die Figuren lebendiger, lass uns mehr Emotionen sehen, lass uns mitfiebern« waren nur einige der Anmerkungen, die er mir zurückschickte. Das war manchmal hart, aber ich bin so stolz auf das Ergebnis, und ohne dich, Finn, hätte ich das auf keinen Fall hinbekommen, also vielen Dank, du absolut großartiger Mensch.

Vielen Dank auch an die wunderbare Irene Martinez für die Gestaltung des Covers, an Charley Chapman für das Feinlektorat und das gesamte Korrektoratsteam Holly McElroy, Barbara Thompson, Lorraine McCann und Rachel Cross, die alles so gut überarbeitet haben. Ein großes Dankeschön an Melissa Kelly und Chloe Rose für ihre wunderbare PR- und Marketingarbeit sowie an Tom Chicken und Emily Harvey für ihre Bemühungen um den Vertrieb im Vereinigten Königreich. Es ist ein anhaltendes Vergnügen, mit euch allen zusammenzuarbeiten.

Ich möchte dem gesamten Transworld-Team allgemein Dank aussprechen für seine Herzlichkeit, Unterstützung und Flexibilität, als meine Nichte während meiner Arbeit an diesem Buch erkrankte. Ihr habt mir die Zeit gegeben, mich auf meine Familie zu konzentrieren, und dafür bin ich euch ewig dankbar. Ihr seid wunderbare Menschen.

Warum also ein Escape-Room-Thriller, der auf Reality-Fernsehen basiert? Also, im Keller der psychologischen Fakultät meiner Universität gab es einen Kindergarten, in dem eine ganze Wand aus einem Zwei-Wege-Spiegel bestand. Studierende wie ich drängten uns in den schmalen, dunklen Raum auf der einen Seite dieser Scheibe und beobachteten. Es war ein heimlicher Blick auf das Verhalten von Kindern, die sich unbeobachtet glauben. Und wir haben ein paar faszinierende Dinge gesehen – wie beispielsweise den Jungen, der hinter dem Bücherregal stand und drei oder vier Kinder schlug, als sie geschickt wurden, um ein Buch zu holen, nur um sich dann weinend zu ihnen an den Tisch der Erzieherin zu setzen. Ein Zeichen von Intelligenz oder krimineller Kunstfertigkeit? Das konnte sich nur mit der Zeit erweisen.

Dies geschah, lange bevor ich auf die Idee kam, Krimi-Autorin zu werden. Ich wollte einfach Menschen studieren und herausfinden, wie sie ticken. Und das Fernsehen half mir dabei im großen Stil, denn ein paar Jahre später, im Juli 2000, startete *Big Brother*, und eine neue Ära des Reality-Fernsehens war angebrochen. Hier bot sich für uns alle die Gelegenheit, auf der anderen Seite des Zwei-Wege-Spiegels zu stehen und zu sehen, *wie sich echte Menschen in der echten Welt verhalten.*

Zwanzig Jahre später hat sich herausgestellt, dass der Zwei-Wege-Spiegel nicht ausreicht. Was wir wirklich wollen, ist, echte Menschen in *extremen* Situationen zu sehen, und es ist uns egal, wenn diese inszeniert werden müssen. Bei vielen Shows im Reality-TV sind heute Psychologen beschäftigt, die bei der Auswahl der richtigen »Charaktere« helfen, und es wird viel Zeit darauf verwandt, die besten Szenarien zu entwerfen, um emotionale Reaktionen hervorzurufen. Wenn also alles inszeniert ist und die Charaktere handverlesen sind, was ist dann echt? Es stellt sich heraus, dass es diese Frage ist, die vielen Menschen an solchen Sendungen am meisten Spaß macht. Wir müssen herausfinden, welcher Teil der Show *Realität* und welcher Teil *Fernsehsendung* ist, und so lassen wir uns noch mehr auf das Erlebnis ein. Wir werden Teil des Spiels.

All das hat mich zum Nachdenken gebracht: Wenn das Reality-Fernsehen sich so entwickelt, dass auf die Kandidaten immer mehr Druck ausgeübt werden muss, damit sie auf eine Weise reagieren, die uns interessiert und unterhält, wie weit würden sie darin gehen?

Und wenn jemand, der eine solche Sendung konzipiert, das Genre und die Menschen, die daran teilnehmen, wirklich hassen würde – weil er die Leute als ruhmsüchtig, oberflächlich und aufmerksamkeitsgeil betrachtet –, was dann? In welche schreckliche Lage würde derjenige die Leute bringen, um Aufmerksamkeit zu erregen und die Öffentlichkeit zum Zuschauen zu bewegen? Das ist die Ausgangsfrage hinter *Die Festung*. Eine Reality-Show, die das Ende aller Reality-Shows bedeutet.

Danke an Clare von X-It Games, dass Sie mich in Sachen Escape Rooms beraten haben. Ihre Kenntnisse bei der Konzeption und beim Ablauf solcher Spiele haben mir geholfen, etwas viel Realistischeres zu schaffen. Und als es darum ging, zu überprüfen, ob meine Nachbildung eines Escape Rooms und einer Reality-Show gut funktioniert, war niemand besser geeignet, das zu beurteilen, als meine Schwestern Elizabeth und Joanne, die von beiden Formaten große Fans sind. Danke, dass ihr euch die Zeit genommen habt, den ersten Entwurf zu lesen und mir euer enthusiastisches Feedback zu geben. Ihr habt mir Mut gemacht weiterzuschreiben, und ich hoffe, dass euch das Endergebnis gefällt. Außerdem danke ich meiner Mum und meinem Dad dafür, dass ihr eine gute Geschichte zu schätzen wisst, und für all eure Unterstützung.

Dass ich einen für sich stehenden Thriller schrieb, bedeutete, dass ich ein neues Pseudonym brauchte, und wie es der Zufall wollte, hatte ich gerade die Liebe meines Lebens geheiratet, Jamie Smithson. Im echten Leben hatte ich seinen Nachnamen nicht angenommen, und so fühlte es sich richtig an, in der Welt der Bücher zu einer Smithson zu werden. Danke, Göttergatte, für die andauernde Liebe, die Ermutigung und das Lachen. Du bist mein Komplize. Danke auch an Erica, Ella und Henry, die uns auf Trab halten und glücklich machen. Dieses Buch könnt ihr *definitiv* erst lesen, wenn ihr älter seid!

Mein größtes Dankeschön schließlich geht an Amelie. Du bist eine Inspiration.